LUCY HOLLIDAY

A Girls' Night In

Marilyn & ich

LUCY HOLLIDAY

Marilyn & ich

A GIRLS' NIGHT IN

Roman

Ins Deutsche übertragen von
Marion Herbert

LYX

LYX in der Bastei Lübbe AG
Dieser Titel ist auch als E-Book erschienen.

MIX
Papier aus verantwortungsvollen Quellen
FSC® C083411

Die Originalausgabe erschien 2015 unter dem Titel
»A Night in with Marilyn Monroe« bei HarperCollins Publishers Ltd

Textredaktion: Stefanie Kruschandl
Umschlaggestaltung: © www.buerosued.de
Satz: Greiner & Reichel, Köln
Gesetzt aus der Adobe Caslon
Druck und Verarbeitung: CPI books GmbH, Leck – Germany
Printed in Germany
ISBN 978-3-7363-0552-6

1 3 5 7 6 4 2

Sie finden uns im Internet unter www.lyx-verlag.de
Bitte beachten Sie auch: www.luebbe.de und www.lesejury.de

Prolog

WhatsApp-Nachricht, 5. Sept., 10.17 Uhr. An: Nora
Kiosk in Heathrow hatte die Hochzeitszeitschrift!!! Seite 84, oder? Schaue jetzt rein. L x

WhatsApp-Nachricht, 5. Sept., 10.19 Uhr. An: Nora
Das elfenbeinfarbene Fishtail mit den Spitzenärmeln?

WhatsApp-Nachricht, 5. Sept., 10.20 Uhr. An: Nora
Ein Traum. Würde dir wunderbar stehen. Sag Bescheid, wann ich zum Hochzeitsshoppen nach Glasgow kommen soll. Steige jetzt gleich in den Flieger. L x

*

WhatsApp-Nachricht, 5. Sept., 10.26 Uhr. An: Cass
Nein, Cass, kann dich nicht in 5 Min in der Schuhabteilung von Selfridges treffen.

WhatsApp-Nachricht, 5. Sept., 10.27 Uhr. An: Cass
Weil ich gleich nach Miami fliege.

WhatsApp-Nachricht, 5. Sept., 10.28 Uhr. An: Cass
Mit Dillon.

WhatsApp-Nachricht, 5. Sept., 10.29 Uhr. An: Cass
Ja, OK, gehe mit dir in die Schuhabteilung von Selfridges, wenn ich zurück bin.

*

WhatsApp-Nachricht, 5. Sept., 10.30 Uhr. An: Mum
Herrgott noch mal, Mum, ziehe natürlich nicht nach Amerika, um Dillon zu heiraten. Cass hat da offensichtlich mal wieder was missverstanden. Mache nur Urlaub.

WhatsApp-Nachricht, 5. Sept., 10.33 Uhr. An: Mum
Nein, Mum, habe mir nicht überlegt, was ich sagen würde, wenn er fragt, weil er nicht fragen wird. Sind gerade mal 3 Monate zusammen.

WhatsApp-Nachricht, 5. Sept., 10.34 Uhr. An: Mum
Nein, Mum, habe keine Angst, dass er die Kuh nicht kauft, wenn er die Milch umsonst kriegt.

WhatsApp-Nachricht, 5. Sept., 10.35 Uhr. An: Mum
Halte das außerdem nicht für zeitgemäßes Beziehungskonzept.

*

WhatsApp-Nachricht, 6. Sept., 13.02 Uhr. An: Nora
Traumhaft. L x

WhatsApp-Nachricht, 6. Sept., 13.03 Uhr. An: Nora
Alles. Hotel. Aussicht. Essen. Er. L x

WhatsApp-Nachricht, 6. Sept., 13.05 Uhr. An: Nora
Lieb von dir, dass du dir Gedanken machst, aber keine Sorge. Verliebe mich nicht in ihn. So blöd bin nicht mal ich. L x

*

WhatsApp-Nachricht, 7. Sept., 18.08 Uhr. An: Olly
Hi Ol, wusste gar nicht, dass du weißt, dass ich hier bin!! Jep, habe Hurrikanwarnung gesehen. Kommt aber erst übermorgen, und wir reisen morgen Vormittag ab. Ruf dich an, wenn ich zurück bin. Gibt's schon was Neues zum Pachtvertrag für das Restaurant? L x

*

WhatsApp-Nachricht, 9. Sept., 11.13 Uhr. An: Nora
Nein, bin noch nicht zu Hause. Gab da ein paar kleine Probleme. Übrigens, weißt du zufällig, ob es sehr schwierig ist, aus den USA nach GB zu fliegen, wenn man keinen Pass hat?

WhatsApp-Nachricht, 9. Sept., 11.18 Uhr. An: Nora
Das ist eines der kleinen Probleme. Dillon hat meinen Pass.

WhatsApp-Nachricht, 9. Sept., 11.19 Uhr. An: Nora
Das ist das andere kleine Problem. Keine Ahnung, wo Dillon steckt.

WhatsApp-Nachricht, 9. Sept., 11.20 Uhr. An: Nora
Weil er an unserem letzten Abend im Hotel ein paar Leute getroffen hat, die er kannte, und wir irgendwie auf einer Party in Coconut

Grove gelandet sind. Haben uns ein bisschen gezofft, also bin ich gegangen. Hatte vergessen, dass er die Pässe hat.

WhatsApp-Nachricht, 9. Sept., 11.21 Uhr. An: Nora
Weil er nicht ins Hotel zurückgekommen ist und ich ihn seither nicht gesehen habe.

WhatsApp-Nachricht, 9. Sept., 11.22 Uhr. An: Nora
Er geht nicht ans Handy.

WhatsApp-Nachricht, 9. Sept., 11.23 Uhr. An: Nora
Nein, Nora. Hab das mit dem Hurrikan nicht vergessen.

*

WhatsApp-Nachricht, 9. Sept., 11.27 Uhr. An: Olly
Danke für deine Nachricht, Olly. Wie ich sehe, hält Nora dich auf dem Laufenden. Kann aber ohne Pass in kein anderes Hotel einchecken.

WhatsApp-Nachricht, 9. Sept., 11.29 Uhr. An: Olly
Hatte schon aus dem alten ausgecheckt, bevor ich Dillons unentschuldigtes Fehlen bemerkt habe. Außerdem kosten die Zimmer dort ab 800 $ pro Nacht. Und inzwischen ist es voll mit panischen Einheimischen, die vor dem Hurrikan aus ihren kleinen Häusern geflohen sind.

*

WhatsApp-Nachricht, 9. Sept., 11.42 Uhr. An: Cass
Nein, Cass, kann dir keinen Vorrat an Kiehls Bodylotion mitbringen.

WhatsApp-Nachricht, 9. Sept., 11.46 Uhr. An: Cass
Ja, ich weiß, dass sie in Dollar so viel kostet wie sonst in Pfund.

WhatsApp-Nachricht, 9. Sept., 11.48 Uhr. An: Cass
WEIL ICH IN MIAMI FESTSITZE OHNE PASS, OHNE HOTELZIMMER, MIT 26 PFUND AUF DEM KONTO UND GENAU 17 DOLLAR IM PORTEMONNAIE. KURZ VOR DEM HURRIKAN.

*

WhatsApp-Nachricht, 9. Sept., 18.53 Uhr. An: Nora
Notstand abgewendet!!! Kampiere heute Nacht im Miami-Dolphins-Footballstadion.

WhatsApp-Nachricht, 9. Sept., 18.55 Uhr. An: Nora
Ist OK, ehrlich. Alle sehr freundlich. Habe nette Familie aus Arizona kennengelernt, die mir einen Schlafsack geliehen hat und mir auf ihrem Campinggrill einen Hotdog brät. Eigentlich alles ganz lustig im Moment!

WhatsApp-Nachricht, 9. Sept., 18.57 Uhr. An: Nora
Nein. Er geht immer noch nicht ans Handy.

WhatsApp-Nachricht, 9. Sept., 19.01 Uhr. An: Nora
Der Streit? Ach, nichts.

WhatsApp-Nachricht, 9. Sept., 19.06 Uhr. An: Nora
Ja, schon gut. Es ging darum, dass er mit einer anderen Frau geflirtet hat.

WhatsApp-Nachricht, 9. Sept., 19.08 Uhr. An: Nora
Bademode-Model aus Norwegen. Aber ich glaube nicht, dass das jetzt so wichtig ist.

WhatsApp-Nachricht, 9. Sept., 20.44 Uhr. An: Nora
OK, kriege leisen Verdacht, dass die liebenswürdige Familie aus Arizona möglicherweise einer fanatischen Endzeitsekte angehört, zu der sie mich bekehren will.

WhatsApp-Nachricht, 9. Sept., 20.56 Uhr. An: Nora
Ja, die gehören definitiv einer fanatischen Endzeitsekte an, zu der sie mich bekehren wollen.

*

WhatsApp-Nachricht, 9. Sept., 21.22 Uhr. An: Olly
Alles OK. Aber muss zugeben, dass es hier langsam ein kleines bisschen unheimlich wird. Sturm macht schon einen Höllenlärm vor dem Stadion. Bin außerdem aus Versehen vielleicht fanatischer Endzeitsekte beigetreten. Erschien mir ein geringes Opfer für einen Schlafsack und einen Hotdog, fange aber inzwischen an, es ernsthaft zu bereuen.

*

WhatsApp-Nachricht, 9. Sept., 22.23 Uhr. An: Nora
Shit, Nora, jetzt wird es echt unheimlich. Sturm nimmt zu. Leute weinen. Beten. Nicht nur fanatische Endzeitsekte, sondern auch normale Leute. Habe schlechten Empfang. Melde mich wieder, sobald ich kann. Hab dich lieb. Sorry wegen allem. L x

*

WhatsApp-Nachricht, 9. Sept., 22.26 Uhr. An: Cass
Cass. Stecke mitten im schlimmsten Hurrikan, den Florida seit 20 Jahren erlebt hat. Weiß nicht, wann und ob ich hier je wieder rauskomme. Also nein. Kann dich heute nicht zum Schuheshoppen bei Selfridges treffen.

WhatsApp-Nachricht, 9. Sept., 22.29 Uhr. An: Cass
Nein, Cass. Das kann man nicht mal annähernd als Katastrophe bezeichnen.

*

WhatsApp-Nachricht, 9. Sept., 22.31 Uhr. An: Olly
Ich hab dich lieb Olly. L x

*

I

Es war ein großer Moment, als meine Großmutter gestern Abend an die Tür meines Hotelzimmers klopfte und mir diese Schachtel überreichte, die unter etwa siebzehn Lagen Seidenpapier ihren Brautschleier enthielt.

Eine überwältigender Moment, um genau zu sein.

Sie ist nicht die herzlichste Großmutter – niemand von Dads Seite der Familie ist herzlich; wenn ich es mir recht überlege, ist eigentlich auch von Mums Seite niemand besonders herzlich –, aber ich habe sie immer ein kleines bisschen vergöttert. Dass sie ihren Brautschleier an *mich* weitergibt und nicht an eine der Töchter von Dads Brüdern …

Na ja, da fühle ich mich schon geehrt. Was zur Abwechslung mal ganz nett ist.

Und okay, ich hätte mich noch mehr geehrt gefühlt, wenn sie, während sie mir beim Öffnen der Schachtel zusah, nicht hinzugefügt hätte: »Ich würde dir auch mein Hochzeitskleid geben, Libby-Schatz, aber ich fürchte, deine Taille ist nicht *ganz* so schmal wie meine, als ich es getragen habe.«

Aber trotzdem. Ein großer Moment. Ein Symbol der Wertschätzung von meiner superglamourösen Großmutter.

Und dann ist da noch die Tatsache, dass der Schleier absolut umwerfend ist.

Im Ernst, so was würde man garantiert in keinem Hochzeitsgeschäft weit und breit finden: handgestickte, ganz helle elfenbeinfarbene Spitze mit einem hauchdünnen, kürzeren Teil vorne, der das Gesicht bedeckt, und einer fast drei Meter langen Schleppe hinten. (Großmutter hat nur in einer kleinen Dorfkirche in ihrer Heimat Shropshire geheiratet, aber sie hat sich für ihren Hochzeits-»Look« Grace Kelly zum Vorbild genommen, daher der dramatisch lange Schleier, den ihre – acht – Brautjungfern zum Altar trugen.) Sogar *ich* sehe mit dem Schleiher umwerfend aus, wenn ich mich in dem großen Hotelzimmerspiegel betrachte. Und das nicht nur, weil die hauchdünne Spitze vor meinem Gesicht dieselbe Wirkung hat wie Vaseline auf einer Kameralinse: Alle Unreinheiten werden verwischt. Nein, es ist mehr als das. Etwas an der Art, wie der Schleier fällt, wie mein Haar davon halb nach hinten gezogen wird, oder vielleicht der schmeichelhafte elfenbeinfarbene Ton … was auch immer es ist, ich finde mich damit ziemlich hinreißend, um ehrlich zu sein.

Und jetzt, durch die ganze Spitze betrachtet ebenfalls verschwommen, kommt Olly, schreitet auf mich zu. Er streckt beide Hände aus, schlägt den Schleier zurück, sodass er mein Gesicht sehen kann, und lächelt zu mir herunter. Seine Augen wirken außergewöhnlich sanft, und einen Augenblick lang sagt er nichts.

»Warum zum Teufel«, fragt er, als er schließlich doch was sagt, »trägst du denn so was?«

»Der ist von Großmutter. Sie hat ihn mir gestern Abend vorbeigebracht.« Ich ziehe den Schleier wieder herunter, um einen Moment lang noch mal den Vaseline-Weichzeichner-Effekt zu genießen. »Steht er mir?«

»Wundervoll. Aber – und jetzt reiß mir nicht den Kopf ab, Libby – meinst du nicht, du solltest vielleicht bei einem schlichten Hut oder so bleiben? Schließlich ist es nicht deine Hochzeit.«

»Das weiß ich«, seufze ich. Ich erlaube mir noch einen letzten Blick auf die gracekellyeske (na ja, gracekelly*mäßige*) Brautschönheit im Spiegel. »Und natürlich werde ich den Schleier nicht zu Dads und Phoebes Hochzeit tragen. Obwohl ich ehrlich gesagt nicht weiß, ob Phoebe *tatsächlich* was dagegen einwenden könnte. Ich meine, Großmutter hat ihn ihr ja für heute angeboten, und sie hat abgelehnt …«

Das tut der Tatsache, dass Großmutter den Schleier danach mir gegeben hat, übrigens überhaupt keinen Abbruch. Ich meine, okay, sie war ein bisschen sauer auf ihre zukünftige Schwiegertochter, die sich weigerte, den Schleier zu tragen, weil er ihre ziemlich atemberaubende Figur verhüllen würde. Aber das war nicht der Grund, weshalb Großmutter gestern spät am Abend in mein Zimmer gekommen ist und ihn stattdessen mir überreicht hat. Sie hätte Phoebe nur erlaubt, ihn zu leihen, wohingegen sie ihn mir tatsächlich *vererbt* hat … wenn man das so ausdrücken kann, obwohl Großmutter noch sehr lebendig ist.

»Trotzdem«, sagt Olly grinsend, »bin ich nicht sicher, ob Phoebe so begeistert wäre, wenn ein Gast an ihrem Hochzeitstag in einem drei Meter langen Schleier auftaucht. Erst recht nicht ihre neue Stieftochter.«

Ich zucke zusammen.

»Sorry, sorry.« Er hält beide Hände hoch. »Ich weiß, dass wir sie nicht als deine Stiefmutter bezeichnen. Mein Fehler.«

Das stimmt. Denn es ist ja nicht so, als hätte ich nicht schon genug Probleme mit der einen Mutter, die ich schon habe. Ganz zu schweigen von der Tatsache, dass Dad noch nie ein besonders engagierter Vater war – weshalb es auch völlig absurd wäre, die Frau, die er heiratet, meine »Stiefmutter« zu nennen.

Nur, um das klarzustellen: Ich habe überhaupt nichts gegen Phoebe. Sie schien mir ganz nett bei unserer zehnminütigen Unterhaltung, als Olly und ich gestern Abend im Hotel ankamen. Aber ich glaube, wir werden uns alle viel wohler fühlen, wenn wir uns, sobald der heutige Tag vorbei ist, einfach wieder wie höfliche Fremde verhalten, die einander Weihnachtskarten und ab und zu mal eine SMS schreiben. Was, zumindest was Dad anbelangt, ein Riesenfortschritt im Vergleich zu den letzten zwanzig Jahren wäre.

»Also, wir sollten jetzt wohl runter in die Orangerie gehen, meinst du nicht?«, fragt Olly, während ich den Schleier – ein bisschen widerstrebend – aus meinen Haaren löse und ihn wieder in die flache Schachtel lege. »Dein Dad hat zwar gesagt, es wäre alles ganz ungezwungen. Vermutlich heißt das aber nicht, dass wir nach dem Brautpaar erscheinen dürfen.«

»Na ja, es wäre schon ein bisschen absurd, wenn Dad jetzt plötzlich anfangen würde, sich über Unpünktlichkeit zu beschweren«, sage ich, »wenn man bedenkt, dass ihm mein achtzehnter Geburtstag damals erst zwei Wochen später eingefallen ist ... Aber du hast recht. Wir sollten los.«

Ich stelle mich noch mal vor den Spiegel und betrachte unser gemeinsames Spiegelbild. Jetzt, nachdem ich den Schleier abgenommen habe, trage ich nur noch ein anthrazitfarbenes Seidenkleid mit Flügelärmeln und dazu passende Wildlederpumps – was sich für eine Hochzeit angemessener anfühlt als mein übliches Schwarz von Kopf bis Fuß. Olly wirkt adrett und erstaunlich anders als sonst in seinem dunkelblauen Anzug, dem gestärkten weißen Hemd und der gestreiften Krawatte. Ich habe ihn schon seit Ewigkeiten in nichts anderem mehr gesehen als entweder einer Kochuniform oder einem farbbespritzten T-Shirt und Schlabberjeans, seit er vor ein paar Monaten angefangen hat, sein zukünftiges Restaurant zu renovieren. Also bin ich ganz schön überrascht, als mir jetzt wieder klar wird, wie schick er sein kann.

»Sehen wir okay aus?«, frage ich und schaue ihm im Spiegel in die Augen.

Olly mustert uns beide einen Augenblick.

»Ich finde, wir sehen sogar verdammt gut aus«, antwortet er und schaut mir ebenfalls im Spiegel in die Augen. »Du vor allem. Das Kleid ist echt toll.«

»Danke, Ol. Oh, und ich entschuldige mich im Voraus«, sage ich, während ich mich bei ihm unterhake und mir auf dem Weg zur Tür meinen Hut, meine Tasche und meinen Schal schnappe, »wenn irgendjemand von meinen Verwandten fälschlicherweise denkt, wir wären ein Paar. Von mir haben sie das nicht – ich meine, ich sehe natürlich auch niemanden von ihnen öfter als alle zehn Jahre –, aber du weißt ja, wie die Leute gern voreilige Schlüsse ziehen …«

»Dafür musst du dich nicht entschuldigen.«

»… und ein paar von ihnen erinnern sich vielleicht sogar, dass du vor elf Jahren mit mir zur Beerdigung meines Großvaters gekommen bist, also werden sie wahrscheinlich alle möglichen Fragen stellen, warum *wir* noch nicht verheiratet sind …«

»Na ja, das wäre durchaus legitim. Wenn wir *tatsächlich* all die Jahre zusammen gewesen wären, meine ich.«

»… aber ich denke, du kannst sie ziemlich leicht abwimmeln, sogar ohne ihnen sagen zu müssen, dass wir nur beste Freunde sind. Wenn du ihnen einen Drink vor die Nase hältst, werden die meisten von ihnen sowieso vergessen, dass sie überhaupt mit dir gesprochen haben.«

»Keine Sorge, Lib. Aufdringliche Fragen von wohlmeinenden Verwandten abzuwimmeln ist sozusagen meine Spezialität.«

Daraufhin hält mir Olly mit wie immer tadellosen Manieren die Tür auf, damit ich vor ihm hinausgehen kann.

Ich bin Olly so, so dankbar, dass er sich bereit erklärt hat, mich zu Dads Hochzeit zu begleiten.

Ich meine, ich weiß, dass das in etwa das Letzte ist, worauf er am Wochenende Lust hat: den ganzen Weg hier rauf nach Ayrshire zu kommen, woher Phoebe ursprünglich stammt, nur um mir bei der Hochzeit meines Vaters Gesellschaft zu leisten. Es ist ja nicht so, als hätte er mit der Eröffnung seines Restaurants Ende nächster Woche nicht selbst schon genug zu tun.

Und ich schätze, ich hätte natürlich auch Adam bitten können, mich zu begleiten. Denn er und ich sind *tatsächlich* ein Paar.

Aber Adam und ich sind erst etwa acht Wochen zusammen. Ja, es läuft unheimlich gut zwischen uns – ich meine, *ernsthaft* gut –, aber es fühlt sich immer noch ein bisschen zu früh an, um ihn den peinlichen Begegnungen und komplizierten Gefühlen auszusetzen, die Dads Hochzeit garantiert für mich bedeuten wird. Wie dem auch sei, Olly hat sich sofort bereit erklärt, mich zu begleiten, sobald ich ihm vor drei Monaten von der überraschenden (okay, schockierenden) Einladung erzählt habe. Und um ganz ehrlich zu sein, hätte ich niemanden sonst auf der Welt lieber an meiner Seite.

(Und dann ist da noch die Tatsache, dass ich für mich behalten habe, dass Adam und ich, um es in schöner, klarer Facebook-Terminologie auszudrücken, die sich nie *so ganz* auf das wahre Leben übertragen lässt – zumindest nicht auf mein wahres Leben – »in einer Beziehung« sind. Ich habe noch nicht mal Nora, meiner besten Freundin und Ollys Schwester, davon erzählt. Wie gesagt, es ist noch sehr früh, und … Na ja, meine letzte Beziehung hat in einer solchen – im wahrsten Sinne des Wortes – Katastrophe geendet, dass ich ein bisschen davor zurückschrecke zu verkünden, dass ich diesen Weg aufs Neue beschreite, wenn auch mit einem Mann, der das krasse Gegenteil von meinem Ex Dillon ist.)

Ich war Olly also dankbar. Doch wie dankbar ich ihm wirklich war, wurde mir erst klar, als Dad seine frischgebackene Frau Phoebe vor ungefähr einer Viertelstunde wieder vom Altar wegführte.

Was genau mit mir los war, kann ich gar nicht sagen, aber ich spürte plötzlich diesen riesigen Kloß im Hals, und zwar nicht irgendwie hochzeits- und freudentränentechnisch. Also war es schön, nach rechts greifen und nach Ollys Hand tasten zu können, um mich daran festzuhalten, und noch schöner zu merken, dass ich gar nicht viel herumtasten musste, weil er bereits nach meiner griff.

Zum Glück hat Großmutter auf der anderen Seite von mir unseren kurzen, aber bedeutungsvollen Händedruck nicht bemerkt, denn ich hatte sie im Verdacht, sich sowieso schon alles Mögliche über Olly und mich vorzustellen.

Und nun bin ich *sicher*, dass sie sich alles Mögliche über Olly und mich einbildet, denn kaum sind wir eben alle aus der Orangerie, wo die Trauung stattfand, zu einem Open-Air-Empfang in den sonnigen, aber kühlen Außenbereich des Hotels geströmt, da hat sie mich auch schon am Arm festgehalten und gesagt: »Libby-Schatz, dein Olly ist absolut *wundervoll.*«

»Ich weiß.« Gott sei Dank hat sich der absolut wundervolle Olly gerade entfernt, um uns allen ein Glas Champagner zu holen, also muss ich ihm keine »Es tut mir so leid«-Blicke zuwerfen und hoffen, dass Großmutter es nicht bemerkt. »Aber eigentlich ist er nicht *mein* Olly, Großmutter. Er ist nur ein Freund.«

»Oh.« Ihr für ihre über achtzig Jahre wundersam faltenloses Gesicht (und mit etwas Glück noch etwas, was ich außer dem Schleier von ihr erben werde) verdüstert sich leicht. »*Das* ist aber schade. Ich erinnere mich von der Beerdigung deines Großvaters an ihn. Und danach hat er mir den allerliebsten Beileidsbrief geschrieben. Wenn er also nur ein Freund ist, sag mir: Was stimmt nicht mit ihm?«

»Nichts. Gott, absolut gar nichts! Er ist nur … Wir sind nicht zusammen«, erkläre ich. Oder, genauer gesagt, erkläre ich *nicht.* Sondern fahre fort: »Erinnerst du dich an meine Freundin Nora? Wir haben mal im Sommer eine Woche bei dir verbracht, als wir vierzehn oder fünfzehn waren? Na ja, Olly ist ihr Bruder.«

Großmutter denkt einen Augenblick darüber nach. »Nur, weil er der Bruder von jemandem ist«, antwortet sie pikiert, »heißt das nicht, dass er nicht einen mehr als akzeptablen Partner abgeben würde.«

Wogegen man wohl nichts sagen kann. Und ich würde es bestimmt nicht wagen, Großmutter zu widersprechen, die es – bei all ihrer Grace-Kelly-Hochzeitsausstattung – in Sachen Spitzzüngigkeit eigentlich eher mit einem ihrer anderen Leinwandidole, nämlich Katharine Hepburn, aufnehmen könnte. Heute ist sie sogar ein bisschen wie Katharine Hepburn gekleidet, mit ihrer prachtvollen cremefarbenen Seiden-Palazzohose, einer schwarzen Kimono-Jacke und – darüber bin ich gerührt, da wir uns ja nicht sooo nahestehen – der Perlen-Lassokette, die ich ihr vor ein paar Monaten zu ihrem fünfundachtzigsten Geburtstag gemacht und geschickt habe. (Ich bin Schmuckdesignerin, muss ich hinzufügen, also ist das nicht nur so eine hobbymäßige Bastelei, nach der es vielleicht klingt.)

»Jedenfalls könnte er nicht noch ungeeigneter sein als … wie hieß der Bursche noch mal, mit dem es gerade aus war, als wir zum letzten Mal geredet haben?«, fragt Großmutter. »Der, der dich in Mexiko mitten in einem Erdbeben hat sitzen lassen.«

»In Miami. Und es war ein Hurrikan.« Bezüglich »sitzen lassen« kann ich sie leider nicht korrigieren. »Und er hieß Dillon.«

»Ja. Warum sollte dieser nette Olly schlechter für dich sein als ein Mann, der dich in einer Naturkatastrophe alleinlässt? Du würdest Libby nicht in einer Naturkatastrophe alleinlassen«, fragt sie Olly, der gerade – von wegen Timing – mit drei Gläsern Champagner, von denen er zwei eindrucksvoll in einer Hand balanciert, wieder aufgetaucht ist, »nicht wahr?«

»Wie bitte, Mrs Lomax?«

»Du würdest Libby nicht in Malaysia zurücklassen, wenn ein Tsunami droht.«

»Natürlich würde er das nicht«, sage ich schnell, bevor Olly mitkriegt, dass wir über Dillon reden. Denn Olly und Dillon sind nicht besonders gut aufeinander zu sprechen. »Danke für den Champagner, Ol. Kann er dir sonst noch was holen, Großmutter?«

»Nein. Aber er kann mit mir tanzen.«

Sie zeigt gebieterisch mit dem Finger in Richtung einer sehr kleinen, achteckigen Tanzfläche, die sich dort befindet, wo normalerweise eine Terrasse sein muss. Die Musik kommt von drei außergewöhnlich gelangweilt wirkenden Mitgliedern eines Jazztrios direkt daneben.

»Ich weiß nicht, ob das eine gute Idee ist, Großmutter ...« Denn ich will wirklich nicht, dass sie sich den armen Olly krallt und ihn darüber ausfragt, warum genau wir kein Paar sind. Er hat sich schließlich nicht für ein Kreuzverhör gemeldet, als er sich bereit erklärt hat, heute mein »Date« zu sein. »Es hat noch niemand sonst angefangen zu tanzen ... und vielleicht wollen Dad und Phoebe den ersten Tanz ...«

»Und *ich* wollte einen Sohn, der mir keine Schande macht, indem er seine väterlichen Pflichten vernachlässigt«, erwidert

Großmutter bissig, was für ihre Verhältnisse schon ein sehr deutlicher Bezug auf das große Tabu ist (also Dads und meine Geschichte). »Aber wir kriegen nicht immer, was wir wollen, nicht wahr, Libby?« Sie reicht mir ihr Champagnerglas und wendet sich an Olly. »Also, darf ich bitten?«

Olly wirkt halb amüsiert und halb erschrocken, doch beides führt nicht dazu, dass er ablehnt. Er stellt sein Champagnerglas auf einen der Tische mit den Häppchen, wirft mir mit hochgezogenen Augenbrauen einen Blick zu, und hält Großmutter dann ganz gentlemanlike den Arm hin, damit sie sich unterhaken kann, während sie zur Tanzfläche schreiten.

Ich sehe fasziniert zu, als sie anfangen, ein paar überraschend beeindruckende Figuren hinzulegen. Überraschend, weil Großmutter eine über Achtzigjährige mit zwei künstlichen Knien ist und weil ich buchstäblich keinen Schimmer hatte, dass Olly »richtig« tanzen kann. Das letzte Mal, dass ich ihn überhaupt habe tanzen sehen, muss bei der großen Rubinhochzeitsfeier seiner Eltern vor ein paar Jahren gewesen sein, aber an dem Abend war er am Ende ziemlich betrunken und schaffte gerade noch ein paar ausgelassene Hüftschwünge, um (wie ich damals hoffte) seine Onkel zu imitieren.

Und nun sieh mal einer an, wie er Großmutter übers Parkett wirbelt wie eine Mischung aus Fred Astaire und Patrick Swayze. Und Gott sei Dank tanzen sie sowieso zu beschwingt, zumindest nach Rentnerstandards, als dass Großmutter ein Gespräch anfangen könnte, also könnte es mir mit etwas Glück gelingen, dazwischenzugehen und selbst auf einen Tanz mit Olly zu bestehen, bevor sie mit irgendwelchen peinlichen Fragen beginnt …

»Libby.«

Eine Stimme direkt hinter mir zwingt mich, mich umzudrehen.

Es ist Dad, der einen Arm um seine neue Frau Phoebe gelegt hat und den anderen um ein hübsches, dunkelhaariges Mädchen, das bei der Trauung eben Brautjungfer war: Rosie, Phoebes siebzehnjährige Tochter.

Die Tatsache, dass Phoebe eine Tochter hat, war mir bis gestern Abend neu. Ich meine, das erste Mal, dass ich überhaupt von Phoebe hörte, war, als die elektronische Hochzeitseinladung im April in mein Postfach flatterte. Und seither habe ich mit Dad bezüglich der Hochzeit nur ein paar kurze SMS getauscht, bei denen es ausschließlich darum ging, ob er dafür sorgen könne, dass ich bei meinem Hotelzimmer den Familienrabatt bekäme oder nicht. (Letztendlich konnte er. Was so ziemlich das Väterlichste ist, was Dad in den letzten dreißig Jahren insgesamt für mich getan hat.) Jegliche Details – wie sie sich kennengelernt haben, wie lange sie schon zusammen sind – waren mir bis gestern ein völliges Rätsel. Nur fürs Protokoll: Ich habe gestern Abend erfahren, dass sie sich letzten September kennengelernt haben, als Phoebe an der Uni, an der Dad Filmwissenschaft unterrichtet, als Dozentin für Logopädie anfing. Und bei der Gelegenheit erfuhr ich auch von Rosie, meiner – Peinlichkeits-Alarm – frischgebackenen Stiefschwester.

»Dad«, sage ich. »Phoebe. Herzlichen Glückwunsch!«

Dann, denn wenn ich es nicht tue, wird er es bestimmt nicht tun, beuge ich mich kurz vor und umarme erst ihn, dann Phoebe.

»Oh, danke, Libby.« Phoebe, eine atemberaubende vierzigjährige Bombe in einem extrem tief ausgeschnittenen Hochzeitskleid mit Wespentaille, erwidert die Umarmung freundlich, wenn auch leicht abgelenkt. »Wie nett von dir, dass du von so weit hergekommen bist, Süße.«

»Ach, schon okay! Nett von euch, dass ihr mich eingeladen habt.«

»Freut mich, dass du es geschafft hast«, sagt Dad mit einem seiner seltenen und extrem flüchtigen Lächeln. »Ich weiß, dass du zurzeit sehr beschäftigt bist.«

»Ehrlich, Dad, das hätte ich mir nicht entgehen lassen.«

Und dann herrscht einen Moment Schweigen.

Dies, genau dies ist der Grund, weshalb ich heute nicht mit Adam statt Olly hergekommen bin. Diese abgrundtiefe, zähneknirschende Verlegenheit. Und momentan ist unser Verhältnis noch besser als sonst, auch wenn das kaum zu glauben ist. Bis letzten Sommer hatte ich jahrelang nicht mal mit Dad gesprochen. Ich musste ganz schön meinen Mut zusammennehmen und mich sanft schubsen lassen von … na ja, von einer neuen Freundin … um letztes Jahr überhaupt das Eis zu brechen.

»Du solltest deine frischgebackene Stiefschwester kennenlernen!«, sagt Phoebe.

Ich zucke zusammen. Gott sei Dank merkt es niemand.

»Rosie, das ist Libby. Libby, das ist Rosie.«

»Hi!«, sage ich.

»Hi«, sagt Rosie.

»Rosie kommt bald in ihr letztes Collegejahr«, spricht Phoebe weiter, »und sie überlegt schon, für welche Studiengänge sie sich bewerben soll. Und du, Libby … du arbeitest doch in einem Schmuckladen, stimmt's?«

»Ähm, na ja, eigentlich entwerfe ich eher selbst Schmuck.«

»Also bist du künstlerisch veranlagt! Das ist schön. Rosie ist auch sehr künstlerisch. Sie überlegt, sich für Bildende Kunst zu bewerben, oder vielleicht irgendwas mit Theaterdesign … Oh! Ich gehe mal besser rüber und begrüße Jenny und Nick … Nein, nein, Eddie, du bleibst hier«, sagt sie bestimmt, als Dad seine Chance wittert, um mit ihr zu fliehen, »und unterhältst dich in Ruhe mit Libby. Bring die beiden Mädchen ins Gespräch!«, fügt sie hinzu und kreuzt dabei die Finger in Richtung von Rosie und mir. »Hilf ihnen, sich gegenseitig kennenzulernen!«

Das dürfte Dad schwerfallen, da er mich ja selbst nicht kennt. Also – nachdem ich auch leicht panisch in Richtung Tanzfläche geschaut habe, wo Olly (oh Gott) nun von Großmutter in ein äußerst angeregtes Gespräch verwickelt wird – erbarme ich mich seiner und beschließe, dass ich das Gespräch am besten selbst in die Hand nehme.

»Also! Rosie … du … ähm … willst dich für ein Studium bewerben!«

»Jep.« Rosie nickt. Sie sieht hübsch aus in ihrem blassgrünen Brautjungfernkleid, und ihr selbstbewusster Blick deutet an, dass sie in ihrer Schule beliebt ist. Ich glaube nicht, dass ihr mangelndes Interesse an mir was Persönliches ist, sondern eher die Tatsache, dass ich für sie nur irgendeine langweilige Erwachsene bin, die keine Ahnung hat, was in ihrem Leben wichtig ist. »Wie Mum schon gesagt hat.«

»Okay. Also vielleicht Theaterdesign?«

»Nicht, wenn ich irgendwas zu sagen habe«, bemerkt Dad. »Weißt du, dieses Mädchen hier ist eine Top-Kandidatin für jeden erstklassigen Medien- und Kommunikationsstudiengang im ganzen Land. Ich versuche, sie zu überreden, dass sie sich an der Kingston University bewirbt, denn das ist eine der besten Unis für eine hervorragende umfassende Medienausbildung. Und im dritten Jahr kann sie sich auf Filmgeschichte spezialisieren.«

»Oh.« Ich bin leicht entgeistert, dass Dad sich überhaupt für Rosies bevorstehende Wahl einer Hochschule interessiert, ganz zu schweigen davon, dass er sich dabei so einbringt. »Dann bist du also ein Filmfan, Rosie?«

»Gott, ja, ich liebe Filme. Vor allem die ganzen Klassiker. Eddie hat mir und Mum schon jede Menge davon gezeigt.

Wir machen sonntags diese Filmabende, und ich lade meine Freunde ein und so …«

»Und ich gebe mir Mühe, nicht zu sehr zu nerven und den Film nicht alle fünf Minuten zu stoppen, um ihnen einen Vortrag darüber zu halten, was ihnen hätte auffallen sollen«, unterbricht Dad mit einem Lachen.

Ja, richtig: einem *Lachen.*

Ich kann nicht behaupten, dass ich von Dad je zuvor ein Lachen gehört hätte.

»Ach, du bist schon okay, Eddie«, sagt Rosie und lacht nun ebenfalls. »Und wenn es zu viel wird, schicken wir dich einfach raus, damit du noch mehr Popcorn holst.«

»Ach so, dafür bin ich also gut, ja?«, fragt Dad mit einem weiteren – *weiteren* – Lachen. »Ich bin Doktor der Filmwissenschaft mit jahrelanger Erfahrung und Autor eines hochgelobten Buchs zur Geschichte des Kinos, aber für dich und deine Freunde darf ich nur Popcorn holen!«

»Ach, wo wir schon mal von deinem Buch reden«, sagt Rosie, »mein Kumpel Jasper hat es in den Ferien gelesen und hat gesagt, es sei toll. Also, er hätte echt viel daraus gelernt.«

»Tja, Jasper hat offensichtlich den richtigen Riecher!«, sagt Dad. Nur halb im Spaß.

Aber Dad gibt immer gern an, wenn es um »sein Buch« geht. Was vielleicht auch verständlich ist, denn die Arbeit an »seinem Buch« hat sein Leben komplett bestimmt und ihn fünfundzwanzig Jahre lang zu so einem miesen Vater für mich gemacht.

Vielleicht liegt es daran, dass das Buch letztes Jahr endlich erschienen ist, dass er für Rosie ein (ganz offensichtlich) ziemlich engagierter Stiefvater sein kann.

Genau in diesem Augenblick spüre ich eine sanfte Berührung an meinem Ellbogen, drehe mich um und sehe, dass Olly zu uns herübergekommen ist.

Ich stürze mich nicht *wirklich* auf ihn, wie eine Ertrinkende sich auf einen nahenden Rettungsschwimmer stürzen würde, aber es geht schon in die Richtung.

»Hi«, sagt Olly und streckt meinem Dad freundlich, aber recht kühl eine Hand entgegen. »Glückwunsch, Mr Lomax.«

»Oh, danke … du bist … ähm … Oscar, oder?«

»Olly«, sage ich.

»Bist du Libbys *Freund?*«, fragt Rosie, die plötzlich aufblüht und etwas mehr Interesse an mir zeigt.

Oder, um genau zu sein, an Olly.

Zumindest vermute ich, dass er der Grund für ihr plötzliches Schnuteziehen und Durch-die-Haare-Streichen ist.

Und Olly sieht heute *wirklich* gut aus mit seinem schicken Anzug und seinen sandfarbenen, ausnahmsweise fast ordentlichen Haaren, also kann ich Rosie das ganze Schnuteziehen und Durch-die-Haare-Streichen wohl nicht verübeln, auch wenn es sich ein bisschen … inzestuös anfühlt. Denn sie ist meine (zusammenzuck) neue Stiefschwester und Olly praktisch mein Bruder.

»Nein, nein«, sage ich schnell, bevor Olly es tun muss. »Wir sind nur platonische Freunde.«

»*Oh*«, sagt Rosie bedeutungsschwer, als könnte Olly, da er ja praktischerweise Single ist, plötzlich auf die Idee kommen, dass eine Siebzehnjährige wunderbar zu ihm, einem Dreiunddreißigjährigen, passen würde. Weshalb er dann auch umgehend mit ihr auf die Tanzfläche verschwinden würde, um ein bisschen rumzuknutschen.

»Ich bin nur vorbeigekommen, Libby«, sagt Olly, wobei er Rosies eifrige Körpersprache taktvoll ignoriert und sich stattdessen zu mir dreht, »um zu fragen, ob du tanzen willst? Ich fürchte, deine Großmutter ist leider fix und fertig, und jetzt habe ich keine Partnerin mehr. Außerdem habe ich den

Eindruck, dass die Jazzband sich über ein paar begeisterte Tänzer freuen würde, also wenn du Lust hast, eine Sohle aufs Parkett zu legen …?«

»Mit Vergnügen«, antworte ich zutiefst erleichtert und ergreife seine ausgestreckte Hand. »Bis später, Dad. Du musst wahrscheinlich sowieso weiter, nicht?«

»Auf jeden Fall«, sagt Dad und sieht ebenfalls zutiefst erleichtert aus, mich los zu sein.

»Und es war schön, dich kennenzulernen, Rosie«, füge ich mit einem, wie ich hoffe, angemessen freundlichen, aber nicht zu stiefschwesterlichen Winken hinzu. »Vielleicht können wir … ähm … in Kontakt bleiben? Dad kann dir sicher meine Mailadresse geben, wenn du willst.«

Sie reißt die Augen auf, als hätte ich gerade vorgeschlagen, wir sollten einander mit Tinte und Feder Briefe schreiben und sie mit Pferde-Postkutschen verschicken.

»Also, Glückwunsch noch mal«, sagt Olly locker-lässig und führt mich in Richtung Tanzfläche davon. »Du zitterst«, fügt er mit gedämpfter Stimme hinzu. »Schwieriges Gespräch?«

»Nicht für meinen Dad und seine frischgebackene Stieftochter«, sage ich, aber leise, weil ich nicht will, dass Großmutter es hört. Sie sitzt mit einem frischen Glas Champagner in der Hand auf einem Stuhl im Schatten einiger Bäume, wo Olly sie galant geparkt haben muss. »Anscheinend verstehen sie sich blendend. Er interessiert sich für ihre Zukunft … zeigt ihr und ihren Freunden alle seine Lieblingsfilme … versorgt sie mit Popcorn …«

Olly zuckt auch ein bisschen zusammen – erstaunlicherweise zum ersten Mal an diesem Wochenende. »Sorry, Lib.«

»Schon okay.«

Ist es aber nicht. Denn inzwischen habe ich mich zwar damit abgefunden, dass mein Dad sich nicht um mich kümmert. Aber zu sehen, wie er es so offensichtlich genießt, eine Beziehung zu einer Tochter aufzubauen, die der Zufall und nicht eine biologische Verbindung in sein Leben gebracht hat, ist noch mal etwas ganz anderes.

Zum Beispiel diese gemütlich klingenden Filmabende, die Rosie erwähnt hat. Genau danach habe ich mich damals gesehnt – ich meine, richtig *gesehnt.* Ich hatte ein paar solche Abende, als ich acht oder neun war und noch ab und zu bei Dad übernachtete (bevor es mit den Plänen für »sein Buch« so richtig losging und er das Interesse an mir ganz verlor). Und ich erinnere mich, wie aufregend es war, wie eine Erwachsene behandelt zu werden und mit Dad bis lange, lange nach meiner Schlafenszeit seine Lieblingsfilme zu schauen. *Casablanca* und *African Queen* und *Manche mögen's heiß* … Im Nachhinein betrachtet waren natürlich nicht alle Filme genau das, was einer Achtjährigen Spaß macht. Aber mir haben sie mit Dad Spaß gemacht. Trotz seiner steifen, ziemlich förmlichen Methode, sie mit häufigen Unterbrechungen zu zeigen, um mich auf die »bedeutsamen Szenen« aufmerksam zu machen. Diese strenge Methode scheint er bei Rosie etwas gelockert zu haben.

»Willst du gehen?«, fragt Olly und dämpft die Stimme noch mehr. Er hat eine Hand an meine Taille gelegt und eine auf meiner Schulter, während wir tanzen (oder eher ziellos hin und her schaukeln; Großmutters Tanzbein habe ich offensichtlich nicht geerbt), und drückt mich nun sanft und tröstend am Oberarm. »Ich kann mir gern eine Ausrede ausdenken, wenn du willst. Ich könnte sagen, dass dir schlecht ist. Oder ich könnte sagen, dass mir schlecht ist. Oder ich könnte sagen, dass uns *beiden* schlecht ist – alles auf diese Pilzpastetchen schieben, die herumgereicht wurden, und für einen Massenexodus sorgen …?«

Ich lache. »Danke, Olly, aber ich glaube, ich würde mich hier nur noch unbeliebter machen, wenn ich Dads und Phoebes großen Tag versaue.«

»Du bist nicht unbeliebt.« Er blickt zu mir herunter. »Zumindest bei niemandem, der zählt.«

Wir werden unterbrochen, als irgendwo in seiner Anzugjacke sein Handy klingelt.

»Das ist Noras Klingelton«, sage ich, denn wir haben sie beide, seit sie vor ein paar Jahren hinauf nach Glasgow gezogen ist, mit »Auld Lang Syne« in unseren Handys gespeichert. »Wir sollten rangehen. Es könnte was mit den Flügen sein oder so.«

Meine Stimmung hebt sich kurz durch diese Erinnerung daran, dass wir uns später am Abend mit Nora am Glasgow Airport treffen werden, um alle zusammen wieder runter nach London zu fliegen: Sie kommt diese Woche »nach Hause«, damit sie Olly bei den ganzen Last-Minute-Vorbereitungen für seine Restauranteröffnung helfen und am Freitagabend bei seiner Eröffnungsparty dabei sein kann.

»Nein, sie ruft wahrscheinlich nur an, um zu fragen, ob ich es mir überlegt habe und ihren Vorschlag mit Tash und dem Motorrad annehme.«

Ich blinzle zu ihm hoch. »Tash und welches Motorrad?«

»Ähm … davon habe ich dir gestern Abend in der Bar erzählt, Libby.« Er wirkt überrascht. »*So* betrunken warst du doch gar nicht, oder?«

Nein; ich war gar nicht sehr betrunken. Aber ich war volle fünf Minuten, vielleicht sogar länger, abgelenkt vom Anblick der Single-Malt-Whisky-Flaschen, die oben in einem Regal aufgereiht waren. Bei Single-Malt-Whisky-Flaschen muss ich an Dillon denken. Und wenn ich an Dillon denke, was ich mir sehr selten gestatte, können ganze Zeitabschnitte in diese Art … schwarzes Loch, so müsste man es wohl nennen, gesogen werden. Also hätte Olly auch splitternackt und mit einem

Brot auf dem Kopf in der Bar sitzen und davon erzählen können, wie er von Aliens entführt wurde, und ich hätte nichts mitbekommen.

»Tash«, erklärt Olly noch einmal geduldig (geduldiger, als wenn er wüsste, dass ich gestern Abend von Gedanken an Dillon abgelenkt wurde), »kommt diese Woche auch mit runter nach London. Wegen irgendeiner Konferenz, und anscheinend kann sie super mit Werkzeug umgehen … Sie hat angeboten, abends im Restaurant zu helfen …«

Tash, eine von Noras engsten Freundinnen aus dem Krankenhaus, in dem sie beide in Glasgow arbeiten, kann ganz sicher super mit Werkzeug umgehen. Tash ist so jemand, der mit allem super umgehen kann. Eigentlich ein bisschen wie Nora, kompetent und durch nichts aus der Ruhe zu bringen, was wahrscheinlich der Grund dafür ist, dass sie so gut befreundet sind.

Ich wusste nicht, dass sie diese Woche mit Nora nach London kommen würde.

Wobei ich natürlich, möchte ich betonen, keinerlei Probleme mit Tash habe, die jedes Mal sehr nett war, wenn ich sie getroffen habe.

Es ist nur so, dass ich mir vorgestellt hatte, die nächsten paar Tage mit Nora so richtig zu genießen: Wir würden Olly helfen, das Restaurant für die Eröffnung am Freitag vorzubereiten; bei einer Flasche Wein bis spät in die Nacht quatschen; die letzten paar Kleinigkeiten einkaufen, die ihr vielleicht noch fehlen für ihre Hochzeit Ende Juli, in gerade mal einem Monat …

Ich meine, selbstverständlich können wir all das immer noch machen, auch wenn Tash dabei ist. Von meinen Besuchen bei Nora in Schottland, bei denen ich Tash auch immer gesehen habe, weiß ich, dass sie genauso viel Spaß am Trinken und Quatschen hat wie Nora und ich. Und da sie ebenfalls Brautjungfer ist, wäre es nur sinnvoll, dass sie bei einem Hochzeitsshoppingtrip dabei ist.

Aber trotzdem. Es ist nicht ganz so, wie ich mir diese Woche ausgemalt hatte, das ist alles.

»Jedenfalls«, fährt Olly fort, »hat sie vor, auf ihrem Motorrad runterzufahren, und Nora hat mich gefragt, ob ich nicht ein Motorrad mieten und sie begleiten will.«

»Statt deinen Flug zu nehmen?«

»Ja. Wir schaffen es in acht Stunden oder so, mit Pausen. Ich meine, es ist nicht so, als würde ich denken, dass Tash Gesellschaft braucht oder so was – sie hat immer ziemlich selbstständig gewirkt, wenn ich sie gesehen habe.«

Ich weiß nicht, warum mich die Vorstellung, dass Olly und Tash den ganzen Weg von Glasgow nach London mit dem Motorrad fahren, so nervös macht. Schließlich sollte es mir, selbst *wenn* ich ein Problem mit Tash hätte (was ich, wie gesagt, absolut nicht habe), nicht im Geringsten was ausmachen, wenn Olly den langen, unbequemen Nachhauseweg mit Tash wählt, statt eines schön kurzen Flugs mit Nora und mir. Es liegt nur daran, beschließe ich, dass ich ein bisschen von der Nachricht überrumpelt bin, dass ich diese Woche vielleicht doch nicht so mit Nora verbringen kann, wie ich es mir vorgestellt hatte. Und vielleicht auch daran, dass ich es ganz einfach hasse, wenn er Motorrad fährt. Ich hab mal einen Nachrichtenbeitrag über einen furchtbaren Unfall gesehen, bei dem ein Motorrad unter einen Sattelschlepper gerutscht ist, und muss seither immer daran denken.

»Ich wollte eigentlich ablehnen, aber ich hab darüber nachgedacht, und … na ja, so eine nächtliche Motorradfahrt …« Olly bekommt einen sehnsüchtigen Blick. »Nora hat den Vorschlag gemacht, weil sie dachte, ich will vielleicht ein bisschen den Kopf freikriegen. Vor dieser großen Woche und allem.

Sonntagnacht müsste es ziemlich ruhig sein. Und ich bin schon so lange nicht mehr Motorrad gefahren, dass ich fast vergessen habe, wie entspannend es ist.«

»Dann solltest du es definitiv machen«, sage ich. Schweren Herzens, aber so begeistert wie möglich. Denn sein sehnsüchtiger Gesichtsausdruck zeigt mir, dass er es wirklich will.

»Echt?«

»Auf jeden Fall! Aber sei bitte, bitte vorsichtig, Olly, und halte dich natürlich den restlichen Nachmittag vom Champagner fern …«

»Du musst dir keine Sorgen um mich machen«, beruhigt mich Olly. »Ich bin heute hier, um mich um dich zu kümmern, schon vergessen?«

»Ich weiß. Und ich kümmere mich die ganze nächste Woche um dich, Ol, versprochen. Ich meine, ich kann vielleicht nicht super mit Werkzeug umgehen, aber ich bring dir Kaffee und selbst gekochtes Essen …«

»Das ist wirklich nicht nötig«, sagt Olly schnell – zum Glück, denn er ist ein echter Feinschmecker, und ich kann ums Verrecken nicht kochen. »Moralische Unterstützung reicht.«

Die er voll und ganz verdient, denn er ist in der Tat, wie Großmutter bemerkt hat, absolut wundervoll.

»Oh Gott … Großmutter«, sage ich plötzlich. »Hat sie dir mit uns beiden in den Ohren gelegen, Olly? Es tut mir so leid, sie hat einfach diese fixen Ideen, und …«

»Schon okay, Lib, ehrlich. Ich meine, ja, sie hat dich und mich während unserer Runden auf der Tanzfläche ein paarmal *erwähnt* … du würdest anscheinend eine großartige Ehefrau abgeben …«

Ich zucke zusammen. Nicht zum ersten Mal heute und vermutlich auch nicht zum letzten. (Ich meine, es kommen noch Reden und alles. Wobei mir einfällt … Wenn ich es schaffen soll, mir anzuhören, welchen sentimentalen Schmalz auch immer Dad über seine gebrauchsfertige neue Familie zu sagen hat, brauche ich noch eine ganze Menge mehr Champagner, als ich schon intus habe.) »Ugh, Olly, das tut mir so leid.«

»… und sie will noch wenigstens *eine* erfolgreiche Ehe eines Familienmitglieds erleben und eine Braut in ihrem Schleier vor den Altar treten sehen, bei der sie nicht denkt, dass die ganze Sache von Anfang an unter einem schlechten Stern steht …«

Verständlich. Großmutters Kinder können nicht gerade die erfolgreichsten Ehen vorweisen, und nach den Fotos meiner eigenen Mutter in dem Schleier zu urteilen, tickte die Uhr für Mum und Dad praktisch ab dem Moment, in dem sie halbherzig *Ja, ich will* sagten.

»… und ich erinnere sie angeblich an ihren verstorbenen Ehemann. Und du erinnerst sie an sie. Und die beiden waren sechsundvierzig Jahre lang wunschlos glücklich. Also im Ernst«, endet er mit einem angestrengt klingenden Lachen, »sind das etwa keine schlagenden Beweise dafür, dass wir beide zusammengehören?«

Ich könnte im Erdboden versinken.

Ich meine, ja, die Leute halten Olly und mich immer wieder versehentlich für ein Paar. Ich glaube, daran haben wir uns beide inzwischen gewöhnt. Aber das von einer so gestandenen Persönlichkeit wie Großmutter zu hören, fühlt sich irgendwie bedrohlich real an. Es ist ein bisschen wie die Sache mit unserem einzigen Kuss in Paris (der Große Fehler, nach viel zu viel Wein und einem viel zu intimen Gespräch über die Liebe), den wir seither nie mehr erwähnt haben. Ich schaffe es nicht, Olly in die Augen zu sehen, und nach der Anstrengung in seiner Stimme zu schließen, ist es ihm genauso peinlich wie mir.

»Also, noch mal«, sage ich und klinge dabei ebenfalls ziemlich angestrengt, »es tut mir wirklich leid. Sie ist nicht zu stoppen, wenn sie sich einmal festgebissen hat. Ich hatte keine Ahnung, dass sie sich so auf dich stürzen würde …«

Sein Handy spielt wieder »Auld Lang Syne«.

»Diesmal solltest du wirklich rangehen«, meine ich dankbar über die Ablenkung. »Sag Nora, sie soll Tash ausrichten, dass sie auf der langen Reise einen Begleiter hat.«

»In Ordnung«, antwortet Olly und holt das Handy aus seiner Tasche. »Und dann muss ich noch fünf Minuten ins Internet, um mir ein Motorrad zu reservieren. Versprichst du mir, dass du mich sofort holen kommst, wenn irgendjemand eine Rede anfängt, Lib?«

»Ich verspreche es.«

Ich sehe ihm nach, als er sich mit dem Handy am Ohr vom Lärm der Jazzband entfernt. Und dann hole ich tief, tief Luft und gehe zu den Bäumen, um zu sehen, ob ich Großmutter höflich dazu bringen kann, für den Rest der Hochzeit die Klappe zu halten. Wenn ich schließlich an Dads großem Tag hier stehen und alles unter Verschluss halten kann, womit ich gern rausplatzen würde, kann Großmutter – ein pensioniertes Mitglied der Blitzkrieg-Generation – das ganz bestimmt auch.

2

Wie gesagt, es sind erst acht Wochen. Aber ich glaube wirklich, ich könnte mich richtig in Adam verlieben.

Der Vollständigkeit halber sollte ich darauf hinweisen, dass ich a) eine hoffnungslose Romantikerin bin und b) meine Ansprüche entsetzlich niedrig sind. Ich meine, ein Mädchen, das andauernd mit Dutzenden roten Rosen überhäuft wird, einfach weil Dienstag ist, oder das in ein Fünf-Sterne-Luxushotel an die oberitalienischen Seen eingeladen wird, bevor es in einer Gondel in Venedig bei Sonnenuntergang einen Heiratsantrag bekommt, wird den Grund für meine plötzliche Erkenntnis, dass Adam der Richtige sein könnte, ein bisschen ... lächerlich finden.

Aber man sagt ja, es sind die kleinen Dinge, die in einer Beziehung Großes bewirken. Das Angebot, an einem nieseligen Sonntagmorgen um acht Uhr zum Laden zu laufen, um Milch für eine Tasse Tee zu holen. Eine spontane SMS mitten an einem stressigen Tag, in der steht, was für ein tolles Gefühl man jemandem gibt. Das überraschende Gekritzel am Ende der öden Wocheneinkaufsliste, das schlicht wissen lässt *Ich denk an dich.*

Dass mein neuer Freund sich draußen vor meinem *Sehr Wichtigen Meeting* mit mir trifft und mir einen Espresso und eine Packung mit Joghurt überzogene Rosinen mitbringt, ist genau eins dieser »kleinen Dinge«.

Also sind es zwar keine roten Rosen, und es ist ganz sicher nicht Venedig bei Sonnenuntergang, aber es ist aufmerksam und lieb und es bedeutet etwas.

»Das wäre wirklich, wirklich nicht nötig gewesen«, sage ich zu Adam, während ich ihn umarme und ihm einen Kuss gebe. »Du hast so viel zu tun. Und dein Flug ist erst vor zwei Stunden gelandet.«

»Ich hab im Flugzeug gut geschlafen. Bin munter wie ein Fisch im Wasser.« Der Spruch klingt mit seinem Brooklyner Akzent ebenso bizarr wie niedlich.

Wahrscheinlich schwindelt er nicht mal: Er arbeitet bei einem piekfeinen Investmentfonds, und der heutige Flug von New York zurück nach London muss zwangsläufig in die Business-Class-Kategorie gefallen sein. Wohingegen mein gerade mal einstündiger Flug gestern Abend von Glasgow zurück zwar kurz war, aber in die Billigflug-Kategorie fiel: eng, hektisch und ein bisschen, als säße man auf zehntausend Meter Höhe in einer Sardinenbüchse. Und Adam sieht in der Tat munter aus wie ein Fisch im Wasser: tadellos gekleidet wie immer in seinem gestärkten blauen Hemd und dem knitterfreien grauen Anzug, die dunklen Haare perfekt frisiert. Wenn man ihn so sieht, schlank und braungebrannt und mit strahlenden Augen, könnte man meinen, er käme nicht gerade von einem siebenstündigen Flug, sondern aus einem Schönheitssalon.

»Außerdem ist mein Büro direkt um die Ecke«, fährt er fort.

»Dein Büro ist in Mayfair. Das hier …« Ich deute um mich herum auf die etwas unschöne Straße, auf der wir stehen – »ist Clapham. Also, ich weiß ja, dass ihr Amerikaner andere Vorstellungen von Entfernung habt, aber ich würde nicht sagen, dass das hier *direkt um die Ecke* ist.«

»Dann schaue ich noch bei Olly vorbei, wenn ich schon mal hier bin. Um zu sehen, wie es mit dem Restaurant läuft.«

Obwohl Olly ganz eindeutig der Inhaber seines nagelneuen Restaurants ist, wird der Großteil des Geldes von Adams Investmentfirma bereitgestellt. So habe ich Adam übrigens kennengelernt. Er war an dem Tag, nachdem die Bauarbeiter vor etwas mehr als zwei Monaten in Ollys nagelneuem Lokal anfingen, und ich schaute mit einer Flasche Champagner vorbei. Adam und ich kamen ins Gespräch, und dann hat er mich zur U-Bahn begleitet … Und hier sind wir nun, acht Wochen später. Stolze Besitzer einer voll funktionierenden, reifen, erwachsenen Beziehung.

»Wie auch immer«, spricht Adam nun weiter und schiebt liebevoll eine widerspenstige Strähne hinter mein Ohr. (Zumindest *glaube* ich, dass es liebevoll ist. Ich werde den Verdacht nicht los, dass mein Haar, das Gegenteil seiner eigenen ordentlichen, perfekten Frisur, ihn leicht wahnsinnig macht.) »Ich weiß, wie wichtig dieser Termin für dich ist, Libby. Ich wollte nur, dass du merkst, dass ich dich unterstütze.«

»Das ist lieb von dir. Danke.«

»Erst recht, weil ich vermute, du warst bis in die frühen Morgenstunden wach, um deinen Businessplan auf Vordermann zu bringen …«

Er liegt fast richtig. Ich bin *tatsächlich* lange aufgeblieben, nachdem ich gestern Abend von der Hochzeit nach Hause gekommen bin, aber weniger, um meinen Businessplan auf Vordermann zu bringen, als vielmehr, um deswegen in Panik zu verfallen.

Ich meine, ich habe so was noch nie gemacht – mich mit einem Bankmitarbeiter zu treffen und ihn um einen Kredit für ein Kleinunternehmen zu bitten –, und ich habe keine Ahnung, ob das, was ich da zusammengeschustert habe, auch nur annähernd gut genug ist. Professionell genug.

Aber vielleicht ist das die Kehrseite der Medaille, wenn man schließlich aus einem Hobby, das man mag, eine Karriere macht, mit der man Erfolg haben will. Ich habe mein Schmuckdesignunternehmen *Libby Goes To Hollywood* vor fast einem Jahr gegründet, aber ich werde das Gefühl immer noch nicht ganz los, dass es einfach ein bisschen, na ja, *unverschämt* ist, zu einem Meeting mit einem wildfremden Menschen zu gehen und zu sagen, er möge doch bitte achttausend Pfund – oder auch zehn, wenn er besonders großzügig ist – springen lassen, damit man weiter als Schmuckdesignerin seinen Traum leben kann, nur eben mit ein paar Scheinchen mehr im Portemonnaie, um bessere Arbeitsgeräte zu kaufen und vielleicht sogar eine Praktikantin einzustellen, die mitarbeitet, sodass man mit all den Bestellungen hinterherkommt.

»Ich bin *wirklich* lange aufgeblieben«, sage ich Adam und wedele mit dem Espresso und der Packung Joghurt-Rosinen. »Also ist das hier absolut perfekt.«

Was es natürlich ist.

Ich meine, es ist nicht *Adams* Schuld, dass er glaubt, ich würde Espresso mögen und wäre jemand, für den Joghurt-Rosinen der Inbegriff von Prä-Meeting-Süßigkeiten sind. Möglicherweise habe ich bei unserem zweiten oder dritten Date versehentlich angedeutet, dass ich der dynamische, fitnessfanatische, grünesmoothiestrinkende Typ Mädchen bin. Einfach um, na ja, mit seiner eigenen dynamischen, fitnessfanatischen, grünesmoothiestrinkenden Art mitzuhalten.

In einer idealen Welt wäre es selbstverständlich kein Espresso, sondern ein Cappuccino. Und es könnten stattdessen *Schoko*-Rosinen sein.

Okay: In einer wirklich, *wirklich* idealen Welt würde der Snack nicht einmal die geringste Spur von Rosinen enthalten. Es wären diese dicken, schokoladenüberzogenen Honeycomb Bites, nach denen ich kürzlich eine leicht beunruhigende Sucht entwickelt habe, oder ein guter alter Yorkie-Riegel oder – da Adam ja gerade aus dem Flugzeug gestiegen ist – eine riesige, fette Toblerone.

»Also, ich weiß, dass du's ihnen zeigen wirst«, sagt er und beugt sich vor, um mich noch einmal fest und ermutigend zu drücken. »Und ich kann es jetzt schon nicht erwarten, dass du mir absolut alles davon erzählst – ach, und von der Hochzeit deines Dads natürlich – morgen.«

»Morgen?«

»Beim Abendessen?«, sagt er. »In diesem Thai-Restaurant, das du magst?«

»Ähm … klar … aber ich dachte, wir sehen uns *heute* Abend. Oder?«

»Das glaube ich nicht, Libby.« Adam schüttelt den Kopf. »Jedenfalls steht es nicht in meinem Terminkalender.«

»Oh. Dann täusche ich mich wohl. Ich dachte nur, wir wollten uns bei dir treffen und … ähm … du hast gesagt, du kochst Red Snapper mit Kohl.«

»Das klingt allerdings seltsam konkret …« Er runzelt die Stirn. »Aber ich muss heute Abend zu einem Geschäftsessen, Lib. Und ich hab die Cadwalladrs gebeten, noch einen Abend auf Fritz aufzupassen, was ich, wie du weißt, *niemals* getan hätte, wenn ich damit rechnen würde, zu einer normalen Zeit nach Hause zu kommen. Ich meine, ich habe ihn so sehr vermisst … Lottie war ein Schatz und hat mir mehrmals am Tag Fotos geschickt, während ich weg war, aber es ist nicht das Gleiche, wie wirklich mit ihm *zusammen* zu sein. Ihn zu umarmen. Ihn zu riechen …«

Fritz, sollte ich wahrscheinlich erklären, ist Adams Hund.

Ein sehr, sehr süßer Hund. Und ich bin ganz und gar ein Hundemensch, war ich schon immer. Aber trotzdem. Letzten Endes ist es nur ein Hund.

Das ist so ziemlich das Einzige, was ich jetzt gerade an Adam ändern würde, um ehrlich zu sein. Diese Tendenz zu latenter Besessenheit, sobald es um Fritz geht, den Deutschen-Schäferhund-Welpen.

»Obwohl, wenn ich es mir recht überlege, hat er mich wahrscheinlich schrecklich vermisst ... Ich denke, ich könnte das Geschäftsessen absagen und früher nach Hause gehen für ein bisschen Fritz-Zeit ... Und für Red Snapper mit dir natürlich, Libby.«

»Nein, nein, mach dir keine Gedanken deswegen. Geh ruhig zu deinem Essen. Du solltest Fritz nicht durcheinanderbringen mit seiner, ähm, Schlafenszeit.«

»Du hast recht. Das mag er gar nicht. Als ich ihn einmal spät von den Cadwalladrs abgeholt habe, nachdem ich mit Verspätung aus Chicago zurückgekommen bin, war er so aufgeregt, dass er die ganze Nacht nicht geschlafen hat, und dann war er natürlich den ganzen nächsten Tag knatschig, und ...«

»Und du und ich, wir können morgen Abend schön zusammen essen, wie du es dir gedacht hast«, unterbreche ich ihn, bevor er einen seiner Fritz-Monologe beginnen kann. Fritzologe wäre wohl die treffende Bezeichnung. »Dann kann ich dir in allen Einzelheiten von meinem Meeting und meinem Wochenende erzählen.« Nur dass ich ihm natürlich nicht ganz so viele Einzelheiten von Dads Hochzeit erzählen werde, denn obwohl wir im »Liebe möglich«-Stadium angelangt sind, sind wir meiner Ansicht nach immer noch ein gutes Stück davon entfernt, dass ich ihn in die vielfältigen Probleme in meiner Familie einweihe. »Und apropos mein Meeting ...«

»Du musst los, du musst los.« Er beugt sich vor, um mich auf die Stirn zu küssen. »Du schaffst das!«

»Danke … Sehe ich okay aus?«

»Du siehst fantastisch aus. Sehr schick.« Er wirft einen bewundernden Blick auf mein ganz schwarzes Outfit (Röhrenhose, Seidentop und taillierter Blazer), bevor er mit einer Hand über meine Ohrringe streicht. »Und die sind *bezaubernd.* Hey, sind die neu? Aus diesem noch relativ unbekannten, aber großartigen Schmuck-Onlineshop *Libby Goes To Hollywood*?«

»Das sind sie«, antworte ich mit einer leichten Verbeugung. »Aus der neuen Marilyn-Kollektion.«

Er runzelt die Stirn. »Benannt nach deiner *Mum?*«

»Benannt nach Marilyn Monroe!«

»Oh. Ja, das passt schon viel eher.«

Ich stelle nämlich Schmuck her, der von Hollywood-Klassikern inspiriert ist: handgefertigte Interpretationen dessen, was zum Beispiel Ava Gardner bei den Oscars getragen hat, oder Lauren Bacall bei einer Fotosession für *Harper's Bazaar.* Dieser Filmfanatismus, muss ich leider gestehen, ist typisch Lomax, sei es nun Großmutter mit ihrer Grace-Kelly-Hochzeit oder Dad mit »seinem Buch« und seiner ganzen Unikarriere. Mein Filmfanatismus äußert sich zurzeit in meinem Schmucksortiment, und seit ich mit *Libby Goes To Hollywood* begonnen habe, stapeln sich in meiner Wohnung unzählige teure Bildbände mit schön inszenierten Fotos aller meiner Lieblingsstars vor und hinter den Kulissen. Bei diesen Ohrringen, die wie gesagt aus meiner neuen »Marilyn-Kollektion« stammen, habe ich mich von den glitzernden Chandelier-Ohrgehängen inspirieren lassen, die sie in dieser unvergesslichen Tanzszene in *Blondinen bevorzugt* trägt: Wobei sie in der *Libby-Goes-To-Hollywood*-Version aus Silber sind, mit Vintage-Swarovski-Kristallen und nicht den Harry-Winston-Diamanten, über die Marilyn singt.

»Ich dachte, ich zeig dem Bankmitarbeiter besser, wo sein Geld hinfließt«, spreche ich weiter. »Was ein Riesenfehler sein wird, wenn sie ihm nicht gefallen …«

»Sie werden ihm gefallen. Sie sind wunderschön. *Du* bist wunderschön. Und du darfst eins nicht vergessen, Libby: Es ist nicht *sein* Geld, sondern das Geld der Bank. Und sie gibt es dir nicht als eine Art Almosen, sondern sie gibt es dir als *Investment.* Du musst ihn bei diesem Meeting nicht dazu bringen, dass er dich mag. Zeig ihm einfach deine Sachen, zeig ihm, was du schon geschafft hast und was du dir noch zutraust, und dann musst du dir gar keine Sorgen machen.«

»Danke, Adam. Ich …« *Kann nicht sagen, dass ich ihn liebe, denn das haben wir einander noch nicht gesagt.* »… freue mich wirklich sehr, dass du heute hergekommen bist.«

»Und ich freue mich wirklich sehr, dass du dich freust.« Er gibt mir einen flüchtigen Kuss. »Viel Glück, Süße … warte mal. Es bringt kein Unglück, das zu sagen, oder? Soll ich dir ›Hals- und Beinbruch‹ oder so was wünschen?«

»Es bringt nur für Schauspieler Unglück. Und da zähle ich mich Gott sei Dank nicht mehr dazu.«

Im Ernst, Gott sei Dank. Denn wenn ich immer noch Schauspielerin wäre (was ich entsetzlich erfolglos bis vor fast einem Jahr war), würde ich jetzt nicht gleich diese Stufen hinauf und zu einem Termin mit einem Bankmitarbeiter gehen, um ihn zu bitten, einen Riesenhaufen Kohle – sorry, ein *Investment* – in mein ganz eigenes kleines Unternehmen zu pumpen.

Es ist ein großer Moment.

Ich beobachte Adam ein, zwei Augenblicke, nachdem er sich wegdreht und in Richtung von Ollys neuem Lokal geht, teils aus Freude, ein so schönes Exemplar von einem Mann von mir davonspazieren zu sehen, und teils um zu schauen, ob er nach dem noch schöneren Exemplar einer heißen Blondine in einem ultrakurzen Rock schielt, die gerade die Straße überquert hat und nun vor ihm läuft.

Aber das tut er nicht.

Denn, wie ich mir immer wieder klarmachen muss, er ist Adam. Nicht Dillon. Und ich bin nicht mehr mit Dillon zusammen.

Dann drehe ich mich ebenfalls um, steige diese Stufen hinauf und versuche, mich dabei so dynamisch zu fühlen, wie Adam mich sieht.

Ich meine, sein ganzer amerikanischer Optimismus muss doch irgendwie auf mich abfärben, oder? Wenn ich einfach daran *glaube,* dass das Meeting ein durchschlagender Erfolg wird, dann wird es das auch.

Wurde es aber leider doch nicht.

Ein durchschlagender Erfolg, meine ich.

Auf einer Skala mit durchschlagendem Erfolg am oberen Ende und kläglichem Versagen am unteren … na ja, da wäre dieses Meeting mit Jonathan Hedley, Barclays Business Development Manager, Filiale Clapham, wohl bedeutend näher am unteren als am oberen Ende der Skala angesiedelt.

Okay, er hat mir zwar nicht *ausdrücklich* gesagt, dass ich den Kredit für Kleinunternehmen nicht bekomme. Und er hat auch nicht laut gesagt, dass seine Bank eher in eine Firma für aufblasbare Dartscheiben und Schokoladenteekannen investieren würde.

Aber das heißt ja nicht, dass er das nicht gedacht hat. Er sah so aus, als hätte er es gedacht.

Ich weiß nicht, ob mit meinem Businessplan etwas nicht gestimmt hat oder ob er die Marilyn-Ohrringe nicht mochte oder ob er einfach *mich* nicht mochte, aber ich habe unser halbstündiges Meeting jedenfalls nicht mit dem Gefühl verlassen, dass er die acht Riesen, die ich dringend brauche, demnächst rüberwachsen lässt.

Und ich habe keine Zeit, richtig Bilanz zu ziehen (oder den Termin immer wieder im Kopf durchzuspielen und mich damit zu quälen, was ich Falsches gesagt und getan haben muss), da mich nach dem Meeting eine Reihe SMS von meiner Schwester Cass erwarteten.

Libby, wo bist du?

Libby, ich muss mit dir reden

Libby, warum ignorierst du mich?

Libby, das ist echt unfair, von wegen meine große schwester, dass ich nicht lache, ich bin immer für dich da, wenn du mich brauchst, und jetzt, wo ich dich einmal in meinem leben so richtig brauche, bist du sogar noch zu faul, mich zurückzurufen

Was mir in der Tat ein ganz schön schlechtes Gewissen einflößte, denn ich muss sagen, dass Cass mir tatsächlich ein paar echt nette, ermutigende SMS geschickt hat, als ich unterwegs zu Dads Hochzeit war (er ist nicht ihr Dad; wir haben unterschiedliche Väter).

Also hab ich sie natürlich zurückgerufen, nur um irgendwann zwischen lauter inkohärenten Schluchzern die Anweisung zu erhalten, augenblicklich in ihre Wohnung in Maida Vale zu kommen, »denn es ist alles total scheiße, Libby, ich *schaff* das nicht mehr!«.

Die ganzen Tränen und ihre Hysterie machen mir keine allzu großen Sorgen. Cass neigt dazu, die Dinge zu überdramatisieren. Das letzte Mal, als ich nach einem nervenaufreibenden

Anruf um sechs Uhr morgens in ihre Wohnung eilen musste, stellte sich heraus, dass sie sich beim Aufstehen den großen Zeh gestoßen hatte, es nicht zu ihrem frühmorgendlichen Spinning-Kurs schaffen würde und scheinbar buchstäblich *spüren* konnte, wie sich das Fett an ihren Schenkeln absetzte. Es ist unmöglich zu erraten, was die aktuelle Krise ausgelöst hat, aber sie zu ignorieren in der Hoffnung, sie würde vorbeigehen, ist zwecklos. Das tut sie nie. Ich habe noch ein paar Stunden Zeit bis zu meinem Kundentermin in Shepherd's Bush, also kann ich die auch gewinnbringend nutzen, indem ich dafür sorge, dass mein Kundentermin in Shepherd's Bush nicht andauernd vom Piepen meines Handys gestört wird, da zunehmend wütende Nachrichten von Cass eingehen.

Jetzt erreicht mich eine weitere Nachricht, als ich aus der U-Bahn-Station Warwick Avenue komme.

Bin im nagelstudio. Treffen wir uns da?

Oh, und noch eine, einen Augenblick später.

Bringst du kaffee mit?

Als ich zehn Minuten später mit einem Frappuccino für sie und dem Cappuccino für mich, den ich mir eigentlich anstelle des Espressos von Adam gewünscht hätte, in das Nagelstudio um die Ecke von ihrer Wohnung trotte, winkt Cass mich gebieterisch an ihren Platz im hinteren Teil. Ihre Füße weichen in einem der Fußbecken ein, und eine erschöpft wirkende Philippinerin kümmert sich mit einem Nagelhautschieber um ihre Hände.

»Da bist du ja endlich«, ruft Cass, was ihre Art ist, Erleichterung auszudrücken, und während sie mir den Frappuccino aus den Händen reißt: »Genau das hab ich gebraucht«, was ihre Art ist, danke zu sagen. »Du wirst nicht glauben, was passiert ist, Libby. Du wirst es buchstäblich nicht glauben.«

»Sag's mir.«

»Es ist alles vorbei! Futsch!«

Für einen flüchtigen, hoffnungsfrohen Moment glaube ich, dass sie über ihre Beziehung mit ihrem Freund (und Manager) Dave spricht. Was, angesichts der Tatsache, dass er mit einer anderen Frau verheiratet ist, auch allerhöchste Zeit war.

»Ach Cass. Also, es tut mir wirklich leid, dass du traurig bist. Aber weißt du, es war von Anfang an keine gute Idee, und dabei hätten zu viele Leute verletzt werden können …«

»Wer wäre verletzt worden? Niemand wäre verletzt worden! Es sollte ja keine beschissene *Stuntshow* sein! Es war nicht *Dancing On Ice!*«

Ich bin verwirrt, bis mir die andere Sache einfällt, die »futsch« sein könnte.

Ihre Reality-TV-Show *Cassidy and the City.*

»RealTime Media hat heute Morgen bei Dave angerufen, und sie ziehen den Stecker«, schnieft Cass. »Nicht genug Interesse von den Werbekunden, angeblich.«

»Ach, *Cass.*«

Das ist eine wirklich traurige Nachricht für sie. *Cassidy and the City* sollte ihre achtteilige »Scripted-Reality«-Show auf dem Sender *Bravo* werden, die – laut Daves Pitch – folgenden Inhalt gehabt hätte: »Die crazy Dramen einer der angesagtesten Schauspielerinnen Großbritanniens … Werfen Sie einen Blick hinter die Kulissen und folgen Sie dem heißgeliebten TV-It-Girl Cassidy Kennedy von Partys zu Premieren, von Liebeslust zu Liebesfrust. Wenn Cassidy über die Promiwelt auspackt, dann richtig!«

(Und ja, ich war ein bisschen überrascht, dass sie auf der Basis dieses Pitchs in den Verhandlungen mit der Produktionsfirma RealTime Media überhaupt so weit gekommen sind – nichtsdestotrotz stand dem Deal scheinbar nichts im Weg: Weder, dass Cass beim besten Willen *keine* »der angesagtesten Schauspielerinnen Großbritanniens« ist, noch die Tatsache, dass sämtliche »Liebeslust« sich vermutlich auf Dave beschränkt hätte. Insgesamt neigte die ganze Angelegenheit eher zu »scripted« als »Reality«. Aber es wäre Cass' eigene Show gewesen, ihre große Chance, um ihre üblichen Soaps und ihre kleine Dauerrolle im Science-Fiction-Drama *Isara 364* hinter sich zu lassen. Ihr Sprungbrett, zumindest Cass' Ansicht nach, in kardashian'sche Sphären von Ruhm und Ehre.)

»Das tut mir wirklich leid«, beginne ich, nur um von ihr unterbrochen zu werden.

»Ich meine, nicht genug Interesse von den Werbekunden? Wollen die mich *verarschen?* Mit mir kann man *alles* verkaufen, bei der richtigen Kameraeinstellung. Ich meine, dein Freund Olly hätte mich ja wohl auch nicht zu seiner Eröffnungsparty diese Woche eingeladen, oder, wenn er nicht davon ausgehen würde, dass ich noch mehr Kunden anlocke.«

Ich bin mir ziemlich sicher, dass Olly Cass zu seiner Eröffnungsparty eingeladen hat, weil er dort jemanden braucht, mit dem seine jüngste Schwester Kitty sich zu sprechen herablässt. Kitty ist seit Kindertagen eine von Cass' Konkurrentinnen. Inzwischen arbeitet sie als MTV-Moderatorin, und ich bezweifle stark, dass sie in ihrem vollen Terminplan eine Lücke für Ollys großen Abend freischaufeln würde, wenn das keine Gelegenheit wäre, ihrer alten Lieblingsfeindin ein paar Punkte abzuluchsen.

»Nein, Libby«, fährt Cass fort, »es hat absolut nichts mit den Werbekunden zu tun. Es ist Tanya von RealTime. Sie hat mich von der ersten Sekunde an *gehasst.*«

»Ähm, sie hat dich bestimmt nicht gehasst, wer auch immer sie ist …«

»Sie ist Neds Co-Produzentin. Und sie hat mich sehr wohl gehasst. Ich meine, das ist mir natürlich schnuppe. Wenn ich für jedes Mädchen, das je auf mich neidisch war, einen Zehner kriegen würde, dann hätte ich …« Ihre nach dem ganzen Weinen leicht verschmierten Augen werden groß, während sie versucht, sich das auszurechnen. »Na ja, jedenfalls genug Geld, um meine *eigene* Produktionsfirma zu gründen und meine Show selbst zu produzieren. Und dann jeden einzelnen Emmy und Golden Globe und so zu gewinnen, den es nur gibt. Und dann könnte Tanya sich verpissen.«

Es ist nicht der Mühe wert, sie darauf hinzuweisen, dass Scripted-Reality-Shows auf Bravo nicht unbedingt um Emmys oder Golden Globes ins Rennen gehen. Wenn Cass sich vorstellen will, wie sie mit einem Arm voller Awards über einen roten Teppich schwebt, während sie mit der anderen Hand vulgär in Richtung dieser Tanya gestikuliert – bitte schön.

»Ach, schau mal, vielleicht hat es ja doch auch sein Gutes«, sage ich, während Cass die Palette an Nagellackfarben studiert, die die erschöpfte Nagelfachfrau ihr präsentiert, und bei zu roten Rottönen und nicht-rosa-genug Rosatönen ihr hübsches Näschen rümpft. »Schließlich bist du Schauspielerin, Cass. Reality-TV wäre da doch nur eine Ablenkung.«

»Ja. Eine *großartige* Ablenkung. Ich meine, wir hatten schon alles geplant, Dave und ich. *Cassidy and the City* hätte zu einem Angebot von *Der Promi-MeisterKoch* geführt, und das wiederum zu einem Angebot von *Let's Dance*, und dann hätte ich freie Bahn gehabt, um bei einem der richtig großen Fernsehsender wie *E!* eine noch größere, bessere Reality-Show zu starten … Stattdessen werde ich jetzt mit der blöden, langweiligen *Schauspielerei* weitermachen müssen. Und *Texte* lernen. Und so tun, als würde mich die Figurenentwicklung kümmern, damit die Autoren die ganzen guten Handlungsstränge nicht jemand anderem geben.«

»Ich weiß. Es ist ein hartes Geschäft«, sage ich in dem beschwichtigenden Ton, den Mum erfolgreich bei Cass einsetzt, wenn sie mal wieder einen Zusammenbruch hat. Dabei fällt mir ein … »Hast du mit Mum schon darüber gesprochen?«

»Ja, und sie hat angeboten, von dem Stepp-Event früher zurückzukommen, damit sie heute Abend bei mir vorbeischauen und mich aufmuntern kann.«

Bei dieser Art von Stepp geht es allerdings nicht um eine Nähtechnik, sondern um das, was Horden ruhmsüchtiger elfjähriger Mädchen mit ihren Füßen veranstalten. Nachdem Mum jahrelang als Cass' Managerin gearbeitet hat (und als meine, um genau zu sein; nur dass meine Schauspielkarriere ihr nicht ganz so viel Arbeit verschafft hat wie Cass'), führt sie nun in Kensal Rise ihr eigenes Franchise einer Wochenend-Schauspielschule. Jetzt gerade ist sie mit einer Schar ruhmsüchtiger elfjähriger Mädchen bei einem Stepp-Festival in Cardiff, und es ist herzerwärmend zu hören, dass sie angeboten hat, Cass zuliebe früher zurückzukommen. Obwohl es auch ein Anzeichen dafür sein könnte, dass ihr langsam die Erfahrung, den ganzen Tag in Gesellschaft ruhmsüchtiger elfjähriger Mädchen in Steppschuhen zu verbringen, auf die Nerven geht.

»Das ist nett von ihr.«

»Ja, aber ich hab Nein gesagt. Sie muss dort arbeiten. Ich dachte, stattdessen kannst du mich aufmuntern. Also, Dave hat mir heute Abend im Roka einen Tisch reserviert, und du musst mitkommen. Ich ziehe meine neuen kirschroten Hotpants an, und Dave sagt den 3AM Girls Bescheid, wo ich bin … Vermutlich erinnern sie sich noch an dich. Damals haben sie ja immerhin über dich und Dillon geschrieben.« Cass mustert mich kurz. »Du musst natürlich vorher noch mal nach Hause und dich umziehen …«

Ich kann mich nicht entschließen, ob ich wirklich deprimiert sein soll, weil Cass mich so offensichtlich für Publicity-Zwecke benutzen will, um ihre Chancen bei der Produktionsfirma vielleicht doch noch zu verbessern, oder ob ich ein bisschen neidisch auf ihr Talent sein soll, aufzustehen und sich direkt nach einem Sturz wieder aufs Pferd zu setzen.

In jedem Fall wird meine Antwort dieselbe sein müssen.

»Cass, ich kann heute Abend nicht mit dir ausgehen. Ich … bin beschäftigt.«

»Womit?«

Das ist eine exzellente Frage.

Worauf die zutreffendste Antwort wäre: »Hoffentlich damit, mit meinem neuen Freund bis in die frühen Morgenstunden Wahnsinns-Sex zu haben.«

Denn Wahnsinns-Sex mit Adam war in der Tat mein Ziel für diesen Abend. Ein Ziel, das dadurch in Gefahr geriet, dass er unsere Pläne vergessen und stattdessen dieses Geschäftsessen angesetzt hat, aber dennoch ein Ziel, das ich eisern verfolgen werde.

Und nur für den Fall, dass ich dadurch wie eine Nymphomanin rüberkomme, möchte ich hinzufügen, dass wir – obwohl das mit der reifen, erwachsenen Beziehung stimmt, und obwohl ich mich heute Morgen bei dieser Espresso-und-Joghurt-Rosinen-Aktion möglicherweise allen Ernstes in ihn verliebt habe – in acht Wochen ebendieser Beziehung immer noch nicht über ein bisschen Herumknutschen auf dem Sofa hinausgekommen sind.

Ja. Acht Wochen.

Angesichts dessen, dass keiner von uns amisch oder so was ist, und angesichts dessen, dass wir – soweit sich das feststellen ließ – beide im Besitz aller nötigen, funktionstüchtigen Körperteile sind, kann ich mich nur fragen, ob das hier eine Art Rekord ist.

Es gibt eine Reihe vollkommen einleuchtender Erklärungen. Wir sind beide unheimlich beschäftigt. Er reist viel. Fritz muss oft Gassi gehen. Wir verstehen uns so toll, dass ganz oft Stunden vergehen, in denen wir einfach nur reden, ohne dass einem von uns auffällt, dass wir uns nicht aufeinander gestürzt und angefangen haben, hemmungslos zu poppen.

Aber trotzdem. Nach acht Wochen auf dem Sofa Herumknutschen bin ich, sanft ausgedrückt, ziemlich frustriert. Ich meine, ich will ihm an die Wäsche, und angeblich will er mir an die Wäsche, also finde ich, es wird höchste Zeit, dass wir diesen Wünschen nachgeben und, na ja, einander tatsächlich an die Wäsche gehen.

Daher der Sex-Sex-und-wieder-Sex-Plan, den ich mir für heute Abend in den Kopf gesetzt hatte. Und den kein lästiges Geschäftsessen durchkreuzen wird. Es muss nicht nach einem Candle-Light-Dinner mit Red Snapper und supergesundem Kohl passieren. Es muss einfach *passieren.*

Aber das mit dem (erhofften) Wahnsinns-Sex werde ich Cass nicht erzählen, denn so eine Beziehung haben wir nicht. (Oder anders ausgedrückt: Wenn ich den ersten Schritt machen und mit ihr offen über Sex mit Adam sprechen würde, müsste ich befürchten, dass sie mir vom Sex mit Dave erzählt. Und ich schätze meinen gesunden Schlaf. Den ich vermutlich nie wieder haben werde, wenn ich mir vorstellen muss, wie der schreckliche, betrügerische Dave außereheliche Beziehungen zu meiner Schwester pflegt.)

Also sage ich nur: »Ich treffe mich mit Adam.«

»Adam? Wer ist Adam?«

»Das ist … na ja, das ist mein neuer Freund.«

Cass starrt mich an.

»Du hast einen *neuen Freund?*«

»Ja, hab ich.«

»Und er ist dir wichtiger als *ich?* Dieser *neue* Freund?«

Die Nagelfachfrau zuckt leicht zusammen. Ich fühle mich seltsam an mich selbst bei Dads Hochzeit gestern erinnert.

»Nein, Cass, er ist mir nicht wichtiger. Es ist nur so, dass ich, wie gesagt, mit ihm für heute Abend schon Pläne habe, und ...«

»Was für Pläne?«, fragt Cass in einem Ton, der darauf schließen lässt, dass keine Antwort außer *im Krankenhaus an seinem Bett sitzen, während er sich von einer schweren Hirn-OP erholt* auch nur annähernd akzeptabel sein wird.

»Du weißt schon ... Pläne. Was man mit seinem Freund nun mal so macht.«

»Okay. *Schon* kapiert«, schmollt Cass mit einem Schwung ihrer blonden Haare, der sagen würde: *Du also auch,* wenn Haarschwünge tatsächlich sprechen könnten. »Du machst dich aus dem Staub, um die ganze Nacht diesen *sogenannten Adam* zu vögeln ...«

»Nicht *diesen sogenannten* Adam. Er heißt *wirklich* Adam.«

»... während deine *einzige Schwester* allein zu Hause sitzt und so lange tief in eine Brandyflasche schaut, bis sie darin *das Ende ihrer Karriere* erblickt.«

»Du trinkst keinen Brandy«, entgegne ich. »Und übrigens fällt mir ein, ist Montagabend nicht normalerweise ein Dave-Abend?«

»Heute nicht«, faucht Cass. »Seine Frau hat einen Riesenwirbel darum gemacht, dass er heute Abend zu Hause bleibt. Für ihren Geburtstag oder so was.«

»Wie unverschämt von ihr.«

»Genau. Aber ich erwarte schon nichts anderes mehr«,

schnieft sie, »von den Menschen in meinem Leben, die ich liebe. Wenn alle Strümpfe reißen …«

»Alle Stricke.«

»… kann man sich doch auf niemanden verlassen.«

»Cass.« Ich erlaube mir, auch wenn ich es noch im selben Augenblick bereue, den an mir nagenden Gewissensbissen nachzugeben. »Pass auf. Ich hab morgen Zeit, okay? Na ja, eigentlich hab ich keine, aber ich *nehme* mir morgen Zeit.« All die moralische Unterstützung, die ich Olly versprochen habe, muss ich dann wohl auf übermorgen verschieben. Aber dann werde ich mich einfach sobald ich kann doppelt so sehr anstrengen. »Wir … wir essen zusammen zu Mittag, und dann können wir shoppen gehen, und ich spendier dir auch noch eine …« Ich will gerade »Massage« sagen, als mir einfällt, dass alle Studios, in denen Cass sich gern massieren lässt, für das Vergnügen weit mehr als hundert Tacken verlangen. »… Föhnfrisur, oder so was«, beende ich den Satz und ärgere mich, dass ich nicht großzügiger sein kann. Aber wenn keine Bank mir einen Penny leiht, werde ich einen größeren Teil meiner eigenen mageren Ersparnisse in das Unternehmen stecken müssen. Ich kann es mir nicht leisten, mehr auszugeben als absolut notwendig.

»Ich brauch keine Föhnfrisur.« Sie denkt einen Augenblick über mein Angebot nach. »Aber ein Augenbrauen-Threading wäre schon nicht schlecht … oooh, oder eine schöne Collagen-Gesichtsbehandlung …«

»Dann auf zum Augenbrauen-Threading!«, sage ich fröhlich und versuche, das Vorhaben nach viel mehr Spaß klingen zu lassen, als es normalerweise mit sich bringt. »Komm schon, Cass. Das wird toll. Und heute kannst du schön früh schlafen gehen und musst gar nicht mehr an diese ganze Sache mit der Produktionsfirma denken, und dann können wir morgen mit einer viel positiveren Einstellung über alles reden. Bei dem schicken Abendessen, wenn du das immer noch willst.«

»Na-a gu-u-ut … *wahrscheinlich* schon. Ich meine, nur, um das noch mal festzuhalten«, sagt sie, die sich nie mit einer friedlichen Lösung zufriedengibt, wenn sie stattdessen auch ein Drama heraufbeschwören kann: »Ich würde *dich* nie alleinlassen, wenn du ernsthaft deprimiert bist, Libby. War ich nach dem ganzen Ärger mit dem blöden Dillon etwa nicht *Für Dich Da*?«

Das stimmt: Sie war nach dem ganzen Ärger mit dem blöden Dillon »Für Mich Da«. Nur eben auf ihre Weise, was bedeutete, dass sie mit einer Riesenpackung selbst gekochter Suppe (aus der Harvey-Nichols-Lebensmittelabteilung) hereingeschneit ist und sich mit mir aufs Sofa gekuschelt hat, um mir zu sagen, wie scheiße sie Dillon schon immer fand, bevor sie mit dem widerlichen Dave in einen FaceTime-Streit geriet und sich bis drei Uhr morgens an *meiner* Schulter ausheulte (und die ganze Suppe schlürfte).

»Ich hab dir«, sagt sie bedeutungsvoll, *»selbst gekochte Suppe* gebracht!«

»Ich weiß, Cass, und das war lieb von dir. Und ich verspreche dir, dass ich dir morgen den ganzen Tag zur Verfügung stehe, okay?«

»In Ordnung«, schnieft sie. »Dann rufe ich nachher eben Stella an und frage sie, ob sie heute Abend Lust hat vorbeizukommen. Mein Ansatz müsste sowieso mal wieder aufgefrischt werden.«

Ich verspüre unwillkürlich einen Stich Traurigkeit darüber, dass Cass – teils, weil sie immer andere Frauen beschuldigt, auf sie neidisch zu sein, und teils aufgrund ihrer albernen Angewohnheit, mit verheirateten Männern zu schlafen – eigentlich keine guten Freundinnen hat, die sich um sie kümmern, wenn es ihr schlecht geht. Stella ist zwar ein reizendes Mädchen, das

Cass noch von ihrer gemeinsamen Zeit in der Schauspielschule kennt, aber sie ist weniger ihre Freundin als vielmehr ihre Friseurin.

»Okay, gut. Mach das, und ich melde mich gleich morgen früh bei dir, um zu klären, wann und wo wir uns treffen.« Ich beuge mich mit einer Entschuldigung über die Nagelfachfrau und nehme Cass in den Arm. »Aber jetzt muss ich wirklich los.«

»Um dich mit diesem Adam zu treffen?«

»Ja. Aber vorher habe ich noch einen Termin mit einer Kundin in Shepherd's Bush.«

»Ah, okay.« Sie hat das Interesse verloren. »Dann bis morgen.«

»Genau«, sage ich. »Hab dich lieb, Cass.«

»Hmpf«, antwortet sie, was – und nun übersetze ich wieder – ihre Art ist zu sagen, dass sie mich auch lieb hat.

3

Von mangelndem Sex einmal abgesehen, läuft es mit Adam so gut, dass er mir den Code für seinen Schlüsselsafe verraten hat, der unter einem raffiniert getarnten künstlichen Felsen in seinem winzigen Vorgarten versteckt ist. Seit wir zusammen sind, hat er mich schon ein paarmal gebeten, in sein Haus zu gehen, meistens, wenn er spät dran war und wollte, dass ich Fritz ausrichte, dass er ihn lieb hat und ihn vermisst und ihn nicht vergessen hat. Also hoffe ich einfach, dass es ihm nichts ausmacht, wenn ich den Schlüssel heute Abend, diesmal ohne seine ausdrückliche Aufforderung, benutzen werde, um ihm in unfassbar sexy Dessous aufzulauern und ihm eine wilde Liebesnacht zu schenken, die er nie vergessen wird.

Und falls es ihm doch was ausmacht, hoffe ich, dass die unfassbar sexy Dessous und die wilde Liebesnacht dafür sorgen werden, dass es ihm nichts mehr ausmacht.

Nach einem erfolgreichen Termin mit einer neuen Kundin, einer selbstständigen Stylistin, die unbedingt ein paar meiner Schmuckstücke bei einer bevorstehenden Fotosession für eine Sonntagsbeilage benutzen will (Was sagen Sie *dazu,* Jonathan Hedley, Barclays Business Development Manager, Filiale Clapham?), bin ich bei Adams Haus, einem entzückenden edwardianischen Reihenhaus in der Mitte einer Straße entzückender edwardianischer Reihenhäuser in Shepherd's Bush angelangt. Ich bin gerade durchs Gartentor gegangen, als ich höre, wie sich die Eingangstür des Nachbarhauses öffnet.

Und dann höre ich gar nichts mehr, denn es folgt ein so tosendes Gebell, dass in der Nähe wahrscheinlich auch eine kleine Bombe hochgehen könnte, ohne dass ich es merken würde.

Es ist Fritz, Adams Deutscher-Schäferhund-Welpe, der gerade mit Adams Nachbar James Cadwalladr aus dem Haus kommt.

Ich habe James Cadwalladr noch nie persönlich getroffen, und dieser Moment – als Fritz über den Zaun springt und anfängt, seine Schnauze vergnügt in meine Leistengegend zu drücken – ist nicht gerade ideal dafür.

Ich meine, ich bin es einigermaßen gewohnt, sehr, sehr gut aussehenden Schauspielern von Angesicht zu Angesicht gegenüberzustehen – bin ich etwa während der wenigen, kurzen Monate unserer Beziehung nicht an mehreren Morgen pro Woche neben Dillon O'Hara aufgewacht? –, aber James Cadwalladr strahlt dieses ganze arrogante Old-Eton-Gehabe aus, das bedeutend einschüchternder ist. Nun starrt er mich über den Zaun hinweg an und wirkt dabei noch cooler und herablassender, als wenn man ihn als diesen geschniegelten, cricketbegeisterten Kripobeamten im Fernsehen sieht.

»Entschuldigen Sie«, sagt er, »aber Sie sind …?«

»Ich bin Libby«, antworte ich nervös und versuche, Fritz' Schnauze von meiner Leistengegend wegzuschieben. Als das nicht funktioniert, gehe ich in die Hocke, um ihm auf Hundeaugenhöhe zu begegnen, in der Hoffnung, dass er dann stattdessen an meinem Hals schnüffelt. Das tut er nicht. Er geht einfach noch tiefer und versucht wieder verzweifelt, meine Leistengegend zu erreichen. (Ich kann nur hoffen, dass sein

Besitzer ebenso zielstrebig ist, wenn er später zu seiner Überraschungs-Sexorgie nach Hause kommt.) »Ich bin Adams Freundin.«

»Sind Sie nicht.«

»Doch.«

»Das kann nicht sein.«

»Ähm … doch?«

»Im Ernst?« Er schiebt seine Schnösel-Wuschelhaare nach hinten und starrt mich weiter an. »Ich wusste gar nicht, dass er jetzt eine Freundin hat.«

»Tja, hat er!« Ich gebe es auf, Fritz abzuwehren, und stelle mich wieder hin, woraufhin er augenblicklich das Interesse an meiner Leistengegend verliert (juhu!) und anfängt, an meiner Rückseite – genauer gesagt an meinem Po – herumzuschnüffeln. »Ich, ähm, kenne zufällig Ihre Frau.«

Der schnöselige James wirkt daran auch nicht viel interessierter. »Ach ja?«

»Ja. Sie verkauft einige meiner Schmuckkreationen in ihrem Laden.«

Das habe ich Adam zu verdanken, da er mich eines warmen Abends freundlicherweise Lottie Cadwalladr vorgestellt hat, nachdem sie aufhörte, auf der Straße mit Fritz zu knuddeln. Sie ist die Besitzerin von *Ariel*, einer bezaubernden und sehr hippen Boutique mit einer Filiale in Westbourne Grove und einer in Spitalfields. Wir kamen ins Gespräch, und sie bewunderte das Armband, das ich trug, und nun hat die Westbourne-Grove-Filiale von *Ariel* schon seit einigen Wochen eine kleine Auswahl meiner Armbänder und Ohrringe auf Lager. Das war ein großer Coup für mich, denn obwohl über meine Website regelmäßig Bestellungen eingehen, hilft es sehr, die Sachen auch in einem richtigen Laden zu haben. Ganz zu schweigen davon, dass der Anblick meines Schmucks in jenen gläsernen Schaukästen, der tatsächlich von Käufern bewundert wurde, als ich dort war, in mir alle möglichen Träume geweckt hat, dass ich es vielleicht sogar schaffen könnte, eines Tages einen eigenen kleinen Laden zu eröffnen …

»Aha.« Der schnöselige James klopft sich auf den Schenkel; für einen Augenblick ist mir nicht ganz klar, warum er das tut (eine Pantomime-Probe?), bis mir aufgeht, dass er versucht, Fritz zu rufen. »Hierher, Junge! Komm her!« Er wirkt verärgert, als Fritz ihn ignoriert. »Er mag Sie«, sagt er mit anklagendem Tonfall, »nicht wahr?«

»Ach, das ist nur, weil ich ihm dummerweise immer heimlich Kostproben gebe, wenn Adam und ich zusammen essen. Wissen Sie, ich glaube nicht, dass er mich als Frau sieht. Ich glaube, er sieht mich als eine wandelnde, sprechende Portion Hühnerleberpastete.«

Der schnöselige James lacht nicht.

»*Hierher*, Junge!« fährt er nun strenger fort, gefolgt von einem Pfeifen, das Fritz endlich dazu bringt, nicht mehr an meinem Intimbereich herumzuschnüffeln, sondern wieder zu ihm über den Zaun zu springen. »Gehen Sie etwa ins Haus? Ich dachte, Adam wäre noch weg. Ich weiß nicht, warum Lottie uns dieses Fellknäuel sonst noch einen Abend aufgehalst hätte.«

»Adam kommt erst später am Abend zurück. Ich … ähm … bring ihm nur etwas vorbei«, sage ich, denn ich will nicht, dass ein wildfremder Mann mitbekommt, dass ich ins Haus meines Freundes gehe, um ihm in Unterwäsche aufzulauern. »Ich weiß, dass er Ihnen sehr dankbar ist, dass Sie sich um Fritz kümmern.«

»Die Kinder mögen ihn«, sagt der schnöselige James achselzuckend, während er Fritz am Halsband packt und eine Leine daran befestigt. »Also. War schön, Sie kennenzulernen«, fügt er mit einer Stimme hinzu, die vermuten lässt, dass es weniger *schön* als vielmehr sterbenslangweilig und todlästig war. »Und viel Glück.«

Was merkwürdig ist.

Aber ich werde nicht fragen, warum er das gesagt hat – teils, weil ich ihn nicht noch mehr nerven will, als ich es schon getan habe, und teils, weil Fritz wieder angefangen hat zu bellen und damit jeglichen Versuch weiterer Konversation im Keim erstickt.

Sie beginnen ihren Abendspaziergang durch die Straße, und ich bücke mich, um den Code für den Schlüsselsafe einzutippen, und schlüpfe dann in Adams Haus.

Wie immer ist es eine Oase der Ruhe.

Vielleicht eine Oase ganz leicht steriler, zwanghaft ordnungsfanatischer Ruhe, aber doch eine Oase.

Ich meine, falls ich je mit Adam hier wohnen sollte, würde ich so einiges tun, um es ein bisschen ... na ja, ein bisschen weniger wie ein absolut umwerfendes Musterhaus und ein bisschen mehr wie einen Ort aussehen zu lassen, an dem tatsächlich jemand wohnt. Zuerst würde ich das cremefarbene und graue Farbschema aufpeppen, im Flur statt all den platzvergrößernden Spiegeln ein paar Bilder aufhängen und die Küche mit dem ganzen Chrom und grauen Marmor, in die ich mich nun begebe, wie einen warmen und einladenden Raum wirken lassen, an dem wir mit unseren Freunden Zeit verbringen, statt wie ein Foto in einem Hochglanz-Einrichtungsmagazin. Ich würde den Küchentisch mit den Stahlfüßen durch einen schönen, großen Holztisch wie den in Ollys Küche ersetzen, und die Perspex-Stühle durch alle möglichen bunt gestrichenen Stühle, wieder genau wie bei Olly, und ich würde die schicke, leicht seelenlose Terrasse, die man durch die Glastüren hinten sieht, neu gestalten; einen richtigen Garten daraus machen, mit Gras und Blumenbeeten und einem Grill ... Der gemütlichste Teil der ganzen Küche ist Fritz' Ecke in einer kleinen Nische hinter dem Gasherd (weil es dort besonders warm ist), und selbst die ist noch stylisch genug, um in einer Hundeversion von *World of Interiors* vorzukommen. Das Teil hat nicht nur ein spezialangefertigtes Sicherheitsgitter, um Fritz, wenn Adam kocht, vor jeglichen Gefahren wie heißem, spritzendem Fett zu bewahren, sondern auch noch eine Auswahl an Kelly-Hoppen-Kissen, auf die er seinen müden Leib betten kann.

Aber mir bleibt keine Zeit, hier herumzustehen und im Geist Adams trautes Heim umzugestalten (ganz zu schweigen davon, dass wir noch lange nicht in der Nähe des Zusammenzieh-Stadiums sind), denn ich habe keine Ahnung, um wie viel Uhr er zurückkommt, und will dann auf jeden Fall in meiner sexy Unterwäsche für ihn bereit sein.

Oder eher, in meiner richtig nuttigen Unterwäsche.

Denn heute Abend ziehe ich alle Register, ganz ehrlich. Ich habe bereits den Schlüpfrigkeitsfaktor der Dessous hochgefahren, die ich bei den meisten unserer Auf-dem-Sofa-knutsch-Abende anhatte, in der Hoffnung, dass irgendwas – der tief ausgeschnittene Spitzen-BH; das seidenweiche Hemdchen; das hauchdünne, halb durchsichtige Höschen – Adam so weit in Fahrt bringt, dass er sich über all die vollkommen verständlichen Gründe hinwegsetzt, aus denen wir den Akt bisher nicht vollzogen haben. Aber nichts davon hat funktioniert, also versuche ich es heute mit dem elastischen Bänder-Ding.

Ich hole es jetzt von ganz unten aus meiner Tasche, wo es gelegen hat, seit ich heute Morgen meine Wohnung verlassen habe.

Allerdings habe ich immer noch keine Ahnung, um was für eine Art Kleidungsstück es sich dabei eigentlich *handelt*.

Ich habe es auf dem Höhepunkt meiner Beziehung mit Dillon zum halben Preis im Myla-Schlussverkauf erstanden, und obwohl es für einige äußerst angenehme Abende gesorgt hat, bleibt seine genaue Bezeichnung ein Rätsel. Es ist kein Mieder. Es ist kein Korsett. Ich schätze, die zutreffendste Beschreibung wäre »Playsuit«, aber ich bin nicht ganz sicher, ob es überhaupt genug Material enthält, um in diese Kategorie zu fallen. Es ist nur eine Ansammlung von sehr, sehr kleinen Stücken schwarzem Spitzenstoff, die von weiteren Stücken schwarzem Satinband beziehungsweise breitem schwarzem Gummiband zusammengehalten werden. Man braucht *entweder* einen Abschluss in Maschinenbau *oder* Nerven aus Stahl und eine Engelsgeduld, um das Teil anzuziehen – obwohl Dillon seltsamerweise niemals die geringsten Schwierigkeiten dabei hatte, es mir *auszuziehen* –, und heute Abend, Ladys und Gentlemen, werde ich hineinschlüpfen und dazu meine höchsten Schuhe, ein anzügliches Lächeln … und *sonst absolut nichts* tragen.

Ach ja, und natürlich die Ohrringe aus der »Marilyn-Kollektion«, die Adam vorhin so sehr bewundert hat. Nur für den Fall, dass die ganze schwarze Spitze und allgemeine Verruchtheit ihn nicht in Fahrt bringen, werden es mit etwas Glück meine fantastischen Accessoires schaffen.

Das Problem, wie ich feststelle, als ich nun anfange, mich hineinzuzwängen, ist nur, dass ich letztes Mal, als ich das elastische Bänder-Ding getragen habe, gut drei Kilo weniger wog (es ist nicht so, dass Dillon mich unter Druck gesetzt hätte abzunehmen oder so – eigentlich hat er sich sogar höchst anerkennend über meine eindeutig nicht modelhaften Kurven geäußert –, aber ich will die Frau sehen, die es schafft, den Badezimmerspiegel mit einem so beeindruckend durchtrainierten Mann wie Dillon zu teilen und dann der Versuchung zu widerstehen, auf den Nachtisch zu verzichten. Und auf das Brot. Und die Pommes. Und das Mittagessen.) Das elastische Bänder-Ding rutscht recht glatt über meine Schenkel und mit ein bisschen Wackeln über meine Hüften, aber als ich zu dem Abschnitt komme, der (kaum) meinen Bauch bedeckt, wo sich der Großteil meines wiedererlangten Gewichts großzügig angesammelt hat, wird es langsam ein bisschen mühsam.

Im Kampf Libby Lomax versus elastisches Bänder-Ding geht diese Runde definitiv an das elastische Bänder-Ding, als mein Handy klingelt.

Als ich nach unten greife, um es aus meiner Tasche zu holen, sehe ich, dass Nora anruft.

Na ja, wenigstens ist es ein Anruf, der die zeitweilige Niederlage gegen ein Stück Unterwäsche tatsächlich *wert* ist.

Ein normaler Anruf, nicht FaceTime, Gott sei Dank, denn auch wenn wir schon seit Ewigkeiten beste Freundinnen sind, würde ich Nora auf keinen Fall den Anblick von mir halb mit und halb ohne meine nuttigste Unterwäsche antun wollen. Ich weiß, dass sie bei einer ihrer normalen Schichten als Notarztassistentin *wahrscheinlich* Verstörenderes sieht, aber ich würde nicht ernsthaft darauf wetten oder so.

»Hi Nora«, sage ich, als ich den Anruf entgegennehme. »Alles okay?«

»Ist bei *dir* alles okay?«, entgegnet sie. »Du bist nicht ... *beim Sport,* oder?«

Es spricht Bände über meine Vorliebe für körperliche Ertüchtigung, dass Nora so erstaunt klingt, als sie das fragt.

»Gott, nein. Ich zieh nur gerade ... ähm ... ein paar Klamotten an.«

»Eine Ganzkörperrüstung? Einen Chemikalienschutzanzug? Denn es klingt, als wärst du ganz schön aus der Puste, Lib.«

»Bin ich auch ein bisschen. Aber es ist keine Rüstung. Eher das Gegenteil.« Ich klemme das Handy zwischen Ohr und Schulter und starte einen weiteren Versuch, das elastische

Bänder-Ding über meinen Bauch zu z-i-e-h-e-n. »Ich bin bei Adam. Mache mich gerade fertig für … na ja, einen schönen, romantischen Abend zu Hause.«

»Oh. Okay.«

Es ist schon seltsam – und nicht ganz nachvollziehbar –, dass Nora, die mich die ganzen letzten Monate angespornt hat, auszugehen und jemanden kennenzulernen, damit ich meine gefährliche Liebschaft mit Dillon O'Hara endlich vergesse, nicht viel von der ganzen Sache mit Adam hält. Sie war zuerst ganz begeistert, als ich ihr – während wir gestern Abend auf unseren Flug warteten – erzählte, dass ich einen neuen Freund hätte, aber dann schien sie die Neuigkeit weniger toll zu finden, als ich ihr erklärte, wie ich ihn kennengelernt hatte.

»Ich hab gestern vergessen zu fragen«, sagt sie nun, »aber hast du … ähm … Olly schon von diesem Adam erzählt? Denn wenn nicht, findest du nicht, dass du das vielleicht tun solltest? Da sie ja schließlich zusammen arbeiten und alles.«

»Noch nicht. Aber du glaubst doch nicht, dass es ihm wirklich was *ausmacht,* oder, Nora? Ich meine, ich weiß, dass es komisch sein könnte, wenn sie richtig zusammen arbeiten würden – also im selben Büro oder so –, nur für den Fall, dass es zwischen Adam und mir nicht klappt und Olly sich dann für eine Seite entscheiden muss. Aber sie treffen sich nur ab und zu, und es wird noch seltener werden, wenn das Restaurant tatsächlich eröffnet ist und läuft.«

»Das stimmt.« Nora räuspert sich. »Trotzdem: Sag es ihm möglichst bald, Libby. Ich würde mich komisch dabei fühlen, es die ganze Zeit, in der ich hier bin, nicht zu erwähnen.«

»Du kannst es ruhig erwähnen! Es ist kein großes Geheimnis oder so. Außerdem wird er sich bestimmt freuen. Er mag Adam. Und es ist ja nicht so, als wäre ich mit, na ja, Du-weißt-schon-wem oder so zusammen.«

Ich spreche übrigens von Dillon, nicht Lord Voldemort. Ich versuche nur, seinen richtigen Namen bei Nora oder Olly möglichst nicht zu erwähnen, weil sie sich immer noch ein bisschen über ihn aufregen, selbst nach all diesen Monaten. Ich meine, ich glaube, *ich* bin schneller über Dillons schändliches Verhalten hinweggekommen als Nora oder Olly, und das will was heißen. Tatsache ist, dass Olly Dillon von Anfang an nicht ausstehen konnte – so sehr, dass er sogar noch *vor* dem Miami-Hurrikan-Fiasko auf Androhungen körperlicher Gewalt mit Küchenutensilien zurückgegriffen hat. Und es gibt auf der ganzen Welt nicht genug Küchenutensilien, um all das auszuführen, was Olly Dillon *danach* antun wollte.

»Hmm«, antwortet Nora. »Also. Ein schöner, romantischer Abend, hast du gesagt.«

»Ja.« Ich schiebe das elastische Bänder-Ding millimeterweise weiter über meinen nicht allzu perfekten Bauch. *Gott,* ich wünschte, ich hätte diese drei Kilo nicht wieder zugenommen. »Zumindest hoffe ich das. Ich meine, ich bin hier in seinem Haus und werde ihn überraschen, wenn er nach Hause kommt.«

»Ihn überraschen?« Sie klingt verwirrt. »Also ist es eine Art … Sex-Falle?«

»Nein! Es ist keine Sex-Falle! Gott, Nora, bei dir klingt es, als hätte ich vor, aus dem Schrank zu springen, ihn mit einem Betäubungspfeil bewegungsunfähig zu machen, ihn an den Heizkörper zu fesseln und es die nächsten drei Nächte wild mit ihm zu treiben.«

Es folgt ein kurzes Schweigen.

»Das klingt aber«, sagt Nora nach einer Weile, »beunruhigend *detailliert* …«

»Okay, aber es wäre nicht vollkommen unverständlich, wenn ich so was vorhätte«, sage ich, als ich es endlich – *endlich!* –

schaffe, das elastische Bänder-Ding über meinen Bauch zu ziehen, bevor ich die Träger in Position schüttele. »Ich hab's dir ja gestern Abend im Flugzeug gesagt. Es ist echt alles perfekt zwischen uns. Wir müssen nur … an der Sache mit dem Sex arbeiten.«

»Lib, ich mach mir schon ein bisschen Sorgen, wenn du anfängst, Wörter wie *perfekt* zu benutzen. Ich meine, versteh mich nicht falsch, Adam klingt echt toll. Aber du weißt ja, dass du dazu neigst … na ja, die Dinge zu romantisieren.«

»Ich gebe zu, dass ich in der Vergangenheit möglicherweise dazu geneigt habe, aber diesmal nicht. Wenn du ihn kennenlernst, wirst du schon sehen.« Nun, da ich das elastische Bänder-Ding sicher (na ja, mehr oder weniger sicher) anhabe, kann ich mit dem komplizierten Verfahren beginnen, die Satin- und Gummibänder so zu arrangieren, dass sie die Teile bedecken, die sie bedecken sollen. »Er ist solide. Zuverlässig. Vertrauenswürdig …«

»Ja, schon gut, du musst ihn nicht klingen lassen wie etwas, was mein Dad benutzen würde, um seine Terrassenmöbel wetterfest zu machen.«

»Reif«, fahre ich fort. »Ausgeglichen.«

»Okay, jetzt klingt er wie einer dieser geheimnisvollen Käse, mit denen ihr mir immer in den Ohren liegt, Olly und du.«

»Ich will damit nur sagen, dass ich wirklich, ehrlich glaube, es könnte klappen. Adam könnte der Richtige sein. Ich meine, er hat mir vor meinem großen Meeting heute Morgen Espresso und Joghurt-Rosinen mitgebracht! Den ganzen Weg von seinem Büro in Mayfair bis nach Clapham!«

»Ähm, aber hättest du nicht lieber einen Cappuccino und eine Tüte von diesen Honeycomb-Bite-Dingern gehabt, die du gestern am Flughafen verputzt hast?«

»Darum geht's nicht. Er macht sich echt Gedanken, Nora. Ich bin ihm wirklich, ehrlich wichtig.«

»Was toll ist, Lib. Und ich freue mich sehr, sehr für dich. Ich will nur nicht, dass du verletzt wirst.« Es folgt eine ganz kurze Pause, bevor sie ein lockeres, aber bedeutsames »wieder einmal« hinzufügt.

»Es ist ausgeschlossen Nora, dass ich verletzt werden könnte.«

Obwohl das elastische Bänder-Ding gerade, während ich das sage, anfängt, na ja, auf eine Weise *hochzurutschen,* die nur noch schmerzhafter werden kann, wenn das so weitergeht. Also ist es schon möglich, dass Nora recht haben könnte, wenn auch nicht ganz so, wie sie es gemeint hat.

»Okay, aber nach dem, was mit Du-weißt-schon-wem passiert ist und dem ganzen verdammten *Chaos,* das er angerichtet hat …«

»Apropos Chaos«, unterbreche ich sie elegant, bevor wir in die Dillon-Sackgasse geraten, aus der man immer nur schwer wieder rauskommt, »du hast mich gestern so lange über Dads Hochzeit ausgefragt, dass du mir eigentlich gar nichts von *deiner* Hochzeit erzählt hast.« Nora heiratet in fünf Wochen ihren tollen Verlobten Mark. »Gibt's da was Neues? Irgendwelche Änderungen? Irgendwas, wobei dir deine ergebene und engagierte erste Brautjungfer helfen kann?«

»Das ist sogar einer der Gründe, warum ich anrufe«, sagt Nora. »Ich hab gestern vergessen, dich zu fragen, und ich weiß, dass du zurzeit sehr beschäftigt bist, Lib … aber glaubst du, du könntest vielleicht ein paar Stündchen opfern, um an einem Tag dieser Woche mit Tash nach Brautjungfernkleidern zu schauen?«

Tash ist nicht nur Ollys Biketour-Begleiterin, sondern auch Noras einzige weitere, nicht zur Familie gehörende Brautjungfer.

»Ich dachte, vielleicht kannst du das Kleid mitbringen, das du schon für dich gekauft hast, und ihr helfen, etwas dazu Passendes zu finden … Ich versuche auch, mit euch mitzukommen«, ergänzt sie, da sie möglicherweise bemerkt hat, dass Tash und ich zwar tadellos freundlich zueinander sind, uns aber für einen Mädels-Shoppingtrip in trauter Zweisamkeit noch nicht gut genug verstehen. »Falls ich nicht noch was für Olly erledigen muss.«

»Sehr gerne, Nora. Ich nehme mir ein bisschen Zeit, wann immer Tash kann.«

»Danke, Lib. Und apropos Tash, ich muss dann mal los … Wir gehen heute Abend im West End essen. Das ist wahrscheinlich meine einzige Gelegenheit, ihr ein bisschen Glitzer und Glamour zu zeigen, bevor wir an den nächsten paar Abenden als Ollys Sklaven antreten.«

»Klar, natürlich. Mach das.«

»Und viel Glück mit Adam heute Abend!«, fügt sie hinzu. »Aber das wirst du nicht brauchen. Ich bin sicher, er wird es nicht schaffen, seine soliden, zuverlässigen, Teak-Gartenmöbel-schützenden Finger von dir zu lassen.«

Das können wir nur hoffen.

Und wir werden es früher herausfinden, als ich dachte, denn ich habe mein Handy gerade erst wieder in meine Tasche gesteckt, als ich einen Schlüssel in der Haustür höre.

Das ist aber kein langer Abend! Es ist gerade mal kurz nach acht! Was haben sie bei diesem Geschäftsessen gemacht: Mineralwasser getrunken, ein paar Häppchen Sushi probiert, den Kaffee ausgelassen und dann direkt bezahlt?

Na ja, mir bleibt keine Zeit, um mich über diesen ganzen amerikanischen Professionalismus und Gesundheitsfetischismus zu wundern: Gott sei Dank bin ich bereit und (kaum) angezogen, also muss ich mich jetzt nur noch so lasziv wie möglich auf einem der unbequemen Stühle rekeln, ein hoffentlich verführerisches Lächeln aufsetzen und …

»Ich verstehe nicht, warum ich mitkommen und dir helfen muss, das verfluchte Ding zu suchen«, ertönt eine Stimme aus dem Flur. »Konntest du das nicht auch allein?«

Es ist nicht Adam.

Es ist der schnöselige James Cadwalladr.

»Doch, schon, aber ich fühle mich komisch dabei, ganz allein in Adams Haus zu gehen. *So* gut kennen wir ihn nun auch wieder nicht.«

Und das ist, wie ich sofort erkenne, Lottie Cadwalladr, meine nagelneue Handelspartnerin.

Shit.

Ich kann nicht zur Treppe sprinten, weil die draußen im Flur ist, wo die Cadwalladrs gerade hereingekommen sind. Ich kann nicht durch die Glastüren in den Garten sprinten, weil die abgeschlossen sind und ich keine Zeit habe, den Schlüssel zu suchen. Auf allen vieren unter den Tisch zu kriechen wäre absolut zwecklos, weil der aus verfluchtem Perspex ist …

Was zur Hölle mache ich jetzt?

Während die Küchentür bereits aufgeht, entscheide ich mich für die einzige Option, die mir bleibt: einen Sprint in Fritz' Ecke, wo es mir gelingen sollte, mich zu verstecken, bis die Cadwalladrs gefunden haben, was auch immer sie suchen, und sich wieder in ihr eigenes Haus verziehen.

Ich springe vom Tisch auf, stürme zur Nische hinter dem Herd und schwinge mich, trotz meiner Absätze, mit einem einzigen, recht bewundernswerten Satz über das Sicherheitsgitter.

»… ganz sicher, dass Adam es nicht in die Tasche mit Fritz' Sachen gepackt hat, als er ihn zu uns gebracht hat?«, fragt der schnöselige James, als zwei Paar Füße, das eine schwer und männlich, das andere leichter und in Ballerinas, über den Marmorboden kommen. »Waren da nicht locker eine halbe Million Quietschtiere drin?«

»Nicht das grün-weiße«, sagt Lottie und fügt dann hinzu: »Na los, Fritzy! Geh und such dein Spielzeug! Los, such!«

Moment: *Fritz* ist auch da?

Die Frage hätte ich mir gar nicht stellen brauchen, denn schon tapsen Hundepfoten über den Marmorboden, und einen Augenblick später blicke ich aus meiner kauernden Position hinter dem Sicherheitsgitter tief in Fritz' schokoladenbraune, anbetende Augen.

Er beginnt – wer hätte das gedacht – zu bellen.

»Fritz, nein!«, flüstere ich und verscheuche ihn mit den Händen. »Geh weg! Ich hab keine Pastete! *Ich haben*«, versuche ich es in meiner Verzweiflung mit den paar Brocken Deutsch, die ich mit vierzehn halbherzig gelernt habe, »*nicht Pastete!*«

Pastete zu erwähnen war, im Nachhinein betrachtet, ein Fehler, egal in welcher Sprache.

Fritz dreht durch.

»Warum zur Hölle bellt er denn schon wieder?«, kann ich den schnöseligen James im Getöse von Fritz' Bellen gerade noch sagen hören.

»Das Spielzeug muss in seiner Ecke sein«, antwortet Lottie. »Kluger Junge!«

Sein Spielzeug! Sein grün-weißes Quietschtier! Damit werde ich ihn los. Ich sehe es hier drinnen, es liegt neben seinem (Designer-)Napf, packe es und schleudere das verdammte Ding, wobei ich mich sogar durch die Stangen des Sicherheitsgitters vorbeuge, so weit wie möglich über den Küchenboden und von der Hundeecke, und mir, fort.

Was nicht den geringsten Unterschied macht. Fritz hat jedes Interesse an dem Quietschtier verloren, nachdem seine geliebte

Pastetenbringerin direkt hier vor ihm ist und hinter seinem Sicherheitsgitter festsitzt. Außerdem leckt er mir nun, da ich den Fehler gemacht habe, den Kopf durch die Stäbe zu stecken, um sein Spielzeug wegzuwerfen, übers Gesicht und ertränkt mich beinahe in fleischig riechendem Sabber.

Es ist ein bisschen eklig, und ich kann den Kopf nicht schnell genug durch die Stäbe zurückziehen.

Leider kann ich den Kopf gar nicht durch die Stäbe zurückziehen.

Im Ernst. Ich krieg den Kopf nicht mehr raus.

Das kann nicht sein … Ich meine, ich hab den Kopf ja auch reingekriegt, oder?

Es muss an den Marilyn-Ohrringen liegen. An diesen großen, riesigen Marilyn-Monroe-Chandelier-Ohrringen. Die sich außen an den Stäben verhaken und es mir unmöglich machen, den Kopf wieder durchzuquetschen.

Gerade, als mir diese furchtbare Tatsache dämmert, kommt ein Paar French-Sole-Ballerinas mit Leopardenprint am Gasherd vorbei und bleibt abrupt direkt vor mir stehen.

»Ach du lieber Gott«, sagt Lottie Cadwalladr gut einen Meter über meinem Kopf.

Was es im Prinzip ganz treffend zusammenfasst.

»James!«, spricht sie mit Entsetzen in der Stimme weiter. »Komm *schnell!* Adam hat hier hinten eine Frau … *eingesperrt!*«

»Eine *Frau?*«, wiederholt der schnöselige James.

»Nein, nein, nein!« Ich klinge ein bisschen panisch, was unter den gegebenen Umständen verständlich ist, aber die Peinlichkeit langfristig noch erhöht. Ich würde lieber nonchalant klingen, oder sogar heiter, denn ich weiß aus Erfahrung: Wenn man diese Art haarsträubender Blamage selbst locker wegsteckt, haben andere Leute gar keine andere Wahl, als sie ebenfalls locker wegzustecken. »Ich bin keine Frau«, fahre ich so gelassen wie nur irgendwie möglich fort. »Ich meine, ich bin nicht einfach irgendeine Frau! Ich bin's, Libby Lomax. Ähm, Adams Freundin? Die Schmuckdesignerin?«

»*Libby?*«, stößt Lottie atemlos hervor.

»Genau. Hallo!«, füge ich hinzu. »Freut mich, Sie zu sehen!«

Nun kommen die Schuhe des schnöseligen James an, und ich höre ein entsetztes »Heilige *Scheiße*«, bevor er Fritz am Halsband packt und – hilfreicherweise – die Wasserfolter beendet, indem er ihn zurück zur Küchentür zerrt und in den Flur sperrt.

»Danke!«, sage ich und versuche immer noch, entspannt zu klingen in der Hoffnung, es würde sie überzeugen, dass es wirklich nichts so Außergewöhnliches ist, im Nachbarhaus eine praktisch fremde Frau mit dem Kopf zwischen ein paar Eisenstäben zu finden, die nur notdürftig mit ein paar Streifen Satin- und Gummibändern bekleidet ist. »Das weiß ich zu schätzen.«

»Aber, Libby ...« Lottie klingt nicht annähernd entspannt. »Sagen Sie nur, sind Sie ... *freiwillig* ... in dieser Position?«

»Adam hat sie bestimmt nicht in einen Sex-Kerker oder so was eingesperrt«, sagt der schnöselige James kalt. »Er ist nicht mal zu Hause. Ich hab gesehen, wie sie vor etwa einer Stunde hier reingegangen ist. Zumindest *glaube* ich, dass sie es ist ...« Es folgt eine Pause. Ich weiß nicht, warum, aber ich bekomme den Eindruck, dass er den Hals reckt. »Aus dieser Perspektive sieht sie ein bisschen anders aus.«

»Dann hör auf, aus der Perspektive zu schauen!«, zischt Lottie. »Lässt du dem armen Mädchen vielleicht einen Rest an Würde?«

Was ich mir jetzt gerade am meisten wünsche, ist, dass sich der Boden unter Fritz' Ecke auftut wie ein riesiger Krater, mich tief unter die Erdkruste saugt und in einem Schlund flüssiger Lava verenden lässt.

»Aber wenn er sie nicht eingesperrt hat, was zur Hölle *macht* sie da drinnen?«, fragt Lottie, bevor sie in die Hocke geht, um auf Augenhöhe mit mir zu sprechen. Ihr hübsches Gesicht ist von echter Besorgnis zerfurcht. »Was machen Sie da drinnen?«, stellt sie die Frage noch einmal an mich. »Wenn Sie zu große Angst haben, um etwas laut zu sagen, dann ... keine Ahnung ... blinzeln Sie dreimal ... oder haben Sie ein Sicherheitswort oder so was ...?«

»Nein, es gibt kein Sicherheitswort!« Ich will wirklich, wirklich, dass meine sehr nette Kundin *aufhört zu denken, ich würde total auf Sadomaso stehen.* »Das hier ist alles nur ein dummer Unfall. Ich hab den Kopf durch die Stäbe gesteckt, wissen Sie«, fahre ich fort und vermeide sorgsam zu erwähnen, warum ich dafür erst nuttige Dessous angezogen habe. »Ich glaube, das Hauptproblem sind meine Ohrringe, also vielleicht ...« Ich greife mit einer Hand nach oben, um erst den einen der Chandelier-Ohrringe zu lösen und dann, sobald er hinuntergefallen ist, auch den zweiten. »Jetzt krieg ich den Kopf bestimmt wieder raus.«

Wieder falsch.

Mein Kopf will auch ohne die Ohrringe noch nicht wieder durch die Stäbe des Sicherheitsgitters gleiten.

»Mein Kopf ist nicht gewachsen, oder?« Ich klinge wieder panisch. »Ist das möglich? Können Köpfe einfach spontan wachsen?«

»Hab ich noch nie gehört.« Lottie legt ihren Kopf schief. »Ich schätze, er könnte sich ein kleines bisschen *ausgedehnt* haben, oder so ... Vielleicht von der Reibung, als Sie versucht haben, ihn rauszuziehen?«

»Verdammt noch mal, ihr beiden. Wir sind hier nicht bei ›Jugend forscht‹.« Der schnöselige James klingt kein bisschen überzeugt. »Wir brauchen offensichtlich eine Art Gleitmittel.«

»*James!*«, keucht Lottie.

»Um *die Stäbe einzureiben*«, erklärt er. »Damit sie leichter hindurchgleiten kann. Olivenöl, Butter …«

»Oh. Nun, ja, das könnte tatsächlich eine gute Idee sein. Ich schau mal im Kühlschrank nach«, sagt Lottie, steht auf und geht ans andere Ende der Küche. »Rede weiter mit ihr, James!«, ruft sie über die Schulter. »Nicht, dass sie in eine Schockstarre verfällt oder so.«

»Sie wird in keine verdammte Schockstarre verfallen«, antwortet der schnöselige James ärgerlich, bevor er es sich anders überlegt und sich wieder zu mir dreht, um zu fragen: »Oder etwa doch?«

»Nein«, murmele ich.

»Gut. Aber *ich* vielleicht.«

Was ich als eine Unverschämtheit – eine *extreme* Unverschämtheit – seinerseits über den albtraumhaften Anblick meines Hinterns interpretiere, bis er fortfährt: »Ich meine, ich hätte das Adam ehrlich nicht zugetraut. Ich war mir ziemlich sicher – hundert Prozent sicher, um genau zu sein –, dass Adam vom anderen Ufer ist.«

»Sorry?«

»Dass er auf der rechten Straßenseite fährt.«

»Ähm, wollen Sie damit sagen, dass er *Amerikaner* ist, denn das war mir bereits klar …«

»Ich dachte, er wäre schwul.«

Ich blinzle den schnöseligen James an. Oder, um genau zu sein, blinzle ich seine abgelatschten Converse an.

»Adam ist nicht schwul.«

»Wenn Sie meinen.«

»Ja, das meine ich.«

»Na ja, Sie müssen es selbstverständlich besser wissen als ich. Es muss einfach ein sehr, *sehr* guter Freund von ihm sein, den ich hier am frühen Morgen weggehen sehe, wenn ich von meiner Laufrunde nach Hause komme … Was soll das denn, Lottie?«, fügt er hinzu, als Lotties Ballerinas wieder in unsere Richtung kommen. »Ich hab Olivenöl oder Butter vorgeschlagen, nicht den halben Inhalt des Vorratsschranks!«

»Na, was weiß ich denn, was hilft?« Lottie bückt sich mit einem ganzen Arm voller verschiedenster Päckchen und Flaschen wieder auf meine Höhe. »Also, was glauben Sie, was ist am glitschigsten? Erdnussöl? Traubenkernöl? Sesamöl? Arganöl … oooh, das kenne ich ja noch gar nicht.«

»Es wird oft in der nordafrikanischen Küche verwendet«, sagt der schnöselige James. »Man kann damit frische Dips machen, oder Couscous besprenkeln …«

»Oh, war das Couscous in Marrakesch deshalb so lecker?«, fragt Lottie.

»Ich glaube eher, es war der Zimt«, antwortet ihr Mann. »Ich habe angefangen, Zimt zu verwenden, wenn ich zu Hause Couscous mache, aber weißt du, ich glaube, der Zimt hier hat keine so gute Qualität wie dort, denn …«

»Ich glaube ganz ehrlich, dass jedes der Öle geht«, sage ich mit steigender Verzweiflung, da wir – irgendwie – anscheinend alle nur hier sitzen und Rezepttipps tauschen und von Couscous schwärmen. »Können wir es einfach mit irdendeinem davon *versuchen?*«

»Natürlich. Beginnen wir mit dem Sesamöl!«

Also tun wir das. Und als es nicht die geringste Wirkung zeigt, versuchen wir es mit dem Erdnussöl. Und als das nicht die geringste Wirkung zeigt, versuchen wir es mit dem Sonnenblumenöl. Und als das nicht die geringste Wirkung zeigt (außer, dass ich danach wie eine Art riesiger China-Imbiss rieche), verkündet der schnöselige James: »Das reicht jetzt, verdammt noch mal. Ich rufe besser die Feuerwehr.«

»Nein!«, stöhne ich flehentlich, denn wenn es schon so peinlich ist, vor Lottie und James halbnackt und auf allen vieren zwischen zwei Eisenstäben festzustecken, dann will ich mir gar nicht erst vorstellen, wie schlimm es wird, wenn auch noch ein halbes Dutzend Feuerwehrmänner in diese Küche stürmen. »Bitte …«

»Tja, ich wüsste nicht, was uns anderes übrig bleibt«, sagt er gereizt. »Ich hab keine Metallsäge. Ich könnte höchstens noch losgehen und fragen, ob einer der Nachbarn eine Metallsäge hat …«

»Bogdan!«, keuche ich plötzlich.

Keine Ahnung, warum mir das nicht früher eingefallen ist.

»Mein Freund Bogdan – er ist Handwerker … na ja, auch Friseur, aber …« Irrelevant, Libby! Bleib bei den wichtigen Fakten! »Er hat ganz bestimmt eine Metallsäge. Hören Sie, können Sie kurz mein Handy aus meiner Tasche holen«, sage ich und fühle mich ganz schwach vor Erleichterung, »und es mir herbringen, damit ich ihn anrufen kann?«

»Selbstverständlich!« Lottie klingt ebenfalls ziemlich erleichtert, denn obwohl das hier möglicherweise der schlimmste Abend meines ganzen Lebens ist, war es für sie und James vermutlich auch nicht gerade ein Erlebnis grenzenloser Freude. »James, hol du ihr Handy. Ich schau nur kurz nach«, fügt sie hinzu und steht auf, als eine erneute Salve Gebell aus dem Flur dringt, »warum Fritz da draußen so durchdreht.«

Ich höre, wie die Küchentür aufgeht, und dann höre ich Lottie mit erschrockener Stimme sagen: »Oh! Adam!«

Also ist er tatsächlich ziemlich früh von seinem Geschäftsessen zurück. Nur leider nicht früh genug, als dass er meine gegenwärtige Zwangslage hätte verhindern können.

»Das sieht jetzt wahrscheinlich alles sehr seltsam aus«, fährt Lottie fort, »aber wir befinden uns in einer, na ja, recht unangenehmen Situation … Ich vermute, keiner von euch beiden hat zufällig eine Metallsäge dabei?«

Moment mal: von euch *beiden?*

»Ich hab keine Metallsäge«, ertönt Adams Stimme gleichermaßen verwundert und besorgt – was für ihn gar nicht typisch ist. »Ben, ähm, ich schätze, du auch nicht?«

»Nein, ich hab keine Metallsäge dabei«, erklingt eine weitere Stimme. Genau wie Adams Stimme hat sie einen amerikanischen Akzent.

Und genau wie Adams Stimme ist sie männlich.

»Und ich kann dir eins sagen, Ads«, spricht die Stimme des fremden Mannes mit einem rauen Lachen weiter, »ich bin froh, dass wir schon so lange zusammen sind. Hättest du mir diese Frage früher gestellt, wäre ich schneller wieder zur Tür draußen, als du gucken kannst.«

Ich kann mich nicht bewegen.

Ich meine, *offensichtlich* kann ich mich nicht bewegen. Keiner von uns wäre jetzt hier, wenn ich das könnte.

Na ja, Adam und Ben wären wahrscheinlich trotzdem hier, um einen gemütlichen Abend zu Hause zu verbringen. Mein Freund und … *sein* Freund?

Die Stangen des Sicherheitsgitters sperren vielleicht allmählich die Blutzufuhr zu meinem Gehirn ab, aber selbst ich kann in dieser Sache zwei und zwei zusammenzählen und auf vier kommen.

Es folgt ein leises Quietschen von Converse-Schuhen auf Marmor, und dann erscheint wieder das Gesicht des schnöseligen James vor mir.

»Hier ist Ihr Handy«, sagt er nüchtern, während er es mir durch die Stäbe reicht und es in meine erstarrten Finger legt. Und dann fügt er ebenso nüchtern hinzu: »Ich hab Ihnen ja gesagt, dass er schwul ist.«

Dann steht er auf und geht in Richtung Flur, vielleicht, um meine Privatsphäre zu schonen.

Mit einer Willenskraft, die ich mir selbst nicht zugetraut hatte, zwinge ich meine Finger, sich aus ihrer Starre zu lösen, damit ich Bogdan anrufen kann.

Er und seine Metallsäge können gar nicht schnell genug hier eintreffen.

4

Die halbe Stunde nach dem Auftauchen von Adam und seinem Begleiter ist in meiner Erinnerung ein bisschen verschwommen, wenn ich ehrlich bin.

Gott sei Dank haben sich Lottie und James still und leise davongemacht, und dann kam Adam (kleinlaut) zu mir in die Küche. Er sagte nicht viel, und ich noch weniger ... Ich erinnere mich dunkel, dass ich einen Augenblick von einem sehr finsteren Mann in einem sehr schicken Anzug angestarrt wurde, der, wie ich nur vermuten kann, Ben gewesen sein muss ... Und dann, gerade als Adam vorschlug, ich solle vielleicht ein paar Edamame-Bohnen und Kokoswasser zu mir nehmen, um bei Kräften zu bleiben, erschien Bogdan.

Mit Olly.

Mein zweiter unerwarteter, unangekündigter und offen gestanden unerwünschter Besuch des Abends.

Nicht, dass ich missverstanden werde: Ich freue mich immer, Olly zu sehen.

Es gibt nur sehr selten Gelegenheiten, bei denen ich sein liebes, freundliches Gesicht nicht sehen will. Ich hätte den armen Kerl wohl kaum letztes Wochenende mit zu Dads Hochzeit geschleift, wenn ich nicht geglaubt hätte, dass schon seine bloße Anwesenheit alles besser machen würde.

Doch heute Abend war genau eine dieser seltenen Gelegenheiten.

»Ich in Restaurant dekoriert«, war Bogdans Erklärung über den Lärm der Metallsäge hinweg, als ich ihn mit zusammengebissenen Zähnen fragte, warum er es für nötig gehalten habe, Olly von meiner misslichen Lage zu erzählen und mit ihm gemeinsam wie Helden ohne Strumpfhosen in Ollys Van nach Shepherd's Bush aufzubrechen, um mich vor dem sicheren Tod durch Demütigung zu retten und dadurch noch mehr zu demütigen. »Olly direkt neben mir, wenn ich Telefon antworte. Du wolle ich ihn anlugen wegen Grund fur Anruf? Obwohl er ist mein Boss? Und auch, ich hoffe nicht zu viel hoffe, mein Freund?«

Na ja, nein, ich wollte nicht, dass Bogdan *lügt*.

Und in Anbetracht der Tatsache, dass er wenige Augenblicke nach meiner knappen Erklärung am Telefon ausrief: »Lass mich klarmachen, Libby – du irgendwo gefangen ohne deine Wille und nix trage außer, ich vermute, Art von Unterkleidung?«, war es wohl nicht anders zu erwarten, als dass Olly sich seinen Autoschlüssel schnappen und mir zu Hilfe eilen würde.

Aber für mich ist es einfach noch eine weitere Dimension der Peinlichkeit, die ich ertragen muss: dass Olly, der ja noch nicht mal irgendetwas von der Sache mit Adam wusste, mir von Angesicht zu Angesicht gegenübersteht, während ich halb nackt mit dem Kopf (im wahrsten Sinne des Wortes) in der Klemme stecke.

Ganz ehrlich, die Erkenntnis, dass mein neuer Freund, von dem ich ernsthaft dachte, er könnte der Richtige sein, in Wirklichkeit schwul ist … na ja, das ist fast noch das Angenehmste, was in den letzten paar Stunden passiert ist.

Ich sagte *fast*.

Olly hat darauf bestanden, mich bis nach Hause zu fahren,

was nett von ihm ist, denn ich fühle mich gerade – körperlich und emotional – noch ein bisschen zu angeschlagen für das Gewusel in der U-Bahn.

Leider bedeutet es aber auch noch mehr von dieser schrecklichen Peinlichkeit.

Obwohl ich mich – selbstverständlich – wieder angezogen habe, sobald ich nicht mehr hinter Gittern war, ist die Stimmung zwischen uns so angespannt, als würde ich weiterhin nur das elastische Bänder-Ding und einen Hauch Sesamöl tragen. Wir sitzen seit Shepherd's Bush in verlegener Stille da, haben bereits den Fluss überquert und stehen in der Nähe der Wandsworth Bridge im Stau, als Olly schließlich das Schweigen bricht.

»Also. Adam Rosenfeld.«

»Ja.« Ich schlucke geräuschvoll. »Wusstest du, dass er schwul ist?«

»Libby, komm schon. Ich arbeite nur mit ihm zusammen. Und eigentlich nicht mal das. Heute Nachmittag ist er zum ersten Mal seit einer Woche im Restaurant vorbeigekommen. Ich meine, während wir zusammen ein paar spannende Kalkulationstabellen durchgegangen sind, habe ich nicht wirklich überlegt, was für eine sexuelle Orientierung er wohl hat …«

»Verständlich.«

»Und es ist ja nicht so, als hätte ich nach was Bestimmtem Ausschau gehalten.« Olly wechselt den Gang, als wir uns im Verkehr endlich ein kleines Stückchen vorwärtsbewegen. »Ich meine, ich wusste ja nicht mal, dass du mit ihm zusammen warst, Libby. Das Geheimnis hast du ganz schön fest in deiner Brust verschlossen.«

Ich zucke innerlich zusammen, als Olly meine Brust auch nur erwähnt, denn er hat heute Abend schon mehr als genug davon gesehen.

»Es war noch ziemlich frisch«, murmele ich.

»Du hättest am Wochenende was sagen können.«

»Ich weiß. Es tut mir leid. Ich wollte es nicht an die große Glocke hängen für den Fall … na ja, dass es nicht klappt. Was sich ja als ziemlich prophetisch von mir erwiesen hat.«

»Du bist nicht pathetisch.«

»*Prophetisch*«, korrigiere ich ihn.

»Oh … tja, das vielleicht schon.«

»Ja, nur dass ich dachte, es könnte vielleicht nicht klappen, weil wir beide zu sehr in unseren Jobs eingespannt sind oder weil einer die Familie des anderen nicht mag … Ich wäre nie auf die Idee gekommen, dass der Grund sein könnte, dass er mich als Alibi benutzt, um vor seinen jüdisch-orthodoxen Eltern seine wahre sexuelle Orientierung geheim zu halten.«

Das habe ich mir übrigens daraus zusammengereimt, was Adam mir zuraunte, ein paar Minuten bevor Bogdan, Olly und der Werkzeugkasten ankamen: *Es tut mir echt leid, Libby … meine Mum und mein Dad … das ist was Orthodoxes … sie würden es nicht akzeptieren …*

Was ich sogar nachvollziehen kann. Ich habe fast die ganzen letzten dreißig Jahre die Missbilligung meiner Mutter ertragen. Aber ich finde trotzdem nicht, dass es in Ordnung ist, jemand anderen da mit reinzuziehen. Jemanden, der nichts davon weiß. Jemanden, der nichts ahnt.

»Ich bin einfach so *bescheuert*«, sage ich unglücklich und blicke aus dem Fenster, an dem in der einsetzenden Mittsommerdämmerung unidentifizierbare Teile Südwest-Londons vorbeiziehen. »Wie konnte ich nicht merken, dass er schwul ist? Er hätte unmöglich noch mehr Ausreden finden können, um nicht mit mir zu schlafen!«

»Er hat Ausreden gefunden?«

»Dutzende.« Normalerweise rede ich mit Olly nie über Sex,

aber ich habe das Gefühl, diese Grenze haben wir heute Abend überschritten. Beziehungsweise weniger überschritten, als vielmehr niedergerannt. Mit einem Zehn-Tonnen-Lkw. »Er hatte zu viel Arbeit. Er war müde vom Fitnessstudio. Er hatte Kopfschmerzen … keine Ahnung. Es gab alle möglichen Gründe. Und ich bin auf jeden einzelnen davon reingefallen.«

»Also war … ähm … das mit der … ähm … sexy Unterwäsche …«

»Mein peinlicherweise zweckloser Versuch, die Situation zu ändern.«

Olly nickt. »Kapiert.«

»Ich meine, was *stimmt nicht* mit mir«, spreche ich weiter, »dass ich ein so beschissen schlechtes Urteilsvermögen in Bezug auf die gesamte männliche Spezies habe?«

»Mit dir stimmt alles.«

»Na schön, dann stimmt vielleicht einfach mit den *Männern* was nicht.«

»Na ja, also das ist eine etwas unfaire Verallgemeinerung …«

»Ich meine nicht *dich,* Ol«, sage ich. »Ich meine nur alle anderen.«

»Komm schon, Lib, nur weil es mit Adam ein bisschen ungünstig gelaufen ist und nur weil deine Zeit mit diesem Riesenarschloch von Dillon O'Hara die Hölle war …«

In diesem Moment ertönt ein verärgertes Grunzen von der Rückbank des Autos: Es ist Bogdan, den ich, muss ich gestehen, dort hinten völlig vergessen hatte.

Nun beugt er sich vor, um Olly mit einem großen, farbbespritzten Finger in die Schulter zu piksen.

»Sag nicht die Unhoflichkeit uber Dillon«, ermahnt er Olly. »Libby hat nicht die Holle mit ihm. Libby hat die Himmel mit ihm. Und nicht nur in die Schlafzimmer.«

»Bogdan!« Ich drehe mich um und funkle ihn an. »Das geht niemanden was an!«

»Geht mich an«, murmelt Bogdan düster, »wenn ich hore die Unwahrkeit uber Menschen ich mag.«

(Hier ist Bogdan nicht ganz aufrichtig. Er hat Dillon weniger *gemocht,* als vielmehr auf tragische, balalaikabegleitete, moldawische Weise eine unermessliche, unbändige, unerwiderte Leidenschaft für ihn gehegt. Mehr als einmal im Verlauf jener wenigen berauschenden Monate mit Dillon rechnete ich fast damit, wenn ich in irgendeinem glamourösen Hotelzimmer meinen Koffer öffnete, zwischen meinen Schuhen und meinen Tops und meinen sexy Dessous Bogdan zu finden, der nur darauf wartete, herauszuklettern und für die Dauer unseres heißen Liebeswochenendes an Dillons Lippen zu hängen. Ich wurde so paranoid, dass ich sogar aufhörte, den großen Koffer zu nehmen, und stattdessen meine ganzen Sachen in die kleinere meiner beiden Leinen-Reisetaschen stopfte.)

»Mein Fehler, Bogdan«, gibt Olly mit vor Sarkasmus triefender Stimme zurück. »Es ist natürlich kein bisschen die Hölle, in Miami am Tag vor einem gewaltigen Hurrikan ohne Pass und ohne Kreditkarten sitzen gelassen zu werden.«

»In Miami an Tag vor die gewaltige Hurrikan ohne die Pass und ohne die Kreditkarten sitzen lassen werden«, wiederholt Bogdan, »*von Dillon O'Hara.*«

Olly wendet tatsächlich für einen Moment den Blick von der Straße ab, um sich umzudrehen und Bogdan anzustarren.

»Sorry … soll das etwa heißen, das ist irgendeine Art Privileg?«

»Soll heißen«, sagt Bogdan im übertrieben geduldigen Tonfall von jemandem, der der Meinung ist, einen geistesschwachen Volltrottel vor sich zu haben, »Libby hat Gluck, Verhältnis zu haben mit eine Mann, die so hubsch und charmant und witzig und …«

»Und koksend«, unterbricht Olly, »und untreu …«

»Okay, das reicht!« Ich halte eine Hand hoch. »Passt auf, ich bin euch beiden unheimlich dankbar, dass ihr gekommen seid und mich – buchstäblich – aus einer Klemme befreit habt, aber können wir bitte für den Rest der Fahrt *aufhören, über Dillon O'Hara zu sprechen?*«

»Ich wäre ein glücklicher Mann«, verkündet Olly, »wenn ich für den Rest meiner Tage nicht mal mehr seinen Namen hören müsste.«

Was Bogdan erst recht zum Schmollen bringt, denn er quält uns mit beleidigtem Schweigen, bis Olly ihn ein paar Minuten später am Ende seiner Straße in Balham absetzt. Und dann klopft er kurz bevor wir wegfahren an Ollys Fenster und schreit trotzig »*Dillon O'Hara!*« durch die Scheibe.

»War wohl keine so gute Idee«, sage ich einen Augenblick später, »deinen Maler und Tapezierer wütend auf dich zu machen, vier Tage vor deiner großen Restauranteröffnung.«

»Ach, der kriegt sich schon wieder ein. Außerdem liegen wir gut in der Zeit.«

»Wirklich? Denn ich fühle mich total schlecht, Ol, dass ich ihn – und dich – unbeabsichtigterweise heute Abend von dort weggeholt habe …«

»Ehrlich, Lib, mach dir keine Gedanken. Wie gesagt, es läuft genau nach Plan. Und ich weiß, dass du das Gleiche für mich tun würdest.«

»Wenn du im Haus deiner heimlich lesbischen Freundin mit dem Kopf zwischen ein paar Eisenstangen stecken würdest, während du ein knappes Höschen trägst und dich von einem berühmten Fernsehschauspieler mit Speiseöl einreiben lässt?«

»In *genau der Situation*«, sagt Olly feierlich, »weiß ich, dass du mit deiner schärfsten Metallsäge und deiner zuverlässigsten Lötlampe durch die Stadt eilen würdest.«

»Tja, das ist wahre Freundschaft«, entgegne ich.

Olly schweigt einen Augenblick, was schade ist, denn ich dachte, wir wären auf einem guten Weg dahin, dass zwischen uns bald wieder alles okay ist. Doch dann macht er plötzlich einen Schlenker zur anderen Straßenseite und fährt in den McDrive gegenüber.

»Ich weiß nicht, wie's dir geht«, sagt er, »aber ich bin echt am Verhungern. Wäre ein Big Mac genehm?«

Was wieder mal nach der ewigen Frage schreit: Warum um alles in der Welt ist Olly immer noch Single? Ich meine, hier sitzt ein Mann, der anscheinend die Wünsche einer Frau erahnen und auch erfüllen kann, noch bevor die Frau überhaupt die Möglichkeit hatte festzustellen, dass sie existieren. Bis auf diese verfluchten Joghurt-Rosinen habe ich den ganzen Tag lang gehungert (um, sinnloserweise, in dem elastischen Bänder-Ding so gut wie möglich auszusehen), und ein Big Mac wäre nicht nur genehm, sondern sogar die himmlischste Köstlichkeit der Welt.

Und obwohl Olly ein bekennender Feinschmecker ist, hat er irgendwie die Angewohnheit, mit mir spontan zu McDonald's zu fahren. Dies hier ist sogar genau der McDrive, an dem wir vor einigen Monaten gehalten haben, nachdem Olly mich auf dem Nachhauseweg von *jener* Miami-Reise mit Dillon vom Paddington-Express abgeholt hatte. Ich glaube, Olly muss sich auch daran erinnern, denn wir sind gerade erst wieder vom Abholschalter weggefahren und ich mache eben den Mund auf, um ihn mit meinem Burger zu füllen, als Olly ebenfalls den Mund aufmacht, um zu sagen: »Die Sache ist die, Lib, ich dachte, du hättest gesagt, du wolltest dich auf jeden Fall für eine Weile von Männern fernhalten. Nach der Sache mit …«

Er unterbricht sich gerade noch rechtzeitig, um ein noraeskes »Du-weißt-schon-wem« hinzuzufügen.

»Wollte ich auch«, sage ich und spucke dabei vornehm ein Gurkenstückchen aufs Armaturenbrett. »Das war der Plan. Das hatte ich ganz ehrlich, wirklich vor. Aber dann …«

»Dann was?« Olly nimmt einen Bissen von dem Viertelpfünder mit Käse, den ich ihm vor den Mund halte, damit er essen kann, ohne die Hände vom Lenkrad zu nehmen. »Hat Adam Rosenfeld dich umgehauen? Dich mit seinen alibisuchenden Aufmerksamkeiten überhäuft? Dir das Gefühl gegeben, du wärst die einzige Frau auf der Welt?«

Plötzlich kann ich meinen eigenen Bissen Big Mac nicht mehr schlucken.

Nicht, weil er zäh und lauwarm ist und leicht nach mariniertem Pappkarton schmeckt (obwohl das, da es ja ein Big Mac ist, alles nicht ganz falsch ist). Sondern weil Olly einen wunden Punkt getroffen hat.

Einen sehr, sehr wunden.

»Ja«, murmele ich.

»Das … Oh Gott, Libby … Das war ein Scherz! Zumindest *sollte* es einer sein … Darüber, dass Adam sich nicht im Geringsten für Frauen interessiert und …«

»Klar. Aber das Schlimme ist, es stimmt alles.« Ich strenge mich ganz ungeheuer an, um nicht zu weinen, und obwohl es mir im Augenblick gelingt, sieht es für die nahe Zukunft nicht besonders gut aus. »Ich mochte es tatsächlich, dass er mir das Gefühl gegeben hat, was Besonderes zu sein. Nach D… nach Du-weißt-schon-wem und dem ständigen Gefühl, nur eine von vielen zu sein. Von *so* vielen. Ich meine, du kennst doch diese Szenen in Horrorfilmen, wenn plötzlich die Schutzwälle brechen und die ganzen fleischfressenden Zombies über die Mauern fluten?«

»Ähm … ja … Mir ist nur nicht *ganz* klar, was diese Beschreibung mit deinem Liebesleben zu tun hat. Außer, du hast mit Dillon viel, viel mehr herumexperimentiert, als ich ihm zugetraut hätte.«

Ich weise Olly nicht darauf hin, dass er gerade Dillons Namen benutzt hat.

»Ich hab mich einfach überrannt gefühlt. Bedroht. Umzingelt. Als würde ich allein nie genügen, um die wütenden Horden der *anderen* abzuwehren.«

Denn mehr als alles andere, mehr als das exzessive Trinken und das Koksen, sogar mehr als die Gleichgültigkeit, mich in Miami sitzen zu lassen, während über den Golf von Mexiko ein Hurrikan heraufzog, war dies der Grund, weshalb es mit Dillon auf Dauer nie funktioniert hätte: die Tatsache, dass ich ihm nie genügen würde; die Tatsache, dass der Reiz der nächsten Frau immer größer sein würde, weil sie erst noch erjagt werden musste – und dann die nächste, und die nächste.

»Und es war schön mit Adam«, fahre ich fort, »weil ich nie das Gefühl hatte, dass er sich für irgendeine andere Frau interessiert. Aber das war – natürlich –, weil er sich *wirklich* für keine andere Frau interessiert hat. Nicht, weil er so völlig verrückt nach *mir* war.«

Und dann folgt ein richtig peinliches Schweigen, während ich meine Tränen hinunterschlucke und versuche, nicht zu schniefen, und Olly den Viertelpfünder so oft an den Mund halte, um mich mit irgendwas zu beschäftigen, dass der arme Kerl wahrscheinlich gleich erstickt an der schieren Menge, die er runterkriegen muss. Doch er schlägt sich tapfer und kaut sich männlich durch das Ding, bis wir kurz hinter Tooting Broadway an einer langen roten Ampel halten, wo er mir den Burger aus der Hand nimmt und ihn auf den Sitz zwischen uns legt.

»Libby …«, beginnt er.

»Also! Das Restaurant!«, unterbreche ich ihn, bevor er irgendwas viel, viel zu Nettes, zu Ollyhaftes sagen kann und ich ihn dann vollheule, noch bevor die Ampel überhaupt Gelb geworden ist. »Fast fertig, sagst du? Ich kann's gar nicht erwarten! Ich hab es ja seit Wochen nicht mehr gesehen!«

»Ja, aber … Pass auf, ich fühle mich total schlecht, weil ich dich traurig gemacht habe, und …«

»Also, du musst mir ganz genau sagen, wie ich dir helfen kann«, fahre ich fort. »Ich weiß, dass Nora und Tash die ganze Woche jeden Abend für dich da sind, aber ich möchte wirklich auch gern irgendwas für dich tun.«

»Das wäre großartig. Aber Libby …«

»Ich meine, ich kann vielleicht nicht super mit Werkzeug umgehen oder so, aber wenn du jemanden brauchst, um Kisten auszupacken oder Kellneruniformen zu bügeln …«

»Libby. Bitte. Lass mich nur noch eins sagen, okay?« Olly holt tief Luft. »Du sollst nie das Gefühl haben, von fleischfressenden Zombies umzingelt zu sein. Du verdienst jemanden, der dir genau das Gegenteil von diesem Gefühl gibt. Was auch immer das ist. Als … na ja, als wärst *du* der fleischfressende Zombie. Der *einzige* fleischfressende Zombie.«

Das gehört zu den schönsten Dingen, die je jemand zu mir gesagt hat.

Deshalb trifft es sich gut, dass wir gerade vor meinem Haus in der Colliers Wood High Street anhalten, denn es ist etwas *so* Schönes, und Olly hat es auf eine so liebe, aufrichtige Weise gesagt, dass mein Selbstmitleid wieder hervorzubrechen droht, also springe ich lieber schnell aus dem Auto, solange ein Rest meiner Würde noch intakt ist.

»Libby, warte«, ruft Olly und dreht sich zu mir, als ich die Tür öffne und aussteigen will. »Ich hab nicht … genau das gesagt, was ich sagen wollte.«

»Keine Sorge, Ol. Ich fühle mich schon so viel besser.«

»Aber ich hab dich zum Weinen gebracht.«

»Ich bin nur leicht verschnupft. Und wenn *du* nicht gewesen wärst, Olly, hätte ich bis jetzt schon die ganze Stadt zusammengeheult.«

»Wegen Adam Rosenfeld? Bloß nicht. Das ist er nicht wert.«

»Danke«, sage ich. »Ich hab dich unheimlich lieb. Ich ruf dich morgen Vormittag an, okay? Dann kannst du mir sagen, womit ich dir diese Woche helfen kann, und ich werde da sein.«

»Danke, Lib. Das weiß ich zu schätzen.«

Wie ein echter Gentleman wartet er, bis ich die Tür zu meinem Haus aufgeschlossen habe und hineingehe, bevor er sich in den Verkehr auf der Colliers Wood High Street einreiht.

5

Da ich über einer der Imbissstuben wohne, die meinem Vermieter Bogdan Senior gehören, habe ich im Verlauf des letzten Jahres einige interessante Gerüche kennengelernt. Den erstickenden Mief von bratendem Fisch. Das beißende Aroma von Hähnchen-Curry (zumindest kann ich nur hoffen, dass es Hähnchen war). Den fettigen Gestank von Pan-Pizza mit gefülltem Rand.

Doch als ich heute Abend die vier Treppen zu meiner Wohnung im obersten Stock hinaufsteige, rieche ich hauptsächlich … na ja, wenn ich ganz ehrlich bin, ein viel blumigeres Aroma als die Gerüche, die ich bisher ertragen musste.

Als ich durch die Haustür hereingekommen bin, habe ich nicht darauf geachtet, ob Bogdan senior BOGDANZ PANCAKE-HAUZ in eine andere Art Lokal verwandelt hat; aber mir fällt kein Imbissessen ein, das wie ein Rosengarten um Mitternacht riecht. Ich glaube, es ist auch kein moldawisches Essen, das ich zwar nicht besonders gut kenne, denn Bogdan hat nur einmal etwas Moldawisches für mich gekocht, aber soweit ich das beurteilen konnte, drehte es sich dabei vor allem darum, geniale Gerichte aus Schweineschwarte und Kraut zu zaubern.

Jedenfalls bin ich zu müde, um mich zu fragen, wo der Geruch genau herkommt. Ich schleppe meine trägen Beine einfach weiter die Treppen hinauf, stecke den Schlüssel in meine Wohnungstür und taste nach dem Lichtschalter, während ich hineingehe.

Um Gottes willen.

Da liegt ein toter Eisbär auf meinem Chesterfield-Sofa.

Zumindest nehme ich an, dass er tot ist, denn sonst hätte er sicher den Kopf gehoben, sobald ich das Licht eingeschaltet habe, und hätte mich *angebrummt.*

Was vermutlich nicht die Frage ist, die man sich stellen sollte. Vermutlich wäre es normaler, sich die Frage zu stellen: Wie zur Hölle hat sich ein *Eisbär* in den vierten Stock eines Hauses in Colliers Wood verirrt und ist dann auf einem gepolsterten Sofa verendet?

»Hey ... Wer hat da das Licht angemacht?«

Ich schreie auf. Denn der tote Eisbär spricht.

Und *bewegt sich* und *richtet sich auf* und – oh Gott – *wirft seinen weißen Pelzmantel ab.*

Weil er nämlich gar kein Eisbär ist.

Es ist Marilyn Monroe.

Nackt – splitternackt –, nun, da der weiße Pelzmantel, in den sie gehüllt war, bis ganz hinunter auf den Fußboden gerutscht ist.

Sie starrt mich an.

Ich starre sie an.

Und nun schreit *sie.* Und holt aus und bewirft mich mit was auch immer sie da in der Hand hielt.

Es ist ein Cocktailshaker. Ich habe schon Erfahrung damit, einen Cocktail ins Gesicht zu bekommen, also gelingt es mir irgendwie, trotz meines Schocks darüber, was hier vor sich geht, geschickt zur Seite zu springen. Der Cocktailshaker zischt an mir vorbei, kracht gegen die Wand und fällt mir vor die Füße, ohne mir Schaden zuzufügen.

»Wer *bist* du?«, fragt sie atemlos, bückt sich, schnappt sich den weißen Pelzmantel und drückt ihn an sich. (Drückt ihn recht halbherzig an sich; ich sehe immer noch jede Menge milchweiße Haut und – auch wenn ich versuche, nicht hinzustarren – mehr als nur die Andeutung einer Brustwarze.) »Weißt du denn nicht, dass es unhöflich ist, nicht *anzuklopfen?*«

»Das hier ist meine Wohnung.«

»Hm?«

»Mein Apartment. Ich wohne hier. Ich ... Du bist Marilyn«, platze ich heraus und blinzle, während ich die Gestalt vor mir bewusst wahrnehme. Das zerzauste Haar; die schläfrigen Augen; den großen Mund, der in genau dem richtigen Ton von zinnoberrotem Lippenstift glänzt. »Marilyn Monroe.«

»Du weißt, wer ich bin?« Ihre Stimme klingt mädchenhaft, gehaucht, genau wie in ihren Filmen. »Und du kennst meinen neuen Namen und alles?«

»Ja, natürlich, ich ...«

»Findest du, es funktioniert?«

»Wie bitte?«

»Der Name. Marilyn Monroe.« Nun beugt sie sich auf dem Sofa vor und wartet gespannt auf mein Urteil. »Ich hab den Leuten im Studio ein bisschen geholfen, ihn sich auszudenken, denn die Jungs in der Schule haben mich immer das *Mmmmmmädchen* genannt. Und als ich das im Studio erzählt habe, haben sie eine Weile damit rumgespielt und sind auf *Mmmmarilyn Mmmmmonroe* gekommen ... Geht ins Ohr, findest du nicht?«

Sie scheint völlig vergessen zu haben, dass sie mich erst wenige Augenblicke zuvor für einen Eindringling gehalten und mit einem Cocktailshaker beworfen hat. Doch Jahre des Zusammenlebens mit meiner Schwester haben mich gelehrt, eine

Narzisstin auf hundert Schritt Entfernung zu erkennen, also falle ich nicht vor Entsetzen darüber in Ohnmacht.

Und ich falle auch nicht vor Entsetzen über ihren bloßen Anblick in Ohnmacht, wie sie sich da in ihrer ganzen platinblonden Pracht auf meinem Chesterfield rekelt.

Denn genau das ist mir schon mal passiert.

Nur dass es letztes Mal Audrey Hepburn war.

Ach ja, und Audrey war nicht nackt. Machen wir uns nichts vor: Audrey nackt in einer fremden Wohnung wäre ungefähr so wahrscheinlich wie Adam Rosenfeld, der mich in dem elastischen Bänder-Ding gesehen und auf seinem Küchentisch vernascht hätte.

»Ich meine, du kommst bestimmt nie auf meinen *echten* Namen, Süße«, fährt Marilyn Monroe fort. »Na los, ich fordere dich heraus! Rate doch mal!«

»Norma Jeane«, sage ich, während ich die Wohnungstür hinter mir schließe. »Norma Jeane Mortenson.«

Sie reißt den Mund auf.

»Aber wie kannst du denn … Hast du mich in einer Zeitschrift oder so gesehen? Das war der Name, den ich benutzt habe, als ich noch Model war …«

»Nein, ich hab nur … Weißt du was? Ich brauch einen Drink«, sage ich. »Ich hab schon einen merkwürdigen Abend hinter mir, und er wird gerade noch merkwürdiger. Wenn du kurz … ähm … hier wartest«, füge ich hinzu – obwohl ich nicht weiß warum, denn es ist ja nicht so, als könnte sie irgendwo anders hingehen –, »lauf ich schnell runter zum Laden und hole eine Flasche Wein.«

»Wein?« Marilyn verzieht das Gesicht. »Aber nein, Honey, wir brauchen keinen Wein. Wir haben doch Cocktails, siehst du?« Sie steht auf, zieht sich dabei den Pelzmantel nun richtig an und kommt zu mir herüber, um den Cocktailshaker vom

Fußboden aufzuheben, wo er neben mir gelandet ist. »Ach, bin ich froh, dass dieses Ding so unzerstörbar ist«, fügt sie hinzu und hält ihn hoch, um mir zu zeigen, dass der Deckel noch drauf ist. »Lust auf einen Manhattan, Süße?«

Es fällt mir ehrlich schwer, ein paar Worte zu formen, um zu antworten, denn so aus der Nähe ist sie absolut umwerfend. Viel kleiner, als ich gedacht hätte, und schlanker, und nicht so schön wie Audrey Hepburn, natürlich nicht, aber sie hat einen so betörenden Glanz, dass es aussieht, als würde der beste Lichttechniker der Welt sie von innen erleuchten. Noch mehr strahlende Marilyn geht nicht. Sie kann höchstens zweiundzwanzig oder dreiundzwanzig sein; ihre Haut ist makellos weiß, ihre Augen sind unglaublich blau, ihr Haar ist sanft gewellt und hat die Farbe eines Kornfelds im Juli, und ihr legendärer Körper – zumindest soweit ich sehen konnte, bevor sie sich den Pelzmantel richtig angezogen hat – ist exquisit.

»Ich … ich bin eigentlich kein Fan von Manhattans«, gelingt es mir zu sagen.

»Klar bist du das! Du hast nur meine noch nie probiert!« Sie geht in die Kochnische, öffnet meinen einzigen Hängeschrank und späht hinein. »Wo hast du deine Cocktailgläser?«, fragt sie verwirrt.

»Ähm, na ja, ich hab eigentlich keine Cocktailgläser.«

Sie dreht sich zu mir, die blauen Augen ganz groß vor Staunen. »Du *hast keine Cocktailgläser?* Aber Süße, um Himmels willen, woraus trinkst du denn dann?«

»Na ja, normalerweise trink ich nur Wein, weißt du … Obwohl ich nicht mal dafür richtige Gläser habe, wenn ich's mir recht überlege. Die gehen bei mir immer ziemlich schnell kaputt, also trink ich einfach aus einem kleinen Wasserglas.« Ich gehe zu ihr hinüber, atme noch mehr von ihrem berauschenden Blumenduft ein, als ich näher komme, und greife an ihr vorbei in den Schrank. »Die hier«, sage ich und reiche ihr zwei niedrige Gläser. »Wären die okay?«

»Ein Manhattan in einem Whiskyglas?« Marilyn runzelt die Stirn. »Hab ich noch nie gehört … Aber hey, was soll's?« Sie schraubt den Cocktailshaker auf, schenkt in beide Gläser einen großzügigen Schuss bräunlich rote Flüssigkeit ein, reicht mir das eine, greift dann nach dem anderen und stößt mit mir an. »Hoch die Tassen, Mitbewohnerin!«, haucht sie und schüttelt dabei leicht ihre pelzbedeckten Schultern.

Ich starre sie an, während sie die Augen schließt, ihr Glas ansetzt und einen langen Zug daraus nimmt.

»Sorry … ähm … hast du gerade *Mitbewohnerin* gesagt?«

»Klar! Bist du das denn nicht, Honey?« Marilyn öffnet die Augen. »Hat das Studio uns nicht zusammen in eine Wohnung gesteckt?«

»Studio? Nein, nein, das hier ist was anderes …«

»Also bist du *keine* Schauspielerin?« Sie nickt, wobei ihre zerzausten Locken mitwippen. »Tja, ich muss schon sagen, Süße, das überrascht mich nicht allzu sehr.«

»Hey!« Ich fühle mich ein bisschen provoziert. »Ich *war* tatsächlich Schauspielerin. Wenn auch zugegebenermaßen keine sehr erfolgreiche …«

Aber sie hört nicht zu.

»Du und ich, wir werden sicher eine ganz famose Zeit als Mitbewohnerinnen haben! Obwohl jedes Mädchen besser wäre als das letzte, bei dem das Studio mich einquartiert hat.« Marilyn verdreht die Augen. »Sie hat nicht getrunken, nicht getanzt, kannte *keine* interessanten Typen … Sag mal, *du* kennst schon interessante Typen, oder?« Plötzlich sieht sie besorgt aus. »Ich meine, du bist nicht so angezogen, weil … na ja, weil du Mädchen bevorzugst?«

»Nein, ich bevorzuge keine Mädchen.« Ich schaue unsicher

an mir hinunter. »Und was stimmt nicht damit, wie ich angezogen bin?«

Sie sieht mich an.

»*Hosen,* Süße?«, fragt sie. »Und dann auch noch *schwarze?*«

»Die sind schick!«

»Ach, Liebling. Wer hat dir das gesagt?«

»*Audrey Hepburn!*«

»Also ich hab noch nie von dieser Audrey gehört«, sagt Marilyn und tänzelt wieder zurück zum Sofa, »und sie ist bestimmt ein Schatz, aber ich muss schon sagen, sie hat nicht unbedingt viel Ahnung von Stil. Ooooh«, haucht sie plötzlich, während sie sich wieder auf die Polster fallen lässt, »vielleicht könnte das unsere erste richtige Mitbewohnerinnen-Aktivität sein. Wir könnten uns gegenseitig … dingsda … umstylen! Das macht Spaß! Wir tragen uns Gesichtsmasken auf und lackieren uns gegenseitig die Nägel, und dann suchen wir süße neue Outfits füreinander aus … Oder zumindest könnte ich dir ein süßes neues Outfit aussuchen … Weißt du, ich wollte schon immer mal einen Schminkabend mit einer Freundin organisieren, aber aus irgendeinem Grund wollte nie eine mitmachen.«

Ich weise sie nicht darauf hin, dass das wahrscheinlich daran lag, dass keine zu lange neben ihr vor einem Spiegel stehen wollte. Sie ist so begeistert von der Aussicht auf einen Schminkabend, dass ich ihr nicht den Wind aus den Segeln nehmen will. Vor allem weiß ich nicht, wie ich ihr sagen soll, dass ich es wahrscheinlich beim besten Willen nicht schaffen würde, sie »umzustylen«. Ich meine, ich weiß es natürlich nicht sicher, weil ich so was mit Audrey Hepburn nie versucht habe (Audrey stylt man nicht um; das *macht* man einfach nicht), aber wir haben es hier mit magischen Wesen zu tun.

Zumindest *glaube* ich, dass sie magisch sind.

Zu dieser Schlussfolgerung bin ich gekommen, nachdem

Audrey Hepburn letzten Sommer mehrmals in meiner Wohnung vorbeigeschaut hat: *dass da irgendwas Übernatürliches mit meinem Chesterfield-Sofa vor sich geht.* Dass – und dabei ist mir durchaus bewusst, wie komplett irre das klingt – mein Chesterfield verzaubert ist.

Ich hab ja *gesagt,* es klingt komplett irre.

Nun klopft Marilyn auf das Polster neben sich, und ich setze mich ein bisschen zögerlich zu ihr.

»Also, Süße, bevor wir mit den Gesichtsmasken und Schönheitskuren und allem anfangen, können wir uns ein bisschen unterhalten! Uns gegenseitig kennenlernen. Soll ich dir zuerst was über mich erzählen?«

»Eigentlich weiß ich schon …«

»Mein richtiger Name ist Norma Jeane, wie du gesagt hast. Ich bin neunzehn Jahre alt … Okay, ich bin dreiundzwanzig« – sie zwinkert mir kurz zu –, »aber *offiziell* bin ich neunzehn. Wie auch immer, ich komme unter anderem aus Kalifornien, und ich hab früher gemodelt, und jetzt bin ich Filmschauspielerin. Es läuft ganz gut, aber … Ach, na ja, Süße, ich will einfach ein *Riesen*-Filmstar werden!« Für einen Augenblick schlingt sie in kindlicher Freude die Arme um ihren Körper und gießt dabei fast ihren roten Manhattan über ihren weißen Nerz. »Wie Jean Harlow, nur noch größer! Kannst du dir das vorstellen?«

Ich weiß nicht, was ich darauf antworten soll.

Leider deutet sie mein Schweigen als Kritik, denn nach einem verschämten, leisen Lachen fährt sie fort: »Ich weiß, dass das verrückt klingt … aber ich hab mir immer gedacht, man muss große Träume haben, um groß rauszukommen, oder?«

»Das klingt nicht verrückt«, sage ich, »gar nicht.«

»Findest du?« Sie senkt die Stimme und beugt sich zu mir. »Denn manchmal glaube ich, ich will es so sehr, dass ich einfach *platzen* könnte. Bersten und überall klitzekleine Stückchen von

Norma Jeane verteilen!« Nun ist sie ernst. Ihre großen blauen Augen sind größer denn je, wie die eines sechsjährigen Mädchens, das einem ein *Ganz wichtiges Geheimnis* verrät. »Hast du je etwas so sehr gewollt, Süße? So sehr, dass du dachtest, du würdest sterben, wenn du es nicht bekommst?«

Es ist komisch – und zwar im Sinne von »Dr. Freud ist gleich für Sie da«, nicht im Sinne von »Ha ha« –, dass mir gleichzeitig zwei Sachen einfallen, als mir Marilyn Monroe diese Frage stellt. Wollte ich je etwas so sehr, dass ich dachte, ich würde sterben, wenn ich es nicht bekomme? Ja, diese zwei Dinge: Dads Aufmerksamkeit und Dillons Treue.

Wie sich herausgestellt hat, habe ich keins davon bekommen, bin aber dennoch nicht gestorben. Es hat sich nur ein kleines bisschen so angefühlt.

»Du auch, hm?«, haucht Marilyn und tätschelt mir mitfühlend die Hand. »Also, wovon träumst du, wenn nicht vom Filmstarruhm? Du arbeitest im Studio, oder? Bist du Sängerin? Tänzerin?«

»Nein, nein, um Gottes willen. Und ich arbeite auch nicht im Studio. Ich bin Schmuckdesignerin.«

»Süße! Ich liebe Schmuck!«

»Ich weiß. Meine letzte Kollektion trägt den Namen …« Ich unterbreche mich gerade noch rechtzeitig. »… ähm … meiner Mutter.«

Wobei mir auffällt: Meine Marilyn-Ohrringe sind nicht mehr da.

Verdammt. Sie müssen noch bei Adam auf dem Küchenboden liegen.

Mit Schrecken fällt mir ein, dass Fritz sie vielleicht verschlucken könnte oder so …

Ich werde Adam deshalb eine SMS schreiben müssen, bevor ich heute Abend ins Bett gehe. Was unglaublich nervig ist, denn das *Einzige,* was ich zu ihm gesagt habe, während wir alle auf Bogdan und seine Metallsäge warteten, war, dass ich nie wieder, in welcher Form auch immer, Kontakt zu ihm haben will. Trotzdem empfinde ich genug Zuneigung zu Fritz, um diesen Schwur zeitweilig zu brechen. Schließlich konnte er ja nicht wissen, dass sein Herrchen schwul ist. Und selbst wenn er es wusste, hätte er es mir wohl kaum sagen können. Weder auf Deutsch noch sonst wie.

»Das ist aber lieb von dir, Honey. Ich glaube, meine Mutter würde es nicht mal kümmern, wenn mein *erstes Kind* ihren Namen tragen würde.«

»Meine auch nicht«, rutscht es mir heraus.

»Aber du hast doch gerade gesagt, dass dein Schmuck ihren Namen trägt.« Marilyn sieht verwirrt aus. »Also verstehst du dich mit deiner Mutter auch nicht?«

»Das ist kompliziert …« Ich nehme einen großen Schluck aus meinem Manhattanglas. Und muss mich anstrengen, um nicht alles wieder auszuspucken.

Gott, ist das widerlich.

»Ist der nicht *toll?*«, haucht Marilyn mit einem weiteren kleinen Schulterschütteln.

»Mhmm«, antworte ich wenig überzeugend, aber sie passt nicht richtig auf.

»Weißt du, wir beide sollten uns einmal über komplizierte Mütter austauschen«, sagt sie. »Nun, da wir so gute Freundinnen werden. Ich meine, das *werden* wir doch, oder?«

»Was werden wir?«

»Gute Freundinnen? Ich hab nicht viele Freundinnen, weißt du.«

Ich spüre mitten durch mein Herz einen kleinen Stich eisige Traurigkeit, und mich fröstelt. »Nein«, sage ich, »ich weiß, dass du das nicht hast.«

»Süße, dir ist kalt!« Sie stellt ihr Glas auf der gepolsterten Armlehne des Chesterfields ab und fängt an, sich aus dem weißen Pelzmantel zu schälen. »Nimm den hier! Mir ist darin sowieso viel zu heiß!«

»Nein, nein!«, kreische ich und will den Mantel zuerst wieder um sie legen, bevor mir klar wird, dass ich mich doch nicht überwinden kann, toten Nerz anzufassen. »Ehrlich, Marilyn, lass ihn an. Ich würde ihn nicht mal tragen.«

»Komm schon, Süße, das ist echter Nerz.«

»Ich weiß. Ich trage keinen Pelz.«

Sie starrt mich verständnislos an. »Ach nein?«

»Nein.«

»Aber … *warum?*«

»Also, ich will jetzt nicht total die Stimmung runterziehen oder so, aber ich finde das unglaublich brutal.«

Marilyn wirkt einen Moment noch verwirrter, dann beugt sie sich vor und fragt mit leiser Stimme: »Weil du dir Sorgen machst, dass der Typ, der dir den Mantel geschenkt hat, seiner Frau nicht einen genauso schönen geschenkt hat?«

»Nein! Ich finde es nicht deswegen brutal!«

»Oh … Ist das dann irgendwas typisch Kanadisches?«

Okay, jetzt bin ich einfach völlig perplex. »Ich komme nicht aus Kanada.«

»Nicht?«

»Ähm, nein. Tue ich nicht.«

Sie legt den Kopf schief. »Warum sprichst du dann mit diesem komischen Akzent?«

»Weil ich Britin bin.«

»Du bist *Britin?*« Marilyn schnappt begeistert nach Luft. »Honey, warum hast du das nicht gleich gesagt? Ich liebe die Briten! Cary Grant, Sir Winston Churchill, oh, und Laurence Olivier! Hast du ihn in *Hamlet* gesehen? Ach, ich könnte dahinschmelzen! Weißt du, ich habe manchmal diese albernen Tagträume, dass wir eines Tages gemeinsam einen Film drehen … Und dann verlieben wir uns ineinander, und er wird mit dem Kopf auf meinem Schoß liegen und mir Shakespeare vorlesen …«

»Ich würde«, sage ich schnell, da ich weiß, wie katastrophal die Beziehung zwischen Marilyn und Olivier war, »an deiner Stelle nicht zu viel Zeit mit Tagträumen darüber verschwenden.«

»Oh!« Diesmal ist ihr Luftschnappen traurig, nicht begeistert. Sie legt eine Hand an ihre Wange, die statt alabasterweiß nun zartrosa wird. »Ich dachte, du hättest gesagt, ich klinge nicht verrückt, wenn ich davon träume, ein großer Filmstar zu werden!«

»Marilyn, nein …« Ich fühle mich, als wäre ich gerade aus Versehen auf ein flauschiges Babykaninchen getreten. »So habe ich das doch gar nicht gemeint! Das war ein Kommentar über Laurence Olivier, nicht über dich!«

»Denn es ist ziemlich gemein, Süße, wenn du eine Minute so tust, als würdest du mich verstehen, und in der nächsten dann so redest wie alle anderen, die mir immer gesagt haben, dass ich aufhören soll, meine Zeit zu verschwenden. Dass ich nicht talentiert genug bin, hübsch genug, gut genug …«

»Glaub mir, ich denke nicht, dass du irgendwas davon bist.« Mist, das ist jetzt falsch rausgekommen. »Was ich meine, ist, ich denke – nein, ich *weiß* –, dass du definitiv talentiert genug und hübsch genug und gut genug bist.«

Sie nimmt geknickt einen Zug aus ihrem Cocktailglas und leert es. »Woher willst du denn wissen, dass ich talentiert genug bin?«

Okay, nun sind wir an einem heiklen Punkt angelangt.

Ich habe dieses Thema bei Audrey Hepburn nie angesprochen, aber das liegt zum Teil daran, dass ich die meiste Zeit in Audreys Gesellschaft davon überzeugt war, sie wäre das Ergebnis eines Hirntumors oder eines Nervenzusammenbruchs. Nachdem ich jetzt diesen »Verzaubertes Sofa«-Ansatz verfolge, ist es vielleicht an der Zeit, die Erscheinung vor mir zu fragen, was sie von der ganzen Sache hält. Aber es ist ein kniffliges Etikette-Problem: ein magisches Wesen höflich darauf hinzuweisen, dass es, na ja, magisch ist.

Denn ganz ehrlich, es ist ja nicht so, als schiene das Marilyn auch nur annähernd bewusst zu sein.

»Die Sache ist die, Marilyn«, beginne ich nervös, »ich glaube, wir sollten uns vielleicht einmal kurz darüber unterhalten, warum du eigentlich hier bist …«

»Ach, Süße.« Sie schenkt mir quer übers Sofa ein herzzerreißendes Lächeln. »Findest du nicht, es ist schon ein bisschen spät, um so große, schwierige Fragen zu stellen? Ich meine, wenn man mal darüber nachdenkt, warum sind wir *alle* eigentlich hier?«

»Ja … ähm, das ist nicht ganz, was …«

»Sag mal, kannst du den Cocktailshaker herbringen«, spricht sie weiter und deutet zur Küchenarbeitsplatte, wo sie ihn abgestellt hat, »und mir noch ein bisschen nachschenken? Das hab ich jetzt bitter nötig.«

»Natürlich.« Ich stehe auf, um den silbernen Cocktailshaker zu holen.

Aber er scheint verschwunden zu sein.

Und als ich mich wieder umdrehe, ist auch Marilyn verschwunden.

Sie hat sich in Luft aufgelöst, genau wie Audrey Hepburn, als sie diejenige war, die sich durch mein Chesterfield-Sofa manifestierte.

Das Einzige, was noch von Marilyn übrig bleibt, ist dieser

berauschende Blumenduft – dieser Rosengarten-um-Mitternacht-Geruch, den ich jetzt *natürlich* als Chanel No. 5 erkenne, und eine kleine Delle auf dem Sofapolster, wo ihr perfekt gerundeter Po gerade saß.

6

Ich werde vom Klingeln meines Handys geweckt.

Bereits zum dritten Mal heute Morgen.

Na ja, wenn ich es schon so oft ignoriert habe, kann es nicht schaden, es noch ein weiteres Mal zu ignorieren.

Aber diesmal bin ich wach genug, um kurz unter meiner Bettdecke hervorzugucken und nachzusehen, ob Marilyn Monroe zufällig, nerz- oder anderweitig bekleidet, wieder auf dem Chesterfield erschienen ist.

Ist sie nicht, und inzwischen ist auch der Duft von Chanel No. 5 verflogen.

Ich setze mich ganz auf, reibe mir die verklebten Augen, und dann, nur um sicherzugehen, öffne ich die unterste Schublade meines schmalen Nachtschranks. Ich nehme meine Vintage-Perlenschachtel und meine Make-up-Tasche und den Stapel Rechnungen heraus, die ich manchmal da reinstopfe, wenn sie alle gleichzeitig ankommen und ein bisschen zu beängstigend werden. Dann taste ich nach der Sonnenbrille, die – wie ich jedes Mal hoffe, wenn ich wieder danach schaue – dort in der hinteren linken Ecke versteckt sein wird.

Sie ist noch da.

Ich hole sie ganz heraus, um sie mir richtig anzusehen.

Diese Oliver-Goldsmith-Sonnenbrille aus dunklem Schildpatt ist der Grund, weshalb ich, als ich gestern Abend Marilyn Monroe in meiner Wohnung fand, nicht einfach annahm, ich würde durchdrehen. An Halluzinationen leiden. Wie ein kleines Mädchen mit einer eingebildeten Freundin reden (nur eben in etwas größer und mit einem Manhattan in der Hand).

Das hier ist *Audrey Hepburns Sonnenbrille.* Sie hat sie hiergelassen, als sie das letzte Mal »zu Besuch« kam. Und aufgrund der Tatsache, dass Bogdan die Brille gesehen hat und dass Dillon sie gesehen hat und dass sie jedes Mal von der halben Einwohnerschaft Roms kommentiert wurde (*Ciao, Audrey!*), wenn ich sie an jenem ersten Wochenende mit Dillon dort trug, weiß ich, dass sie so real ist wie die Nase in meinem Gesicht.

Das *weiß* ich. Das wusste ich immer, auch wenn ich in meiner Überzeugung seither gelegentlich ein wenig geschwankt habe.

Dabei hat wahrscheinlich auch nicht geholfen, dass ich letzten Sommer, um jegliche Möglichkeit auszuschließen, dass ich durchdrehe/an Halluzinationen leide/mit einer imaginären Freundin rede, ein paar erschreckend teure psychiatrische Sitzungen mit Dr. Burnett, einem Freund von Nora, über mich ergehen ließ. Nur um eine Andeutung meiner Begegnungen mit Audrey Hepburn einfließen zu lassen und zu sehen, was ein Fachmann dazu sagt. Ich weiß eigentlich nicht, was ich erwartet hatte, aber Dr. Burnett ließ sich kein bisschen davon abbringen, dass das Ganze ausschließlich in meiner Fantasie stattgefunden habe. *Stressbedingte visuelle und auditorische Halluzinationen,* diagnostizierte er bei meinem zweiten Termin. Und was die Sonnenbrille anbelange, na ja, die müsse ihm zufolge eine alte, vergessene Brille von mir sein, oder ich hätte sie womöglich sogar in einer Art Trancezustand gekauft, um mich davon zu überzeugen, dass das, was ich gesehen und gehört habe, tatsächlich real sei.

Zu einer dritten Sitzung bin ich nicht gegangen.

Denn Dr. Burnett lag falsch. Trotz seiner hohen akademischen Grade und seiner Qualifizierungen und seiner mehrjährigen Erfahrungen lag er in diesem Fall falsch.

Jetzt beuge ich mich wieder hinunter und stöbere ganz hinten in derselben Schublade nach der anderen Sache, die ich dort aufbewahre: einem zusammengefalteten Blatt Papier mit einem Foto darauf, das ich aus einer Ausgabe der *InStyle* herausgerissen habe.

Es ist ein altes Foto von Audrey Hepburn in den Pinewood Studios, wie sie auf meinem Chesterfield-Sofa sitzt.

Wie groß ist wohl die Chance, dass Marilyn Monroe, als sie selbst in den Pinewood Studios vor der Kamera stand, ebenfalls auf das Chesterfield stieß?

Ich meine, sie hat doch Dings, diesen Film mit (ha!) Laurence Olivier hier gedreht, oder? *Der Prinz und die Tänzerin* … Ich bin nicht umsonst die Tochter meines Vaters: Einiges an Filmgeschichte ist auch bei mir hängen geblieben. Nichtsdestotrotz werde ich mir kurz mein Handy schnappen und es googeln, um ganz sicher zu sein …

Und natürlich fängt das verdammte Ding wieder an zu klingeln, gerade als ich aufstehe, zum Sofa taumele und es aus meiner Handtasche fische.

Es ist eine unbekannte Nummer.

Die einzigen Anrufe, die ich von einer unbekannten Nummer bekomme, sind – *waren* – die aus Adams Büro.

Wenn er derjenige ist, der mich heute Morgen schon dreimal angerufen hat, dann werde ich dieses Gespräch wohl besser hinter mich bringen. Ich werde seine wie auch immer geartete Entschuldigung auf eine gelassene, wenn auch kühle Weise annehmen in dem Versuch, meine Würde von dort, wo ich sie auf seinem Küchenboden verloren habe, wieder an mich zu reißen.

Angenommen, *dass* er mir eine Entschuldigung anbietet und nicht anruft, um, keine Ahnung, mir zu sagen, ich wäre ihm ein neues Sicherheitsgitter oder Hundetherapiesitzungen aufgrund von posttraumatischem Stress für Fritz oder so was schuldig.

Wobei mir einfällt, dass ich ihm unbedingt wegen der Ohrringe Bescheid sagen muss. Ich will nicht auch noch Fritz' Erstickungstod auf dem Gewissen haben. Es ist schon schlimm genug, dass ich die arme Kreatur von arterienverstopfender Pastete abhängig gemacht habe.

»Hi«, sage ich lässig, als ich ans Handy gehe. »Adam?«

»Nein, Verzeihung«, antwortet eine Frauenstimme. »Spreche ich mit Liberty Lomax?«

»Ähm ... ja ...?«

»Mein Name ist Erin«, fährt sie in dem gedämpften, seltsam ehrfürchtigen Ton fort, der, wie ich festgestellt habe, in Spas und Schönheitssalons üblich ist. »Ich rufe von der Grove-House-Klinik in West-London an.«

»Grove House?« Aus irgendeinem Grund sagt mir der Name was, aber ich komme nicht drauf, warum. »Sorry, ich weiß nicht, warum Sie ...« Dann fällt mir ein, woher ich den Namen kenne. »Meinen Sie die *psychiatrische* Klinik Grove House?«

Aber wie kann denn eine psychiatrische Klinik von meinem gestrigen Abend ... mit Marilyn wissen?

»Wir betrachten uns eher als eine Behandlungseinrichtung«, sagt Erin in derselben gedämpften Schönheitssalonstimme. »Ein Rehabilitationszentrum für alle, die an Symptomen der vielen verbreiteten Suchtstörungen leiden.«

»Aber diese Sache, die mir immer wieder passiert«, krächze ich, »ist *real.* Ich meine, sie ist kein Symptom einer Suchtstörung. Berühmte Leute tauchen wirklich, *wirklich* aus meinem magischen Sofa auf.«

Es folgt ein kurzes Schweigen am anderen Ende der Leitung.

»Ich weiß, ich weiß«, fahre ich fort, »das klingt verrückt … aber vielleicht liegt das nur daran, dass ich den Begriff *magisch* nicht benutzen sollte. Das ist wahrscheinlich etwas abschreckend. Würde ich irgendwie weniger abgedreht klingen, wenn ich stattdessen *verzaubert* sage?«

Eigentlich gefällt mir das ganz gut, nun, da ich es laut ausspreche: Es verleiht der ganzen bizarren Situation einen angenehm literarischen Touch, als wäre mein Chesterfield einfach Teil der großen Verzauberte-Möbel-Tradition, zusammen mit dem Schrank aus *Der König von Narnia* und dem Bett aus *Die tollkühne Hexe in ihrem fliegenden Bett*. Die zwar beide, wie ich weiß, völlig frei erfunden sind, aber …

»Miss Lomax, ich glaube, Sie haben möglicherweise den Grund meines Anrufs missverstanden.«

»Oh?«

»Ich rufe nicht an wegen … Sorry, sagten Sie, dass berühmte Leute auf ihrem … *magischen* Sofa auftauchen?«

»Verzaubert«, korrigiere ich sie eifrig. »Aber ja, das habe ich gesagt. Da haben Sie vollkommen recht.«

»Oka-a-a-y … ähm, eigentlich rufe ich an, um mit Ihnen über Ihre Schwester zu sprechen.«

»Meine *Schwester?*«

»Ja. Cassidy Kennedy. Sie wurde gestern Abend in der Klinik aufgenommen.«

»Wie bitte?«

»Cassidy hat sich hier gemeldet«, sagt Erin nun mit noch honigsüßerer Stimme als bisher. »Gestern am späten Abend. Um in der Klinik Hilfe beim Umgang mit ihren Suchtproblemen zu finden.«

Okay, jetzt habe ich wirklich das Gefühl, ich spinne.

»Aber Cass *hat* gar keine Suchtprobleme. Außer … na ja, behandeln Sie in Ihrer Klinik auch *Selfie*-Sucht?«

»Ich bin leider nicht befugt«, antwortet sie in dem kühlen Ton, den ich in einem Gespräch mit Adam benutzt hätte, »über die genauen Details im Fall Ihrer Schwester zu sprechen. Ich kann nur sagen, dass wir recht oft feststellen, dass Familienmitglieder die Letzten sind, die merken, dass es ein Problem gibt.«

Ich schwanke innerlich, ob ich noch einmal wiederholen soll, dass Cass *kein Problem hat,* oder ob ich mir erlaube, die Sorge zuzulassen, die plötzlich an mir nagt.

Ich meine, Cass ist meine Schwester … meine kleine Schwester … und jetzt ist sie auf einmal in eine *psychiatrische Klinik* verschwunden?

Dieser ganze abgesagte Fernsehdeal muss sie viel härter getroffen haben, als ich dachte.

»Wie dem auch sei, ich rufe nur an Cassidys Stelle an, da Handys hier nicht erlaubt sind, um zu fragen, ob Sie ihr vielleicht ein paar notwendige Kleinigkeiten vorbeibringen?«

Ich stelle bereits mental eine Liste der Dinge zusammen, von denen ich glaube, dass Cass sie dort brauchen könnte: ihre Schmusedecke, mit der sie immer noch gern kuschelt, wenn es ihr schlecht geht; ihren bequemsten Pyjama; vielleicht sogar ein paar Familienfotos, damit ihr Zimmer sich heimeliger anfühlt … oder wenigstens ein paar der eingerahmten Selfies, die in ihrem Wohnzimmer an den Wänden hängen …

»Natürlich«, antworte ich, während ich mich in meiner unordentlichen Wohnung nach einem Stift und einem Notizzettel umsehe. »Warten Sie kurz, ich such nur schnell was zum Schreiben …«

»Ach, das ist nicht nötig. Im Anschluss an unser Gespräch kann ich Ihnen eine Nachricht mit der Liste schicken. Und ich sage Cassidy Bescheid, dass Sie später am Tag vorbeikommen, um sie zu besuchen, ja?«

»Sagen Sie ihr, dass ich unterwegs bin. Ich meine jetzt, auf der Stelle.«

Ich lege auf und schlüpfe sofort in die Klamotten, die ich als Erstes erwische, nämlich die schwarze Hose, die ich gestern anhatte, und meinen grauen Lieblings-Kapuzenpulli, den mir nicht mal Audrey Hepburn ausreden konnte. Ich habe gerade erst meine Haare zusammengedreht und mit einer Klammer befestigt und die Füße in ein Paar Converse gesteckt, als Erins Nachricht auf meinem Handy eingeht.

Es ist nicht … *ganz* das, was ich erwartet hatte.

Keine Bitte um die Schmusedecke oder den Pyjama oder die eingerahmten Selfies.

GROSSE MAKE-UP-BOX AUS SCHLAFZIMMER

MITTLERE MAKE-UP-BOX AUS BADEZIMMER

Okay, Cass will also ihr Make-up … nun ja, klar, das kann ich verstehen. Jede Frau weiß, wie sehr ihr Lieblings-Lippenstift ihre Stimmung heben kann, wenn es hart auf hart kommt.

LOCKENSTAB

GLÄTTEISEN

MINI-GLÄTTEISEN

Nun ja, ihre Haare waren ihr immer *sehr* wichtig … Allerdings hätte ich nicht einmal Cass zugetraut, dass sie noch die Energie hat, mit einem Lockenstab/Glätteisen zu Werke zu gehen, wenn die Absage ihrer Reality-TV-Show sie dermaßen deprimiert.

SKINNY-JEANS VON J BRAND

SUPER-SUPER-SKINNY-JEANS VON VICTORIA BECKHAM

NEUE KNIEHOHE HELLBRAUNE LOUBOUTIN-STIEFEL

ALTE KNIEHOHE HELLBRAUNE LOUBOUTIN-STIEFEL
KIRSCHROTE MIKRO-SHORTS VON TOPSHOP
WEISSER ABGESCHNITTENER JEANS-MINI

Okay, diese Grove-House-Klinik … ist das rein zufällig die erste Entzugsklinik-Schrägstrich-Disco der Welt?

Jedenfalls werde ich einen Riesenkoffer brauchen, um diese ganzen Sachen zu Cass zu bringen, nach …

Oh, ich sollte besser mal nachschauen, wo Grove House genau ist.

In Barnes.

Na super. Also muss ich erst den ganzen Weg bis zu Cass' Wohnung in Maida Vale in Nordwest-London und dann den ganzen Weg wieder zurück quer durch die Stadt in das grüne, mit öffentlichen Verkehrsmitteln schwer zu erreichende Barnes im Süden.

Aber, wie gesagt, Cass ist meine einzige Schwester, und da werde ich nicht zweimal drüber nachdenken.

Na ja, ich werde nicht ein *drittes Mal* drüber nachdenken.

Und das Positive daran ist, dass mich die Schlepperei quer durch London zur Hauptverkehrszeit wenigstens davon abhalten wird, weiter über die ganze Marilyn-Geschichte nachzugrübeln.

Drei Stunden, vier U-Bahnen und eine quälend langsame Busfahrt später nähere ich mich endlich der Grove-House-Klinik, einem ausladenden viktorianischen Herrenhaus aus rotem Backstein an der Nordseite des öffentlichen Parks von Barnes.

Die Klinik ist von einer Mauer mit einem hohen Eisengittertor umgeben (dem ich mit meinem Kopf tunlichst fernbleiben werde, vielen Dank auch), daneben befindet sich ein großer Klingelknopf, und … oh! Direkt an der Mauer lauern etwa ein halbes Dutzend Fotografen, die plötzlich aus ihrer Starre erwachen, als sie mich kommen sehen, und ihre Kameras in Position bringen.

Es folgen ein paar grelle Blitze, die mich blenden, bis einer von ihnen verkündet: »Sie ist *niemand*«, und alle sich wieder auf die Lauer legen.

Sehr einfühlsam, oder? Schließlich könnte ich ja (vor allem, da ich mit einem großen Koffer anrücke) hier sein, um in die Klinik einzuchecken wegen schwerer Depressionen und Angstzustände, die sich in Form von mangelndem Selbstbewusstsein und Gefühlen von Wertlosigkeit äußern.

Ich starre sie alle vielsagend an, bleibe dann an der Mauer stehen und drücke auf den Klingelknopf.

Es ist nicht *sehr* imponierend, angesichts der Anwesenheit der Paparazzi draußen, dass mir das Tor geöffnet wird, ohne dass sich jemand auch nur die Mühe macht, nach meinem Namen zu fragen ... aber ich versuche, keine Abneigung gegen das Haus zu entwickeln, noch bevor ich überhaupt hineingegangen bin. Ich überquere eine Kieseinfahrt – nicht leicht, wenn man einen schweren Koffer hinter sich herzieht – und erreiche dann einen weiteren Klingelknopf gleich links vom Haupteingang. Diesmal kommt von einer Frauenstimme – Erins? – ein sanftes »Ja?« durch die Sprechanlage, bevor ich meinen Namen nenne und auch hier hereingelassen werde.

Meine Termine mit Dr. Burnett fanden in seiner Praxis in Marylebone statt, also habe ich, trotz meiner eigenen kurzen Therapieerfahrung, noch nie zuvor einen Fuß in eine psychiatrische Klinik gesetzt. Ich weiß eigentlich nicht, was ich erwartet hatte, aber wenn die Grove-House-Klinik von außen auch nur einen Touch viktorianischen Irrenhaus-Chic hat, so findet man, wenn man einmal hereingekommen ist, keine Spur mehr davon. Wenn überhaupt, sieht es viel eher aus wie in einem eleganten neuen Boutique-Hotel: glänzende Marmorböden, atemberaubende Blumenarrangements und bunte, expressionistische Kunst an den Wänden.

Ich fühle mich – in der Hose von gestern, meinem hastig übergezogenen Kapuzenpulli und ohne mich vor dem Schlafengehen abgeschminkt zu haben – viel, *viel* zu gammelig und underdressed für einen solchen Ort. Und plötzlich verstehe ich auch, warum Cass wohl wollte, dass ich ihr den halben Inhalt ihres Kleiderschranks und alle ihre Stylinggeräte mitbringe.

Direkt hinter dem Haupteingang gibt es einen kleinen Empfangsbereich (lederne Eames-Stühle; ein Tisch mit Mineralwasser in Glasflaschen), also setze ich mich, in Abwesenheit eines menschlichen Wesens, das mir sagt, wohin ich gehen oder was ich tun soll, auf einen der Stühle und warte nervös, dass ich aufgerufen werde.

Und dann fällt mir ein, dass ich gerade »Marilyn Monroe Pinewood Studios« googeln wollte, direkt bevor Erins Anruf meinen Tag in, na ja, das hier verwandelt hat. Also hole ich mein Handy heraus und mache meinen Googlefinger bereit, damit ich wenigstens etwas Sinnvolles erledigen kann, während ich hier herumsitze.

Ja. Oh Mann, ja, ich hatte recht. Wenn man den Göttern von Google (und den Weisen von Wikipedia) glauben kann, dann hat Marilyn 1956 tatsächlich in den Pinewood Studios *Der Prinz und die Tänzerin* gedreht.

Okay, also jetzt brauche ich wohl – wenn es das überhaupt gibt – irgendeinen Beweis dafür, dass sie, genau wie Audrey Hepburn, während ihrer langen Tage im Studio mit einem Chesterfield-Sofa in Kontakt gekommen ist. Ich meine, sie muss doch dort eine Garderobe gehabt haben, oder? Einen Ort, an den sie sich bekanntermaßen mit ihrer engagierten Schauspiellehrerin zurückgezogen hat, um ihre Motivation für jede neue Szene zu finden …

Meine Gedanken werden von der Ankunft einer neuen Nachricht auf meinem Handybildschirm unterbrochen.

Hi. Haben uns Montagabend kennengelernt. Im Haus meines Freundes Adam. Rufen Sie mich bitte schnell unter dieser Nummer an? VG Benjamin Milne

Oh Gott.

Ben.

Und er will, dass ich *ihn anrufe?*

Das kann nichts Gutes bedeuten. Ich meine, er hat nicht sehr zahm gewirkt, als er mich da um den Herd herum finster angestarrt hat. Selbst wenn man seine zugegebenermaßen unangenehme und nicht alltägliche Lage berücksichtigt, in die Küche seines Freundes zu kommen und dort dessen heimliche Freundin allem Anschein nach bei einer Art Solo-Bondage-Experiment vorzufinden, hätte er kaum *noch* gereizter aussehen können.

Und jetzt schlägt er vor, dass ich *ihn anrufe?*

Ich rufe ihn nicht an! Hab ich etwa nicht schon genug Stress in meinem Leben, auch ohne mich dem unverdienten Ärger des Freundes meines Exfreundes aussetzen zu müssen? Wenn er jemanden auffordern sollte, ihn schnell anzurufen, damit er ihn, vermutlich, runterputzen kann, dann den verdammten Adam. Nicht mich.

Adam, schreibe ich ihm wütend – und eilig, denn ich sehe bereits eine engelsgleich wirkende Rothaarige, die Erin sein muss, wie aus dem Nichts auftauchen und auf mich zukommen – *warum zur hölle hast du ben meine nummer gegeben, und warum zur hölle glaubt er, er darf sie benutzen, um mich zu belästigen???*

Ich drücke auf Senden.

Dann, kurz bevor Erin mich erreicht, tippe ich eine zweite Nachricht.

PS: Ich glaube, ich hab meine ohrringe auf deinem küchenboden liegen lassen. Bitte schick sie mir per einschreiben. Nicht dass fritz sich daran verschluckt.

»Hallo«, sagt sie mit derselben milden, honigsüßen Stimme. »Sie müssen Liberty Lomax sein? Ich bin Erin. Wir haben vorhin telefoniert. Sie erwähnten ein magisches Sofa?«

Ich lache schwach. »Na ja, Sie haben mich da gerade kurz nach dem Aufwachen erwischt.«

»Selbstverständlich. Erlauben Sie mir trotzdem, Ihnen das hier zu geben«, fügt sie sanft hinzu und drückt mir eine Hochglanzbroschüre in die Hand. »Nur für den Fall, dass Sie doch einmal beschließen, ein kurzer Aufenthalt bei uns könnte auch Ihnen guttun.«

»Nein, nein, ich bin wirklich nicht …«

»Cassidy«, unterbricht mich Erin und deutet mit einer engelsgleichen Hand zu den riesigen Terrassentüren an der hinteren Wand der Lobby, »ist im Garten. Ihr Mittags-Yogaworkshop müsste gerade zu Ende sein. Ich kann den da« – sie nickt zu Cass' Koffer – »im Büro aufbewahren. Wir überprüfen sowieso alle Gepäckstücke unserer Gäste, wenn sie zu uns kommen. Nicht, dass ich Ihnen unterstellen würde, irgendwelche verbotenen Substanzen mitzubringen.«

Womit sie mir im Prinzip *doch* unterstellt, verbotene Substanzen mitzubringen, aber das werde ich ihr jetzt nicht sagen.

Denn Erins Aura übernatürlicher Ruhe und nur ganz leicht verstörender Gleichmütigkeit ist nicht das Einzige, wovon mir vor Nervosität das Herz bis zum Hals schlägt, als ich aufstehe und über den Marmorboden hinaus auf eine breite Terrasse gehe. Diese ganze Sache wird allmählich erschreckend real, und plötzlich mache ich mir Sorgen, in was für einem Zustand ich Cass vorfinden werde.

Jetzt sehe ich sie auch, wie sie sich von einer Gruppe am anderen Ende eines weitläufigen, gepflegten Rasens löst, um zu mir herüberzujoggen.

Ich breite die Arme aus, um sie mit einer festen, warmen Große-Schwester-Umarmung zu begrüßen und ihr zu sagen, dass alles wieder gut wird …

»Hast du meinen schwarzen String-Bikini mitgebracht?«, fragt sie, sobald sie mich erreicht.

»Erin hat nichts gesagt von einem …«

»Nein, ich weiß, dass Erin nichts davon gesagt hat, weil ich vergessen habe, ihn auf die Liste zu schreiben, die ich ihr gegeben habe, aber ich dachte, wenn du in meine Wohnung gehst, muss dir das *zwangsläufig* klar werden.«

»Mir muss zwangsläufig klar werden, dass du einen *schwarzen String-Bikini* brauchst? In einer psychiatrischen Klinik?«

»Reha-Center«, korrigiert mich Cass. »Und *Mann,* Libby, *natürlich* brauche ich meinen schwarzen String-Bikini. Ich will am Dachswimmingpool sonnenbaden! Ich kann hier niemals mithalten, wenn ich nur in Shorts und einem geliehenen Bustier da oben sitzen muss wie heute Morgen.«

Es gibt einen Dachswimmingpool? Zum *Sonnenbaden?*

Was für eine Klinik *ist* das hier, Herrgott noch mal?

Und vor allem …

»Mithalten womit?«, frage ich.

»Mit den anderen Patienten natürlich!«

Cass packt mich am Arm und führt mich zu einer Bank am Rand der Terrasse, von wo aus wir den ganzen Garten überblicken können. Auf der Wiese sind eine Menge abnormal attraktive Leute: Einige machen Yoga, andere trinken Kaffee und rauchen Zigaretten, und viele von ihnen sitzen in kleinen Grüppchen im Kreis zusammen und sind anscheinend in Gespräche vertieft. Ich bin vielleicht keine Expertin, aber ich würde vermuten, dass es sich dabei um Selbsthilfegruppen handelt.

»Ich meine, du kannst dir absolut nicht vorstellen, wie schwierig es ist, hier an die VIPs ranzukommen«, fährt Cass fort, während sie sich erschöpft auf die Bank fallen lässt.

»Es gibt *VIPs?*«

»Natürlich gibt es welche! Das hier ist eine *Promi*-Entzugsklinik, Libby! Ich meine, schau dich doch mal um … die zwei Mädchen auf der Bank da drüben mit den Kaffeebechern – die eine von ihnen ist in den neuen Dessous-Anzeigen von M&S, und die andere war letzten November auf dem Cover der *Vogue*. Und der Typ, der da in meiner Yogagruppe den Nach-unten-schauenden-Hund macht – siehst du den? –, das ist dieser Stand-up-Comedian, den Mum mag, der, den sie zu ihrem Geburtstag in Wembley gesehen hat.«

»Okay. Na ja, ist natürlich schwer zu sagen, nach dieser speziellen Ansicht von ihm.«

»Und es sind massenweise Schauspieler und Schauspielerinnen da, und alle möglichen berühmten Musiker, die ich wahrscheinlich kennen würde, wenn ich mich um Musik scheren würde … Deshalb frage ich mich, Lib, ob es vielleicht nicht die beste Entscheidung von mir war, ein Alkoholproblem zu haben.«

»Cass.« Ich lege eine Hand auf ihre. »Es ist *nie* eine gute Entscheidung, ein Problem mit Alkohol zu entwickeln. Und ich wünschte, du hättest es mir *gesagt*. Ich hatte absolut keine Ahnung, dass du …«

»Nein, nein, Gott, nein, *das* meine ich nicht. Ich meine, vielleicht wäre es eine bessere Entscheidung von mir gewesen, mit einem Drogenproblem herzukommen. Oder – oooh – mit einer Essstörung! Glaubst du, ich könnte eine Essstörung haben?«

»Ähm … glaubst *du,* du könntest eine Essstörung haben?«

»Libby!« Sie verdreht die Augen. »Ich will nur wissen, ob du glaubst, ich bin dünn genug! Denn wenn ich sagen würde, ich hätte eine Essstörung, müsste es natürlich Magersucht sein … Bulimie ist einfach *zu* eklig und total unglamourös.«

»Aha. Und Magersucht ist der Inbegriff von Glanz und Glamour.«

»Also *das* weiß ich nicht, Lib.« Mein Sarkasmus ist komplett an ihr vorbeigegangen. »Ich meine, klar, am Ende ist man total dünn und so, aber wenn man es zu weit treibt, kriegt man Mundgeruch, und es fallen einem die Haare aus … Wie auch immer, ich frage nur, weil die ganzen richtig heißen Models und Schauspielerinnen entweder in den Essstörungs- oder den Junkiegruppen sind, und es wäre *total* super für mich, wenn ich mich mit einigen von ihnen anfreunden könnte, bevor ich wieder auschecke.«

Langsam scheint mir hier etwas mehr als nur ein bisschen faul zu sein.

»Cass. Kannst du mir einfach noch mal sagen, warum du hergekommen bist?«

»Ooooh, selbstverständlich. Sehr gerne!«

Und auf einmal setzt sie ihr Schauspielgesicht auf.

Jeder, der Cass schon mal in irgendwas gesehen hat – in einem Weihnachtsstück, einer ihrer kleinen Rollen in einer Soap, ihrer letzten Rolle als Babe vom Dienst in *Isara 364* – kennt ihr Schauspielgesicht: ins Leere gerichteter Blick, leicht schnutiger Mund und eingesogene Wangen, damit ihr Gesicht ein bisschen schmaler aussieht. Und sie hat eine dazu passende Schauspielstimme, eine Art zu sprechen, sodass es klingt, als hätte jedes Wort, das sie äußert, einen großen Anfangsbuchstaben und wäre daher Furchtbar, Furchtbar Wichtig.

»Teufelszeug Wird Es Genannt«, sagt sie, als würde sie sich für die Rolle einer armen, aber anständigen, von der Bordsteinschwalbe zur Schnapsdrossel herabgesunkenen Prostituierten in einer besonders schmalzigen viktorianischen Mordgeschichte bewerben. »Und Es Hat Gewiss Den Teufel In Mir Zum Vorschein Gebracht.«

»Cass …«

»Es Begann Mit Gelegentlichem Wodka Am Ende Eines Stressigen Tages. Und Dann, Ehe Ich Mich's Versah, Trank Ich Eine Ganze Flasche. In Einem Zug. Und Öffnete Dann Sofort Die Nächste. Deshalb Ist Es Für Mich Nun An Der Zeit, Zu Allen Ehrlich Zu Sein – Zu Meiner Familie, Meinen Freunden Und, Am Allerwichtigsten, Zum Britischen Publikum – In Der Hoffnung, Dass Meine Geschichte All Jenen, Die Im Selben Boot Sitzen, Neue Kraft Geben Und Balsamico Für Ihre Geschundene Seele Sein Möge.«

Ich hole tief Luft.

»Ich glaube, du meinst Balsam.«

»Was?«

»Balsam. Nicht Balsamico. Balsam ist eigentlich eine Paste aus Harzen und ätherischen Ölen.«

»Na und?« Cass schüttelt genervt den Kopf. »Was soll man denn damit anfangen?«

Ich beuge mich auf der Bank vor und lasse den Kopf in meine Hände fallen.

»Ich meine, ich hab mich schon gefragt, warum ich plötzlich von Essig reden soll … also, warum sollte jemand Balsamico bekommen, wenn er meine Geschichte liest?« Cass runzelt die Stirn. »Aber dann dachte ich, vielleicht gibt es einen Gutschein für eine Gratisprobe in der Zeitung an dem Tag, an dem meine

Geschichte rauskommt, oder so?« Sie winkt lässig ab. »Um das alles kümmert sich Dave.«

Ich glaube, so langsam wird mir klar, was hier läuft, Essig hin oder her.

»Cass. Bitte – *bitte* – sag jetzt nicht, du täuschst eine ernste Abhängigkeit vor, nur um mit irgendeiner Geschichte in die Zeitungen zu kommen.«

»Natürlich nicht!«

»Ach, Gott sei Dank, denn das wäre …«

»*Sobald* die Geschichte in den Zeitungen erschienen ist, ist das *nächste* Ziel, RealTime Media zu überzeugen, dass sie mich doch für *Cassidy and the City* unter Vertrag nehmen sollen.«

Ich hebe den Kopf aus meinen Händen und starre sie an. »Cassidy Kennedy! Du *kannst* nicht so tun, als hättest du ein Alkoholproblem, um an eine Fernsehshow zu kommen!«

»Also findest du *auch,* ich sollte es mit Drogen versuchen? Oder mit einer Essstörung?«

»Nein! Das hier ist keine amerikanische Uni, Herrgott noch mal! Du kannst nicht einfach mal eben deinen Schwerpunkt ändern! Außerdem, glaubst du nicht, die Klinik könnte es ein bisschen verdächtig finden, dass du mit der Behauptung hergekommen bist, ein Alkoholproblem zu haben, und dann sagst du am nächsten Tag plötzlich: *Oh, da gab es über Nacht eine kleine Veränderung. Jetzt ist es doch eine Essstörung?*«

»Na ja, das könnte aber passieren, oder? Ich meine, so vom Alkohol abgeschnitten ist es doch vollkommen denkbar, dass man vor lauter Langeweile anfängt, zwanghaft Kalorien zu zählen, und magersüchtig wird? Hier gibt's nicht viel zu tun, Libby. Ich meine, ich bin noch keine vierundzwanzig Stunden hier, und mir ist *jetzt schon* sterbenslangweilig, weil ich keine Ahnung habe, womit ich mir die Zeit vertreiben soll.«

»Also wenn du *tatsächlich irgendeine Abhängigkeit hättest,*

Cass, vermute ich, dass die Arbeit daran, deine schreckliche, zerstörerische Sucht loszuwerden, ein *bisschen* der Zeit ausfüllen würde …« Da ich nun zu wütend bin, um weiterzusprechen, stehe ich auf. »Ich gehe. Im Ernst, Cass, ich sitze doch hier nicht rum und … *unterstütze* diesen Blödsinn.«

»Oh Gott, du benutzt auch dieses Wort! Was zur Hölle *soll* das denn mit diesem Unterstützungsscheiß? Sie haben heute Morgen in meiner Selbsthilfegruppe endlos davon geredet, als wäre das irgendwas *Schlechtes.* Aber es heißt doch einfach nur *helfen,* oder?«

»Nein, verdammt noch mal! In diesem Zusammenhang heißt es, man hilft Leuten, ihrer Sucht nachzugeben. Das ist ein ziemlich großer Unterschied. Und denk dran, ich weiß ein bisschen was über diese ganze schreckliche, *echte* Abhängigkeit, weil ich drei Monate mit Dillon O'Hara zusammen war! Oder hast du vergessen, in was für eine schlimme Notlage ich geraten bin, als ich mit …«

»Oh, ja, das hatte ich fast vergessen. Er ist hier.«

»Wer?«

»Dillon. Er ist hier. In der Klinik.«

Einen größeren Schock, als Marilyn Monroe gestern Abend in meiner Wohnung vorzufinden, hätte ich nicht für möglich gehalten.

Aber anscheinend ist das gut möglich.

Ich muss mich allen Ernstes wieder auf die Bank setzen, weil meine Beine sich in Pudding verwandelt haben.

»Dillon. Ist. *Hier?*«

Cass nickt wenig interessiert. »Ich meine, ich hab ihn nicht gesehen oder so, aber ich hab mich kurz mit diesem M&S-Dessous-Model unterhalten, als wir heute Morgen gefrühstückt haben – beziehungsweise, ich habe gefrühstückt; sie hat natürlich nur eine einzige Scheibe Kiwi auf ihrem Teller hin und her geschoben; Gott, ich *wünschte*, ich hätte auch so viel Disziplin …«

»Darum geht's nicht.«

»Also, sie hat gesagt, sie hätte heute Morgen jede Menge Paparazzi vor dem Tor gesehen, weil er anscheinend« – Cass verzieht angewidert das Gesicht – »eine Art Entladung hat …«

Meine jahrelange Erfahrung mit der Übersetzung von Cass' Versprechern macht es mir leicht, dieses Missverständnis aufzuklären.

»Meinst du *Entlassung*?«

»Oh, ja.« Sie nickt nachdenklich. »Das könnte es gewesen sein. Obwohl ich glaube, er war wegen seiner Sexsucht hier, Lib, oder zumindest teilweise, also ist es auch nicht *ganz* unmöglich, dass er eine Art Entladung …«

»Also ist er weg? Oder ist er noch hier?«

»Keine Ahnung, Libby! Gott, glaubst du etwa, ich hab nichts Besseres zu tun, als im Auge zu behalten, wo genau sich dein ekliger Exfreund aufhält? Ich muss eine *schwere Sucht loswerden, okay?* Also jetzt hilf mir ein für alle Mal zu entscheiden, welche.«

»Nein. Ich muss los. Ich will nicht riskieren … Ich will ihn einfach nicht sehen.«

»Okay, also, falls er *doch* noch da ist und ich ihm begegne, grüß ich ihn von dir, ja?«

»Nein! Du sagst gar nichts …«

»Hey, ich hab eine super Idee!« Cass' Augen sind plötzlich ganz groß und starr, als hätte sie möglicherweise doch ein Drogenproblem. »Vielleicht kann ich einfach mit Dillon abhängen, solange wir beide hier sind! Dann kann er mich den ganzen wirklich wichtigen Leuten vorstellen – die ich dann als Gaststars in meine Show einlade –, und ich müsste dafür nicht mal in eine andere Selbsthilfegruppe wechseln!«

»Cass. Wenn du meine Beziehung mit Dillon benutzt, um dich hier drinnen nach oben zu kämpfen«, sage ich streng (oder so streng ich kann, angesichts der Tatsache, dass inzwischen mein *gesamtes Wesen* die Konsistenz von Pudding hat), »werde ich dir das nie, nie verzeihen.«

»Hey!« Sie kneift die Augen zusammen. »Fang bloß nicht an, mir zu sagen, was ich darf und was nicht, Libby. *Du* bist nicht diejenige, die an einer seelenzerfressenden Alkoholabhängigkeit leidet …«

»Ebenso wenig wie du!«, zische ich, woraufhin ich mich auf dem Absatz umdrehe (na ja, auf der Sohle meiner Converse) und aus dem Garten und wieder zurück in die Lobby stürme, um meine nervige Schwester und ihr fingiertes Alkoholproblem hinter mir zu lassen.

Ich will Dillon wirklich, wirklich nicht sehen. Weder heute, noch morgen – noch eigentlich überhaupt irgendwann.

Denn ich bin keine Masochistin, okay? Es macht mich schon total fertig, wenn ich mir auch nur ein Pflaster abziehen muss. Wachsenthaarungen meiner Bikinizone meide ich, bis ich Gefahr laufe, von fackelschwingenden Dorfbewohnern gejagt zu werden. Mir selbst Schmerzen zuzufügen, ob nun physischer oder emotionaler Art, ist nichts, was mir Freude bereitet.

Und es wäre doch absolut Murphys Gesetz, oder, wenn ich ihn ausgerechnet *dann* treffen würde, wenn ich ungewaschen und ungekämmt bin, in einer langweiligen schwarzen Hose und einem Kapuzenpulli mit – das ist mir erst jetzt aufgefallen; *wie konnte mir das erst jetzt auffallen?* – einem extrem dubios aussehenden hellbraunen Flecken mitten auf der Brust. Statt Dillon zum Beispiel zu einem wunderbaren Zeitpunkt in der Zukunft zu treffen, wenn ich zwölf Kilo weniger wiege und eine strahlende Sommerbräune und umwerfende Haare habe, und, am allerwichtigsten, während ich, sagen wir, mit Daniel

Craig am Arm die Straße entlangschlendere. Oder mit Eddie Redmayne. Oder mit diesem echt heißen Typen, der Jon Snow in *Game of Thrones* spielt. Wenn ich schön bin, und glücklich verliebt, und … *wenn bei mir alles in Ordnung ist.*

Alles, *alles* lieber, als ihn genau jetzt wiederzusehen.

Was der Grund dafür ist, dass ich ein bisschen aufatme, nachdem ich die Lobby (Gott sei Dank ohne weitere Broschüren von Erin) durchquert habe, durch den Haupteingang hinausgegangen und schnell durch die Einfahrt und auf das Eisentor zugelaufen bin.

Die Fotografen auf der anderen Seite des Tors beginnen alle mit ihrem Paparazzi-Tanz, sobald sie mich sehen, und grölen ihren Paparazzi-Schlachtruf und stürzen in Position, ihre Nikons hoch über ihren Köpfen, um Bilder zu schießen, denn wieder einmal hat noch keiner von ihnen gemerkt, dass ich »niemand« bin. Wenn ich mich dem Tor nähere, werden sie es kapieren und dann ziemlich dumm aus der Wäsche schauen.

Aber sie hören nicht auf. Sie werden nur immer aufgeregter, je näher ich komme.

Man könnte fast meinen, es würde jemand *wirklich* Berühmtes hinter mir aus der Klinik kommen.

Ich schaue über meine Schulter, nur um zu sehen, ob ich damit möglicherweise recht haben könnte.

Und ja, es kommt *tatsächlich* jemand wirklich Berühmtes hinter mir aus der Klinik.

Die Person in abgewetzten grauen Jeans, mit einem Run-DMC-T-Shirt und einer Rockstar-Sonnenbrille vor den Augen, ist Dillon O'Hara.

7

Sein Mund formt, nur für eine Sekunde, ein perfektes »O« der Überraschung, als er mich vor sich stehen sieht.

Dann verziehen sich seine Lippen zu einem allzu vertrauten, allzu durchtriebenen Grinsen, und er geht weiter auf mich zu.

»Von allen Reha-Kliniken«, sagt er, als er mich erreicht, »auf der Welt …«

Er legt eine Hand auf meine Schulter und beugt sich herunter, um mich sanft auf die Wange zu küssen.

Woraufhin die Fotografen selbstverständlich alle komplett ausrasten.

Und woraufhin auch das Tor langsam aufgeht und ein schnittiger schwarzer Audi hindurchfährt. Oder vielmehr versucht, hindurchzufahren, aber das ist keine leichte Aufgabe für den Fahrer, wenn er die schnittige schwarze Stoßstange nicht versehentlich mit einigen der Paparazzi in Kontakt bringen will.

»Also, ich bin mir *ziemlich* sicher, dass ich den Chauffeurservice gebeten habe, einen Fahrer zu schicken, der kein Problem damit hat, Fotografen umzunieten«, sagt Dillon im Plauderton, während wir zusehen, wie sich der Audi Zentimeter für Zentimeter vorwärtsschiebt. »Aber vielleicht hätte ich deutlicher sein müssen. Nach jemandem fragen, der richtig *Spaß* daran hat.«

Ich bin immer noch zu fassungslos, um irgendwas zu sagen.

»Ah, das sieht schon besser aus«, kommentiert er, als es dem Audi endlich gelingt, in der Einfahrt so weit voranzukommen, dass die Fotografen zurückbleiben – vermutlich aus Angst vor Klagen wegen Hausfriedensbruch – und nur aus einem Abstand von ein paar Metern verzweifelt weiterknipsen. »Libby, Darling. Darf ich dich in meine edle Kutsche einladen?«

»Ich wollte eigentlich gerade zur Bahn laufen …«

»Tja … das geht jetzt nicht mehr. Sie werden dich auf dem ganzen Weg dorthin verfolgen. Und ich weiß nicht, ob du dich noch erinnerst, wie es war, von diesem Pressepack verfolgt zu werden, während wir zusammen waren, Libby, aber ich wette, es war nicht die angenehmste Erfahrung deines Lebens.«

Eigentlich wurden wir gar nicht viel verfolgt, während wir zusammen waren (vor allem, vermute ich, weil ich für die Klatschpresse kein wirklich spannendes Liebesobjekt war), aber es gab einen Vorfall, als wir den Flughafen Gatwick durchquerten, den ich als eine so unangenehme Verletzung meiner Privatsphäre empfunden habe, dass ich nun das kleinere von beiden Übeln wähle.

Dillon hält mir eine Autotür auf.

Ich schlüpfe hinein und setze mich dann mit starr nach vorne gerichtetem Blick hin, während er ebenfalls ins Auto steigt.

»Vorwärts!«, spornt er den Fahrer dramatisch an, der aussieht, als wünschte er, er hätte sich niemals zu diesem Job bereit erklärt.

Und außerdem trifft »vorwärts« es auch nicht *ganz*, denn selbstverständlich muss der Audi erst sorgsam in drei Zügen in der Einfahrt wenden und sich dann, sobald das vollbracht ist, wieder dem Ansturm der Fotografen aussetzen, die sich alle um den hinteren Teil des Autos scharen, um zu versuchen, durch die (glücklicherweise getönten) Scheiben Fotos zu machen. Nicht mal die Gefahr, sich bei ihren Verrenkungen von den Autorädern die Füße brechen zu lassen, kann diese Typen stoppen.

»Ich kenne deinen Stundensatz nicht, Kumpel«, sagt Dillon und beugt sich vor, um mit dem Fahrer zu sprechen, »aber ich mach dir einen Vorschlag: Ich verdreifache ihn und leg noch einen Zehner obendrauf, wenn du einfach aufs Gas trittst und uns endlich von diesen Vollidioten wegbringst.«

Mehr war nicht nötig – wer hätte das gedacht? –, denn der Fahrer tut genau, worum er gebeten wurde, tritt ohne Rücksicht auf die Paparazzi-Füße aufs Gas und bringt uns durchs Tor und hinaus auf die Straße, bevor Dillon anbieten kann, seinen Stundensatz zu »vervierfachen« und dazu noch einen Fünfzig-Pfund-Bonus springen zu lassen.

Jetzt bin ich an der Reihe, mich vorzubeugen. »Könnten Sie mich«, frage ich den Fahrer, »an der Bahnstation in Barnes rauslassen?«

»Libby. Komm schon.« Dillon sieht mich an. »Wir bringen dich nach Hause. Du wohnst doch noch in Colliers Wood, oder?«

»Ich würde lieber mit öffentlichen Verkehrsmitteln fahren.«

»Und ich würde lieber kurz anhalten und in meinem neuen Lieblingspub in Barnes am Fluss ein Bier trinken. Nach Colliers Wood, bitte, Kumpel«, sagt er dem Fahrer, bevor er sich wieder zu mir dreht. »Aber wir können nicht immer alles haben, was wir uns wünschen, Libby. Wenn ich in diesen letzten paar Wochen in der Reha eins gelernt habe, dann das.«

Mein Plan, steif dazusitzen und nach vorn zu schauen, mit so wenig Augenkontakt wie möglich, die Hände defensiv auf den Knien verschränkt, scheitert buchstäblich an der ersten Hürde, denn bei diesem Kommentar kann ich nicht anders, als ihn über die Rückbank hinweg anzusehen.

»Das soll wohl ein Witz sein. Du hast in der Reha einen *neuen Lieblingspub* entdeckt?«

»Du kennst mich, Libby.«

»Oh ja. Ich kenne dich. Aber ich hätte gedacht, dass die Klinik vielleicht ein bisschen strengere Regeln hat.«

Aber *warum* ich das gedacht hätte, weiß ich nicht so recht, da ja schließlich auch meine Schwester dort aufgenommen wurde, obwohl sie nicht die geringsten Anzeichen einer Sucht zeigt.

»Oh, nein, nein, Libby, sie haben mir nicht erlaubt, da hinzugehen oder so.« Er senkt die Stimme. »Ein paar Leute aus meiner Alkoholtherapiegruppe haben sich zusammengetan … ich meine, wir hatten alle ganz unterschiedliche Hintergründe – viele Briten, ein paar Amerikaner, sogar ein, zwei Australier –, und anfangs verband uns nicht viel. Aber dann haben wir begonnen, von einem der Klinikräume diesen Tunnel nach außen zu graben, in Richtung des *Hand and Flowers* im Zentrum von Barnes … Wir haben die ausgegrabene Erde unter unseren Hosenbeinen versteckt und sind dann in den Bio-Kräutergarten spaziert und haben den Lehm aus unseren Hosen geschüttelt …« Er seufzt tief. »Einer der Jungs ist leider von der ganzen Arbeit in dem dunklen Tunnel blind geworden, aber er fand, das war es wert für die Chance auf ein, zwei heimliche Biere; ein anderer hat plötzlich die schlimmsten klaustrophobischen Anfälle bekommen, aber zum Glück hatte er einen guten Kumpel, der zur Stelle war, um ihm hindurchzuhelfen …«

Okay, jetzt weiß ich also, dass es tatsächlich ein Witz sein soll.

»Das ist die Handlung von *Gesprengte Ketten.*«

»Nein!« Er runzelt die Stirn. »Bist du dir da *ganz* sicher, Libby? Ich meine, ich erinnere mich an keinen netten Pub in *Gesprengte Ketten.* Weder am Fluss noch sonst wo ...«

»Du bist nicht lustig.«

»Ich bin ein bisschen lustig.« Er lehnt sich zurück und grinst mich an. »Komm schon, Libby. Darf ich denn gar keine Witze darüber machen? Natürlich war ich in keinem verdammten Pub. Ich bin ein anderer Mensch. Im Ernst. Glaubst du etwa, die würden mich rauslassen, wenn sie denken, dass ich in Gefahr bin, mich wieder volllaufen zu lassen?«

»Woher soll ich das wissen? Sie haben meine Schwester *rein*gelassen, und die ...« Ich zögere. Ich will nicht diejenige sein, die Cass' Schwindel auffliegen lässt. So sehr die ganze Aktion mich entsetzt, ist sie immer noch meine Schwester. »Na ja, sie hat kein *so* großes Alkoholproblem.«

»Oh, also warst du dort, um deine Schwester zu besuchen?«

»Ja. Sie hat sich gestern Abend einweisen lassen.« Ich sehe ihn an. »Dachtest du etwa, ich wäre *deinetwegen* dort gewesen, oder was?«

»Na ja, das war die logischste Erklärung, als ich dich gesehen habe, Libby McLibster. Ich meine, ich wusste ja nicht, dass deine Schwester irgendein Alkoholproblem hat ...«

»Ebenso wenig wie ich.«

»Und Tatsache ist, dass ich natürlich unwiderstehlich bin.«

»Bist du das?«, frage ich kühl.

»Tja, deine Anwesenheit hier war für mich der beste Beweis. Ich meine, ich war nicht nett zu dir, Libby. Genauer gesagt war ich ein mieser Dreckskerl, und doch standst du da in der Einfahrt, als ich die Klinik verlassen habe, und wolltest noch mehr.«

Ich weiß gar nicht, welchem Teil dieser Aussage ich zuerst widersprechen soll.

Selbstverständlich ist es am wichtigsten, *jegliche Andeutung* abzustreiten, ich würde noch mehr wollen, aber das Erste, was mir rausrutscht, bezieht sich stattdessen auf einen anderen Teil seiner Aussage.

»Also ist dir endlich klar geworden, dass du ein mieser Dreckskerl warst?«

»Libby. Sei fair zu mir. Mir ist sofort klar geworden, dass ich mich wie ein mieser Dreckskerl verhalten habe, als ich inmitten von spärlich bekleideten Fremden in L. A. aufgewacht bin und die Nachrichten von dir auf meinem Handy gesehen habe. Und meine brandneue Meinung von meinem Charakter hat sich bestätigt, als ich zu feige war, um dir überhaupt zurückzuschreiben.«

Ich bin ein kleines bisschen erstaunt über so viel Offenheit. Selbst für Dillon, der sich nie eine Gelegenheit entgehen ließ, um über sich selbst zu lachen (was, seien wir ehrlich, immer eins der vielen unheimlich attraktiven Dinge an ihm war), ist das hier Selbstkritik höchsten Grades.

»Um ganz fair zu sein …«, murmele ich. »Du hast mir zurückgeschrieben.«

Er zieht leicht erstaunt eine Augenbraue hoch. »*Habe* ich?«

Ich nicke. »So.«

»Hm?«

»*So.* Das hast du mir geschrieben. Ich meine, wenn du trinkst, neigst du natürlich dazu, noch mehr auf deine irischen Wurzeln zurückzufallen und das Wort *so* jedes Mal zu benutzen, wenn du einen Satz beendest. Aber ich dachte mir, im Zweifel für den Angeklagten, und habe angenommen, du hättest angefangen, das Wort *sorry* zu tippen, aber dann … tja, keine Ahnung, Dillon. Vielleicht bist du mal wieder im Alkoholrausch versackt; vielleicht konntest du unmöglich gegen das Bedürfnis ankämpfen, noch eine Line leckeres Koks zwischen den prachtvollen Brüsten einer nackten Norwegerin zu ziehen …«

Dillon zuckt zusammen. »Sie war Finnin, um genau zu sein. Aber egal. Ich verdiene das.«

»Richtig.«

»Und ich hatte keine Ahnung, dass ich dir geschrieben habe. Selbst so was Armseliges wie das. Ich hab mich einfach vor mir selbst so unglaublich geschämt, Lib, als ich wieder klar im Kopf war nach … na ja, der ganzen Episode. Ich wollte am liebsten vergessen, dass du überhaupt existierst.«

»Na dann herzlichen Glückwunsch. Das ist dir gelungen.«

»Hey.« Er greift herüber und berührt mich kurz an der Schulter. »Ich habe gesagt, ich wollte. Ich hab nicht gesagt, dass ich es geschafft habe.«

Meine Schulter unter dem fleckigen Kapuzenpulli kribbelt, wo er sie gerade mit der Hand angetippt hat.

Wobei mir zum ersten Mal, seit wir uns vor fünf Minuten vor der Klinik getroffen haben, wieder *bewusst* wird, dass ich einen fleckigen Kapuzenpulli trage. Und die Hose von gestern. Dass ich ungekämmte Haare und immer noch die Make-up-Reste von gestern im Gesicht habe, und dass meine Haut aufgedunsen ist von dem Kater nach zu vielen Manhattans mit Marilyn Monroe. (Es gibt mir allerdings schon einen kleinen Kick, dass mein Kater das Ergebnis nächtlicher Drinks mit Marilyn ist. Denn bei all seinen absurden Anekdoten mit heißen Blondinen hat Dillon es doch nie geschafft, sich mit der heißesten Blondine von allen zu betrinken.)

Ich meine, das hier ist alles andere als das Best-Case-Szenario, das ich für den unwahrscheinlichen Fall einer Versöhnung mit Dillon im Kopf hatte. Also, das von vorhin, in dem ich auf wundersame Weise zwölf Kilo *abgenommen* habe (von meinen Hüften und Schenkeln) und zweiundachtzig *zugenommen* (in Form eines knackig aussehenden Daniel Craig an meinem Arm).

Und hier sitzt Dillon nun neben mir und sieht aus wie ein abartig durchtrainierter griechischer Gott.

Ganz ehrlich, ich war schon völlig austauschbar für Dillon, als ich wirklich das Beste aus mir gemacht habe. Nachdem er mich heute gesehen hat, wird er, sobald er mich vor meiner Haustür abgesetzt hat, wieder vergessen, dass ich überhaupt existiere.

Ach, er kann mich mal. Ich werde ihn auch vergessen. Vielleicht nicht ganz so leicht und mithilfe von erheblich mehr Alkohol. Aber ich werde ihm nicht die Genugtuung geben, dass er einfach wieder in mein Leben reinspazieren und seine »Ich bin der heiße Märchenprinz«-Show abziehen kann, um dann sofort wieder rauszuspazieren. Griechischer Gott hin oder her: Er wird keinen einzigen Millimeter meiner Gedanken mehr einnehmen.

»Es trifft sich übrigens echt super, dass ich dir begegnet bin, direkt nachdem ich heute entlassen wurde«, spricht er weiter. »Denn du warst ganz oben auf meiner Liste.«

Darauf bin ich nicht vorbereitet. »Auf deiner … Liste?«

Er nickt. »Auf der Liste der Leute, bei denen ich mich dringend entschuldigen muss. Ich meine, ich weiß nicht, ob du eine Ahnung hast, wie eine Alkohol-und-Drogen-Reha abläuft, Lib, aber wenn man es auch nur annähernd richtig macht, hat man am Ende schließlich eine klare Liste von Freunden und Familienmitgliedern, die man angeschwindelt oder verarscht oder sonstwie mies behandelt hat. Von Leuten, die man wirklich verletzt und wütend gemacht hat und die zu Recht nicht mal mehr mit einem sprechen wollen, wenn es nicht irgendeine Form von Wiedergutmachung gibt. Und in manchen Fällen vielleicht nicht mal dann.«

»Du willst es wiedergutmachen?«

»Gott, Frau, natürlich will ich das, verdammt noch mal! Ich hätte dich angerufen, sobald ich den Mut dazu aufgebracht hätte – was viel schwerer ist ohne einen Drink, der dabei hilft –, und hätte dich eingeladen, mit mir essen zu gehen.«

»Das müsste aber ein verdammt teures Essen werden«, erwidere ich, »wenn es eine Wiedergutmachung sein soll. In einem Restaurant mit drei Michelin-Sternen, und Vintage-Champagner, und Austern, und … und Foie gras«, füge ich hinzu, bevor mir einfällt, dass ich eigentlich keine Foie gras esse, dass mir von Austern schlecht wird und dass Dillon sowieso keinen Champagner trinken kann, Vintage hin oder her.

»Libby, Darling, das Menü ist nicht der Teil, der die Wiedergutmachung darstellen soll. Es bildet nur das *Setting* dafür.«

»Verstehe. Dann hast du ja ganz ordentlich was gespart«, sage ich eisig, »weil du mich praktischerweise zufällig getroffen hast und jetzt die ganze Sache in einem Taxi erledigen kannst, oder?«

»Lizenziertes privates Mietfahrzeug«, murmelt der Fahrer vom Vordersitz. »Kein Taxi. Um genau zu sein.«

Herrgott noch mal – wie konnte ich *schon wieder* vergessen, dass noch jemand im Auto sitzt, während ich ein privates Gespräch über mein desaströses Liebesleben führe? Und nun nicht mal Bogdan, der wenigstens ein Freund von mir ist, sondern ein völlig Fremder.

Das alles bedeutet für mich nur, dass ich mich noch steifer hinsetze als bisher und wie Miss Jean Brodie aus meinem Fenster starre und mir wünsche, der Verkehr würde nachlassen, damit diese Fahrt endlich zu einem Ende kommt, sodass Dillon mich wieder vergessen kann (aber in dem Bewusstsein, dass er endlich *Das Richtige getan* und mich auf seiner Entschuldigungsliste abgehakt hat) und ich die Treppen zu meiner Wohnung hochtrotten kann in der leisen Hoffnung, dass Marilyn Monroe vielleicht wieder auftaucht. Denn ich könnte töten für noch einen ihrer widerlichen Manhattans, und nicht nur deshalb.

»Weißt du was?«, sagt Dillon, als wäre ihm durchaus bewusst, dass sein Wiedergutmachungsgespräch nicht besonders gut gelaufen ist, »lass uns nicht mehr über mich und all meine dummen Fehler reden. Ich hab sechs Wochen Reha damit verbracht, jeden, der zuhören wollte, mit meinem Kram vollzulabern. Erzähl du mir, was es bei dir Neues gibt.«

»Nichts Besonderes«, sage ich und versuche, höchst interessiert am öffentlichen Park von Wimbledon zu wirken, an dem wir gerade vorbeigondeln.

»Ach, na komm schon. Dein eigenes erfolgreiches Schmuckunternehmen zu leiten, ist nicht ›nichts Besonderes‹. Ich kann keine Zeitung mehr aufschlagen, ohne was über dich zu lesen.«

»Ich habe ein einziges Interview gegeben.« Und ich werde *nicht* auf die Tatsache eingehen, dass er gerade zugegeben hat, es gelesen zu haben. »Für die Freitagsbeilage des *Evening Standard.*«

»Also das Interview habe ich gelesen. Und auch damals habe ich gedacht, ich sollte dich anrufen, um dir zu sagen, wie stolz ich auf dich bin, aber das war direkt am Anfang des Wochenendes, das sozusagen meinen Reha-Aufenthalt herbeigeführt hat … Weißt du, an dem Freitagabend war ich auf dieser Party in Soho, und dann war plötzlich Dienstagmorgen, und ich war in …«

»Ich dachte«, murmele ich, »du hättest genug davon, über dich zu reden.«

Er grinst verlegen. »Ich will damit nur sagen, Libby, dass ich gehört habe, dass es bei dir beruflich richtig gut läuft, und das hat mich unheimlich gefreut. Darf ich das sagen?«

»Du darfst sagen, was du willst«, antworte ich kühl. »Das hier ist ein freies Land.«

»Das ist es. Das ist es.« Er schaut ebenfalls ein paar Minuten aus seinem Fenster und trommelt dabei mit den Fingern auf den Türgriff. »Und privat?«

»Privat was?«

»Im privaten Bereich. Wie läuft es da?«

»Gut, Dillon. Danke.«

»Gibt's irgendwas Neues in der Familie? Bis auf das Alkoholproblem deiner Schwester, meine ich.«

»Nein, nichts Neues in der Familie.« Ich werde jetzt nicht anfangen, von Dads Hochzeit und meiner neuen Stieffamilie zu erzählen, denn über solche Dinge habe ich mit Dillon nie gesprochen.

»Hat diese nett klingende Freundin von dir schon geheiratet?«

»Sie heiratet Ende Juli.«

»Schön für sie. Und ist ihr Bruder immer noch so ein Riesenarschloch?«

»Olly geht's super«, antworte ich bissig, »er eröffnet sogar in ein paar Tagen sein eigenes Restaurant in Clapham.«

»Um Gottes willen. Dann sag mir, wie es heißt, damit ich es meiden kann wie die Pest. Ich hab nicht vor, tot umzufallen, nur weil der verfluchte Olly Walker beschlossen hat, Rattengift in meine affigen Weiße-Trüffel-Ravioli zu schütten.«

»Es wird keine Weiße-Trüffel-Ravioli geben. Oder sonst irgendwas Affiges«, sage ich und versuche, mir meine Überraschung darüber nicht anmerken zu lassen, dass Dillon sich tatsächlich an Ollys vollen Namen erinnert. »Außerdem ist Rattengift nicht sein Stil. Er würde dir eher mit einer gusseisernen Crêpespfanne eins überziehen.«

»Und mir danach noch einen Spritzer Zitrone auf den Kopf

träufeln? Wie auch immer«, sagt Dillon gedehnt. »Ich werde einen großen Bogen darum machen.«

Wir fahren jetzt durch Wimbledon und kommen gerade an dem alten edwardianischen Theater vorbei, wo ich vor vielen Jahren knapp einem Casting für *The Sound of Music* entkommen bin und dabei zufällig Olly und Nora kennengelernt habe, als Dillon weiterspricht.

»Und hast du einen Freund?«

Ich würde gern berichten, dass in seiner Stimme etwas mitschwingt; etwas, das einen *Hauch* stechender Eifersucht andeutet. Aber das kann ich nicht. Denn da ist nichts. Er hat diese Frage einfach in dem gleichen höflichen Ton gestellt, den er auch benutzt hat, als wir über meinen beruflichen Erfolg und Noras Hochzeit gesprochen haben.

Was der einzige Grund dafür ist, dass ich antworte: »Ja, allerdings habe ich einen.«

Nur um zu sehen, ob darauf irgendeine Reaktion folgt. Denn ich fühle mich plötzlich so furchtbar frustriert und traurig und wütend, dass ich in ihm anscheinend gar kein anderes Gefühl hervorrufen kann als … na ja, was? Eine familiäre Verlegenheit, als wäre er ein besonders nerviger kleiner Bruder, der meine Barbiepuppe einmal zu oft malträtiert hat.

Ich weiß, dass es bescheuert klingt, nachdem ich mich so viele Monate nach irgendeiner Art Entschuldigung von ihm *gesehnt* habe, aber jetzt gerade würde ich die Entschuldigung lieber wieder zurückgeben und sie stattdessen eintauschen gegen etwas zutiefst Unverschämtes, aber auch zutiefst … Leidenschaftliches.

»Tja, das sind tolle Neuigkeiten, Libs! Freut mich für dich!« Wenn Dillon der Typ für High Five wäre, würde er wohl tatsächlich mit mir abklatschen. »Wer ist der Glückliche?«

»Er heißt Adam.« (Das ist keine *Lüge.* Wir haben nicht richtig *Schluss gemacht.* Nicht offiziell.) »Er arbeitet in der Finanzbranche und wohnt in Shepherd's Bush und ist ein ganz, ganz toller Mensch.«

Was wiederum alles nicht wirklich unwahr ist.

Na ja, zumindest bis auf den Teil, dass er ein ganz, ganz toller Mensch ist. Ich denke nur, es würde eben nicht ganz so gut klingen, wenn ich sagen würde: *Er ist ein ganz, ganz krankhafter Lügner.*

»Finanzbranche? Also ist er auch noch reich, nicht nur ein Glückspilz!«

»Er verdient ganz gut«, murmele ich und schaffe es nicht ganz, Dillon in die Augen zu sehen, da ich das Gefühl habe, ich könnte ein klitzekleines bisschen meiner unangreifbaren Position moralischer Überlegenheit eingebüßt haben.

»Da hab ich keine Zweifel. Oh, ich glaube, wir sind da«, sagt Dillon, als wir an der U-Bahn-Station Colliers Wood vorbeikommen. »Kannst du irgendwo kurz anhalten, Kumpel?«, fragt er den Fahrer. »Ich bringe meine Freundin hier nur schnell hoch in ihre Wohnung und bin dann sofort wieder da.«

»Nein!«, protestiere ich.

Dillon starrt mich an. Ebenso wie, muss ich leider feststellen, der Fahrer im Rückspiegel.

»Ich meine, es ist nicht nötig, dass du mich hochbringst!« Ich weiß, dass die Begegnung mit Marilyn vielleicht was Einmaliges war, und ich weiß, dass niemand sonst je auch nur eine Spur von Audrey gesehen hat, aber irgendwie will ich das Risiko trotzdem nicht eingehen. »Bei mir sieht's aus wie auf der Müllhalde, und ich habe … ähm … wertvolle Schmuckteile auf dem Fußboden liegen, an denen der Klebstoff trocknet, und …«

»Na gut«, sagt Dillon, aber er steigt trotzdem aus und geht ums Auto herum zu meiner Tür, um sie mir aufzumachen.

Was ich ihm auf keinen Fall erlauben will, denn ich werde mich nicht *im Geringsten* von irgendwelchen Zurschaustellungen seiner lässigen Ritterlichkeit beeindrucken lassen, also öffne ich bereits selbst meine Tür zum Bürgersteig, bevor er sie erreicht.

»Na dann«, sage ich, »danke, dass du mich mitgenommen hast, Dillon. Und … Glückwunsch. Ehrlich. Zum Entzug, meine ich. Ich weiß, wie schwer das für dich gewesen sein muss.«

»Das weiß ich zu schätzen, Libby. Wirklich.«

»Okay.«

»Und dir ebenfalls Glückwunsch, meine Liebe. Zu deiner Karriere, und zu Adam … Ich kann dir gar nicht sagen, wie sehr es mich freut, dass es dir so gut geht. Und dass du dich nicht von einem Loser wie mir runterziehen lässt.«

»Das weiß ich zu schätzen, Dillon.« Mir ist bewusst, dass ich wiederhole, was er eben gesagt hat, aber jetzt gerade gehe ich lieber auf Nummer sicher und halte mich an etwas, wovon ich schon weiß, dass es reif und höflich und völlig angemessen klingt. Nur für den Fall, dass ich zum Beispiel versehentlich anfange, ihn anzuschreien, dass seine Entschuldigung sich komplett oberflächlich angefühlt hat und ich ihn immer noch für einen egoistischen, arroganten Scheißkerl halte. Oder dass ich offensichtlich nie aufregender für ihn war als … eine nette Tasse Tee mit einem Digestive Biscuit am Nachmittag. »Wirklich.«

Er lächelt mich an und beugt sich herunter, um mir noch einen jener sanften Küsse auf die Wange zu geben.

Diesmal, ohne die Ablenkung durch ein Dutzend wild knipsende Fotografen, merke ich, dass er nach seinem üblichen Zitrus-Moschus-Zigarettengeruch riecht, nur ohne das zusätzliche Aroma von vierzigprozentigem Alkohol.

Ich weiß nicht, ob vor mir schon mal jemand einen elektrisierend erotischen Moment auf der Colliers Wood High Street hatte, aber selbst wenn, gehe ich jede Wette ein, dass der, den ich gerade erlebt habe, jenen in den Schatten stellt.

»Es tut mir wirklich, wirklich, *wirklich* leid«, flüstert Dillon mir ins rechte Ohr, »die ganze Geschichte. Mit Miami, und dem Hurrikan, und dem finnischen Model …«

»Schon okay, Dillon«, antworte ich matt. »Ich meine, an dem Hurrikan warst du ja eigentlich nicht schuld. Über so viele göttliche Kräfte verfügst nicht mal du. Und seien wir ehrlich, früher oder später hätte es sowieso ein finnisches Model gegeben. Oder ein schwedisches, oder ein holländisches, oder ein venezolanisches.«

»Ach komm, jetzt sei fair. Ich glaube nicht, dass ich schon mal ein venezolanisches Model hatte.«

»Es war nur«, sage ich, während ich mich von ihm löse, »eine Frage der Zeit.«

Dann drehe ich mich um und gehe schnell auf mein Haus zu in der Hoffnung, dass er mir nicht folgen wird.

Und zugleich in der Hoffnung, unlogischerweise, dummerweise, *gefährlicherweise, dass* er mir folgen wird.

8

Er ist mir nicht gefolgt.

Also laufe ich so schnell wie möglich die Treppen zu meiner Wohnung hinauf, denn nun, da ich zu Hause bin, will ich unbedingt wissen, ob Marilyn noch mal vorbeigekommen ist. Dem deutlichen Duft von Chanel No. 5 nach zu schließen, vermute ich das …

… doch als ich meine Wohnungstür öffne, sehe ich sofort, dass Marilyn nicht da ist.

Ebenso wenig wie, stelle ich erschrocken fest, mein Fernseher, mein Couchtisch und mein Chesterfield-Sofa.

Es bräuchte schon einen *extrem* starken und ebenso entschlossenen Einbrecher – oder noch besser gleich zwei oder drei –, um das Chesterfield überhaupt aus meiner Wohnung hinauszubekommen.

Oder …

… ist das der Ton meines Fernsehers, den ich da durch die Tür zur Wohnung nebenan höre?

Dazu muss ich erklären: Diese winzige Wohnung war ursprünglich eine etwas größere Wohnung, bis mein Vermieter Bogdan (senior) ein paar Tage vor meinem Einzug beschloss, eine Gipswand hochzuziehen und die etwas größere Wohnung stattdessen in zwei winzige zu verwandeln, um seine Mieteinnahmen zu verdoppeln. Doch die Wohnung ist so mikroskopisch klein und der Betrag, den er für die Miete verlangt, so astronomisch hoch, dass bisher niemand auch nur das geringste Interesse bekundet hat, dort einzuziehen. In letzter Zeit, in der unbegründeten Hoffnung, dass Bogdan senior sich sowieso nie die Mühe macht vorbeizuschauen, benutze ich die andere Wohnung ziemlich oft als eine Art inoffizielles Atelier, weil das Licht dort besser ist als bei mir und keine Möbel den Platz wegnehmen, den ich brauche, um meinen ganzen Krimskrams auszubreiten.

Oh, und die beiden Wohnungen werden nicht mehr nur von einer Gipswand getrennt, sondern es gibt auch eine dünne Holztür. Denn letztes Jahr hat Bogdan junior eines Tages eigenmächtig begonnen, die Wand mit einem Vorschlaghammer einzuschlagen. Ich kann mich ehrlich nicht mehr erinnern, warum: Ich glaube, es war irgendein merkwürdiger Versuch, sich seinem Vater zu widersetzen. Aber irgendwann kam Bogdan junior dann doch wieder vorbei, um das Loch in der Wand zu schließen, und meinte, es wäre »mehr stylisch, Libby, weniger Sowjet-Ära-Zweckmäßigkeit«, das Loch nicht durch eine Wand, sondern durch eine Tür zu ersetzen.

Wie auch immer, Wand oder Tür, es dröhnt laut das Geräusch eines Fernsehers hindurch.

Ich habe eine starke Vermutung, was – beziehungsweise *wer* – sich jetzt auf der anderen Seite der Tür befindet.

»Marilyn«, sage ich einen Augenblick später, als ich die Tür öffne.

Sie liegt, diesmal nerzlos, aber in einem flauschigen weißen Bademantel und mit einem Handtuchturban auf dem Kopf, und auf dem Chesterfield und starrt auf meinen Fernseher.

»Hi!« Marilyn dreht den Kopf, als sie mich hereinkommen hört: Unter dem Handtuchturban trägt sie trotzdem volles Make-up und strahlt so wie immer. In einer perfekt manikürten Hand hält sie ein Glas, das mit einer ungesund aussehenden, gelblichen Flüssigkeit gefüllt ist, und gefährlich nah an der Kante des Couchtischs stehen ein Cocktailshaker und ein weiteres, aber leeres Glas. »Du kommst gerade rechtzeitig, Süße! Gleich beginnt eine *Hochzeit!*«

Ich werfe einen Blick auf den Fernsehbildschirm vor ihr. Kim Kardashian probiert gerade ein riesiges weißes Hochzeitskleid an, umgeben von einer Delegation kameratauglich weinender Kardashian-Schwestern.

»Du schaust *Keeping Up with the Kardashians?*«

»Auf jeden Fall, und du musst dich zu mir setzen und mitschauen, auf diesem großartigen Fernsehapparat! Ist dir aufgefallen, dass das Bild *in Farbe* ist?«

»Ja, aber …«

»Unfassbar.« Fast ohne den Blick auch nur für eine Sekunde vom Bildschirm abzuwenden, beugt sie sich zum Couchtisch, greift nach dem Cocktailshaker, schenkt daraus etwas in das leere Glas ein und reicht es mir. »Trink einen Eistee«, fügt sie hinzu, »und sag mir, wie du den Typen findest, der den Verlobten spielt. Ich finde ihn irgendwie ganz süß, aber ich glaube, die Autoren haben einen Fehler gemacht, als sie sich einen Job für ihn ausgedacht haben. Ich meine, Reparateur? Ich glaube nicht, dass man daraus eine *sehr* spannende Story entwickeln kann. Hätten sie ihn denn nicht zu einem afrikanischen Prinzen oder so was machen können?«

Ich habe absolut keinen Schimmer, wovon sie redet. Bis für einen Augenblick Kanye West auf dem Bildschirm erscheint und mir einfällt, dass er *Rapper* ist, daher also das Missverständnis.

»Und ist es nicht erstaunlich, Süße, wie sie es geschafft haben, so viele so ähnlich aussehende Schauspielerinnen zu finden, um die Schwestern zu spielen?« Marilyn nimmt einen Schluck von ihrem Eistee. »Aber bei der, die Khloe spielt, hätten sie sich mehr Mühe geben können.«

»Nein, nein, Marilyn, das sind keine Schauspielerinnen.«

»Na ja, jedenfalls sind sie keine sehr *guten* Schauspielerinnen ... Ich meine, versteh mich nicht falsch, Süße, es ist total aufregend, aber selbst ein Holzklotz könnte besser schauspielern!«

»Nein, ich meine, sie sind überhaupt keine Schauspielerinnen in irgendeiner Form. Das sind echte Leute. Es ist eine Show über ihr Leben.« Ich lasse mich mit meinem Eistee aufs Sofa sinken. »Also, ähm, wann – nein, vor allem, *wie* – hast du es geschafft, meine Sachen hier rüberzubringen?«

»Na, während du weg warst natürlich. Ich meine, als ich hier angekommen bin, hatte ich ja keine Ahnung, dass dieses Apartment *zwei* Zimmer hat! Es ist schön, wenn wir etwas mehr Platz haben, meinst du nicht? Aber, Honey, ich verstehe nicht, was du gerade gesagt hast.« Sie deutet mit ihrem Glas zum Fernsehbildschirm, wo nun der Abspann läuft. »Das ist *keine* Serie? Es ist ... eine *Doku?*«

»Es ist einfach nur Reality-TV.«

»Was für ein TV?«

»Reality. Sie sind eine echte Familie. Na ja, mehr oder weniger echt. Sie sind wirklich alle Schwestern, und die Braut heiratet tatsächlich ... Aber, Marilyn, du hast mir immer noch nicht gesagt, wie du das Sofa hier reingekriegt hast.«

»Ach, dieser unheimlich liebenswürdige Homo hat mir dabei geholfen. Zumindest glaube ich, dass er ein Homo war, denn als er hier ankam, bin ich aus Versehen im Evakostüm zur Tür gegangen, und er hätte nicht weniger interessiert an, na ja, *allem* sein können. Er wollte nur über meine Haare reden.«

Ich starre sie an. »Du hast … einem *schwulen Mann* die Tür aufgemacht? Der mit dir über deine Haare reden wollte?«

»Ach, Süße, na ja, so ein bisschen schwül, irgendwie bedrückend war er schon. Ich meine, er war sehr liebenswürdig, aber eher schwermütig, um ehrlich zu sein. Russen sind doch oft so, nicht? Oder er hätte auch Bulgare sein können, oder ein Polacke, oder …«

»Moldawier.«

Denn dann muss Bogdan ihr geholfen haben, das Chesterfield herüberzubringen, oder?

Die magische Marilyn hat Bogdan getroffen.

Und, viel wichtiger, Bogdan hat sie getroffen.

»Ooooh, eine neue Folge!«, ruft Marilyn plötzlich begeistert, als *Keeping Up with the Kardashians* gerade wieder auf dem Bildschirm erscheint. »Ich kann einfach nicht fassen, dass das *echt* ist, Süße. Ich meine, ist das nicht eine geniale Idee? Einfach die Leute bei ihrem täglichen Leben und allem zu filmen?«

Ich höre nicht richtig zu, sondern hole mein Handy heraus und klicke eilig meine Nachrichten an.

Okay, also Bogdan hat sich nicht gemeldet. Ich habe von ihm keine Anrufe in Abwesenheit, keine Mailboxnachrichten, um zu fragen, warum ein nacktes Mädchen, das genauso aussieht wie Marilyn Monroe – und das sich, nehme ich an, auch als Marilyn Monroe *vorstellt* –, ihn heute Nachmittag in die Wohnung gelassen und gebeten hat, mein Sofa zu verschieben.

»Hast du ihm gesagt, wer du bist?«, frage ich und nehme einen Schluck aus meinem Eisteeglas, um meine Nerven zu beruhigen, spucke ihn jedoch sofort wieder zurück ins Glas. Der Eistee ist genauso widerlich wie die Manhattans, die sie gestern gemacht hat. »Gott! Was ist da *drin?*«

»Nur ein Schuss Wodka, oder zwei, Süße.« Marilyn zwinkert mir zu und rückt dabei kurz ihren Turban zurecht. »Eistee ist sonst furchtbar *fad*, findest du nicht? Und ich hab dem Mann gesagt, dass ich Marilyn heiße, falls du das wissen wolltest. Hey, was hast du da in der Hand?«

»Mein Telefon.«

»Ach, ihr Kanadier habt aber ulkige Telefone!«

»Das ist ein Mobiltelefon. Damit kann ich auch angerufen werden, wenn ich unterwegs bin.« Ich stecke das Handy wieder in die Tasche meines Kapuzenpullis. »Na ja, dann muss ich ihn wohl einfach nächstes Mal danach fragen, wenn ich ihn sehe«, murmele ich. »Vielleicht hat er dich für eine Doppelgängerin oder so gehalten.«

Schließlich dachte ich das auch, als ich Audrey zum ersten Mal gesehen habe.

Und es kann auch *durchaus* sein, dass Bogdan sich so sehr für Marilyns Haare interessiert hat, dass er gar nicht groß darüber nachgedacht hat, wer sie in Wirklichkeit sein könnte.

»Also«, sagt Marilyn, »können wir kurz aufhören, über den schwermütigen Homo zu reden?«

»Marilyn, wenn wir schon mal dabei sind, man sagt eigentlich nicht …«

»Und du kannst mir sagen, Süße …« – sie richtet ihre Aufmerksamkeit wieder auf den Bildschirm – »wie ich es in eine Show wie diese da schaffen kann.«

»Du … willst bei *Keeping Up with the Kardashians* auftreten?«

Sie macht große Augen. »Oh! Glaubst du, sie würden mich *nehmen?*«

»Das habe ich nicht gemeint.«

»Nein, nein, Süße, das ist eine *großartige* Idee! Ich muss nur wissen, wie ich das anpacken soll. Du sagst doch, das ist ihr richtiges Leben, ja? Also müsste ich sie irgendwie *kennenlernen?* Mich mit ihnen *anfreunden?* Denn ich glaube, mit Khloe würde ich mich richtig gut verstehen. Aber ich bin nicht ganz sicher, ob Kim mich besonders mögen würde …«

Ich werde kurz abgelenkt vom Piepen meines Handys in meiner Tasche.

Es ist Mum.

HATTE GERADE ANRUF VON DAVE BZGL. CASS' EINLIEFERUNG IN IRRENANSTALT.

Oh Gott. Ich weiß, was jetzt kommt.

HAST DU ES ETWA NICHT FÜR NÖTIG GEHALTEN, MICH ZU INFORMIEREN, LIBBY??????!!!!!!

Ich fange an, eine Antwort zu tippen, als eine dritte Nachricht erscheint.

KOMME MORGEN ZURÜCK. TREFFEN UM 16.45 PADDINGTON STATION.

»… und die Mutter wirkt ein bisschen gruselig.«

»Sie ist nicht gruselig. Sie ist nur eine unglaubliche Nervensäge«, sage ich, bevor mir auffällt, das Marilyn immer noch auf den Bildschirm starrt und über die Mutter der Kardashians spricht, nicht meine eigene. »Aber, Marilyn, glaub mir: Du kannst in deiner Zukunft Größeres und Besseres erreichen, als zu versuchen, einen Gastauftritt in einer Reality-Sendung zu bekommen. Ich meine, ich weiß, dass ich mich ungeschickt ausgedrückt habe, als wir gestern darüber gesprochen haben, aber du darfst dir nicht einreden, dass du nicht talentiert genug wärst, um ein Riesen-Filmstar zu werden. Sogar einer der größten, die es auf der Welt je gab.«

»Ach, Süße.« Das lenkt Marilyns Aufmerksamkeit vom Fernseher ab. So sehr, dass sie sogar tatsächlich nach der Fernbedienung greift und ihn kurzerhand ausschaltet. Nun starrt sie mich an, statt Kim, Kourtney und Khloe. »Du glaubst wirklich an mich, was?«

»Ja. Das tue ich.«

»Also, das ist so ziemlich das Netteste, was je jemand zu mir gesagt hat.«

Der Blick aus ihren weit aufgerissenen Augen, fast wie Fritz beim Anblick der Pastete, ist mir fast ein bisschen unangenehm. »Ich sag dir das nur, weil es stimmt.«

»Du bist famos, Süße«, spricht sie weiter, »hat dir das schon mal jemand gesagt?«

»Sei nicht albern«, erwidere ich verlegen.

»Aber das *bist* du. Und weißt du, apropos an sich glauben, vielleicht solltest du das auch mal versuchen.«

»Ach, keine Sorge. Mir geht's gut.«

Womit ich nur sagen will, dass ich nicht von den quälenden Selbstzweifeln geplagt werde, unter denen Marilyn Monroe litt.

»Ich meine«, fahre ich unwillkürlich fort, »natürlich schwanke ich auch ab und zu, wenn es darum geht, an mich zu glauben. Meistens liegt das dann daran, dass ich anscheinend beim besten Willen nicht aufhören kann, ein menschlicher Digestive Biscuit zu sein …«

»Ein was?«

»Oh, bei dir heißen sie wahrscheinlich Graham Cracker, schätze ich? Ich meine diese echt langweiligen, sinnlosen Kekse, die jeder übersieht neben den appetitlichen, schokoladigen, leckeren.«

»Willst du damit sagen, du fühlst dich wie das Cookie, das keiner will?«

»Ja!« Ich sehe ihr in die Augen. »Du verstehst mich.«

»Aber natürlich verstehe ich dich, Süße. Ich war mein *ganzes Leben* lang ein Graham Cracker. Die unscheinbare kleine Norma Jeane mit ihrer nichtsnutzigen Familie und ihrer hoffnungslosen Zukunft. Ich wurde immer von allen übersehen. Aber dann … tja, ich weiß auch nicht, was passiert ist.« Marilyn zuckt die Achseln. »Ich schätze, meine Figur ist ein bisschen weiblicher geworden, und das schien den Jungs zu gefallen … Sag mal, geht es um einen Jungen?«, fügt sie plötzlich hinzu. »Der glaubt, du bist ein Graham Cracker?«

»Unter anderem.« Ich nehme noch einen Schluck Eistee mit Wodka. »Er heißt Dillon.«

»Und er weiß nicht, dass es dich gibt?«

»Nein, ganz so ist es nicht. Er weiß, dass es mich gibt. Aber er weiß auch, dass es noch jede Menge andere Frauen gibt.«

»Ach, Honey, da kann ich dir helfen!«, ruft sie. »In einer Gruppe mit anderen Mädchen scheinen die Männer immer mich zu bemerken!« Sie legt ihren turbanumschlungenen Kopf leicht schief. »Obwohl ich eigentlich nie darüber nachgedacht habe, *warum* genau …«

Das ist so entwaffnend liebenswürdig und naiv von ihr, dass ich für eine Sekunde vergesse, über Dillons Verhalten unglücklich zu sein.

»… aber vielleicht kann ich jetzt darüber nachdenken und mal schauen, ob es irgendwas gibt, was ich tue, das du auch tun könntest!« Sie strahlt mich an. »Ich kann dir Tipps geben, so ein bisschen, als wären wir Schwestern!«

»Das ist wirklich, wirklich lieb von dir, Marilyn, aber ich glaube nicht, dass es *irgendwas* gibt, was du tust, das ich auch tun könnte. Ich meine, erstens habe ich nicht deine Figur.«

»Ach, steck dir einfach Strümpfe in den BH.« Marilyn winkt lässig ab. »Das mache sogar ich. Es schadet nie zu betonen, was

Mutter Natur einem gegeben hat! Und weißt du, was du auch sofort machen könntest? Die schwarze Hose ausziehen.«

»Es hat nichts mit der schwarzen Hose zu tun!«, sage ich abwehrend. »Ich habe für Dillon nichts, absolut *nichts* getragen, bis auf ein freches Grinsen und ein paar High Heels. Das hat ihn trotzdem nicht davon abgehalten, mich für das erstbeste norwegische Dessousmodel sitzenzulassen und zu vergessen, dass ich überhaupt existiere.«

»Ach, das ist …«

»Sorry, finnisch.«

»Finish? Ich soll den Satz beenden? Das wollte ich ja gerade, Süße, aber du hast mich unterbrochen.«

»Nein, ich meine, das *Model* war finnisch. Aus Finnland.«

»Ah, verstehe«, sagt Marilyn mit einer Stimme, die ahnen lässt, dass sie gar nichts versteht, bevor sie fortfährt: »Ooooh, und vielleicht solltest du darüber nachdenken, dir die Haare zu blondieren. Meine Modelagentur hat mir eine ganze Ewigkeit lang damit in den Ohren gelegen, und als ich es schließlich getan habe …« Sie schnippt mit den Fingern. »Peng! Es war, als würde ich plötzlich mit meinem eigenen kleinen Scheinwerfer über dem Kopf herumlaufen.«

»Ich weiß nicht. Ich bin eigentlich ganz zufrieden mit braunen Haaren.«

»Und noch was! Du solltest anfangen, Make-up zu tragen.«

»Ich trage Make-up!«

»Dann trag *viel mehr* Make-up. Und *viel engere* Klamotten. Eine ganze Nummer kleiner«, fährt sie fort, »jedenfalls mache ich das immer. Es gibt für einen Mann nichts Schöneres, als eine Frau, die aussieht, als würde sie jeden Moment aus den Nähten platzen! Wenn du also einen hübschen Bleistiftrock tragen würdest, eine tief ausgeschnittene Bluse, einen schmalen

Gürtel, der deine Taille umschließt, ein Paar niedliche Peep-Toes …«

»Marilyn … ähm, hör mal, ich bin dir dankbar für deinen Rat – sehr dankbar –, aber das scheint mir einfach alles ein bisschen … oberflächlich.«

»Na ja, natürlich ist es das, Süße.« Sie streckt eine Hand aus und berührt mich einen Augenblick leicht an der Schulter. »Du bist innerlich bestimmt ein unheimlich lieber Mensch. Nur äußerlich könnten dir ein paar Verbesserungen nicht schaden.«

Ich fasse das so auf, wie es sicherlich gemeint war.

Und ich sage nicht, dass ich mir eigentlich, lieber Mensch hin oder her, ziemlich sicher bin, dass mir auch innerlich ein paar Verbesserungen nicht schaden könnten. Denn auch wenn blonde Haare und enge Klamotten bei Dillon wunderbar funktionieren würden, hätte das nicht die geringste Wirkung auf die anderen wichtigen Leute in meinem Leben, die mich gern als Anhängsel betrachten: meine Familie.

»Oh, und mir ist gerade noch was eingefallen, was ich mache!«

»Du kürzt den Absatz von einem deiner Schuhe?«, frage ich.

Sie blinzelt mich an. »Warum um alles in der Welt sollte ich das denn tun, Süße?«

»Ich dachte, ich hätte mal gelesen, dass du … ähm, ich meine, dass *Leute* so was machen, damit sie beim Gehen einen sexy Hüftschwung bekommen.«

»*Davon* soll man beim Gehen einen sexy Hüftschwung bekommen?« Sie runzelt die Stirn. »Würde man nicht eher mit einem Hexenschuss im Krankenhaus landen?«

»Wahrscheinlich. Pass auf, ich weiß es nicht, okay … Es war nur so ein Gedanke.«

»Oh, versteh mich nicht falsch, Süße, ich sage nicht, dass ich es nicht versuchen würde! Aber es ist nicht das, was ich eigentlich sagen wollte.« Marilyn greift in die Tasche ihres Bademantels und holt ein kleines Parfümfläschchen heraus. »Chanel No. 5«, haucht sie und hält es hoch, als wäre es eine Art Lebenselixier. »Ich sag's dir, Honey, kein Mann, den ich je getroffen habe, konnte dem widerstehen. Weißt du, einmal hab ich einem Kerl gesagt, es wäre das *Einzige*, was ich im Bett tragen würde ... Und, oh Wunder«, sie bekommt große Augen, »als Nächstes kauft er mir diesen schönen Nerz!« Sie öffnet den Deckel des Fläschchens, greift nach meiner Hand und sprüht eine Wolke Chanel No. 5 auf mein Handgelenk. »Ist das nicht toll? Fühlt man sich nicht gleich hübscher, sobald man das trägt?«

»Ja«, versichere ich ihr, weil sie so aufgeregt wirkt. »Und ich danke dir für all die Ratschläge, Marilyn, wirklich.«

»Ach, ich helfe gern! Und glaub mir, wenn du das alles befolgst, wird dein Kavalier nur noch Augen für dich haben! Du wirst sein Snickerdoodle.«

»Bitte?«

»Statt einem Graham Cracker ... Oh, vielleicht habt ihr keine Snickerdoodles in Kanada ... Das sind diese kleinen Zuckerkekse, die man in Zimt rollt. Eine meiner Pflegemütter hat die leckersten Snickerdoodles gebacken, die ich je gegessen habe – ofenwarm, außen knusprig und innen butterweich.«

»Ah. Okay. Verstanden. Aber denk daran, ich komme nicht aus ...«

»Gut!« Sie lässt meine Hand los, greift nach der Fernbedienung und schaltet – ganz schön flink für eine Frau, die nur kurz aus den frühen 1950ern hier vorbeischaut – den Fernseher wieder ein. »Lass uns nun mit den wirklich wichtigen Dingen weitermachen und schauen, was passiert bei ... wie hast du es vorhin genannt? *Say Hello to the Keshishians?*«

»*Keeping Up with the Kardashians.*«

»Hab ich das nicht eben gesagt? Wie auch immer, in dieser Folge kommt die große Hochzeit, und ich kann es gar nicht *erwarten* zu sehen, ob der Bruder auftaucht oder nicht!«

Also machen wir es uns gemütlich für einen Abend mit wodkagestrecktem Eistee und nervenzerreißenden armenisch-amerikanischen Dramen.

Was wohl nicht die schlechteste Art ist, einen Abend mit Marilyn Monroe zu verbringen.

Und wenigstens hält es mich vielleicht davon ab, an Dillon zu denken.

9

Ich muss Mum erst am Nachmittag am Bahnhof Paddington treffen. Und obwohl es eine wunderbare Gelegenheit wäre, bis dahin zu Hause zu bleiben, mir einen Tee zu kochen und den Riesenberg Schmuckbestellungen abzuarbeiten, die ich in den letzten paar Tagen furchtbar vernachlässigt habe, werde ich das nicht tun.

Erstens, weil Marilyn Monroe, wie ich heute Morgen bei einem Blick durch die Tür festgestellt habe, noch in dem Raum, in dem ich normalerweise an meinen Kreationen basteln würde, vor dem Fernseher schläft.

Und zweitens, weil ich beschlossen habe, mein Versprechen an Olly einzulösen und zum Restaurant in Clapham zu fahren, um zu helfen, so gut ich kann.

Es schadet auch nicht, dass, mit etwas Glück, Bogdan dort auf der Baustelle arbeiten wird und ich die Gelegenheit nutzen kann, um ihn nach seiner Begegnung mit meiner brandneuen Mitbewohnerin zu fragen.

Ich habe versucht, ihm gestern am späten Abend eine SMS zu schicken, aber nach einigen missglückten Formulierungsversuchen habe ich letztendlich aufgegeben, weil ich nicht wusste, wie ich mich ausdrücken sollte. Ich konnte ja nicht einfach schreiben: *Hi B, hoffe, alles ok bei dir. Hab gehört, du hast gestern in meiner wohnung marilyn monroe getroffen? Findest du, wir sollten darüber reden?*

Meine Schwierigkeiten dabei dürften einleuchten.

Es wird viel leichter sein – wenn auch vielleicht nicht *ganz* so leicht –, von Angesicht zu Angesicht darüber zu sprechen.

Und apropos schwierige SMS, hier taucht noch eine aus Mums neuster Serie auf meinem Handy auf, als ich in Clapham North aus der U-Bahn komme.

HEUTE MORGEN STORY ÜBER CASS IN HEATWORLD UND POPBITCH!!! HAB DIR JA GESAGT, PRESSE KRIEGT DAS SCHNELL MIT.

Dann folgt eine zweite SMS, nur wenige Minuten später abgeschickt.

KOMM BESSER IN VERKLEIDUNG ZUM BAHNHOF. PAPARAZZI WERDEN AUSSCHAU HALTEN.

Was bedrohlich klingen würde, wenn es nicht so albern klingen würde.

Ich schreibe zurück: *Ok, was schlägst du vor? Falscher schnurrbart und brille? Nixonmaske? Pferdekostüm (vorder- oder hinterteil)?*

Mum antwortet einen Augenblick später.

SEI NICHT ALBERN, LIBBY. SCHLAGE SIMPLE, ABER EFFEKTIVE KOMBI AUS BASEBALLMÜTZE UND GROSSEM PASCHMINA VOR. VIELLEICHT BREITER BLAUER AUS 100% KASCHMIR VON BRORA, DEN ICH DIR ZUM GEB. GESCHENKT HABE?

Mum hat mir keinen breiten blauen Paschminaschal von Brora zum Geburtstag geschenkt, sondern ein Space-NK-Geschenkset mit Bodylotion und Duschgel.

ACH NEIN, steht in der nächsten Nachricht, *PASCHMINA WAR CASS' GESCHENK NICHT DEINS, SORRY*

Ein Geschenkset mit Bodylotion und Duschgel, mit dem ich vollkommen zufrieden war (obwohl ich sehr wohl weiß, dass Mum mir nur Sachen von Space NK kauft, damit sie mehr Punkte auf ihrer Kundenkarte sammeln kann), bis ich soeben erfahren habe, dass Cass stattdessen einen ziemlich edel klingenden breiten Paschminaschal zum Geburtstag bekommen hat.

Wie auch immer, es passt mir gut, dass Mum mich gebeten hat, verkleidet zu kommen, denn ich habe jetzt schon das Gefühl, als wäre ich heute Morgen in einer Art Kostüm aus dem Haus gegangen.

Möglicherweise habe ich mir einige von Marilyns Ratschlägen doch mehr zu Herzen genommen, als ich es ursprünglich vorhatte.

Ich habe nicht wirklich total über die Stränge geschlagen, da so ziemlich alles in meinem Kleiderschrank dank Audrey zum schwärzeren Ende des Farbspektrums tendiert. Dennoch habe ich nach dem Duschen heute Morgen einen Bleistiftrock ausgegraben, eine weiße Bluse und – nur so zum Spaß – dazu noch meine höchsten hautfarbenen Pumps. Ich muss sie wohl gekauft haben, als ich mich kurz vor der königlichen Hochzeit vor ein paar Jahren von Kate Middleton inspirieren ließ. Der Bleistiftrock, wenn auch in verschmähtem Schwarz, erfüllt jedenfalls perfekt Marilyns Gebot, Kleider eine Nummer zu klein zu tragen, denn als ich ihn letzten Herbst zum letzten

Mal anhatte, wog ich gut drei Kilo weniger. Ich musste mich reinquetschen, um den Reißverschluss zuzukriegen, und werde in dem Teil ganz sicher keinen Bissen *essen* können ... aber ich kann nicht abstreiten, dass es den Hüften tatsächlich einen gewissen Schwung verleiht, wenn man einen so engen Rock trägt, dass man darin nur winzige Schritte machen kann. Und es ist eine erfrischende Abwechslung, eine schicke weiße Bluse anzuziehen, auch wenn ich befürchte, dass Olly denken wird, ich würde, statt freiwillig zu helfen, eigentlich auf einen Teilzeitjob als Kellnerin hoffen.

Ich habe auch einen Knopf mehr aufgemacht als sonst.

Ich wollte – konnte – jedoch nicht so weit gehen, meinen BH mit alten Strumpfhosen auszustopfen. Auch wenn ich mich noch so sehr übergangen fühle, würde ich das unter keinen Umständen tun.

Das Hauptproblem mit Marilyns Klamottentipps ist, dass sie nicht unbedingt förderlich sind, um sehr schnell irgendwo anzukommen, und so brauche ich für den dreiminütigen Weg zu Ollys zukünftigem Restaurant ganze fünfzehn Minuten.

Es liegt unweit der Hauptstraße Clapham High Road an einer weitläufigen, öffentlichen Grünfläche, zwischen einer eleganten französischen Patisserie auf der einen Seite und einem Zeitungskiosk/Minimarkt auf der anderen.

Und ich muss sagen, während ich mich ihm (langsam) nähere, bin ich bereits völlig beeindruckt davon, wie es von außen aussieht.

Das letzte Mal, als ich hier war, gab es zum Beispiel noch nicht mal Fenster, sondern nur einen hohen Bretterzaun, der unschön mit Plakaten für ein bevorstehendes Familienfest im Park beklebt worden war. Aber nun sind der Bretterzaun und die unschönen Plakate verschwunden. An ihre Stelle sind große

Glasscheiben getreten, die, sobald der Baustaub abgewischt ist, sicher fabelhaft glänzen und … professionell aussehen werden.

Ich weiß, dass es blöd klingt, aber schon allein vom Anblick dieser Fenster, auch ohne den Rest des Lokals innen gesehen zu haben, kriege ich ein bisschen einen Kloß im Hals.

Ich meine, wie weit hat Olly es gebracht, sein *eigenes Restaurant* mit seinen *eigenen Fenstern* zu eröffnen? Olly, der sich, bei unserem allerersten gemeinsamen Abend vor über fünfzehn Jahren, einen Kuli aus meinem Rucksack lieh und auf einer Serviette des chinesischen Restaurants, in dem wir aßen, das gesamte Menü aufschrieb, das er eines Tages in seinem eigenen Lokal servieren wollte. Ich kann mich nicht mehr an alle Details davon erinnern, denn Nora und ich waren viel mehr daran interessiert, ihm zu »helfen«, sich immer albernere Restaurantnamen auszudenken, aber wenn er nicht vorhat, Spätneunziger-Retro-Küche zu servieren, bei der absolut alles von Trüffelöl trieft und in Prosciutto eingewickelt ist, wird das Serviettenmenü wohl längst vergessen sein.

Aber ich wünschte, einer von uns hätte es aufbewahrt, nur um Olly vor Augen zu halten, was er alles erreicht hat.

Doch ich kann nicht nur hier draußen stehen bleiben und die Fensterscheiben anschmachten – ich muss reingehen und mir das Lokal richtig ansehen.

Ich höre alle möglichen Hämmer- und Bohr- und Hobelgeräusche durch die offene Tür, also sind Nora und Tash entweder sogar noch DIY-begabter, als ich dachte, oder Bogdan werkelt da mit irgendeinem moldawischen Kollegen, den er sich für heute zu Hilfe geholt hat, vor sich hin.

Doch da liege ich falsch, denn gerade, als ich durch die Tür gehen will, sehe ich Bogdan aus dem Kiosk nebenan treten, mit einer Zeitung in der einen Hand und einer Tüte Frazzles in der anderen.

Er hebt eine staubige Hand zum Gruß und kommt zu mir herüber.

»Libby«, sagt er bedeutungsvoll, »du musse mir etwas sagen?«

»Ja. Das muss ich wohl.« Ich hole tief Luft. »Aber zuerst musst du mir einmal genau sagen, was *du* glaubst, was da läuft.«

»Wie kann ich sagen, Libby?« Bogdan steckt seine Zeitung unter einen Arm, öffnet die Frazzles-Chipstüte und bietet mir schweren Herzens eins an. »Nicht die meine Sache zu kommentiere so uberraschende Drehung von Ereignis.«

»Nein, klar, das verstehe ich. Natürlich hast du wahrscheinlich Schwierigkeiten … zu *verarbeiten*, was du gesehen hast.«

»Ist richtig«, sagt Bogdan, bevor er ein einziges Frazzle für sich herausholt, es sich in den Mund steckt und nachdenklich darauf herumkaut. »Ist nicht die Sache, die ich gerechnet habe.«

»Oh, glaub mir, es war auch keine Sache, mit der ich gerechnet habe.« Ich hole noch einmal tief Luft. »Aber … na ja, es ist nicht das erste Mal.«

»Das schon allgemein bekannt.«

»Aber letztes Mal war es …« Ich breche ab. »Wie bitte?«

»Das allgemein bekannt. Kann man nicht so sagen? Ich sprechen unkorrekt?«

»Nein, nein … Ich meine, ab und zu drückst du dich schon ein *bisschen* seltsam aus, aber …«

»Und wie«, fragt Bogdan herausfordernd, »fortschreitest du mit moldawische Sprache?«

»Ich verstehe einfach nicht«, fahre ich fort, »warum du gesagt hast, es wäre allgemein bekannt. Was du gesehen hast, meine ich.«

»Weil wir alle wissen daruber.« Er starrt einen Augenblick tief in seine Frazzles-Packung, als hoffte er insgeheim, darin könnte der Sinn des Lebens, und nicht Chips mit Bacon-Aroma, verborgen sein. »Ist nicht die ganz große Staatsgeheimnis, Libby. Ist nicht die Art von Sache wir finden in die WikiLeak.«

»Na ja, okay, okay, es ist vielleicht nicht WikiLeaks-würdig«, erwidere ich und werde auf einmal leicht zornig. »Aber willst du mir im Ernst sagen, dass meine Freunde alle längst von diesem … Phänomen wissen? Und sich nicht mal die Mühe gemacht haben, mich auch nur danach zu *fragen?*«

»Libby!« Bogdan sieht ziemlich schockiert aus. »Naturlich wir fragen nicht davon! Diese Sache ist deine eigene Privatgeschäft.« Er holt ein zweites Frazzle aus der Packung, senkt dann die Stimme und sagt: »Aber freut mich zu hore, dass ist phänomenal, Libby. Ich bin ganz ehrlicher, ich glaube, kann nicht anders sein. Nicht wenn ist Dillon O'Hara, uber die wir sprechen.«

Okay. Wir scheinen hier nicht *ganz* im selben Film zu sein.

»*Ist* es Dillon O'Hara, über den wir … na ja, über den *du* zumindest … sprichst?«

Bogdan nickt.

»Und *warum*«, fahre ich fort, »sprechen wir über ihn?«

»Wegen Bilder in Zeitung.«

»Was für Bilder? Was für eine Zeitung?«

»*Daily Mail*«, sagt er und holt die Zeitung unter seinem Arm hervor. »Und, glaube ich, auch *Mirror.* Ich nicht sicher uber *Sun.* Vermute nicht *Telegraph.* Oder *Guardian.* Und denke sicher nichts *Independent.* Oder *Financial Times.* Aber ich gern gehe zuruck in Kiosk und schaue in diese Zeitunge, Libby. Die Mann hinter Theke mag nicht, wenn die Leute nur schaue nichts kaufe, aber vermute, wenn wir kaufen noch Packung von die Frazzles … vielleicht zwei …«

Ich nehme die etwa in der Mitte aufgeschlagene Ausgabe

der *Daily Mail,* die er mir entgegenhält, schaue nach unten und sehe …

Fotos von mir und Dillon gestern vor der Grove-House-Klinik.

Umwerfende Fotos von Dillon, um genau zu sein, auf denen er noch muskulöser und schlanker und durchtrainierter aussieht als im wahren Leben. Und grässliche Fotos von mir natürlich. Auf denen ich noch farbloser und gammeliger und einer Haar-und-Körper-Generalüberholung bedürftiger aussehe als im wahren Leben.

Und ganz ehrlich: Ich glaube, bezüglich der schwarzen Hose könnte Marilyn recht haben.

BAD-BOY-SCHAUSPIELER VERLÄSST KLINIK, kreischt die Schlagzeile.

Der irische Skandal-Star Dillon O'Hara wurde gestern Nachmittag, steht in dem Artikel, *nach einer Behandlung seiner Alkohol- und Drogensucht aus einem Rehabilitationszentrum in West-London entlassen und von einer Frau Mitte vierzig abgeholt …*

»Vierzig?«, japse ich. »Ich bin noch keine einunddreißig, verdammt noch mal!«

… bei der es sich, wie dem Schauspieler nahestehende Quellen gestern Abend verlauten ließen, um seine Haushälterin gehandelt haben könnte.

Großartig. Einfach verdammt großartig.

Ich meine, ich wollte ja gar nicht, dass die Zeitungen diese elenden Bilder von uns überhaupt drucken, aber wenn sie das schon tun, konnten sie mich dann nicht wenigstens exotisch und interessant klingen lassen? *Eine geheimnisvolle Brünette … eine frühere Flamme …?*

Aber sie haben die Dinge wohl nur beim Namen genannt. Denn ich sehe tatsächlich furchtbar aus in dieser Hose, mit dem fleckigen Kapuzenpulli und den Haaren nur irgendwie nachlässig zu einem unordentlichen, schmuddeligen Dutt zusammengedreht.

»Dillon sieht aus tipptopp in der Form«, bemerkt Bogdan, der sich hinter mich stellt, um in die Zeitung zu schauen und über meiner Schulter Frazzles zu knuspern. »Ich finde Einzug war gut fur ihm.«

»Entzug. Aber ja«, murmele ich, »er sieht gut aus.«

»Und du siehst aus …« Er schweigt kurz, da er wahrscheinlich nach einer netten Formulierung sucht. »Müde.«

Was nett ist, schätze ich.

»Und bisschen schwabbel.«

Was nicht ganz so nett ist.

»Und in dringende Bedurfnis, etwas zu machen mit scherbenlangweilige Haare …«

»Der Ausdruck«, sage ich bissig, »heißt *sterbens*langweilig.«

»Ah.« Bogdan nickt. »Ist besser. Und beschreibt besser die spezielle Problem mit deine Haare. Scherbe kann Glitzer und farbige Ton von Blau oder Grun sein. Wogegen *Sterben* ist krank, und blass, und keine Glitzer …«

»Ja, schon gut, danke. Ich hab's kapiert. Dillon sieht aus wie ein griechischer Gott, und ich sehe aus wie …«

»Griechische Salat«, schlägt Bogdan hilfsbereit vor. »Womit ich meine bisschen Durcheinander. Und leidet unter Effekt von zu viel Käse.«

Ich will gerade mit einer vernichtenden Antwort kontern, als ganz in der Nähe ein lautes Dröhnen erklingt und ein Motorrad direkt neben uns am Bürgersteig hält.

Es ist eine schnittige, superschnell aussehende schwarze Yamaha mit einem Fahrer und einem Beifahrer auf dem Sozius.

Der Beifahrer steigt vom hinteren Teil des Motorrads herunter, nimmt den Helm ab und grinst mich an.

Es ist Olly.

Was bedeutet, dass es Tashs Motorrad und sie die Person am Lenker sein muss.

Und da habe ich recht, denn kurz nachdem Olly seinen Helm abgenommen hat, tut der Fahrer das Gleiche, und es kommen ein federnder, honigblonder Pferdeschwanz und Tashs hübsches, lächelndes Gesicht zum Vorschein.

Sie winkt mir zu. »Libby! Hallo!«

»Hallo!«, sage ich und versuche, dabei so heiter wie sie zu klingen. »Dein Motorrad ist toll.«

»Uralt und lahm im Vergleich zu dem, das ich gemietet habe«, sagt Olly neckend.

»Ach ja?« Tash sieht ihn mit hochgezogenen Augenbrauen an, während sie ihre langen, lederbekleideten Beine vom Bike schwingt. »Na ja, wenigstens ist es ein uraltes und lahmes Motorrad, das tatsächlich *mir gehört.* Nicht irgend so ein protziges Mietding, das ich bei Superbikes abgeben musste, sobald ich in London angekommen bin.«

Olly lacht gutmütig und unterbricht dann seinen Schlagabtausch mit Tash, um über den Bürgersteig zu mir zu kommen und mich zu umarmen. »Hi, Lib. Du siehst … wow.« Er blinzelt. »Du siehst … toll aus.«

»*Vielen Dank*«, antworte ich betont, während ich Bogdan anfunkele. »Das freut mich zu hören.«

Ich schlage die *Daily Mail* hastig zu und gebe sie Bogdan mit einem warnenden Blick zurück, denn Ollys heiterem Verhalten nach zu schließen hat er die Bilder von Dillon und mir noch nicht gesehen.

Und ich will, dass das auch so bleibt.

Dann gesellt sich Tash zu uns und beugt sich herunter (sie wirkt größer, als ich sie in Erinnerung hatte, aber vielleicht sind das auch nur die sexy Emma-Peel-artigen Stiefel, die sie zu ihrer ganzen ledernen Motorradkluft trägt), um mir auf jede

Wange ein Küsschen zu geben. »Bogdan, schön, dich heute Vormittag zu sehen. Und ich freu mich *so*, dich wiederzusehen, Libby! Es ist ja schon ewig her!«

»Ich freu mich auch, dich zu sehen«, sage ich. Und fühle mich dann schlecht, weil ich es nicht so meine. Denn Tash ist wirklich, wirklich nett: freundlich, und warmherzig, und immer für einen Spaß zu haben.

Ehrlich, ich kann überhaupt nichts Schlechtes über sie sagen.

Oder über sie denken! Ich meine, das geht einfach nicht. Man müsste schon eine ernsthaft frustrierte Kuh sein, um Tash nicht wunderbar zu finden.

Ich halte mich nicht für eine frustrierte Kuh.

Und obwohl es manchmal ein *kleines* bisschen anstrengend ist, dass Tash ewig so gut gelaunt ist, von Natur aus hübsch und unglaublich gesund, weil sie ja ständig Halbmarathons läuft, sexy mit einem Motorrad durch die Gegend braust oder stramme Radurlaube macht, wenn sie gerade nicht ihrem sehr beeindruckenden, erwachsenen und ernsthaften Job nachgeht, nämlich der Betreuung winziger Frühchen auf einer weltweit führenden Neugeborenenstation …

Also, obwohl die Kombination all dieser Dinge nur gelegentlich ein kleines bisschen irritierend ist, so ist mir vollkommen bewusst, dass das Problem hauptsächlich bei mir liegt. Dass ich ein wenig neidisch bin. Tash kann nichts dafür, dass sie so gefestigt ist, und selbstbewusst, und nicht im Entferntesten jemand, der versehentlich einen verkappten Schwulen daten und mit dem Kopf im Sicherheitsgitter seines Welpen stecken bleiben würde und anschließend mit einer Metallsäge herausgeschnitten werden muss.

»Also, Nora hat gesagt, du hast hier unten eine Konferenz?«, fahre ich fort.

»Ja, aber nur morgen und am Freitagvormittag. Die restliche

Zeit stehe ich Olly zur Verfügung. Oh, da fällt mir ein«, sagt sie und wendet sich an Olly, »soll ich deine Mum anrufen und sie vorwarnen, dass ich statt Nora heute Vormittag auftauchen werde? Ich will nicht einfach da reinplatzen und deine Eltern bei irgendwas, du weißt schon, Privatem stören, was eine Fremde nicht sehen soll.«

»Meine Eltern sind zu nichts Privatem fähig«, antwortet Olly. »Wenn du ganz großes Pech hast, zeigt Dad dir wahrscheinlich sogar das Glas mit seinen Gallensteinen. Außerdem bist du keine Fremde. Und Mum muss nur fünf Minuten vorher Bescheid wissen, damit sie Teewasser aufsetzen und eine Ladung Flapjacks machen kann, die sie dann in den Ofen schiebt.«

»Oooh, ich liebe Flapjacks«, sagt Tash.

»Dann hast du Glück. Mums sind die besten in ganz Chiswick. Stimmt doch, oder, Libby?«

Es ist lange her, seit ich einen Flapjack von Ollys Mum gegessen habe; eigentlich ist es überhaupt lange her, seit ich dort zu Besuch war. Früher habe ich an den Wochenenden und in den Ferien jede Menge Zeit im Haus der Walkers verbracht; sogar nachdem Nora vor drei Jahren nach Schottland gezogen ist, habe ich mit Olly immer noch ziemlich oft für eine Tasse Tee und ein hausgemachtes Gebäck dort vorbeigeschaut. Und um die Erfahrung zu genießen, mich zur Abwechslung mal als Teil einer richtigen Familie zu fühlen. Aber seit ungefähr einem Jahr ist immer so viel los, und Dinge … verändern sich, sodass, wie ich nun feststelle, Monat um Monat vergangen ist, ohne dass ich es nach Chiswick geschafft hätte, um die Walkers zu besuchen.

»Ich könnte hinfahren«, sage ich, was keine Antwort auf Ollys Frage ist. »Zum Haus deiner Eltern, meine ich. Um zu tun, was auch immer Nora dort tun sollte.«

»Ach, ich hole nur die Kissenbezüge ab, die Ollys Mum für die Sitzgruppen in den Nischen genäht hat«, erklärt Tash. »Nora ist in Ollys Wohnung geblieben. Sie hat ein bisschen Bauchschmerzen.«

»Ha!«, sagt Olly. »Das kommt wohl von zu viel Probeessen vom Menü, als ihr gestern Abend hier wart.«

Also haben sie gestern Abend hier alle zusammen das Essen getestet, während ich allein in meiner Wohnung war? Oder, okay, mit Marilyn in meiner Wohnung.

Ich weiß, dass es lächerlich ist; ich weiß, dass ich mich anhöre wie eine quengelige Siebenjährige. Aber warum war ich nicht eingeladen?

Ich meine, ich habe Olly doch gesagt, wie gern ich ihm diese Woche bei allem helfen will, was mit dem Restaurant zu tun hat, und ich bin mir ziemlich sicher, dass er gewusst haben muss, dass ich beim Menü-Probeessen besonders kompetent gewesen wäre.

Ich schätze, ich hätte ihn wirklich gestern irgendwann anrufen sollen, um zu fragen, was ich tun kann … aber nachdem ich Cass' Habseligkeiten durch ganz London geschleppt hatte und dann, na ja, ein bisschen von Dillon abgelenkt wurde, hab ich das wohl vergessen.

»Ehrlich«, sage ich jetzt zu Olly, »lass mich zu deinen Eltern fahren und die Vorhänge holen …«

»Kissenbezüge«, sagt Tash strahlend.

»Kissenbezüge«, wiederhole ich. »Natürlich. Es ist doch unnötig, das Tash sich auf den Weg macht, wenn sie … wenn *du*«, fahre ich fort und drehe mich zu Tash, sodass ich sie direkt ansprechen kann, »einen konferenzfreien Tag nutzen könntest, um irgendwas anderes zu machen, worauf du vielleicht Lust hast, wenn du schon mal hier unten bist – shoppen, Sightseeing, eine Nachmittagsvorstellung … Ich hab gehört, dass es für

Der König der Löwen immer Plätze gibt, und das Puppenspiel soll ganz toll sein.«

Tash lacht herzlich. »Danke, Libby, aber nein danke! Ich war mit meinen Patenkindern drin, als ich das letzte Mal hier unten war, und hab nachher sechs Monate gebraucht, um mich von dem ganzen Hakuna Matata zu erholen! Außerdem ist es ein wunderbarer Tag für eine Fahrt rüber nach West-London. Ganz zu schweigen davon, dass mir jetzt Flapjacks versprochen wurden. Und da verstehen wir Frauen aus dem Norden keinen Spaß: Finger weg von meinem Flapjack, kann ich da nur sagen.«

Olly lacht. »Ich glaube nicht, dass irgendjemand von uns es wagen würde, deinen Flapjack anzufassen, Tash.«

»Gut so.« Tash grinst Olly an, dann mich, dann Bogdan.

»Glaub mir«, sagt Bogdan mit ziemlich erschrockener Stimme. »Ich plane nicht zu kommen in Nähe von deine Flapjack.« Dann dreht er sich zu mir und zischt allzu gut hörbar: »Was ist diese Flapjack, Libby? Ist Slangwort für private Teile von Lady?«

Einen Moment herrscht Stille.

»Aaaaapropos shoppen«, sagt Tash, »ich glaube, wir beide sollten uns diese Woche Zeit nehmen für eine kurze Brautjungfernkleider-Session, oder, Lib?«

Ich bin für einen Augenblick zu perplex, dass sie mich so selbstverständlich mit dem vertraulichen »Lib« abkürzt, um zu antworten, aber dann sage ich: »Ja, auf jeden Fall. Wann passt es dir?«

»Also, ich würde sagen, am Freitag, denn ich vermute, an dem Tag wird Olly seine ganze Belegschaft hier haben, um alles für die Eröffnungsparty bereit zu machen, und wahrscheinlich will er nicht, dass ihm zu viele Köche den Brei verderben?« Tash blickt zu Olly, der ihr ein lässiges »Daumen hoch« zurückschickt. »Großartig! Passt dir Freitag auch, Lib? Meine Konferenz müsste bis Mittag zu Ende sein.«

»Das ist gut. Prima«, füge ich hinzu, in dem Versuch, in meine Antwort die gleiche Begeisterung einfließen zu lassen, mit der Tash alles anpackt.

Obwohl ich schon bemerken muss, dass sie immer dann besonders begeistert wirkt, wenn sie mit Olly spricht.

Oder, um ganz ehrlich zu sein, mit Olly *flirtet.* Denn ich bin mir ziemlich sicher, dass sie das tut.

Ich bin nur noch nicht ganz sicher, ob Olly definitiv zurückflirtet.

»Perfekt!«, sagt Tash, wobei sie mein »prima« toppt, und fängt dann an, ihren flotten blonden Pferdeschwanz in ihren Helm zu stecken wie einer von Charlies glamourösen, karatekickenden Engeln. »Also ruf ich deine Mum an, kurz bevor ich da bin, okay?«, fragt sie Olly.

»Großartig, danke, Tash. Und wenn du schon mal dort bist, frag vielleicht Dad, ob er schon dazu gekommen ist, auf den Dachboden hochzugehen und welche von diesen alten Bilderrahmen runterzuholen, von denen er mir erzählt hat. Ich brauch was, um die Bilder einzurahmen, die du mit Nora gestern auf dem Spitalfields Market aufgestöbert hast.«

Heilige Scheiße, sie haben nicht nur eine Verkostung gemacht, sondern waren auch noch *Kunst shoppen?*

»Klar. Mach ich!« Tash läuft zurück zu ihrem Motorrad und wirft ein sexy lederbekleidetes Bein über den Sattel. »Hat mich gefreut, Libby … Bogdan … Bis später zu Hause, Ol«, fügt sie hinzu, bevor sie das Bike anschmeißt und in Richtung Ampel davondonnert.

»Na, wenn das keine Naturgewalt ist«, sagt Olly fröhlich, bevor er sich umdreht und auf die Türen des Restaurants zugeht.

»Absolut!«, sage ich.

»Sie ist definitiv«, murmelt Bogdan, während er uns folgt, »Gewalt *von etwas.*«

Ich hasse mich für den winzig kleinen freudigen Kick, den mir die Tatsache bereitet, dass Bogdan Tash anscheinend fast ebenso anstrengend findet wie ich. Aber mir bleibt nicht viel Zeit, noch tiefer in meinen Schuldgefühlen zu versinken, denn ich werde sofort abgelenkt vom Anblick vor mir, als wir durch die Tür treten.

Hier hat sich verdammt viel getan, seit ich das letzte Mal hier war. Inzwischen sieht es kaum noch aus wie eine Baustelle.

Der Boden, der bis vor ein paar Wochen noch aus Beton war, ist mit riesigen, anthrazitfarbenen Schieferplatten ausgelegt; die Decke, die vor ein paar Wochen noch nicht mal wirklich *existierte,* ist jetzt sicher befestigt und mit dramatischen, Filmset-artigen Scheinwerfern bestückt. Im hinteren Teil, in der Nähe der Schwingtür zur Küche, ist ein Barbereich zu erkennen, der gegenwärtig von einem (vermutlich) moldawischen Zimmermann, fast ebenso groß und tragisch aussehend wie Bogdan, fertiggestellt wird. Man kann richtige Tische und Stühle erahnen, die unter riesigen Planen fein säuberlich in der Nähe des einen Fensters gestapelt sind. Und da ist – am aufregendsten von allem – ein fertiger Empfangsbereich mit einem hölzernen Pult und einem kleinen Ledersofa, das Olly nun geradewegs ansteuert und von den Abdeckplanen befreit.

»Und?«, fragt er, nachdem er mir einen Augenblick Zeit gelassen hat, alles auf mich wirken zu lassen. Er sieht nervös aus. »Wie findest du es?«

»Olly, es ist … Ich kann es nicht fassen.«

»Ich kann es nicht fassen *gut?*«, fragt er im neurotischen, selbstkritischen Ton eines Mannes, der viel zu viel Zeit mit Bogdan verbracht hat, »oder ich kann es nicht fassen *schlecht?*«

»Gut! Sehr, sehr gut!«

»Gefällt dir der Boden?«

»Der Boden ist toll!«

»Die Lampen?«

»Die Lampen sind großartig.«

»Die Farbe der Wände?«

»Die Farbe der Wände ist traumhaft«, sage ich, aber nicht ganz so laut, dass Bogdan, der gerade mit einer Farbschale und einer Rolle in der Hand eine Trittleiter hinaufsteigt, mich hören kann. (Ich bin immer noch sauer über den Kommentar mit dem griechischen Salat und will nicht, dass er versehentlich ein Kompliment für Ollys Farbwahl als ein Kompliment für seine Handwerkskünste auffasst.) »Im Ernst, Ol, es sieht fantastisch aus. Jetzt kann wohl nichts mehr schiefgehen für Freitagabend.«

»Drücken wir die Daumen.« Er hält tatsächlich zwei Fäuste hoch. Damit wirkt er wie ein kleiner Junge; eine noch jüngere Version des Teenagers Olly, der vor so vielen Jahren dieses Menü auf die Rückseite einer Serviette gekritzelt hat. »Die Küche ist jetzt fertig ausgestattet, was eine verdammt große Erleichterung ist, kann ich dir sagen ... Die Köche fangen gerade an, darin zu arbeiten, wenn du mal reinschauen willst?«

»Sehr gerne! Aber, Olly, ich will dir nicht im Weg stehen oder so.«

»Das könntest du beim besten Willen nicht. Komm mit«, sagt er und legt kurz eine Hand auf meinen unteren Rücken, während er mich, in meinem zu engen Rock und den Trippelabsätzen, zur Schwingtür ganz am Ende des Raums führt. »Später kommt das Servicepersonal, um sich mit dem Bestellsystem vertraut zu machen«, fährt er fort und klingt dabei eher, als würde er eine Checkliste durchgehen, um sich zu beruhigen, als wollte er mir das alles tatsächlich mitteilen, »und hoffentlich können sie sich auch alle kurz hinsetzen und so viel wie möglich vom Menü probieren, damit sie wissen, wovon sie sprechen, wenn sie die Bestellungen der Gäste aufnehmen.«

Als wir die Küche betreten, trifft mich plötzlich ein Schwall Lärm und Hitze: Hier drin ist es ziemlich eng, und fünf junge Köche drängen sich hinter den frisch eingebauten Herden, klappern mit Pfannen und schlagen Soßen und reden laut durcheinander.

»Lasst euch von uns nicht stören, Leute«, sagt Olly zu ihnen. »Ich hab nur kurz meine Freundin Libby mitgebracht, damit sie sehen kann, wo später der ganze Zauber stattfindet.«

Das Klappern und Schlagen und Durcheinanderreden hört auf.

Ich meine, sie machen eine Vollbremsung. Augenblicklich.

Die fünf Köche haben ihre Tätigkeiten unterbrochen und starren uns an.

Oder vielmehr: Ich glaube nicht, dass sie Olly anstarren. Sie starren mich an.

Mein erster Gedanke ist, dass noch mehr Knöpfe meiner Bluse aufgesprungen sein müssen … oder dass mir ein gewaltiges Stück Frazzles zwischen den Schneidezähnen steckt … oder dass mir in den zehn Sekunden, die wir vom Gastraum bis hierher gebraucht haben, unbemerkt ein zweiter Kopf gewachsen ist.

»Hey«, sagt Olly mit einem strengen Unterton zu den starrenden Köchen. »Ich hab Libby hergebracht, damit sie sich die Küche anschauen kann. Nicht damit ihr sie anschauen könnt.«

Sie murmeln »ja, Chef« und »sorry, Chef«, bevor das ganze Klappern und Schlagen wieder losgeht.

»Tut mir leid«, sagt Olly zu mir, als wir durch die Schwingtür wieder hinausgehen. »Ich hatte nicht die Absicht, dir das anzutun.«

»Was denn – ähm – antun?«

»Dass ein Haufen notgeiler Köche völlig wild auf dich wird.«

»*Wurden* sie das?«

»Na ja, entweder warst du der Grund, oder ich muss *wirklich* aufhören, dieses Aftershave zu tragen.«

Ich lache.

»Natürlich waren sie wild auf dich«, fährt er fort. »Du siehst … na ja, du siehst heute richtig toll aus, Lib.«

»Danke«, sage ich und schäme mich plötzlich.

Denn es fühlt sich alles ein bisschen albern an. Ich bin genau derselbe Mensch wie gestern – genau derselbe Mensch, der kürzlich von einer landesweiten Zeitung für eine Haushälterin Mitte vierzig gehalten wurde. Und nun … was? Ein Rock, der eine Nummer zu klein ist, ein Paar unpraktische Schuhe und, oh, eine geschlagene halbe Stunde vor dem Schminkspiegel, bevor ich die Wohnung verlassen habe, und schon bringen meine Reize eine ganze Küche voller Köche zum Schweigen?

Anscheinend weiß Marilyn *doch* haargenau, wovon sie spricht.

Aber schließlich haben wir es hier mit Marilyn Monroe zu tun, also wie konnte ich je daran zweifeln?

»Ich meine, versteh mich nicht falsch, du siehst immer toll aus.« Olly sieht mich gar nicht an, als er das sagt; er schnappt sich eine Schaufel und einen Besen in der Nähe und bückt sich, um bei der Bar einen Haufen Sägemehl aufzukehren. Was mir als eine etwas sinnlose Tätigkeit erscheint, da der Zimmermann noch immer Sägemehl in rauen Mengen produziert und später am Tag sowieso noch jemand eine Mammutaufgabe mit einem Staubsauger vor sich hat. »Hast du noch was Besonderes vor?«, fügt er hinzu. »Nachdem du von hier weggehst, meine ich.«

»Was Besonderes? Na ja, kommt drauf an, was du mit ›besonders‹ meinst. Ich muss mich heute Nachmittag mit meiner

Mum am Bahnhof Paddington treffen und mit ihr zu meiner Schwester fahren. In die Rehaklinik.«

Jetzt sieht Olly mich wieder an. »Deine Schwester ist in der *Reha?*«

»Jep. Um Amy Winehouse falsch zu zitieren: *Nobody tried to make her go to rehab* – denn sie hatte eigentlich gar kein Suchtproblem –, aber sie hat trotzdem *yes, yes, yes* gesagt.«

»Okay …« Er wirkt ein bisschen verwirrt. »Ich bin nicht sicher, ob es *ganz* so ein Ohrwurm geworden wäre, wenn Amy Winehouse es so geschrieben hätte.«

»Wäre es nicht.«

»Aber mit Cass ist alles in Ordnung?«

»Na ja, das dürfte von deiner Definition von ›in Ordnung‹ abhängen. Wenn sie das Kriterium ›gänzlich moralisch verkommen und völlig scham- und skrupellos‹ miteinschließt, dann ja, dann ist alles in bester Ordnung.«

Olly nickt und erfasst die Lage anscheinend, auch ohne dass ich noch viel sagen muss. Was, um ehrlich zu sein, der Hauptgrund dafür ist, dass ich ihm solche Dinge überhaupt erzähle.

»Ich notiere sie einfach als unwahrscheinlichen Gast«, sagt er, »für die Party am Freitag, ja?«

»Ja, das wäre wohl das Beste, Olly.«

»Und mit dir ist auch alles in Ordnung?«, fährt er fort. »Ich meine, ich hab dich ja nicht mehr gesehen seit … ähm … neulich am Abend.«

»Lass uns nicht davon sprechen«, sage ich eilig, »nie wieder.«

»Okay. Alles klar. Solange es dir gut geht.«

»Mir geht's gut. Und, wie ich dir bei Dads Hochzeit gesagt habe, diese Woche bin ich für dich da, Olly, nicht andersherum.« Ich räuspere mich. »Ich meine, du musst mir sagen, wie ich dir helfen kann, ob ich Sachen von deinen Eltern abholen soll, oder Kunst für die Wände aussuchen …«

»Klar, Lib.« Er kaut eine Weile auf seiner Lippe herum, als würde er überlegen, ob er was sagen soll oder nicht. Dann fügt er hinzu: »Es ist nur so, dass du ja gesagt hast, du würdest mich anrufen, um zu hören, was du für mich tun kannst. Und als du nicht angerufen hast, dachte ich, wahrscheinlich bist du doch zu beschäftigt mit deiner Arbeit und so. Und deine Schwester und diese Reha-Geschichte … das weiß ich ja jetzt. Offensichtlich.«

Und Dillon.

Und Marilyn Monroe.

»Es tut mir wirklich leid. Und du hast recht. Und deshalb bin ich jetzt hier, heute Vormittag. Um zu helfen. Ich tue alles, was du willst, Olly. Was auch immer es ist.«

»Das würde ich lieber nicht anbieten, Lib«, sagt er scherzhaft.

»Ich meine es ernst. Ich hab noch zwei volle Stunden, bevor ich los muss, um mich mit Mum zu treffen.«

»Ich weiß. Aber ehrlich, heute ist ein ruhiger Tag. Tash holt die Sachen von meinen Eltern ab. In der Küche ist alles unter Kontrolle. Bogdan macht den Speiseraum fertig, also ist es auch dort ein bisschen zu voll, als dass jemand da irgendwas Sinnvolles tun könnte … Weißt du was, wenn du morgen vorbeikommst, könnte ich dein geschultes Auge brauchen, um die Bilder aufzuhängen, und deine geschulten Geschmacksknospen, um mir bei der Entscheidung für einen Haus-Cocktail zu helfen?«

Es schüttelt mich innerlich bei der bloßen Erwähnung des Wortes »Cocktail«. Aber das werde ich Olly selbstverständlich nicht zeigen.

»Sehr gerne.« Ich strecke eine Hand aus und drücke ihn am Arm. »Ich bin einfach richtig stolz auf dich, Olly. Ich meine, nachdem du all diese Jahre von deinem eigenen Restaurant geträumt hast … Oh, da fällt mir ein! Du hast mir noch gar nicht gesagt, wie es heißen soll.«

»Hab ich nicht.«

Das ist eine Feststellung, keine Frage.

»Also … ähm … planst du eine Art große Enthüllung am Freitagabend?«

»Ja.«

»Wow. Das ist ein bisschen riskant, oder?«

Er zuckt die Achseln. »Ich hoffe nicht.«

»Also *ich* auch nicht. Oh Gott, es wird aber nicht einer der Namen, die Nora und ich uns immer zum Spaß ausgedacht haben, oder? Wie … Tolle Tomate.«

»Ich erinnere mich vor allem an Kesser Kürbis. Oder … wie war noch mal dieser echt bescheuerte mit Beef?«

»Beef mit Biss?«

»Genau!«

»Noras Favorit«, sage ich. »Ich ruf sie besser mal an, um zu hören, wie es ihr geht.«

»Glaub mir, ihr geht's gut. Außerdem ist Tash da und kümmert sich um sie.«

»Klar. Eine voll ausgebildete Ärztin.«

»Genau … oh, warte mal kurz, Kumpel«, sagt er plötzlich zu Bogdan, der seine Leiter gerade entschlossen in den Barbereich gebracht hat und sich den noch ungestrichenen Wandabschnitt dahinter vornehmen will. »Ich glaube, ich hab meine Meinung geändert, was die Farbe an der Wand da angeht. Kannst du sie in dem reinen Brillantweiß streichen, das du bei den Wänden in den Klos benutzt hast, und nicht in dem Jasminweiß, das wir überall sonst genommen haben?«

»Wenn du so wolle«, sagt Bogdan rebellisch. »Ist nicht, was ich mache wurde, aber ist nicht mein Pils.«

»Ich glaube, er meint, es ist nicht sein Bier«, übersetze ich flüsternd, während ich mich auf die Zehenspitzen stelle, um Olly ein Küsschen auf die Wange zu geben. »Danke, dass du mich eingeladen hast, Ol. Bis morgen. Oh, und Bogdan«, rufe ich ihm zu, »kannst du mich kurz anrufen, wenn du nachher noch in Colliers Wood bist? Es gibt da … was sehr Wichtiges, was wir besprechen müssen.«

Seine Augen beginnen zu leuchten. »Du beschließe endlich, dass Zeit ist, Haare drastisch zu machen?«

Ich will schon verneinen, als mir klar wird, dass es in jeder Hinsicht leichter ist, wenn ich einfach Ja sage. Zum einen, weil Bogdan dann nicht fragen kann, ob das Wichtige, das ich mit ihm besprechen will, was mit Dillon zu tun hat. Und zum anderen, weil er recht haben könnte. Vielleicht beschließe ich *wirklich* endlich, dass es an der Zeit ist, etwas Drastisches mit meinen Haaren zu machen.

»Ja, Bogdan. Genau.«

»Ist großartige Neuigkeit, Libby. Ich lassen dafur alles liegen und stehen.«

»Ähm … könntest du vielleicht *nicht* alles stehen und liegen lassen«, fragt Olly, »bis du wirklich fertig bist, das Restaurant zu streichen, das am Freitagabend seine große Eröffnung feiern soll?«

Bogdan schickt Olly einen finsteren Blick, streicht aber trotz innerer Rebellion weiter.

Und ich stöckele aus dem Restaurant mit dem geheimen Namen hinaus und gehe in Richtung Hauptstraße.

10

Bogdan bringt mich um, wenn er erfährt, was ich getan habe.

Und das sage ich nicht nur so daher: Sein Vater ist ein erfolgreicher Boss im Bereich des organisierten Verbrechens. Ich bin mir ziemlich sicher, dass Bogdan »Leute kennt«. Wahrscheinlich würde ein einziger Anruf genügen, um mich kurz darauf mit gefesselten Beinen am Ufer des Wandle angespült wiederzufinden.

Aber wenigstens werden meine Haare gut aussehen, wenn sie mich finden. Das ist doch schon mal was.

Zumindest *hoffe* ich, dass sie gut aussehen werden. Jetzt gerade ist das schwer zu glauben, bei all diesen Folienstückchen, die um die einzelnen Strähnen gefaltet werden, aber Daisy, die sehr nette Koloristin in der Claphamer Filiale von *Headmasters*, hat mir versichert, dass sie schön dezente Honig- und Karamelltöne nimmt, und genau das hatte ich mir auch gewünscht, als ich vor fast einer Stunde von der Straße hereingekommen bin und um Highlights auf dem ganzen Kopf gebeten habe.

»Ich kann nicht fassen, dass du dir noch nie die Haare gefärbt hast!«, sagt Daisy nun, während sie eine weitere Strähne meines jungfräulichen Haars mit beißend riechender Farbe bestreicht. »Und dann hast du einfach so spontan beschlossen, blond zu werden! Was hat dich dazu gebracht, es jetzt plötzlich zu wagen?«

Ich weiß nicht recht, was ich darauf antworten soll. Denn ich kann ihr ja nicht *nur* nicht sagen, dass meine neue Mitbewohnerin, die keine Geringere als Marilyn Monroe ist, mir stark dazu geraten hat.

Sondern ich weiß eigentlich auch nicht, warum ich mich plötzlich dazu entschlossen habe.

Denn es ist nicht nur Marilyn. Es ist nicht nur Bogdan, der mich seit Monaten anfleht, es zu tun.

Ich schätze, es hat auch viel mit diesen Fotos in der *Daily Mail* zu tun. Die waren ein ziemlich übler Weckruf.

Und … na ja, mehr ist es nicht. Zumindest glaube ich das.

»Es war einfach an der Zeit für eine Veränderung«, antworte ich Daisy, bevor ich nervös hinzufüge, »aber du lässt mich nicht *völlig* anders aussehen, oder?«

»Entspann dich«, sagt Daisy. »Ich weiß, was ich tue. Und wir nehmen ein ganz natürliches Blond. Wie von der Sonne geküsst, das ist alles. Ich werd dich schon nicht in Marilyn Monroe oder so verwandeln.«

»Ha ha!« Ich lache laut auf. »Natürlich nicht.«

Sie legt die Hände auf meine Schultern und sagt: »Ich hole nur noch ein paar Folien. Bin sofort wieder da. Willst du sicher keinen Tee oder Kaffee?«

»Im Moment nicht«, antworte ich. »Danke.«

Außerdem hat gerade mein Handy angefangen zu klingeln, also nutze ich die paar Minuten, die sie weg ist, um ranzugehen. Wahrscheinlich ist es Mum, um mir mitzuteilen, dass ihr Zug Verspätung hat, oder …

Oh, Moment. Es ist Bogdan.

Ich überlege, ob ich doch nicht rangehen soll, da ich fürchte, er könnte eine Art sechsten Frisör-Sinn haben und am genauen Lautstärkepegel und Klang der Hintergrundgeräusche merken, dass sich da jemand ein paar Schritte von mir entfernt mit einem BaByliss die Haare trocknet. Aber dann denke ich, ich sollte dieses minimale Risiko eingehen und das Gespräch annehmen, nur für den Fall, dass er anruft, um mir zu sagen, dass Olly die Bilder in der *Daily Mail* gesehen hat oder so was.

»Bogdan, hi, ich bin nur …«

»Oh, hi, da bist du ja, Süße! Ich war nicht sicher, ob du rangehen würdest.«

»*Marilyn?*«

Es ist ein solcher Schock, ihre Stimme so zu hören, dass ich buchstäblich mein iPhone fallen lasse, das klappernd auf den Fußboden unter meinem Drehstuhl landet.

»Ups!«, sagt Daisy, die gerade mit ihren Folien zurückkommt und sich bückt, um mein Handy aufzuheben. »Bitte schön, Darling. Ich hoffe, dein Anruf ist nicht weg!«

Ich nehme das Handy und halte es mir ans Ohr.

»Wie um alles in der Welt«, flüstere ich hinein, »hast du es geschafft, mich anzurufen?«

»Ach, na ja, Honey, ich weiß nicht, wie es in Kanada funktioniert, aber in Amerika haben wir diese Dinger, die man *Telefonleitung* nennt … Also, ich könnte dir jetzt nicht *genau* sagen, wie sie funktionieren, denn ganz so schlau bin ich nicht, aber ich glaube, es hat irgendwas zu tun mit …«

»Das meine ich nicht«, zische ich leise, während Daisy mich im Spiegel leicht verwundert ansieht. »Benutzt du Bogdans Handy?«

»Meinst du dieses schnuckelige Telefon, das aussieht wie das, das du gestern Abend benutzt hast? In der Tat! Er muss es wohl verloren haben, als er mir geholfen hat, die Möbel zu verschieben.« Ihre Stimme wird kurz leiser und kommt dann wieder in normaler Lautstärke zurück. »Oben steht Samsung drauf, ich weiß nicht, ob das sein Nachname ist oder so?«

»Nein, ist es nicht … Hast du dich durch die Kontakte gescrollt und meine Nummer gefunden?«

»Gescrollt? Das weiß ich nicht, ich hab nur ein paarmal mit dem Finger auf den kleinen Bildschirm getippt, und dann ist dein Name erschienen … Sag mal, hat dieses Ding auch einen kleinen *Fernsehapparat?* Denn ich fand ja schon den gigantischen im Apartment unglaublich … Willst du jetzt auch noch behaupten, es gibt Fernsehapparate, die so klein sind wie meine Handfläche?«

»Ja, es ist … eine Art Fernseher. Aber, Marilyn«, ich senke die Stimme, »ist alles okay? Warum rufst du an?«

»Um ein bisschen zu plaudern natürlich!«

»Zu plaudern?«

»Süße, du warst weg, als ich heute Morgen aufgewacht bin. Was ziemlich schade war, denn ich hatte diesen *unheimlich* romantischen Traum von Burt Lancaster, den ich dir in allen Einzelheiten erzählen wollte … na ja, nicht in *allen*«, kichert sie atemlos. »Ich meine, ein Mädchen muss auch ein paar Geheimnisse haben, nicht? Jedenfalls bin ich dann aufgestanden und hab versucht, mir irgendwie eine Tasse Kaffee zu machen, aber ich hab nur diese komische Maschine gefunden, und ich wusste nicht, wie sie funktioniert …«

»Mach dir lieber nicht die Mühe, das Ding in Gang zu bringen«, sage ich schnell, denn das Letzte, was ich brauche, ist, dass Marilyn so besessen von der Nespressomaschine wird wie Audrey Hepburn. »Irgendwo im Schrank müsste noch ein Glas Instantkaffee sein.«

»Ach, das hab ich schon gefunden! Und auch deinen Geheimvorrat an Keksen, und jetzt liege ich auf der Couch und schaue mir diese fantastische Show darüber an, wie es ist, eine Hausfrau in Beverly Hills zu sein … Wie heißt sie noch gleich?«

»*The Real Housewives of Beverly Hills?*«

»Genau die! Sieht aus, als wäre es auch eine dieser Reality-TV-Shows, von denen du mir erzählt hast, Süße, ist das richtig? Ich meine, es ist ziemlich schwer zu sagen, ob sie schauspielern oder nicht, denn irgendwie bewegen sich ihre Gesichter gar nicht.«

»Ooooh, sag deiner Freundin, sie soll die Miami-Version schauen«, flüstert Daisy, um sich an der Hälfte des Gesprächs zu beteiligen, die sie hören kann. »Das ist die beste. Ich könnte meinen ganzen freien Tag damit verbringen, davon eine Folge nach der anderen zu gucken.«

»Jedenfalls«, fährt Marilyn fort, »ist die Frau mit dem riesigen Haus und dem kleinen Hund sauer auf die Frau mit dem attraktiven Mann und der betrunkenen Schwester, weil die Frau mit dem attraktiven Mann und der betrunkenen Schwester die Frau mit dem riesigen Haus nicht zu ihrer Cocktailparty eingeladen hat. Und dann hat die Frau mit dem Mann, der ein berühmter Schauspieler ist, einen Streit angefangen mit der Frau mit dem …«

»Okay, okay, ich hab's kapiert. Alle streiten sich.«

»Natürlich streiten sich alle!«, erklärt mir Daisy begeistert. »Das ist doch der *Sinn* der Show!«

»Oooh, wer ist da bei dir, Honey?«, fragt Marilyn. »Sie klingt wie ein kesses Mädchen! Vielleicht solltest du sie heute Abend einladen!«

»Heute Abend?«

»Ja, ich dachte, wir können uns noch einen gemütlichen Mädelsabend machen! Aber diesmal einen richtigen, den wir vorher geplant haben. Ich könnte uns ein paar Cocktails mixen …«

»Nein!«, flehe ich. »Ich meine … Lass uns heute Abend mal eine Cocktailpause machen, ja?«

»Und Champagner trinken, meinst du?«

»Ähm, ich schätze schon.«

»Denn ich liebe Champagner. Das wird perfekt! Du, ich und … Wie heißt das andere Mädchen, das du einlädst?«

»Daisy?«

»Ja?«, antwortet Daisy.

»Nein, nein, sorry«, sage ich zu ihr. »Ich hab nicht …«

»Sie klingt famos!«, haucht Marilyn. »Und vielleicht will sie auch diese *Housewives* schauen. Ich meine, das bringt mich auf alle möglichen Ideen für meine eigene Show. Ich glaube, ich muss einfach noch ein paar Freundinnen finden, mit denen ich mich zanken kann … am besten welche mit kleinen Hunden … Daisy hat nicht zufällig einen kleinen Hund, oder?«

»Nein, ich glaube nicht.«

»Ach, niemand ist vollkommen. Und was sollen wir essen? Ich bin keine große Köchin, aber ich kann ein paar Cracker mit Schmelzkäse bestreichen, oder für einen kontinentalen Touch noch ein Stückchen Olive drauflegen …«

»Nein, nein, mach dir ums Essen keine Gedanken«, beeile ich mich zu sagen, denn nach ihren Cocktails graut es mir davor, was für magische Snacks sich materialisieren könnten. »Ich nehm nachher auf dem Nachhauseweg eine Pizza mit.«

»Pizza klingt gut! Ist das nicht aufregend? Freut Daisy sich auch? Weißt du was, Süße, gib sie mir mal ans Telefon, ich will sie ein bisschen kennenlernen, bevor sie heute Abend herkommt.«

»Das geht nicht«, sage ich bestimmt, »sie ist gerade beschäftigt.« Nun ist weder der richtige Zeitpunkt noch der richtige Ort für eine lange Erklärung, warum genau ich Daisy heute

Abend nicht zu einer Pizza und einem *Real-Housewives*-Marathon einladen werde. »Also bis später, ja?«

»Auf jeden Fall, Süße! Tschüssi«, haucht Marilyn, bevor sie auflegt.

Daisy lächelt mich an, während ich mein Handy wieder in meine Handtasche stecke.

»Ich hatte mal eine Mitbewohnerin, die auch ein bisschen so war«, sagt sie und verdreht verständnisvoll die Augen.

Das bezweifle ich sehr.

Aber ich nicke und lächle trotzdem.

»Es hat mich wahnsinnig gemacht«, fährt sie fort. »All diese langen, sinnlosen Telefongespräche, und andauernd wollte sie, dass ich was mit ihr unternehme … Aber dann ist mir eines Tages klar geworden, dass sie eigentlich nur eine Art Familie gesucht hat.«

»Wie bitte?«

»Meine alte Mitbewohnerin. Sie hatte keine richtige Familie. Und es ist ihr schwergefallen, Freundinnen zu finden. Ich glaube, deshalb hat sie sich so sehr an mich geklammert. Ist das bei deiner Mitbewohnerin auch so?«, fragt Daisy.

»Oh … ähm, ja. Ja, ich schätze schon.« Ich denke einen Augenblick darüber nach. »Ich meine, sie kannte ihren Vater gar nicht – wusste nicht mal, *wer* er ist –, und ihre Mum hat sie zu einer Menge unterschiedlicher Pflegefamilien gesteckt und sich dann in einem Irrenhaus das Leben genommen.«

Daisy starrt mich an. »Oh Gott. Das klingt ja schrecklich.«

»Und sie selbst hat sich auch das Leben genommen«, fahre ich fort, während ich mein Folienigel-Spiegelbild betrachte, »sie ist nämlich mit sechsunddreißig Jahren einsam an einer möglicherweise absichtlichen Überdosis gestorben, nach tragischen Affären mit allen möglichen unpassenden Männern.«

Nun sieht Daisy mich auf eine Weise an, die vermuten lässt,

dass sie ernsthaft darüber nachdenkt, ihre Chefin zu rufen und zu sagen, dass sie meine Highlights nicht mehr fertig machen möchte.

»Sorry«, sage ich und unterbreche mich gerade noch rechtzeitig. Mein Gesicht glüht. »Ich hab nur … ähm … den Plot für einen Roman durchgespielt.«

»Aha.« Daisy nickt. »Ähm … okay! Dann schließen wir das hier mal so schnell wie möglich ab, ja?«

»Vielen Dank. Ja, bitte. Super.«

Wir unterhalten uns nicht mehr viel, während sie mich mit den restlichen Folien bedeckt, bis zur allerletzten, als sie plötzlich sagt: »Marilyn Monroe.«

Ich schrecke aus meinem Sessel auf und sehe mich blitzartig nach links und rechts um. »Wo?«

»Nein, ich meine, dieser Plot, den du durchgespielt hast. Für deinen, ähm, Roman. Der hat sich stark nach dem Leben von Marilyn Monroe angehört, oder?«

»Oh! Ja, bin ich dumm! Natürlich!«

»Die Arme«, seufzt Daisy. »Was für eine furchtbare Verschwendung eines so wunderbaren Talents.«

Da ist plötzlich ein extrem dicker Klumpen in meiner Kehle.

Ja, die arme Marilyn und all ihre Dämonen.

Ich meine, ich lasse mich auch von meiner Familie fertigmachen – Dad mit seiner funkelnagelneuen Stieftochter; Mum mit ihrer unverhohlenen Bevorzugung meiner Schwester –, aber ich kann mir unmöglich vorstellen, wie sehr Marilyns jämmerliche Pseudofamilie sie über die Jahre runtergezogen haben muss. Es ist wirklich kein Wunder, dass sie eine so aufmerksamkeits- und liebeshungrige Seele ist. Ich glaube, solange sie hier ist, sollte ich mich wohl ein bisschen besser um sie kümmern. Denn sie ist keine Audrey Hepburn, die hinter all ihrer Anmut und ihrem Charme mit einem eisernen Rückgrat durchs Leben tänzelt. Um (quasi) Marilyns angeblichen Liebhaber John F. Kennedy zu zitieren: Ich sollte nicht fragen, was meine magische Hollywoodlegende für mich tun kann, sondern was ich für meine magische Hollywoodlegende tun kann.

Genau das werde ich versuchen, wenn ich heute Abend zu Pizza und *Real Housewives* nach Hause gehe. Mich ein bisschen erkenntlich zeigen für die Ratschläge, die Marilyn mir gestern gegeben hat. Ihr eine gute Freundin sein, wie sie es so offensichtlich möchte und braucht.

»So!«, sagt Daisy fröhlich. »Wenn wir schon mal von heißen Blondinen reden ... Ich lasse dich jetzt hier für eine Weile mit einem Stapel Zeitschriften allein, und dann können wir dir die Haare waschen und föhnen ... Es wird fantastisch!«

Also, ob es fantastisch ist, weiß ich nicht. Aber es sieht auf jeden Fall ... gut aus.

Ich meine, es steht mir deutlich besser, als ich gedacht hätte. Und zum Glück hat Daisy die Wahrheit gesagt, als sie mir versprochen hat, mich nicht in eine Wasserstoffblondine zu verwandeln: die Highlights, die sie mir verpasst hat, sehen tatsächlich ziemlich natürlich aus und bewegen sich im schmeichelhaften Spektrum von warmen Honig- bis hellen Karamelltönen. Sie scheinen mein Gesicht ein bisschen weicher zu machen – und, wie zu hoffen ist, ein paar jener Ü40-Jahre verschwinden zu lassen, ohne dass ich auf plastische Chirurgie und/oder eine Papiertüte über dem Kopf zurückgreifen muss –, und es schadet auch nicht, dass Daisy das Ganze mit einer todschicken, glamourösen Föhnfrisur abgeschlossen hat, die mir das Gefühl gibt, ich hätte diese verfluchten drei Kilo schon allein in Form von schierem Gewicht schlaffer Haare verloren.

Und eine Sache habe ich schon nach zwanzig Minuten als Blondine bemerkt: Männer behandeln einen plötzlich unvergleichlich viel freundlicher. Das ist armselig und klischeehaft, jep. Aber aufgrund meiner (zugegebenermaßen begrenzten) Erkenntnisse kann ich definitiv bestätigen, dass es Realität ist. Zwei verschiedene Männer sind auf dem Weg von Clapham North nach Paddington in der U-Bahn aufgestanden, um mir ihren Sitzplatz anzubieten, und ich bin *neunzig* Prozent sicher, dass sie das nicht getan haben, weil sie dachten, ich wäre schwanger. Oder, was wohl auch möglich gewesen wäre, eine Seniorin. Und seit ich am Bahnhof Paddington darauf warte, dass Mums Zug einfährt, wurde ich schon von einem vorbeigehenden Polizisten angelächelt; von einem Mann, der eine dieser Reinigungsmaschinen im Bahnhof hin- und herfährt, angezwinkert; und ich erhielt von einem Mann, der die Obdachlosenzeitung verkauft, ein eindeutiges Angebot.

Was bisher der einzige Moment war, in dem ich mir wünschte, ich wäre bei meinen braunen Haaren geblieben, um ehrlich zu sein.

Ich habe immer noch zehn Minuten, bis Mums Zug ankommt, also schlendere ich gerade hinüber zur AMT-Theke, um mir einen Kaffee zu holen (und, ehrlich gesagt, dem lauernden Zeitungsmann auszuweichen, der so aussieht, als könnte er wieder in meine Richtung unterwegs sein), als ein FaceTime-Anruf auf meinem Handy zu klingeln beginnt.

Ich weiß, dass Bogdans Handy kein FaceTime hat, also kann es definitiv nicht Marilyn sein.

Ich bekomme jedoch einen fast ebenso großen Schock, als ich sehe, wer es stattdessen ist.

Es ist Dillon.

Für einen Sekundenbruchteil überlege ich, nicht ranzugehen. Um wenigstens *eine* meiner Kontaktsperren zu befolgen, nur um mir zu beweisen, dass ich doch zumindest eine Spur Rückgrat habe.

Aber dann fallen mir die schrecklichen Bilder von mir in der Zeitung wieder ein, auf denen ich aussehe wie eine 45-jährige Haushälterin – Bilder, die Dillon vermutlich heute Morgen bei seinem Frühstückstee mit Toast gesehen hat –, und die Aussicht, ein bisschen davon wieder wettmachen zu können, indem ich mit meiner aufsehenerregenden neuen Frisur seinen FaceTime-Anruf annehme …

Also, nope. Kein Rückgrat. Nur ein riesiges, fettes, bodenloses Loch Bedürftigkeit, das einer Marilyn Monroe würdig wäre.

Ich streiche über den Balken auf dem Bildschirm, um den Anruf anzunehmen.

Und habe wenigstens, auch wenn ich eine rückgratlose Qualle bin, die Genugtuung, zu sehen, wie Dillons Augen vor Staunen größer werden, sobald mein Gesicht auf seinem Bildschirm erscheint.

»Jesus, Maria und Josef«, sagt er.

Er sieht genauso jugendlich-frisch aus, wie als er die Klinik verlassen hat. Heute trägt er ein blaues T-Shirt und, stelle ich unwillkürlich fest, die kleine geflochtene Lederkette, die ich ihm eines Abends mit zufälligen Fundstücken aus meiner Handtasche gemacht habe, während wir in seiner Wohnung ausgerechnet *Manche mögen's heiß* schauten.

»Leider nicht Jesus, Maria oder Josef«, antworte ich. »Nur ich. Libby.«

»Also da bin ich mir nicht so sicher. Das letzte Mal, als ich Libby gesehen habe, war sie eine sehr attraktive Brünette. Wohingegen die Person, die ich vor mir auf dem Bildschirm sehe, eine umwerfende Blondine ist.«

Ich weigere mich, mich auch nur annähernd darüber zu freuen, dass er mich gerade in einem Atemzug sowohl *sehr attraktiv* als auch *umwerfend* genannt hat. Schließlich reden wir hier von Dillon. Er ist ein so unverbesserlicher Charmeur, dass er wahrscheinlich auch seinem Wasserkocher Komplimente macht, bevor er ihn einschaltet, und seiner Lieblingskaffeetasse von Manchester United Honig ums Maul schmiert, bevor er einen Schluck daraus nimmt. Außerdem wurde ich den Eindruck nie ganz los, dass es bei Dillons Komplimenten ebenso darum geht, dass *er* sich gut fühlt (weil er so unheimlich charismatisch und liebenswürdig ist), wie darum, den Tag des Menschen (oder des Wasserkochers oder der Kaffeetasse) auf der Empfängerseite zu verschönern.

»Ach«, sage ich so ungerührt wie möglich. »Ich hatte nur mal Lust auf eine kleine Veränderung, das ist alles.«

»Also das ist eine verdammt gute Veränderung. Nicht dass ich nicht auch vorher schon fand, du siehst fantastisch aus. Mir macht nur eine Sache Sorgen …«

»Und die wäre?«

»Na ja, wie es aussieht, könnte das auf Dauer ein recht teurer Spaß sein. Und ich habe mein Budget für das Gehalt meiner Haushälterin für dieses Jahr schon verplant und kann leider keinen Bonus für Frisörausgaben mehr hinzufügen.«

»Dann hast du also die Bilder gesehen?«, seufze ich.

»Allerdings.« Er grinst. »Kopf hoch, Lib. Ich finde, wir sehen beide ziemlich atemberaubend aus.«

»Nein, Dillon. Du siehst atemberaubend aus. Ich sehe *genau* so aus, als hätte ich den Großteil meiner über vierzig Jahre damit verbracht, auf allen vieren deine Fliesen zu schrubben.«

»Jetzt sei nicht so. Außerdem, wenn du schon auf alle viere gehst, Libby, fallen mir noch viel angenehmere Dinge ein, die du dann tun kannst, als meine Fliesen zu schrubben.«

Ich muss ein bisschen schockiert aussehen, denn er fügt schnell hinzu: »Sorry. Du hast mir die Vorlage dafür geliefert. Ich konnte nicht widerstehen.«

»Schon okay.«

»Adam ist nicht bei dir, oder? Ich will nicht, dass dein Freund auf mich sauer wird.«

»Ähm … nein. Er ist nicht bei mir. Ich warte eigentlich nur gerade auf meine Mum.« Ich kann sogar schon den Zug aus Cardiff am Gleis vor mir einfahren sehen. »Sie wird übrigens jede Minute hier sein, Dillon, also wenn du etwas Bestimmtes wolltest …?«

»Oh, ja. Wollte ich. Sorry, ich war nur für einen Augenblick abgelenkt von deinem phänomenalen neuen Look.« Er lächelt mich wieder an, mit einem Lächeln, das nicht mehr ganz so sicher wirkt, als ich es nicht erwidere. »Ich wollte nur fragen, ob du zufällig heute Abend Zeit hast.«

»Heute Abend?«

»Ja. Um mit mir Abendessen zu gehen.«

»Abendessen?«

»Ja, das ist diese Mahlzeit, die die meisten Leute abends einnehmen, normalerweise …«

»Lass uns nicht schon wieder damit anfangen, Dillon«, sage ich, denn auch wenn ich seinen Standardwitz anfangs vielleicht ganz charmant fand, bleibt er doch nicht ganz so charmant, wenn man von dem Menschen, der den Witz macht, so heftig enttäuscht wurde. »Lass uns einfach davon ausgehen, dass ich weiß, was ein Abendessen ist. Und dass ich nur deshalb Überraschung ausdrücke, weil ich nicht weiß, warum du mich dazu einlädst.«

»Weil ich es dir schuldig bin. Schon vergessen? Du hast doch gesagt, du willst ein vornehmes Essen?«

»Ähm … ich glaube nicht, dass ich gesagt habe, ich will ein vornehmes Essen.«

»Ich habe gesagt, ich will dich zum Essen einladen, um mich richtig zu entschuldigen, und du hast gesagt, dann müsste es schon ein Drei-Michelin-Sterne-Menü im teuersten Restaurant der Stadt sein. Mit Austern und Foie gras und Vintage-Champagner. Na ja, ich hab versucht, das teuerste Restaurant der Stadt anzurufen, aber alles Namedropping war zwecklos, denn die Bastarde wollten mir trotzdem vor Dienstag in drei Wochen keinen Tisch geben …«

»Da musst du dich aber gut gefühlt haben.«

»Und dann hab ich meine Agentin gebeten, dort anzurufen und zu sagen, sie würde im Namen von George und Amal Clooney fragen, und – siehe da – auf magische Weise hat sich für heute Abend ein Tisch materialisiert …«

»Dillon, meine Mum steigt aus dem Zug. Ich muss jetzt wirklich aufhören.«

»… und dann habe ich beschlossen, dass ein Restaurant mit einer so miesen Einstellung uns als Kunden nicht verdient. Also hab ich stattdessen einen Tisch bei einem netten kleinen Italiener reserviert.« Er räuspert sich. »Bitte, Libby. Darf ich dich dorthin einladen?«

Ich weiß nicht, was ich dazu sagen soll.

Beziehungsweise, ich weiß, was ich sagen *soll* – *danke Dillon, aber nein, danke* – und was ich sagen *will* – *sag mir, um wie viel Uhr, und ich werde dort sein.*

Es ist nur so, dass diese beiden Dinge leider völlig unvereinbar sind.

Wie es, passenderweise, bei mir und Dillon so häufig der Fall war.

»Wir trinken ein bisschen Wein … beziehungsweise, *du* trinkst ein bisschen Wein … wir essen Calamari … beziehungsweise, *ich* esse Calamari, denn ich weiß, dass dir die seltsamen Tentakel immer irgendwie unheimlich sind …«

»Dillon. Ich muss aufhören.«

»Dann sag einfach Ja. Sag einfach, dass wir uns dort treffen.

Ich kann dir die Adresse schicken. Ich kann dir ein Taxi schicken, das dich abholt. Ich kann selbst in einem Taxi kommen und dich abholen. Ich kann einen Helikopter schicken. Ich kann einen Helikopter *fliegen* …«

»Okay, okay, okay. Ich geh mit dir essen.«

»Super.« Er grinst. »Calamari und eine heiße blonde Libby Lomax. Was braucht es mehr für einen magischen Abend.«

Ich weise ihn nicht darauf hin, dass er, wenn er auf einen *magischen* Abend aus ist, auch einfach in meiner Wohnung vorbeischauen könnte. Denn ich bin mir ziemlich sicher, dass das den falschen Eindruck erwecken würde.

»Und nur für den Fall, dass Adam sich wegen irgendwas Sorgen macht«, fährt Dillon fort, »erklär ihm einfach, dass wir das nur als Freunde machen, ja? Damit ich mich angemessen bei seiner Freundin entschuldigen kann.«

»Ich glaube nicht, dass Adam sich Sorgen macht.«

»Na ja, vielleicht muss Adam ein bisschen mehr Fantasie entwickeln«, sagt Dillon. Scherzhaft, aber doch mit einem leisen Unterton. »Dann bis heute Abend um halb acht, Darling, ja? Ich schick dir die Adresse.«

»Okay. Bis später.«

Und dann beende ich das Gespräch, denn Mum kommt durch die Schranken auf mich zu.

Zumindest glaube ich, dass es Mum ist. Sie ist in einen riesigen schwarzen Schal gehüllt, trägt eine gigantische Fliegenaugen-Sonnenbrille und sieht sich unruhig im Bahnhof um, als würde sie damit rechnen, dass jeden Moment drei Dutzend Fotografen hinter dem Paddington-Bär-Stand hervorspringen und riesige Nikons auf sie ansetzen.

»*Libby?*«, zischt sie, als sie mich erreicht, in einem überraschten Ton.

»Ja, Mum. Ich bin's.«

»Du siehst sehr … *glamourös* aus.«

Es klingt ein bisschen wie ein Vorwurf, also weiß ich nicht recht, wie ich darauf reagieren soll, außer mit: »Na ja, du hast doch gesagt, ich soll mich verkleiden.«

»Richtig, meine Liebe, aber ich weiß nicht, ob es nötig war, es *ganz* so weit zu treiben. Ich meine, wer willst du denn sein? Grace Kelly? Doris Day?«

»Ich will … ähm … ich sein. Ich probiere nur einen neuen Look aus.«

»Hast du das für die Hochzeit deines Vaters gemacht?« Sie nimmt die Sonnenbrille ab und kneift die Augen zusammen. »Denn ich sag dir eins, Libby, du hättest da auch in einer Ku-Klux-Klan-Kutte und mit einem brennenden Kreuz in der Hand auftauchen können, und er hätte sich doch kein bisschen mehr für dich interessiert als in den letzten zwanzig Jahren.«

»Mum. Lass das.«

»Wie war die Hochzeit überhaupt?«, fragt sie neugierig. »Wie ist die neue Frau so? Jung? Hübsch? Hat sie eine masochistische Ader?«

»Sie schien ganz okay«, sage ich kurz angebunden, denn ich rede nicht mit Mum über Dad. Nie. (Die Achtjährige in mir kann die emotionalen Prügel nicht ertragen.) »Außerdem hab ich mir erst heute Nachmittag die Haare färben lassen. Nicht für die Hochzeit.«

»Na, ich weiß nicht, ob dies der beste Zeitpunkt dafür war. Solange die arme Cassidy so ein Wrack ist und alles.«

Ich hole tief Luft. »Lass uns einfach losgehen und ein Taxi suchen, ja, Mum?«

»In Ordnung.« Sie legt mir den Griff ihres Rollkoffers in die Hand, nimmt ihre schwere Leinentasche von der Schulter und hängt sie über meine, und geht dann voraus in Richtung Ausgang und Taxistand. »Auf jeden Fall war es *richtig,* dass ich dir gesagt habe, du sollst dich verkleiden, denn es reißen sich schon alle um die Story! *Heatworld*, *Popbitch*, die *3AM Girls* … Ich hatte noch keine Gelegenheit, in eine der anderen Zeitungen oder auf ihre verdammten Websites zu schauen, weil im Zug mein Handyakku ausgegangen ist. Oh, vielleicht können wir jetzt bei *WHSmith* vorbeischauen und ein paar von den Klatschblättern holen!«

»Nein, nein«, sage ich bestimmt (während ich dem Obdachlosenzeitungsmann ausweiche, der mir anzügliche Blicke zuwirft, als wir zum Taxistand hinausgehen). Denn obwohl es *unvermeidlich* ist, dass Mum die Paparazzifotos von mir in der *Daily Mail* sehen wird (falls sie nicht einfach glaubt, dass die Person, die mir verblüffend ähnlich sieht, tatsächlich Dillons Haushälterin mittleren Alters ist), wäre ich lieber nicht in ihrem Dunstkreis, wenn das passiert. »Für all das haben wir später noch Zeit.«

»Vermutlich …«

Wir erreichen das erste Taxi in der Reihe, und ich will bereits Mums schwere Taschen hineinwuchten, als der Fahrer herausspringt und sie mir abnimmt.

»Wo darf's hingehen, Darling?«, fragt er.

»Nur in die Baker Street …«, beginne ich, bevor Mum mich unterbricht.

»Nein, wir fahren stattdessen nach Maida Vale.«

Ich sehe sie an. »Tun wir das?«

»Cassidy hat die Klinik verlassen, meine Liebe. Sie hat mir eine Nachricht geschickt, um es mir mitzuteilen, bevor mein Handy sich verabschiedet hat. Sie möchte, dass wir sie stattdessen in ihrer Wohnung treffen.«

»Sie hat die Klinik verlassen? Jetzt schon?«

Mum nickt, während sich das Taxi in Bewegung setzt. »Und ich kann dir gar nicht sagen, wie erleichtert ich bin, dass ich nicht hinfahren und sie an diesem *grässlichen* Ort besuchen muss.«

»Meinst du die Promi-Entzugsklinik, die eher einem Fünf-Sterne-Wellnesshotel ähnelt?«

»Ach, mich interessiert nicht, wie *komfortabel* es war!« Mum greift in ihre Handtasche und holt ein kleines Päckchen Nüsse und Rosinen heraus, die sie immer kauft, wenn sie unterwegs ist, um nicht stattdessen eine Familienpackung riesige Chocolate Buttons zu verschlingen. »Schon bei dem Gedanken, einen Fuß dort hineinsetzen zu müssen, war ich völlig mit den Nerven am Ende. Der ganzen Verurteilung zu begegnen, der Missbilligung …«

»Durch wen?«

»Die Ärzte«, spuckt sie aus, sodass versehentlich ein Cashewkern gegen die Kunststofftrennwand prallt und der Fahrer sich erschrocken umsieht. »Am Ende ist immer an allem die Mutter schuld, weißt du.«

»*Woran* ist am Ende immer die Mutter schuld?«

»Geisteskrankheit«, sagt Mum unbekümmert auf eine so politisch unkorrekte Weise, dass sich sogar noch ihre Namensvetterin, die andere Marilyn, eine Scheibe davon abschneiden könnte. »Angstzustände. Depression. Sucht. Ich will gar nicht wissen, welches Gift sie der armen Cass ins Ohr geträufelt haben, solange sie dort war. *Wurdest du gestillt oder mit der Flasche aufgezogen? In welchem Alter hast du gelernt, aufs Töpfchen zu gehen?*«

»Ähm … sorry, stellst du *mir* diese Fragen …?«

»Nein! Herrgott noch mal, Liberty! Ich imitiere die Ärzte in der Klinik!« Sie sieht verärgert aus, dass ich das nicht verstanden habe. »Genau so was werden sie fragen. Und andeuten, dass es an irgendwas liegt, was *ich* getan habe. Erst recht, wenn Cass ihnen gesagt hat, dass ich auch im Showbusiness arbeite.

Es gibt nichts Faszinierenderes für einen Therapeuten«, deklamiert sie, »als eine Mutter, die ihre Töchter auf die Bühne gebracht hat. Das ist etwas, worüber sie ihre Doktorarbeiten schreiben, weißt du.«

»Ich glaube eigentlich eher, das ist etwas, worüber *Noël Coward fröhliche Lieder* geschrieben hat …«

Aber sie hört nicht zu.

»Ich bin mir ziemlich sicher, dass sie versucht haben, ihr einzureden, ich würde durch euch beide leben. Was offensichtlich ein Haufen dampfender Pferdemist ist, denn wenn ich mir gewünscht hätte, meine Ambitionen durch *dich* zu erfüllen, Libby, dann hätte ich dich viel lieber ganz von einer Schauspielkarriere abbringen sollen! Ich meine, du warst grottenschlecht darin!«

»Danke, Mum.«

»Du konntest nicht singen, du konntest nicht tanzen …«

»Ich hab's kapiert.«

»Also wirklich, wenn eine von euch beiden schon Depressionen und Sucht erliegen musste, hättest das doch eigentlich du sein müssen, nicht deine Schwester. Schließlich war sie diejenige mit dem guten Aussehen und dem Talent, und du standst immer in ihrem Schatten …«

»*Mum.* Kannst du für eine Sekunde aufhören, mich runterzumachen, und *zuhören?* Cass geht's gut, okay? Sie ist gar nichts … *erlegen.*«

»Na ja, natürlich nicht, meine Liebe.« Mums Stimme zittert dramatisch, und sie legt eine Hand auf ihre Brust. »Sie ist eine Kämpferin, deine kleine Schwester; war sie schon immer und wird sie immer sein.«

»Sicher. Aber sie kämpft nicht gegen Depression. Oder Sucht.« Wir halten nun vor Cass' Mehrfamilienhaus, also höre ich eine Weile auf zu reden, während ich Mums Gepäck aus dem Taxi hieve und – ach, so läuft das also, ja? – mein Portemonnaie nach einem Zehner durchsuchen muss, um den Fahrer zu bezahlen, da Mum behauptet, ihr eigenes Portemonnaie wäre ganz tief unten auf dem Grund ihres riesigen Koffers vergraben. »Pass auf, sie kann dir alles selbst erklären«, fahre ich fort, während ich auf die Klingel zu Cass' Erdgeschosswohnung drücke und fast augenblicklich das Klack-klack von Absätzen auf der anderen Seite der Tür höre. »Ich glaube, das wäre wahrscheinlich das Beste.«

Die Tür geht auf, und auf der anderen Seite steht Cass.

Und sie sieht absolut sensationell aus.

Sie trägt die kirschroten Mikro-Shorts, die ich in ihren Koffer gepackt und in die Klinik gebracht hatte, ein sexy schulterfreies Sweatshirt und hellbraune Riemchensandalen mit Zwölf-Zentimeter-Absätzen.

Es folgt ein Sekundenbruchteil, in dem sie erst unglaublich stolz auf ihr eigenes Aussehen wirkt und dann, nur für einen Augenblick, unglaublich verärgert über mein Aussehen, und dann schlingt sie die Arme um Mums Hals, bricht in die lautesten Schluchzer aus, die ich je gehört habe, und schreit: »Oh! Meine Mami, meine Mami!«, genau so, als würde sie im Swan Theatre in High Wycombe für *Die Eisenbahnkinder* vorsprechen – wie sie es, wohlgemerkt erfolglos, mit elf Jahren getan hat.

Erst dann bemerke ich den Mann mit der Filmkamera im Flur hinter ihr.

Oder vielmehr, den Mann mit der Filmkamera, der sich über Cass' Schulter aus dem Flur herausbeugt, um meine und Mums fassungslose Reaktion lückenlos festzuhalten.

Zumindest ich sehe fassungslos aus; das weiß ich, weil mein Mund aufgeklappt ist wie der eines Goldfischs und ich anscheinend vergessen habe, wie ich ihn wieder schließen kann.

Mum hingegen hat sich an diese erstaunliche Wendung der Ereignisse angepasst wie die routinierte, professionelle Schauspielerin, die sie schon immer sein wollte.

»Na, na, mein Schatz«, sagt sie mit einer wohlklingenden, warmen, mütterlichen Stimme, die ich von ihr noch *nie* in meinem Leben gehört habe. (Ich habe sie auch noch nie »na, na« sagen gehört, also ist es doppelt bizarr.) »Jetzt bin ich ja hier. Lass alles raus. Es wird alles gut.«

Woraufhin Cass eine erneute Runde Schluchzer loslässt, auf die sich der Kameramann noch ein paar Augenblicke konzentrieren kann, bis Cass beschließt, dass die Kamera nun schon lange genug keine Aufnahme ihres Gesichts mehr hatte. Sie löst sich aus Mums Umarmung und geht voraus in die Wohnung.

Und ich stehe immer noch da und glotze wie ein Goldfisch.

Ein Ausdruck, den der Kameramann ganz genau festhält, denn er richtet sein Objektiv für einen Augenblick auf mich, offensichtlich in der Annahme, dass ich irgendwas Interessantes sagen oder tun werde.

»Ähm«, sage ich, was nicht sehr interessant ist. »Was läuft hier?«

»Mach einfach weiter, bleib ganz normal!«, ruft die Stimme eines Mannes von hinter der Tür, kurz bevor er selbst herauskommt, um den Kameramann wieder hineinzuschieben, damit dieser Mum und Cass folgen kann. Er hat rötliche Haare und einen Dreitagebart und wirkt sehr wichtig. »*Hiiiii*«, begrüßt er mich in andeutungsvollem Ton, streckt eine Hand aus und kommt auf mich zu. »Ich bin Ned von *RealTime Media*. Ich … vermute, du bist die große Schwester?«

»Ja …?«

»Okay! Na, das ist gut. Das ist sogar großartig.« Er starrt

mich an. »Cassidy hat bei uns den Eindruck erweckt, du wärst viel weniger … telegen.«

»Als wer?«

»Als sie. Als du tatsächlich bist …« Er lacht nervös. »Also …« Und dann verstummt er.

»Also?«, frage ich.

»Ich hab nur … sorry, ich hab kurz vergessen, was ich sagen wollte! Du hast mich … ähm … abgelenkt.«

»Ich mache doch gar nichts.«

»Nein, du bist … ähm … Also, bist du auch Schauspielerin?«

»Nein. Pass auf, Ned, kannst du mir einfach sagen, was hier läuft? Ich meine, offensichtlich habt ihr jetzt doch beschlossen, meiner Schwester ihre eigene Show zu geben … Aber wird sie *tatsächlich* schon gefilmt?«

»Ja, natürlich.« Er scheint sich zusammenzureißen. »Wir wollten alles festhalten ab dem Moment, als sie heute Morgen die Reha verlassen hat … Gott, sie hat wirklich gelitten«, fügt er bemüht mitfühlend hinzu, »nicht wahr?«

»Während ihres Zwei-Nächte-Kurztrips in eine Promi-Entzugsklinik? Ja«, sage ich. »Solches Leid kennen nur wenige Unglückliche.«

»Und für dich muss es auch sehr, sehr hart gewesen sein«, fährt Ned fort, während er eine Hand unter meinen einen Arm schiebt und beginnt, mich durch Cass' Wohnungstür zu bugsieren. »Das musst du dir bestimmt von der Seele reden.«

»Vor deiner Kameracrew?«

»Na ja, das wäre natürlich nur der Anfang«, sagt er aalglatt, als wir das Wohnzimmer erreichen.

Hier hat sich Cass aufs Sofa fallen lassen und tupft sich anmutig die Tränen ab, während Mum neben ihr sitzt und sich mit einem Teil ihres schwarzen Paschminaschals über die Stirn streicht. Mum erzählt der zoomenden Kamera von ihren schrecklichen Schuldgefühlen »als die Mutter«, die mit einigen jungen Talenten ihrer erfolgreichen Schauspielschule *Gonna Make U A Star* beruflich unterwegs war, während ihre einzige Tochter »in der Klapse festgehalten wurde«.

»Teile dieser Aufnahmen werden wir natürlich bearbeiten müssen«, flüstert Ned mir zu, obwohl er gerade einer Frau mit einem Klemmbrett auf der anderen Seite des Wohnzimmers, die so wirkt, als hätte sie etwas zu sagen, begeistert »Daumen hoch« gezeigt hat. Sie muss die unglaublich eifersüchtige Tanya sein, über die Cass sich vor ihrem »Zusammenbruch« beschwert hat. »Aber natürlich wollen wir, dass alles so real bleibt wie möglich.«

»Ach ja?«

»Klar. Ob das nun das komödiantische Naturtalent deiner Mum ist oder … keine Ahnung, vielleicht ein paar Tränen von dir vor der Kamera … Wir wollen wirklich einfach deine Familie so echt und so authentisch wie nur möglich auf den Bildschirm bringen.«

»Aha.« Ich hole tief Luft. »Sorry, hat Cass dir *gesagt,* dass wir da alle mitmachen würden?«

»Na ja, das versteht sich von selbst. Ich meine, es ist eine Show über Cassidys Leben … Sorry, ich glaube, ich hab deinen Namen nicht mitbekommen.«

»Libby.«

»Libby. Schöner Name.« Er starrt mich wieder an. »Ist das eine Abkürzung für Elizabeth, oder … ähm …«

»Liberty.«

»Wie die Statue. Na, das passt. Du bist natürlich eine statueske Schönheit …«

»Hör mal, meinst du, ich könnte kurz einen Augenblick mit meiner Schwester reden, *ohne* dass die Kamera läuft?«

»Oh … das weiß ich nicht genau, Liberty.« Er legt etwas zu

viel Betonung auf meinen vollen Namen und wirkt darüber sehr stolz auf sich. »Wir wollen wirklich absolut unbeschränkten Zugang zu deiner Schwester.«

»Und jetzt gerade will *ich* absolut unbeschränkten Zugang zu meiner Schwester.«

»Okay …«, sagt er. Es ist das Okay von jemandem, der sich weigern wird zu tun, was auch immer man ihn gerade gebeten hat. »Aber ich bin sicher, du könntest ihr absolut nichts sagen, was sie nicht gern mit ihren Zuschauern teilen würde.«

»Da wäre ich mir nicht so sicher.«

»Na ja-a-a …« Ned gibt der Klemmbrettfrau ein Zeichen, und sie verzieht das Gesicht und schüttelt den Kopf. »Ja … ähm … nein, ich glaube, wir werden die Kameras eher nicht abschalten können vor Ende der heutigen Session, Liberty.«

»Verstehe. Na ja, wir wollen die Götter des Reality-TV wohl nicht erzürnen.«

»Genau«, stimmt er mir ernst zu. »Also, wo waren wir stehen geblieben in Sachen Von-der-Seele-Reden? Ich weiß nicht, ob du lieber direkt in die Kamera einen Monolog darüber halten willst, wie es war zu erfahren, dass deine Schwester in eine Entzugsklinik gegangen ist, oder ob du dich lieber zu Cassidy setzen und mit ihr von Angesicht zu Angesicht darüber sprechen willst?«

»Weißt du was, ich glaube, wenn es dir egal ist, nehme ich Option C«, sage ich und drehe mich zur Tür.

»Libby! Warte!«

Ich schaue mich um und sehe, wie Cass aufsteht und sich an Mum vorbeidrängt (die sich immer noch mit dem Paschminaschal abtupft und von Reue faselt), um zu mir zu gelangen.

»Du Hast Wohl Gedacht, Dass Ich Es Nicht Merke«, sagt sie.

Mit ihrer Schauspielstimme. Der Herr sei uns gnädig: Mit ihrer Schauspielstimme.

Ich würde fragen: »Dass du was nicht merkst?« Aber was auch immer es ist, ich weiß haargenau, dass Cass damit nur versucht, mich in ihre Story hineinzuziehen. Weiß Gott, als wen sie mich casten will – vielleicht als die Langweilige Aber Liebenswerte Große Schwester oder auch das Verbitterte Und Neidische Geschwistermonster … Welche Pläne auch immer sie für mich hat, ich bin keineswegs in der Stimmung, sie einfach zu akzeptieren.

»Ich muss los, Cass«, sage ich leise und hoffe, dass die Kamera nicht mal das mitkriegt. Schließlich bin ich ja nicht verkabelt oder so. Aber kaum habe ich das gedacht, erscheint wie aus dem Nichts ein extrem tätowierter Mann und hält einen verdammt großen Mikrofonständer über unsere Köpfe, zweifellos in Erwartung von hoher Dramatik und großer Fernsehunterhaltung. »Schön, dass du wieder zu Hause bist«, murmele ich aus dem Mundwinkel.

»Unterwegs Zu Dillon?«, fragt Cass.

Oh, Herrgott noch mal.

Mum, die immer noch auf dem Sofa sitzt, schnappt dramatisch nach Luft.

Eigentlich muss ich vor ihr den Hut ziehen; sie ist übergangslos in ihre Rolle geschlüpft.

»Ich Habe Das Bild Von Euch In Der Zeitung Gesehen«, fährt Cass fort. »Findest Du Nicht, Es War Ein Bisschen Unangemessen, Den Besuch Bei Deiner Schwester In Der Klinik Zu Nutzen, Um Deine Beziehung Zu Diesem Mann Wieder Aufleben Zu Lassen?«

»Unangemessen?« Ich ziehe eine Augenbraue hoch. »Wirklich, Cass?«

Sie zuckt nicht mal mit der Wimper, das muss man ihr lassen.

»Auf Meinem Langen, Schweren Weg Der Genesung Brauche Ich Nicht Auch Noch Das Kopfzerbrechen, Mich Um Dich Und Dein Desaströses Liebesleben Zu Sorgen, Libby.«

Ich sehe, wie Ned und die Klemmbrettfrau und ein paar andere Crewmitglieder, die da hinter Cass herumstehen und sich an Coke-Zero-Dosen festhalten, alle anfangen, in heller Aufregung durcheinanderzuflüstern: *Welcher Dillon?*, fragen sie und malen sich wohl aus, wie ihre Reality-Show sogar noch spannender wird als erwartet und in Sachen A-Promi-Intrigen möglicherweise sogar Marilyns geliebten Kardashians Konkurrenz machen könnte. *Dillon O'Hara? Die Schwester hat ein desaströses Liebesleben mit* Dillon O'Hara?

»Mir geht's gut«, fasse ich mich so kurz wie möglich, denn ich werde dieser haarsträubend absurden Flamme ganz sicher nicht mal den schwächsten Hauch Sauerstoff zufächeln. »Keine Sorge. Wir reden bald, Cass, okay?«

»Libby, Nein! Geh Nicht Durch Diese Tür …«

Doch das tue ich. Und ich schließe sie fest hinter mir.

Ich meine, *Herrgott* noch mal.

Ich werde mit Cass ein ernstes Wörtchen über dieses abstruse Affentheater sprechen, wenn – *falls* – ich mir sicher sein kann, dass keine Kameracrew in den Startlöchern steht, um hereinzustürmen und die ganze »authentische« Szene zu filmen.

Aber so grotesk das ganze Spektakel auch ist, kann ich doch einen Funken Stolz auf Cass' schiere, hemmungslose Dreistigkeit nicht verleugnen. Ich meine, hier ist ein Mädchen, das weiß, was es will und sich nicht scheut, seine (bereits schwankenden) moralischen Standards zu senken, um es zu bekommen.

Wodurch ich mich – immerhin – geringfügig weniger wie eine rückgratlose Qualle fühle, weil ich mich bereit erklärt habe, heute Abend mit Dillon O'Hara essen zu gehen.

11

Ich hatte keine Zeit, nach Hause zu fahren und mich vor dem Treffen mit Dillon umzuziehen, also machte ich, nachdem ich Cass' Wohnung in Maida Vale verlassen hatte, einen kurzen Abstecher an die MAC-Theke bei Selfridges, wo mir ein sehr talentierter Transvestit mit extrem zarten Händen für den Preis eines neuen Kajal-Eyeliners ein frisches Gesichts-Make-up beschert hat. Er äußerte sich sehr lobend über meine neue Haarfarbe und schlug mir alle möglichen Make-up-Tricks vor, um sie bestmöglich zur Geltung zu bringen, und auch wenn ich mich vielleicht ein kleines bisschen *fühle,* als hätte ich genug Schminke im Gesicht, um ein mittelgroßes Kriegsschiff zu versenken, sehe ich nicht so aus.

Dann ging ich weiter an die Chanel-Theke und spritzte mir meinen allerersten Hauch Chanel No. 5 auf.

Dann öffnete ich noch einen Knopf an meiner Bluse.

Und nun, um Punkt halb acht, komme ich hier beim Restaurant an.

Es ist nicht *ganz* die schlichte kleine, Calamari servierende italienische Trattoria, als die Dillon es dargestellt hat.

Ich meine, ich höre von Olly genug über das Restaurantbusiness, um zu wissen, dass das *Sapori* in der Chiltern Street das allerneuste Projekt irgendeiner supererfolgreichen Restaurantgruppe und daher Der Ort ist, um zu essen, zu trinken und – vor allem – gesehen zu werden.

Ich weiß nicht, ob Dillons herzerwärmende Geschichte vom Boykott des versnobten Drei-Michelin-Sterne-Lokals nun immer noch *ganz* so edelmütig ist. Ich meine, er musste vermutlich auch hier seine Beziehungen spielen lassen, um so kurzfristig einen Tisch zu bekommen.

Außer natürlich, er hatte schon im Voraus für jeden Abend in den ersten drei Wochen nach dem Entzug einen Tisch reserviert für all die Großen Entschuldigungen, die ihm, wie er wusste, bevorstanden.

Nachdem ich jetzt weiß, um welches Lokal es sich handelt, wünschte ich jedenfalls wirklich, ich hätte mich noch mal nach Hause geschleppt und mich umgezogen. Hier ist alles ein bisschen krampfhaft hip, und ich bin nicht sicher, ob mein superenger Rock, meine frauliche Bluse und die hautfarbenen Pumps da mithalten können.

Aber jetzt ist es zu spät, um daran noch irgendwas zu ändern.

Wirklich, *wirklich* zu spät, denn ich habe der Empfangsdame schon gesagt, wen ich hier treffe, und sie führt mich bereits durch das Restaurant zu einem Nischentisch, an dem Dillon wartet.

Wie er so allein dasitzt, ohne zu wissen, dass ich ihn beobachte, und deshalb auch ohne seine übliche lässige Coolness und seinen Charme aufzusetzen, wirkt er weicher und jünger und verletzlicher, als ich ihn je zuvor gesehen habe.

Es tut mir im Herzen weh, nur für einen Augenblick.

Und dann sieht er mich, und auf seinem Gesicht erscheint wieder dieses vertraute, teuflische Grinsen, und mein Herz ist nicht mehr der Teil meines Körpers, den ich am meisten spüre.

Dillon steht auf.

»Hey, Blondie.« Er beugt sich herunter, um mit den Lippen meine Wange zu berühren. »Du siehst sensationell aus.«

»Freut mich, dich zu sehen«, antworte ich steif. »Nettes Restaurant.«

»Na ja, das wissen wir erst, wenn ich diese Calamari getestet habe«, sagt Dillon und führt mich an meinen Platz. »Also, dann ruf ich mal den Kellner, ja, damit du dir was zu trinken bestellen kannst?«

»Ja, bitte. Ich meine, das heißt, wenn es dir nichts ausmacht, dass ich was trinke … Ich weiß nicht, wie das funktioniert …«

»Also, es funktioniert so, dass man das Glas hebt, und dann nimmt man einen Schluck …«

»Nein, im Ernst. Ich will nichts trinken, wenn es dir unangenehm ist.«

»Die einzige Situation, in der es mir unangenehm sein könnte, dass du was zu trinken bestellst, ist, wenn deine Schwester mit einem riesigen Cocktailshaker auftaucht und uns mit deinem Drink duscht.«

Er spricht von diesem Vorfall in einem Club in Shoreditch, als Cass mir – übrigens an dem Abend, an dem Dillon und ich zum ersten Mal miteinander geschlafen haben –, einen Cocktail ins Gesicht geschleudert hat.

»Also bitte«, fährt er fort. »Bestell dir den größten, hochprozentigsten Cocktail von der Speisekarte und verschwende keinen einzigen Moment, in dem du was trinken kannst, mit Sorgen um mich. Ich bin völlig zufrieden mit diesem köstlichen Glas Mineralwasser hier. Ich meine, da ist eine *Limettenscheibe* drin, kannst du dir das vorstellen?«

»Na ja, ich schätze, man braucht keinen Alkohol, wenn man stattdessen eine Limettenscheibe hat.«

»Du sagst es, Sista.« Er macht dem Kellner in der Nähe ein Zeichen, der an unseren Tisch eilt. »Meine Freundin hätte gern den größten, hochprozentigsten Cocktail von der Speisekarte«, sagt er ihm.

»Das stimmt nicht ganz«, widerspreche ich. »Könnte ich bitte einfach einen guten Rotwein haben?«

»Natürlich.« Der Kellner nickt. Aber er geht nicht tatsächlich vom Tisch weg, um die Bestellung aufzugeben. Er bleibt einfach noch einen Augenblick da stehen und fragt dann: »Möchten Sie einen Chardonnay?«

Ich zögere einen Moment, denn ich muss zugeben, meine Weinkenntnisse sind nicht gerade enzyklopädisch, und ich will mich nicht blamieren. »Ähm … ich dachte, ich hätte … rot gesagt?«

»Sorry, sorry … mein Fehler …« Der Kellner räuspert sich. »Wir haben einen sehr guten Chianti, wenn Sie das in Stimmung bringt?«

Ich blinzle ihn an.

»Ich meine«, stammelt er, »wenn Sie dafür in Stimmung sind …«

»Ja, ein Chianti wäre toll. Danke.«

»Ich bringe Ihnen eine Flasche.«

»Nein! Nein, nein, nur ein Glas.«

»In Ordnung. Ein Glas Cabernet kommt sofort.«

»Aber ich dachte, Sie sagten …«

Der Kellner ist verschwunden, ohne meine Verwirrung mitzubekommen.

Ich blicke über den Tisch zu Dillon, der leicht amüsiert aussieht.

»Also, na ja, der Service ist nicht sehr vielversprechend«, sage ich.

»Ach, sei nicht so streng mit dem Jungen. Er kann nichts dafür, dass er vor Verlangen nach dir gerade fast dahingeschmolzen ist.«

»Er hat andauernd die Weine durcheinandergebracht. Ich glaube ehrlich nicht, dass das irgendwas mit Verlangen zu tun hatte.«

»Natürlich hatte es das! Er konnte die Augen nicht von dir lassen, der arme Bursche.« Dillon hat die Augen ebenfalls ziemlich fest auf mich gerichtet. »Also«, fährt er fort. »Libby à la blonde.«

»Ja. Ich will nicht den *ganzen* Abend damit verbringen, über meine neue Haarfarbe zu reden …«

»Werden wir nicht. Ich wollte nur noch einmal sagen, dass sie mir sehr, sehr gut gefällt.«

»Okay, aber nur, damit das ganz klar ist, ich hab meine Haarfarbe nicht deinetwegen geändert.«

»Hast du *nicht?*«, fragt er, wobei er frech die Augenbrauen hochzieht. »Bist du dir da sicher?«

»Ganz sicher, Dillon, danke der Nachfrage.«

»Denn wenn ich in der Reha eins gelernt habe, dann, dass die meisten unserer Handlungen von unserem Unterbewusstsein bestimmt werden … Also, auch wenn du vielleicht *denkst,* du hast deine Haarfarbe nicht geändert, um mich zu beeindrucken, hast du eigentlich …«

»Erspar mir«, sage ich so vernichtend, wie ich kann, »die Laienpsychologie.«

»Also gut. Warum hast du dann plötzlich deine Haarfarbe geändert? Wenn deine einzige Haarveränderung bisher eine leuchtend rote Perücke war, die du bei der Disney-Prinzessinnen-Party zum sechzehnten Geburtstag deiner Schwester getragen hast, weil Arielle die einzige Disney-Prinzessin ist, bei der du dich nicht übergeben musstest?«

Ich bin so verblüfft über diese Enthüllung, dass ich ihn für einen Augenblick nur anblinzeln kann. »Du … erinnerst dich wirklich, dass ich dir das erzählt habe?«

Er zuckt die Achseln. »Ich war nicht während unserer *gesamten* Beziehung bei erweitertem Bewusstsein, Darling.«

Gott sei Dank kehrt nun der hoffnungslos überforderte Kellner mit meinem Wein zurück, denn das ist eine willkommene Ablenkung in einem unangenehmen Moment.

Dies ist nämlich der Dillon, mit dem ich schwer klarkomme. Der schmeichelnde, großspurige, scherzende Dillon ist nicht das Problem. Sondern dieser, der mich gelegentlich einen Blick auf die echten, dauerhaften Gefühle erhaschen lässt, die er möglicherweise tatsächlich für mich hegt ... Dieser hier müsste ein Schild um den Hals tragen mit der Warnung: *GESUNDHEITSGEFÄHRDEND. NICHT MAL MIT EINER METERLANGEN KNEIFZANGE ANFASSEN.*

»Hier ist Ihr Champagner«, sagt der Kellner ziemlich atemlos und stellt ein gekühltes Glas davon vor mir auf den Tisch.

Ich blicke erstaunt auf den Champagner und dann hoch zum Kellner.

»Bitte«, sagt er eifrig, »lassen Sie mich wissen, wenn es sonst noch *irgendwas* gibt, was Sie wünschen.«

Und dann ist er wieder verschwunden, bevor ich sagen kann, dass ich eigentlich schon gern dieses Glas Rotwein hätte, über das wir gesprochen hatten.

»Was hab ich gesagt«, bemerkt Dillon, »der Jungspund ist scharf auf dich. Ich werde schon ein bisschen eifersüchtig, Fire Girl.«

»Fire Girl« hat er mich manchmal genannt, weil ich mir die Haare angezündet habe, als er mich kennenlernte.

Genauer gesagt hat er mich Fire Girl genannt, wenn er mit mir geflirtet hat.

Fire Girl hat er mich immer, immer genannt, wenn wir zusammen im Bett waren.

Und genau in diesem Moment geht ein Pärchen an unserem Tisch vorbei und bleibt dann neben uns stehen.

»Ach herrje«, sagt der schnöselige James Cadwalladr und schaut zu uns herunter, »wen haben wir denn da?«

Nur dass er nicht mit mir spricht, sondern mit Dillon.

»Jamie Fucking Cadwalladr«, sagt Dillon grinsend, während er aufsteht und den schnöseligen James für eine kurze, männliche Umarmung an sich zieht. »Und Lottie. Meine Liebe.«

»Dillon! Wie schön, dich zu sehen!« Lottie begrüßt ihn mit je einem Küsschen auf die Wangen, bevor sie sich an mich wendet. »Hi, freut mich, Sie kennenzulernen, ich bin …« Sie mustert mich und (so was habe ich im wahren Leben bisher noch nie gesehen) schaut dann tatsächlich noch ein zweites Mal hin. »*Libby?*«

»Hi.« Ich winke verlegen. »Jep. Ich bin's.«

»Oh mein Gott! Sie sehen … Wow. Ihre Haare sind toll.«

»Ihr kennt euch?«, fragt Dillon.

Wie auch immer man es betrachtet, ist mein Versuch, Dillon glauben zu lassen, ich wäre noch mit Adam zusammen, ein bisschen im Arsch, oder?

»Ich verkaufe ein paar von Libbys Schmuckkreationen«, sagt Lottie, und dann, als ich schon denke, ich bin vielleicht noch mal davongekommen, fügt sie hinzu: »Und außerdem wohnen wir neben ihrem … na ja, ich vermute, jetzt wohl, ähm, *Exfreund.*«

»Tun wir das?« Der schnöselige James wirkt verwirrt. Und aus irgendeinem Grund auch ein bisschen glupschäugig, weil er mich auf exakt die gleiche Weise anstarrt wie der hoffnungslos überforderte Kellner eben. Und auch dieser Ned von Cass' Fernsehshow, wenn ich's mir recht überlege. »Hi«, sagt er zu mir, beugt sich um Lottie herum und streckt mir die Hand entgegen. »Ich glaube, wir kennen uns noch nicht …«

»James, du Volltrottel! Natürlich kennst du sie! Das ist Libby! Von … neulich abends.« Taktvoll, vermutlich, da sie den Beziehungsstatus zwischen Dillon und mir nicht kennt, erwähnt Lottie die ganze Fast-nackt-in-einem-Hundekäfig-gefangen-Sache nicht. »Du weißt schon. In Adams Haus.«

Dem schnöseligen James fallen praktisch die Augen aus dem Gesicht. »*Das* ist die Tussi, die sich nackig gemacht und mit dem Kopf in Fritz' Sicherheitsgitter stecken geblieben ist?«, platzt er nicht annähernd so taktvoll heraus.

Ich werfe einen verstohlenen Blick über den Tisch zu Dillon; er hat eine Augenbraue hochgezogen.

»Ähm, ja«, sage ich. »Ich bin die Tussi. Das Mädchen. Die *Frau,* besser gesagt«, füge ich hinzu und richte mich auf, als könnte mein Versuch, die Sache auf die feministische Schiene zu lenken, den schnöseligen James in Verlegenheit bringen, sodass ich nicht die Einzige bin, die hier vor Scham stirbt. »Freut mich, Sie wiederzusehen.«

Doch der schnöselige James wirkt nicht verlegen. Er starrt mich einfach weiter an, die Augenbrauen immer noch in der Nähe seines Haaransatzes, und murmelt fast wie zu sich selbst: »Die, die wir mit Arganöl eingeschmiert haben …«

»Die Story muss ich hören«, sagt Dillon heiter.

»Oh, ich glaube, am Ende war es Sesamöl, um genau zu sein«, korrigiere ich scherzhaft in dem Versuch, möglichst gelassen zu wirken. »Ich wache immer noch schweißgebadet auf, weil ich träume, ich würde frittiert werden!«

Lottie lacht. »Also, wir sollten euch jetzt euer … romantisches Dinner genießen lassen.«

»Es ist nicht romantisch«, sage ich, während Dillon sagt: »Danke, Lottie. Die Calamari sollen großartig sein.«

»Tatsächlich?«, frage ich spitz.

»Selbstverständlich. Und Jamie, Kumpel – wir sollten uns

bald mal treffen, ja? Ich meine, die wilden Partys sind für mich natürlich vorbei …«

»Ach, mach dir deshalb keine Sorgen«, sagt Lottie und hakt sich beim schnöseligen James unter. »Für ihn sind die wilden Partys auch eher Geschichte.«

»Ich kann immer noch wild Party machen«, bemerkt er verärgert, löst endlich den Blick von mir und sieht Lottie an. »Herrgott noch mal, ich bin neununddreißig, nicht neunundneunzig. Ich gehöre noch nicht ganz zum Alteisen.«

»Also, weißt du was«, sagt Dillon und klopft ihm auf die Schulter, jedoch bedeutend fester als bei der Begrüßung, »wir können einen Kompromiss eingehen. Wir ziehen los, und du kannst auf der Party ein bisschen herumfauchen und dann gleich wieder zahm werden. Wie wäre das?«

Der schnöselige James lacht nicht. »Ja, lass uns mal wieder was unternehmen«, sagt er ungnädig, bevor er Lottie in Richtung ihres Tisches weiter hinten im Restaurant führt. »Schönen Abend noch.«

Sobald sie weg sind, greife ich nach meinem Champagnerglas und nehme einen großen, beruhigenden Schluck.

Dillon setzt sich wieder.

»Dieser Typ«, sagt er mit einer Stimme, die nicht *ganz* gelassen klingt, »ist so ein mieser Dreckskerl.«

Ich trinke noch einen Schluck Champagner. »Es sah aus, als wäre er mit dir befreundet.«

»Wir waren zusammen auf der Schauspielschule. Sind danach noch ein paar Jahre Freunde geblieben. Weiß der Himmel, warum. Der eingebildete Pinkel von Eton und der einfache, irische Bauernjunge …«

»Erspar mir«, sage ich, »die blumigen Ausschmückungen. Sonst kommen bestimmt gleich noch ein paar Leprechauns an unseren Tisch.«

»Und sie wären herzlich willkommen. Außerdem könnten sie dein Publikum sein, wenn du diese Geschichte erzählst, bei der du … Wie war das noch mal? … dich nackig machst und von James Cadwalladr mit Olivenöl einreiben lässt?«

»Sesamöl«, korrigiere ich bissig.

»Ich nehme alles zurück.«

»Und es war nicht mal *annähernd* so, wie er es dargestellt hat. Es war nur ein … *Unfall.*«

»In Adams Haus?«

»Ja.«

»Dem Haus deines *Exfreundes* Adam?«

»Mhmm.«

»Also bist du eigentlich nicht mehr mit ihm zusammen?«

»Nein«, gebe ich zu. »Nicht wirklich.«

»Okay.« Dillon nimmt einen Schluck von seinem Mineralwasser. »Er steht auf dich, weißt du.«

»Wer, *Adam?*« Ich starre ihn an. »Ähm, nein, das war nämlich genau der …«

»Jamie Cadwalladr.«

»Oh, Herrgott noch mal! Wenn's nach dir geht, steht jeder auf mich. James Cadwalladr, der Kellner …«

»Ich.«

Er hat sein Glas abgestellt und sieht mich über den Tisch hinweg an. Nun ohne das teuflische Grinsen.

»Dillon«, beginne ich.

»Fire Girl«, sagt er.

»Ich dachte, dieses Essen sollte einfach eine Entschuldigung sein.«

»Sollte es auch.« Sein Knie streift meins. »Bis du mit diesem Look hier aufgetaucht bist.«

Ich hole tief Luft. »Das sind nur die blonden Haare«, sage

ich. »Das ist alles. Du hattest schon immer eine Schwäche für blonde Haare.«

»Es sind nicht nur die blonden Haare. Es ist noch was anderes an dir, Libby. Du siehst aus wie eine richtige … *Frau.* Jetzt nicht, Kumpel«, sagt er recht ungehalten zum Kellner, der mit einem Notizblock und einem hoffnungsvollen Gesichtsausdruck wieder neben dem Tisch erschienen ist. »Wir brauchen noch eine Minute.«

»Hör zu«, sage ich, während der Kellner wieder davonschlurft. »Ob du auf mich stehst oder nicht …«

»Ich stehe auf dich.«

»… ist eigentlich nicht das Problem. Das Problem ist, dass wir eindeutig nicht richtig zusammen sein können.«

»Sagt wer?«

»Sage ich. Denn offensichtlich bin ich diejenige von uns beiden, die vernünftig genug dafür ist.«

»Und was ist, wenn ich dich um eine zweite Chance bitten würde?«

Ich starre ihn an.

Für einen Sekundenbruchteil fühlt es sich an, als wäre Weihnachten. Und ich hätte gerade die Vorhänge geöffnet und würde auf eine verschneite Winterlandschaft blicken. Und unter dem Baum würden richtige Weihnachtsgeschenke für mich liegen, nicht nur Geschenksets von Space NK, mit denen Mum zusätzliche Punkte auf ihrer Kundenkarte sammeln kann. Und Dad hätte zur Abwechslung mal nicht vergessen, mir eine SMS zu schicken, in der er mir frohe Weihnachten wünscht.

Aber Gott sei Dank geht jener Sekundenbruchteil vorbei, und die Besonnenheit siegt (knapp).

»Nein.«

»Nicht mal, wenn ich eine Art Lügendetektortest mache,

um zu beweisen, dass ich nicht vorhabe, je wieder Alkohol zu trinken oder eine Line Koks zu ziehen?«

»Nein.«

»Nicht mal, wenn ich verspreche, dich nie wieder ohne Pass sitzenzulassen, wenn ein Hurrikan heraufzieht?«

»Dillon, komm schon. Es waren nicht der Alkohol oder die Drogen. Es war noch nicht mal der Hurrikan …«

»Es waren die Frauen, stimmt's?«

Ich zucke so lässig ich kann mit den Schultern. »Das hat sicherlich eine Rolle gespielt.«

Er denkt einen Augenblick nach. »Würde es dich denn überzeugen, wenn ich zum Beispiel Mönch werden würde?«

»Na ja, das würde uns aber immer noch davon abhalten, wieder zusammenzukommen«, sage ich, »denn ich glaube nicht, dass Mönche Sex mit Frauen haben dürfen. Oder mit Männern, wenn ich's mir recht überlege.«

»Ah. Also wären dann sogar die anderen Mönche tabu.«

»Ich glaube, das liegt vermutlich im Ermessen der jeweiligen Klöster.«

»Und geht nach den Neigungen des jeweiligen Mönchs?«

»Genau.«

Er lacht. »Gott, Fire Girl. Ich hab dich vermisst.«

Ich verkneife mir, nicht zu erwidern: »Ich dich auch.«

»Aber du glaubst immer noch nicht, dass ich mich verändert habe?«

»Es ist nicht so, dass ich nicht glauben würde, dass du dich verändert hast, Dillon. Sondern dass ich nie glauben werde, dass du dich nicht wieder zurückänderst. Ich meine, kannst du dir *wirklich* vorstellen, zur Ruhe zu kommen, mit nur einer Frau? Ein paar Kinder zu haben …«

»Ich liebe Kinder. Und Kinder lieben mich.«

»… und die ganze Nacht wach zu bleiben, damit sie ein

Bäuerchen machen, statt die ganze Nacht wach zu bleiben, um Wodka zu exen?«

»Moment mal. Kinder müssen *Bäuerchen* machen? Ach, jetzt komm schon, Libby – als Nächstes behauptest du noch, sie wären inkontinent.«

Ich trinke mein Champagnerglas aus.

»Ich wünschte nur, das hätte mir jemand *gesagt*«, fährt er fort, »bevor ich ein neues Kapitel aufgeschlagen habe. Ich meine, wenn ich gewusst hätte, wie sehr man seinen Lebensstil anpassen muss, wenn man beschließt, zur Ruhe zu kommen und eine Familie zu gründen, hätte ich einen großen Bogen um die Reha gemacht.«

Ich starre ihn an. »*Hast* du beschlossen, zur Ruhe zu kommen und eine Familie zu gründen?«

»Na ja, ein Schritt nach dem anderen. Konzentrieren wir uns erst mal aufs Zur-Ruhe-Kommen.«

»Dillon. Du bist gerade mal ein paar Stunden aus der Klinik draußen. Ich glaube, es ist wahrscheinlich ein bisschen früh, um irgendwelche großen, lebensverändernden Entscheidungen zu treffen.«

Er beugt sich über den Tisch, greift nach meiner Hand und legt sie sanft in seine.

»Wenn ich dort eins gelernt habe«, sagt er, »dann, dass ich immer einen Anker gesucht habe. Etwas, was mich auf dem Boden hält.«

»Etwas«, sage ich, »was dich runterzieht.«

Er schüttelt den Kopf. »Das würde es nicht. Ich sag dir doch, Libby, ich hab mich verändert. Ich bin erwachsen geworden. Ich habe jeden Scheiß angestellt, den ich anstellen wollte. Und auch ziemlich viel Scheiß, von dem ich wünschte, ich hätte ihn nicht angestellt. Du bist das einzige Mädchen, das ich je getroffen habe, das mir mehr bedeutet als das.«

»Das liegt daran, dass du bei Mädchen einen miserablen Geschmack hast.«

»Stimmt. Aber auch«, sagt er, »weil ich sehr lange gebraucht habe, um *dich* zu finden.«

Plötzlich habe ich das Gefühl, ich kann nicht atmen.

Und zwar nicht auf eine schwindelige, berauschende, sexy Art. Es fühlt sich viel eher an wie damals, als ich in Palermo beim Einsteigen in einen Bus im Gedränge zwischen zwei sehr, sehr übergewichtigen Männern stecken blieb. Wenn Olly, der mit mir dort im Urlaub war, nicht gewesen wäre und sich praktisch zu mir gecrowdsurft hätte, um mich mit bloßen Händen und ein paar überschaubaren Brocken Italienisch herauszuholen, bin ich ganz ehrlich ziemlich sicher, dass ich dort das Zeitliche gesegnet hätte. Erdrückt von Bierbäuchen.

Auch acht Jahre später erinnere ich mich noch an meine explosionsartig ansteigende Panik.

»Du kannst … so was nicht *sagen*«, krächze ich.

»Ich versuche nur, ehrlich zu sein, Libby. Es dir zu erklären. Dir zu sagen, was ich fühle.«

»Dillon, Herrgott noch mal. Das hier ist keine Therapiestunde in der verfluchten Reha. Du kannst nicht einfach ehrlich sein und irgendwas erklären und Leuten sagen, was du fühlst, wenn du dabei riskierst … sie zu verletzen. Mal wieder.«

»Ich weiß, wie sehr ich dich verletzt habe …«

»Nein, weißt du nicht. Du weißt nicht, was du getan hast …«

Mein Handy klingelt.

Durch den Gong – halleluja – vor dem K.o. gerettet.

Wirklich, wirklich gerettet, denn ich bin in Gefahr, entweder vor Dillon in Tränen auszubrechen und ihm zu sagen, wie sehr ich mich beim ersten Mal in ihn verliebt habe, oder in der noch größeren Gefahr, mich über den Tisch und auf seinen Schoß zu werfen, ihn zu küssen, bis wir beide nicht mehr atmen können, und dann zu stöhnen, dass ich mit jedem seiner absurden Vorschläge einverstanden bin, wenn er mich nur auf der Stelle mit zu sich nach Hause nimmt und leidenschaftlichen Wahnsinns-Sex mit mir hat, bis die Sonne aufgeht.

»Ich muss rangehen«, murmele ich.

»Gut.« Dillon steht aus der Nische auf. »Ich glaube, ich sollte sowieso mal frische Luft schnappen. Lass dich nicht stören.«

Es sieht ihm so unähnlich, allem Anschein nach beleidigt abzuziehen, dass ich für einen Augenblick fast zu überrascht bin, um den Anruf tatsächlich anzunehmen.

Als ich es dann tue, hab ich nicht mal Zeit, die zweite Silbe des Wortes »Hallo« zu sagen, bevor die Stimme eines Amerikaners am anderen Ende der Leitung ruft: »Halleluja! Also gibt es dort doch Leben.«

Ich weiß, ohne fragen zu müssen, dass es Ben ist. Adams Freund.

Ich könnte – sollte vielleicht – auflegen. Aber stattdessen werde ich mich verteidigen.

»Also«, beginne ich, »erstens hatte ich absolut keine Ahnung, dass Adam einen Freund hat. Womit ich meine, dass ich keine Ahnung hatte, dass er liiert ist, *und* keine Ahnung, dass er schwul ist. Denn wenn ich das eine oder das andere gewusst hätte, glauben Sie mir, dann hätte ich nie …«

»Libby, oder?«, unterbricht er mich brüsk. »Ich meine, das ist Ihr Name, oder?«

»Ja …«

»Libby. Sie haben das in den falschen Hals bekommen. Das hier hat nichts damit zu tun, dass Sie, na ja, meinen Freund in den falschen Hals bekommen haben.«

»Um genau zu sein, habe ich ihn *weder* in den Hals *noch* sonst wo hinbekommen, ob nun falsch oder …«

Nicht relevant, Libby. Nicht relevant.

»Womit hat es *dann* was zu tun?«, frage ich vorsichtig.

»Ich habe Ihre Ohrringe auf Adams Küchenboden gefunden«, sagt Ben, »und sie haben mir sehr gut gefallen.«

»Okay … ähm … na ja, ich könnte Ihnen welche machen …?«

»Herrgott, Libby, ich bin schwul, kein Transvestit! Und außer schwul bin ich auch Investor. Ich stecke Geld in Kleinunternehmen, in der Hoffnung, dass sie sich in größere Unternehmen verwandeln. Und recht viele davon arbeiten in der Modebranche. Ich hab mir Ihre Website angesehen, ein paar Teile aus diesen kleinen Boutiquen gekauft, die Sie beliefern … Das sind tolle Sachen. Originell. Anders.«

»Danke.«

»Nun ja, danken Sie mir noch nicht. Ich habe noch nicht entschieden, ob ich in Sie investieren werde oder nicht. Also, hören Sie. Ich brauche einen Businessplan.«

»Ich … ähm« – *habe keinen besonders guten Businessplan* – »kann Ihnen was zusammenstellen, wenn Sie möchten …?«

»Das wäre ein guter Anfang. Können Sie mir bis zum Wochenende was zumailen?«

»Ja.« *Wenn ich die nächsten achtundvierzig Stunden ununterbrochen daran arbeite.* »Kann ich machen.«

»Und bitte schreiben Sie mir keine langen Teenie-Aufsätze über ihren Wunschkunden, und wie erfüllend Sie Ihre Karriere finden, und wo Sie sich in zehn Jahren sehen. Ich brauche nur die Basics. Aktuelle Gewinne. Umsatz. Voraussichtliche Bilanz. Verkaufs-Pipeline.«

»Okay. Ja. Sicher. Selbstverständlich.«

»Gut. Mein Assistent meldet sich mit der E-Mail-Adresse bei Ihnen.«

»Vielen Dank, Ben, ich bin Ihnen sehr …«

»Hat mich gefreut, endlich mit Ihnen zu reden«, sagt er.

Und damit ist das Gespräch beendet.

Heilige Scheiße.

Wenn man bedenkt, dass ich erst vor ein paar Tagen von einem Bankmitarbeiter in Clapham belächelt wurde, weil ich nach einem Kredit für ein Kleinunternehmen gefragt habe, ist die Möglichkeit, dass ein Investor Geld in *Libby Goes To Hollywood* stecken will, ziemlich verblüffend.

Ich habe jedoch nur wenige Sekunden, um diese Wendung der Ereignisse auf mich wirken zu lassen, bevor mein Handy wieder klingelt.

Bogdan.

Beziehungsweise, da sie ja sein Handy benutzt: Marilyn.

Wobei mir zum ersten Mal, seit wir vorhin telefoniert haben, einfällt, dass ich heute Abend mit ihr etwas vorhatte. Unseren gemütlichen Mädelsabend.

Shit.

Ich nehme den Anruf an.

»Marilyn, es tut mir so, *so* leid.«

Es folgt einen Augenblick Stille.

»Hast du mich vergessen?«

»Nein! Natürlich nicht. Ich hab dich nicht vergessen. Ich hab nur … nicht dran gedacht.«

»Das von einem Mädchen zu hören, das sich darüber beschwert, immer die zweite Wahl zu sein«, sagt Marilyn leise, »ist schon ironisch. Findest du nicht?«

»Ja. Ich weiß. Du hast recht. Aber pass auf, ich kann es dir erklären. Ich bin spontan mit diesem Typen essen gegangen, von dem ich dir erzählt habe …«

»Oh, ich verstehe schon, Süße. Du lässt es mich am eigenen Leib erfahren.«

»Was?«

»Na ja, ich verdiene es wohl nicht anders. Das ist genau, was ich früher gemacht habe. Mit einem Kerl tanzen und Champagner trinken gehen, der mir nur das Herz bricht, und dafür eine Freundin ganz allein zu Hause sitzen lassen, mit nichts als einem Krug Manhattans und … Sag mal, hast du schon mal eine Show namens *The Only Way Is Essex* gesehen?«

Ich schlucke. »Ich fühle mich schlecht.«

Was stimmt. Und das nicht nur, weil sie mehrere Folgen *TOWIE* ertragen musste.

Ich weiß, dass es absurd ist, denn es wäre selbstverständlich völlig unlogisch gewesen, einen Abend mit dem echten, lebendigen Dillon O'Hara abzulehnen, nur um mit einer magischen Marilyn Monroe in meiner Wohnung zu sitzen. Aber hatte ich nicht heute erst beschlossen, dass Marilyn eine Freundin braucht? Eine richtige Freundin, die Art Freundin, die zu sein ich mich immer bemüht habe, die niemals ihre Mitbewohnerin – nicht mal, wenn diese Mitbewohnerin sozusagen nicht wirklich existiert – für einen Mann sitzen lassen würde. Schließlich hat sie recht: Ich weiß nur zu genau, wie es sich anfühlt, einem Menschen unwichtig zu sein, der einem selbst etwas bedeutet. Und wenn irgendjemand unter dem Gefühl des Verlassenseins besonders leiden wird, dann ist das Marilyn Monroe.

»Du musst dich nicht schlecht fühlen«, sagt sie nun mit ihrer Kleinmädchenstimme. »*Ich* fühl mich nicht schlecht. Zumindest nicht mehr. Dieser zweite Krug Manhattans hat wahrscheinlich dazu beigetragen …«

»Okay«, sage ich. Ich habe genug gehört. »Ich komme nach Hause. Halt durch, ich bin in weniger als einer Stunde da.«

»Schon gut, Honey, bleib ruhig noch und genieß den Abend mit deinem Kavalier. Hast du meinen Rat befolgt? Hast du dir Strümpfe in den BH gesteckt?«

Ich ignoriere die Frage. »Ich bin unterwegs. Und … trink nicht mehr, Marilyn, okay?«

»Ich glaube, das könnte ich beim besten Willen nicht, Süße«, sagt sie traurig. »Ich hab leider schon alles ausgetrunken.«

Ich beende das Gespräch, verlasse die Nische und gehe zum Ausgang.

Dort treffe ich – buchstäblich – auf Dillon, als ich die Tür aufmache und auf die Straße hinaustrete.

»Lässt du mich sitzen?«, fragt er unbekümmert, aber mit einem gewissen Unterton. »Das tut einem Mann gut, Libs.«

»Nein, ich lasse dich nicht sitzen.«

Gott, er sieht heute Abend wirklich abartig attraktiv aus.

Und dann hat er auch noch diese ganzen Sachen gesagt … Wie sehr er auf mich steht, und dass er eine zweite Chance will …

Ganz zu schweigen von jenem unverschämten, beiläufigen Kommentar vorhin, den ich nicht *ganz* aus dem Kopf bekomme, als er meinte, ihm würde so einiges Besseres einfallen, was ich auf allen vieren machen könnte, als seine Fußböden zu schrubben.

Ich würde so, so gern heute Abend mit ihm nach Hause gehen.

»Aber ich muss los«, sage ich ihm. »Es ist was passiert. Ich muss … jemandem helfen.«

»Oh. Dann komme ich mit …«

»Das geht nicht.«

»Ist es Olly Walker?«

Ich blinzle ihn an. Was für eine seltsame Frage.

»Nein. Ich muss einfach weg. Gott, sorry, ich hätte etwas Geld da lassen sollen für mein Getränk …«

»Sei nicht albern. Ich kann dein Getränk bezahlen.«

Er klingt bissig, was ungewöhnlich ist.

»Es tut mir leid«, sage ich.

»Was? Dass du mich beim Abendessen sitzen lässt oder dass du mir einen Korb gibst?«

»Ich hab dir keinen Korb gegeben.« Ich schaue zu ihm auf. Er sieht mir in die Augen. »Ich brauch nur ein bisschen Zeit, um über all das nachzudenken, was du gesagt hast.«

»Klar. Das verstehe ich. Aber, Libby …«

»Ja?«

Er legt die Hände um meine Taille und zieht mich ganz sanft an sich.

»Denk nicht nur über all das nach, was ich gesagt habe. Denk auch über das nach, was ich getan habe. Oder eher, was ich tun werde.«

Was er jetzt tut, ist, sich runterzubeugen, seine Lippen aufreizend nah an meine zu bringen und mich dann, als ich mich ihm nähere, zu küssen.

Es ist genauso wundervoll wie beim letzten Mal, als ich ihn geküsst habe, in unserem Hotelzimmer in Miami.

Nein: Es ist noch wundervoller. Denn damals konnte ich nie das ungute Gefühl abschütteln, dass er die hübsche Bademeisterin ein bisschen zu durchtrieben angegrinst hat, oder die unangenehme Vorahnung loswerden, dass er sicher wieder die ganze Nacht wach bleiben würde, um Cocktails zu trinken, zu koksen und mit dem Barpersonal zu flirten.

Diesmal fühlt es sich an, als wäre ich das Einzige, was ihm auf der Welt wichtig ist.

Seltsamerweise ist das absolut berauschend.

Ich gebe mich dem Gefühl hin, solange ich es nur irgendwie aushalte, und dann drehe ich mich um und eile in Richtung U-Bahn.

Aber als ich zu Hause in meiner Wohnung ankomme, ist Marilyn verschwunden.

12

Sie ist immer noch nicht zurückgekehrt.

Es ist jetzt vier Uhr nachmittags, und seit ich gestern Abend nach Hause gekommen bin, fehlt jede Spur von ihr.

Kein Cocktailshaker, kein weißer Nerzmantel, kein Hauch Chanel No. 5.

Das Einzige, was darauf hindeutet, dass sie überhaupt je hier war, sind das Chesterfield und der Fernseher, die immer noch in der Wohnung nebenan stehen. Und mir ungeheure Kopfschmerzen bereiten bei dem Gedanken, wie ich sie wieder auf diese Seite der Trennwand zurückkriegen soll.

Was ein schöner Zusatz zu den *tatsächlichen* ungeheuren Kopfschmerzen ist, die mich schon den ganzen Tag lang plagen, um ehrlich zu sein.

Dabei sollte ich eigentlich gar keine Kopfschmerzen haben, da ich gestern Abend ja nur ein Glas Champagner getrunken habe und zu einer vollkommen anständigen Uhrzeit (allein) ins Bett gegangen bin.

Aber ich hab kein Auge zugetan aus Sorge um Marilyn.

Und nach diesem Kuss mit Dillon.

Und dann ist da noch die Tatsache, dass ich mich den ganzen Tag zu Hause eingeigelt habe, um an diesem Businessplan für Ben zu arbeiten.

Beziehungsweise Benjamin Milne, CEO von *Milne Equity Partners*, als den ich ihn nun sehen sollte. Als Geschäftsführer, der vielleicht ein paar dringend benötigte Pfund in meine Firma hineinpumpen wird, und nicht als den Mann, der *etwas* in meinen Exfreund hineinpumpt. Denn als ich gestern Abend versuchte, mich von der Leere der Wohnung ohne Marilyn und den schrecklichen, magenverkrampfenden Schuldgefühlen ihr gegenüber abzulenken, habe ich ihn (nicht nur einmal) gegoogelt, und wie sich herausstellte, ist er ein ziemlich hohes Tier. Er ist mehrere Millionen schwer und spendet diese Millionen auch gern an alle möglichen abartig guten Zwecke – zum Beispiel Hundeheime und Pferdekrankenhäuser und, keine Ahnung, Schönheitssalons für nicht ausreichend geliebte Katzen; und er führt diesen Investmentfonds, der sich kleine Unternehmen, oft aus der Modebranche, herauspickt, sie mit Kapital und einem fachgerechten Mentoring versorgt und dann zusieht, wie sie heranwachsen zu … na ja, größeren, bedeutend erfolgreicheren Unternehmen aus der Modebranche. Er hat zum Beispiel in diese beiden Schuhmacher-Schwestern aus Utah investiert, die mit 165 $ und dem Schuppen ihrer Eltern als Werkstatt angefangen haben und jetzt fünfzehn Angestellte beschäftigen und kürzlich mit einer sechsseitigen Reportage in der amerikanischen *Vogue* vorgestellt wurden. Er hat in eine winzige, familiengeführte Kaschmirfirma auf der Isle of Arran investiert, die nun Größen wie Vivienne Westwood und Stella McCartney mit Stoffen beliefert. Er hat in einen weiteren Schmuckdesigner investiert, einen jungen Typen aus Brooklyn, dessen Website letztes Jahr 300 000 Besucher hatte und der diese Website nun geschlossen hat, weil er zum Designchef des neuen Eigenmarken-Schmucks von *Net-a-Porter* ernannt wurde.

Das dürfte reichen, um sich ein Bild von ihm zu machen. Ein ziemlich hohes Tier, wie gesagt.

Also ist die Tatsache, dass er sich überhaupt dafür *interessiert,* dass ich einen Businessplan vorlege, eine sehr, sehr großartige Neuigkeit.

Ob er die Sache dann weiterverfolgen will oder nicht ... na ja, das liegt jetzt an mir, oder?

An mir, die ich den Großteil des Nachmittags damit verbracht habe, eine professionellere Tabelle der Nettogewinne der letzten sechs Monate zu erstellen als die, die ich dem Bankmitarbeiter in Clapham vorgelegt habe. Und an mir, die ich nun versuche, ein kurzes, prägnantes Exposé mit allen Infos zu meiner Verkaufs-Pipeline zu verfassen.

Was doppelt kompliziert ist, denn ich bin immer noch nicht hundert Prozent sicher, was eine Verkaufs-Pipeline eigentlich *ist.*

Ich wünsche mir so, so sehr, Marilyn wäre noch hier.

Nicht, dass ich glauben würde, dass sie eine Ahnung von Verkaufs-Pipelines hat. Und ich bin mir ziemlich sicher, *wenn* sie hier wäre, könnte ich nicht mal annähernd so viel erledigen beim Dröhnen des Fernsehers und ihrem fast pausenlosen Geschnatter und den Krügen abscheulicher Cocktails, die sie wahrscheinlich andauernd für uns mixen würde ...

Aber ich könnte mich wahrscheinlich besser konzentrieren, wenn ich mich wegen gestern Abend nicht immer noch so schlecht fühlen würde. Und ich hätte ihr die Sache mit Dillon besser erklären und ihr von dem Kuss erzählen können. Und ich hätte ihr gern meine neue Haarfarbe gezeigt, damit sie sieht, dass ich mir einige ihrer Ratschläge zu Herzen genommen habe. Ihre Meinung zu hören, wäre ... nun ja, »famos« gewesen, um es mit ihren Worten zu sagen.

Ganz zu schweigen davon, dass ich das Unbehagen darüber nicht loswerde, dass sie gegangen ist, als sie auf mich sauer war. Als Audrey Hepburn aus meinem Leben verschwunden ist, war wenigstens alles gut zwischen uns.

Ich habe keine Ahnung, ob ich Marilyn je wiedersehen werde. Und das Letzte, was ich getan habe, genau wie alle anderen Menschen in ihrem Leben, war, sie zu enttäuschen.

Und jetzt klingelt es an meiner Tür, also werde ich mich von meinem Laptop und diesem verstreuten Stapel Rechnungen freistrampeln und nachsehen müssen, wer da ist.

»Hallo?«, frage ich in die Sprechanlage.

»Libby?«

»Ja?«

»Hier ist James Cadwalladr.«

»Huch?«

»Tut mir leid, Sie zu stören. Ich hoffe, es ist kein ungünstiger Zeitpunkt. Erlauben Sie, dass ich reinkomme?«

»Ähm … klar.«

Was ich augenblicklich bereue. Denn eigentlich *ist* es ein ungünstiger Zeitpunkt. Verdammt ungünstig, da überall meine Papiere herumliegen und ich ihm absolut nichts anbieten kann außer der halb leeren Dose lauwarmer Cola Light, an der ich schon den ganzen Tag herumnuckele, und den übrigen Rändern der Pizza, die ich gestern Abend auf dem Nachhauseweg geholt habe, nur für den Fall, dass Marilyn sie noch wollte …

Und überhaupt, ungünstiger Zeitpunkt hin oder her, was zur Hölle *will er hier?*

Diese Frage stelle ich ihm, wenn auch etwas höflicher, sobald ich meine Wohnungstür öffne und ihn, mit einem breiten Grinsen auf seinem abnormal gut aussehenden Gesicht, um den letzten der vier Treppenabsätze joggen sehe.

»James, hi. Ähm … das hier ist nicht gerade bei Ihnen um die Ecke, oder?«

»Nun ja, ich kann nicht behaupten, ich wäre sowieso in der Gegend gewesen!« Er beugt sich vor und gibt mir je ein Küsschen auf die Wangen, dann schließt er (auf eine überaus ungezwungene Art, die ich schon öfter bemerkt habe bei schnöseligen Männern, die auf schnöseligen Internaten waren) meine Wohnungstür hinter sich. »Lottie hat mir Ihre Adresse gegeben. Beziehungsweise, ich habe Ihre Adresse in Lotties Unterlagen gefunden. Sie sollte nicht wissen, dass ich herkomme.«

Das ist ein bisschen … beunruhigend.

Hatte Dillon etwa doch recht damit, dass der Typ auf mich steht?

»Ich möchte Sie beauftragen, etwas für Lottie zu kreieren«, fährt er fort. »Sie wird nächsten Monat vierzig, und ich würde ihr gern eine ganz besondere Halskette schenken, oder ein paar Ohrringe …«

»Oh!« Ich bin erleichtert. »Natürlich! Das mache ich sehr gern.«

»Gut.« Er sieht sich interessiert in meiner Wohnung um. (Oder möglicherweise hochnäsig und herablassend: Bei einem solchen Gesicht ist das manchmal schwer zu sagen.) »Nette Wohnung haben Sie da.«

(Und bei dem über-vornehmen Akzent ist es außerdem manchmal schwer zu sagen, ob er aufrichtig freundlich oder geradezu sarkastisch ist.)

»Danke. Also an was genau haben Sie gedacht?«

»Sorry?«

»Für Lotties Geburtstag. Ich meine, Sie haben gesagt, eine Halskette oder Ohrringe, aber können Sie das noch ein bisschen präzisieren …? Soll es etwas sein, was man zu besonderen Gelegenheiten trägt, oder eher etwas Schlichteres für den Alltag …?«

»Ach, über das alles hab ich noch nicht richtig nachgedacht.«

»Okay. Ähm, denn es könnte helfen, wenn ich mehr Anhaltspunkte hätte.«

»Ich meine, ich hab ständig alle möglichen Sachen im Kopf, Libby, mit den Kindern, und der Arbeit … Übrigens hab ich da gerade ein echt spannendes neues Projekt in der Pipeline. Ich führe Gespräche mit Sam Mendes, um im National Theatre Hamlet zu spielen.«

Er wartet auf meine Reaktion auf diese weltbewegende Neuigkeit.

Leider ist die einzige Antwort, die mir einfällt: *Apropos Pipeline, Sie wissen nicht zufällig irgendwas über Verkaufs-Pipelines, oder?*

Aber er ist Schauspieler, kein BWL-Absolvent, also halte ich mich zurück.

»Wow«, bringe ich stattdessen hervor. »Hamlet. Im National Theatre. Mit Sam Mendes. Unfassbar.«

Im Prinzip spucke ich nur die abgenagten Knochen der Informationen aus, die er mir gerade hingeworfen hat, doch es scheint ihm als Antwort zu genügen, denn für einen Augenblick strahlt er vor Stolz, während er sich an die Küchenarbeitsplatte lehnt.

»Na ja, die Leute reden jetzt schon so lange davon, dass ich Hamlet spielen soll, dass man es irgendwann fast als eine *gesellschaftliche Verpflichtung* empfindet, es zu tun, wissen Sie?«

»Absolut.« Ich höre nicht richtig zu; ich überlege nur, wie ich ihn davon überzeugen kann, sich zu verziehen, damit ich in Ruhe mit meiner Arbeit weitermachen kann. »Eine gesellschaftliche Verpflichtung. Ja.«

»Ich meine, verstehen Sie mich nicht falsch, ich behaupte nicht, es wäre damit vergleichbar, sauberes Trinkwasser bereitzustellen!«

»Ach, das würde ich so nicht sagen …«

»*Danke.*« Er beugt sich plötzlich von der Arbeitsplatte vor und ergreift meine Hände. »Danke, dass Sie das sagen, Libby.

Sie gehören zu den Menschen, die es wirklich *verstehen,* nicht wahr?«

»Ähm ... tue ich das?«

»Die verstehen, wie wichtig die Künste wirklich sind? Die verstehen, dass Schauspielern nicht nur ein Job ist, sondern eine Möglichkeit, *direkt zu den Menschen zu sprechen?* Natürlich tun Sie das, Libby. Das habe ich Ihnen sofort angemerkt, schon als wir uns zum ersten Mal begegnet sind.«

Ich will nicht sagen, dass er beim ersten Mal, als wir uns begegnet sind, nur dann noch weniger Interesse an mir hätte zeigen können, wenn ich eine vergraute Socke gewesen wäre.

»Also, bitte«, fährt er fort, ohne meine Hände loszulassen. »Würden Sie mir mehr über die Auftritte von mir sagen, die Ihnen gefallen haben, Libby? Ich würde mich wirklich über Feedback freuen ... Hey, haben Sie vielleicht hier irgendwo eine Flasche Wein herumstehen? Es ist immer viel angenehmer, vernichtende Kritiken meiner nicht ganz so glänzenden Performances zu hören, wenn ich mich dabei von einem guten Tropfen aufheitern lasse!«

Nun werde ich verwirrt (und meine Hände, immer noch in seinen, werden warm und ein kleines bisschen schwitzig).

Ich meine, zuerst hat er doch gesagt, er will für seine Frau Schmuck bestellen, und jetzt bittet er mich, ihm zu sagen, was ich von seiner Schauspielerei halte, und benutzt Wörter wie »vernichtend«, und schlägt vor, Wein zu trinken ...

»Nein, ich habe zufällig keinen Wein. Eigentlich, James, war ich gerade ...«

»Ach! Ich bin so bescheuert!« Er nimmt seinen Leinenrucksack ab. »Das hab ich ja ganz vergessen. Ich bin auf dem Weg hierher bei *Waitrose* vorbeigegangen und hab ein paar Sachen fürs Abendessen eingekauft ... Ich hab doch hier eine schöne Flasche Rotwein. Sogar zwei!«

Oh, *hat* er das?

Ich bin vielleicht ein bisschen schwer von Begriff in diesen Dingen. Aber ich bin nicht ganz blöd.

»Ich möchte keinen Wein«, sage ich bestimmt. »Und außerdem, James, glaube ich, es wäre besser, wenn Sie …«

Ich verstumme. Denn ich habe gerade ein Geräusch von der anderen Seite der Trennwand gehört.

Es ist die Anfangsmelodie von *Geordie Shore*.

Und das kann nur eins bedeuten: Marilyn ist zurück.

»… gehen würden«, fahre ich sogar noch bestimmter als zuvor fort. »Auf der Stelle.«

»Haben Sie eine Mitbewohnerin oder so?«, fragt der schnöselige James, der den Fernseher offensichtlich auch gehört hat. »Denn wir haben genug Wein da, falls sie uns Gesellschaft leisten möchte … Es *ist* doch eine Sie, oder?«

»Halten Sie sich von der Tür fern!«, befehle ich, als er einen Schritt darauf zu macht.

»Ach, kommen Sie. Ich will nur freundlich sein.«

»Ich würde es vorziehen, wenn Sie woanders freundlich wären. Im Wagen einer Northern-Line-U-Bahn zum Beispiel. Oder auf der Rückbank eines Taxis.«

»Ihre Mitbewohnerin scheint da anderer Meinung zu sein.«

»Was?« Ich drehe gerade noch rechtzeitig den Kopf, um zu sehen, dass die Tür hinter mir einen Spaltbreit aufgeht. »Rühren Sie sich nicht vom Fleck!«, fahre ich den schnöseligen James an, bevor ich nach der Klinke greife, die Tür ein bisschen weiter aufmache (aber trotzdem nur gerade so weit, dass ich glaube hindurchzupassen), mich durch die Lücke drücke und sie dann hinter mir schließe.

Ich stemme mich mit dem Rücken gegen die Tür, nur für den Fall, dass dem hinterlistigen Schürzenjäger auf der anderen Seite nicht zu trauen ist.

Marilyn steht direkt vor mir und trägt – wieder – nichts bis auf ihren weißen Nerzmantel und einen begeisterten Ausdruck in ihrem hübschen, alabasterweißen Gesicht.

»Süße!«, flüstert sie. »Habe ich da einen *Mann* gehört, auf der anderen Seite der … Oh! Du bist blond geworden!«

»Ja«, zische ich, »aber Marilyn … Pass auf, ich bin sehr froh, dass du wieder da bist, aber eigentlich ist jetzt kein guter Zeitpunkt, um …«

»Es steht dir ganz famos. Und hatte ich nicht recht? Ich meine, kaum bist du eine nagelneue Blondine, siehe da, hast du plötzlich einen Mann mitgebracht! Also ist er es?«, fährt sie vergnügt fort. »Du weißt schon, der, bei dem du dich gefühlt hast wie ein Graham Cracker?«

»Nein, der ist es nicht. Und ich hab ihn auch nicht ›mitgebracht‹. Er ist einfach hier aufgetaucht. Und er ist verheiratet, und er ist total widerlich.«

»Oh.« Sie macht ein langes Gesicht. »Also, wenn du möchtest, dass ich mich um ihn kümmere, dann mache ich das, Süße. Ich meine, aus irgendeinem Grund scheinen widerliche, verheiratete Typen immer was für mich übrig zu haben. Manchmal habe ich sogar den Eindruck, jeder Mann, den ich je kennengelernt habe, gehört in die Kategorie widerlich und verheiratet.«

»Nein! Du musst dich nicht um ihn kümmern, Marilyn … und außerdem«, füge ich hinzu, weil ich mich an meinen Plan erinnere, ihr eine bessere Freundin zu sein, und weil ich erleichtert bin, dass sie zurück ist, sodass ich eine zweite Chance bekomme, das zu tun, »hast du was Besseres verdient als irgendeinen widerlichen, verheirateten Typen, weißt du. Jetzt lass mich kurz diesen hier loswerden, und dann können wir …«

»Ist da drinnen alles in Ordnung?«, kommt die Stimme des schnöseligen James durch die Tür. Und leider klingt es, als würde er beunruhigend *nah* an der Tür stehen.

»Alles gut«, erwidere ich, »und übrigens, wenn Sie diese Tür öffnen, werde ich Lottie schneller anrufen, als …«

»Okay, okay, okay«, sagt er, wobei seine Stimme sich von der Tür entfernt. »Regen Sie sich doch nicht gleich so auf.«

»Ich weiß, dass du gesagt hast, er ist widerlich und verheiratet, aber er *klingt* einfach *wundervoll*«, haucht Marilyn mit ihrem typischen Schulterschütteln. »Und was ist das für ein Akzent? Ist er auch Kanadier?«

»*Nein!* Also, pass auf. Kannst du einfach auf dieser Seite der Tür bleiben, bis ich ihn endgültig hinausbefördert habe?«

»Klar!« Marilyn salutiert ganz entzückend, wovon ihr Nerz aufschwingt. »Ups!«, kichert sie und hüllt sich eher halbherzig wieder in das abscheuliche Ding, bevor sie sich zurück zum Fernseher dreht, wo – ich hatte recht – ein halbes Dutzend betrunkene Geordies aus einer Disco torkeln und einander anbrüllen. »Ich habe gestern Abend ganz viel von dieser Show ge-Sky-Plus-t. Alle sehen irgendwie orange aus, und sie schreien viel, aber ich verstehe nicht richtig, *warum* sie eigentlich schreien … oder auch, warum sie alle orange sind.«

Es ist nicht der richtige Zeitpunkt, um zu fragen, woher zur Hölle sie Sky Plus kennt.

Ich öffne die Tür, schlüpfe wieder hindurch und schließe sie fest hinter mir.

Der schnöselige James ist zum Glück gar nicht mehr in der Nähe der Trennwand; stattdessen steht er drüben an der Sprechanlage. »Ähm, ja, klar«, spricht er hinein. »Kommen Sie rauf.«

»Wem erlauben Sie da«, frage ich, nun noch verärgerter über ihn, »raufzukommen? Das hier ist meine Wohnung, verdammt! Sie können nicht einfach Leute einladen!«

»Beruhigen Sie sich«, sagt er und verdreht die Augen. »Die Person hat gesagt, sie wäre Ihre Schwester. Na ja, sie hat noch ein paar andere Leute dabei. Einer von ihnen heißt Ned oder so?«

»Oh, um Himmels willen …« Ich renne zur Sprechanlage und schreie: »Nein! Nein! Geh mit deiner beschissenen Kameracrew sonst wohin, Cass!«

Aber es ist zu spät. Ich höre bereits mehrere Leute die Treppe raufkommen.

»Kameracrew?« James starrt mich an. »Warum zur Hölle sollte eine Schwester mit einer Kameracrew auftauchen?«

»Weil sie ihre eigene Reality-Show hat«, fahre ich ihn an. »Deswegen!«

»Aber … Ich kann nicht …« Er ist ganz blass geworden. »Ich kann nicht von einer Fernsehcrew hier entdeckt werden. Ich bin … verheiratet.«

»Das hätte Ihnen wohl einfallen sollen«, sage ich, »bevor Sie mit zufällig gerade gekauftem Wein hier aufgekreuzt sind und mir irgendwelchen kompletten Schwachsinn darüber aufgetischt haben, Sie wollten Ihrer Frau eine Kette bestellen.«

»Im Ernst! Ich will keine Bilder von mir hier drin! Ich hol mir eine Unterlassungsverfügung! Eine neue, meine ich …«

»Tja, wenn Sie keine Bilder wollen, schlage ich vor, dass Sie tun, was ich Ihnen schon die letzten fünf Minuten nahegelegt habe …«

»Schon gut, ich bin weg.« Er öffnet die Wohnungstür und wirkt noch panischer, als er Stimmen auf dem Weg nach oben hört. »Sie haben keinen zweiten Ausgang«, fragt er, »oder?«

»Nur, wenn Sie einen Sprung aus einem Fenster im vierten Stock mitzählen?«

»Nein. Okay.«

»Ziehen Sie sich einfach die Kapuze über den Kopf«, schlage ich in einem plötzlichen Anflug von Mitleid vor, greife nach dem leeren Pizzakarton und reiche ihn ihm, »und nehmen Sie das hier mit. Halten Sie den Kopf gesenkt, dann sieht es aus, als hätten Sie mir gerade eine Pizza geliefert.«

Das scheint ihn zu verstören. »Aber warum sollte ich dann einen Pizzakarton dabeihaben? Und ehrlich gesagt weiß ich auch nicht, ob es mir liegt, die Ausstrahlung eines Pizzaboten rüberzubringen …«

»Es ist ein Notfall«, erkläre ich ihm, »keine Prüfung in Method Acting. Außerdem, wenn Sie mit Sam Mendes am National Theatre Hamlet spielen können, können Sie alles.«

»Sie haben recht«, sagt er, strafft die Schultern – und schiebt sie dann in die Gegenrichtung nach vorne, bis er fast bucklig wirkt, zieht seine Kapuze hoch und hinkt aus der Tür.

Ich habe keine Zeit, mich zu fragen, warum er die kreative Entscheidung getroffen hat, seinen Pizzaboten wie einen Doppelgänger des Glöckners von Notre Dame darzustellen, denn er ist kaum die ersten Stufen hinuntergegangen, als Cass, Ned, die Klemmbrettfrau, der Mikroständermann und – natürlich – der Mann mit der Kamera alle an ihm vorbei und in meine Wohnung marschieren.

Es ist ein recht langsamer Marsch aufgrund der Tatsache, dass es in meiner Wohnung, selbst ohne das Chesterfield darin, so sehr an Platz mangelt. Cass, die als Erste zur Tür hereingestürmt ist (Lipgloss und Beine und hellbraune, kniehohe Louboutins), muss warten mit dem dramatischen Eröffnungssatz, den sie zweifellos deklamieren wollte, denn der Mann mit der Kamera steckt im Stau, und der überall tätowierte Mann mit dem Mikroständer steckt in der *Tür* …

»Fand noch jemand außer mir«, fragt Ned, indem er Cass' Pause füllt, »dass der Pizzabote eben genauso ausgesehen hat wie der schnöselige Schauspieler aus dieser einen Krimiserie?«

Was nicht allzu viel Gutes für die Hamlet-Darstellung des schnöseligen James am National Theatre verheißt.

»Denn wenn die Schwester den auch kennt, und nicht nur Dillon O'Hara …«

»Cass«, unterbreche ich Ned, bevor er sich einen ganzen Handlungsstrang über mich und meine intime Kenntnis berühmter Schauspieler ausdenken kann, »was zur Hölle fällt dir ein, ohne meine Erlaubnis eine Kameracrew in meine Wohnung zu schleppen?«

»Ach ja!« Cass wirft ihre Haare zurück. »Wenn wir schon mal von *Erlaubnis* reden, sag du mir doch, warum du dachtest, es wäre okay, blond zu werden, ohne mich vorher zu fragen?«

»Warum um alles in der Welt sollte ich dich vorher fragen?«

»Weil *ich* die einzige Blonde in der Familie bin!«

»Mum ist blond.«

»Na ja, das zählt aber nicht, verdammt!«, schimpft sie. »Mum ist neunundfünfzig! Da ist es egal!«

»Sie ist siebenundfünfzig.«

»Rock wie Hose.«

»Was?«

»Das *sagt man, verdammt* noch mal«, zischt sie, »wenn die dumme Kuh, mit der man redet, die ganze Zeit jeden Mist korrigieren will!«

Ich glaube, ich weiß, was hier los ist.

»Ich glaube, du meinst Jacke wie Hose.«

»Sei nicht albern. Kein Mensch würde *statt* einer Hose eine Jacke anziehen.«

»Oh, das ist *gut*«, haucht Ned so andächtig wie ein frommer Katholik, der gerade auf einer Tour durch den Vatikan einen Blick auf den Papst erhascht hat. »Haben wir das im Kasten, Leute?«

»Wie auch immer«, fährt Cass fort, nachdem sie sich kurz versichert hat, dass sich sowohl der Kameramann als auch der Mikroständertyp inzwischen ins Zimmer gequetscht haben, »eigentlich wollte ich mit dir nicht darüber reden. Ich meine« – sie schüttelt ihre Haare, blickt ins Leere und wiederholt mit ihrer Schauspielstimme – »Eigentlich Wollte Ich Mit Dir Nicht Darüber Reden.«

»Cass. Ich mach da nicht mit.«

»Ich Mache Mir Wirklich Sorgen Um Dich, Schwesterherz.«

»Schwesterherz? Du nennst mich nie Schwesterherz.«

»Nach Allem, Was Ich Durchmachen Musste, Nachdem Deine Affäre Mit Dillon Zu Ende War, Willst Du Mir Diesen Ganzen Stress Wirklich Noch Mal Antun?«

»Alles, was du durchmachen musstest?« Für einen Augenblick vergesse ich, dass es meine oberste Priorität sein sollte, Cass und die Crew so schnell wie möglich rauszuwerfen. »Im Ernst, Cass – *was denn?*«

»Die Endlosen Schluchzenden Anrufe Um Vier Uhr Morgens …«

»Ich hab dich kein einziges Mal um vier Uhr morgens angerufen, weder schluchzend noch sonst wie. Ich hab dir vielleicht einmal so gegen sechs eine SMS geschickt, um zu fragen, wann du Zeit hast zum Reden.«

»Das Zusätzliche Gewicht … das heißt, *du* hast zugenommen«, fügt sie rasch hinzu, »nicht ich.«

»Gott bewahre. Okay, Cass. Warum zum Teufel bist du hier, um mit mir – ob nun in Begleitung dieser reizenden Kameracrew oder nicht – über Dillon zu reden? Ich … *habe nichts mehr mit ihm.*«

Cass schnappt nach Luft (ebenso wie Ned und die Klemmbrettfrau und sogar der Mikroständertyp).

»Jetzt *Verleugnest* Du Ihn Auch Noch, Libby?« Sie schlägt sich eine Hand vor den Mund. »Es Ist Schlimmer, Als Ich Gedacht Hatte.«

»Okay, pass auf, jetzt ist wirklich, wirklich kein guter Zeitpunkt für all das …« – und es wäre auch dann keiner, wenn Marilyn Monroe nicht auf der anderen Seite der Trennwand sitzen würde – »und ich habe mich eigentlich gar nicht bereit erklärt, überhaupt in dieser Reality-Show aufzutreten. Also wenn ihr alle jetzt einfach eure Sachen packen könntet und …«

»*Ich Habe Das Video Gesehen.*«

»Video? Was für ein Video?«

»Von Dir Und Dillon. Vor Diesem Neuen Italienischen Restaurant Gestern Abend. Als Ihr Euch Geküsst Habt.«

Mein Mund klappt auf.

»Wie hast du … Sorry, du sagst, davon gibt es ein *Video?*«

Cass nickt, greift in ihre Handtasche (eine nagelneue *echte* Chanel 2.55, die ich noch nie gesehen habe; möglicherweise ihr Geschenk an sich selbst zur Belohnung dafür, dass sie den langen, harten Klinikaufenthalt überstanden hat, oder vielleicht auch einfach ein neues Garderoben-»Basic« für die Show) und holt ihr Handy heraus.

»Hier!«, verkündet sie, hält es hoch und tippt auf den Bildschirm.

Ich sehe in der Tat eine leicht verwackelte, verschwommene Aufnahme von mir (in sehr Blond) und Dillon, wie wir gestern Abend vor dem Restaurant stehen. Dillon legt die Arme um meine Taille, und dann beugt er sich runter, und ich spüre, wie ich noch einmal von derselben Welle überwältigender Lust fortgetragen werde, während ich zusehe, wie er mich küsst … und ich den Kuss erwidere …

Und dann fällt mir wieder ein, wo ich bin, und dass das alles hier eine skandalöse Verletzung meiner Privatsphäre ist.

»Waren das diese Typen hier?«, frage ich und zeige mit einem Finger auf Ned und Co. »Ich habe niemals die Erlaubnis gegeben, dass sie mich so stalken dürfen!«

»Niemand Hat Dich Gestalkt, Libby. Die Leute Machen

Sich Einfach Sorgen Um Dich. Vor Allem Ich. Und Ich Glaube, Du Solltest Wissen«, fügt Cass hinzu, wobei sie einen fast überzeugenden Schluchzer hinunterschluckt, »Dass Das Hier Ein Sehr Schlechter Zeitpunkt Für Mich Ist, Um Mich Mit Zu Viel Drama Zu Beschäftigen. Schließlich Muss Ich Mich Erst Noch Erholen Und Alles.«

Ich atme ganz, ganz tief ein und zwinge mich, mich an die letzten verbleibenden Fetzen Loyalität zu klammern, die ich noch für meine Schwester empfinde, um *nicht* vor Ned und der Crew zu brüllen: *DU MUSST DICH VON GAR NICHTS ERHOLEN, DU DUMME KUH.*

Aber bevor ich irgendwas sagen kann, höre ich ein Klopf-klopf-klopf von der anderen Seite der Trennwand.

Was in der Tat sehr, sehr beunruhigend ist.

»Okay, einen Moment«, sage ich, öffne die Tür, schlüpfe hindurch und schließe sie wieder hinter mir.

Marilyn steht direkt daneben und starrt mich mit weit aufgerissenen blauen Augen an.

»Süße, hab ich *richtig* gehört?«

»Was willst du gehört haben?«

»Der Fernseher war ein bisschen laut, aber … Also, ich könnte schwören, ich hätte dich sagen hören, dass in unserem Apartment eine Reality-Show gedreht wird.«

»Ähm …«

»Und ich höre, wie ein Mädchen mit dieser schrecklichen, gekünstelten Schauspielstimme …«

»Ja. Okay. Es ist eine Reality-Show.«

Marilyn schnappt nach Luft.

»Aber, pass auf, es hat nichts mit mir zu tun. Es geht nur um meine Schwester. Und ich versuche, sie alle loszuwerden.«

»*Loswerden?*«, haucht sie. »Süße, warum um alles in der Welt willst du …?«

»Libby?«, schreit Cass nun durch die geschlossene Tür. »Was zur Hölle machst du da drin?«

»Ich muss nur was erledigen!«, schreie ich zurück.

»Können wir reinkommen?«, ertönt Neds aalglatte, beharrliche Stimme. »Filmen, was auch immer du erledigen musst?«

»Nein, könnt ihr nicht, verdammt noch mal«, antworte ich. »Ich ... ähm ... ziehe mich um. Ich bin nackt, um genau zu sein. Also könnt ihr nicht reinkommen.«

Es folgt ein kurzes Schweigen.

»Okay«, höre ich Ned sagen, der enttäuscht klingt, aber ob der Grund dafür ist, dass er eine Minute aufhören muss, tolle Aufnahmen zu machen, oder dass er nicht reinstürmen und mich nackt sehen darf, kann ich nicht sicher sagen. »Lass uns einen Monolog drehen, solange wir warten, ja, Cassidy? Erzähl uns einfach noch mehr über deine Sorgen um deine Schwester und ihr turbulentes Liebesleben.«

»Okay, du musst mir mit meinen Haaren helfen, Süße!«, sagt Marilyn, während sie hinüber zum Chesterfield läuft, sich den Cocktailshaker schnappt und ihn hochhält, um auf seiner glänzenden Chromoberfläche ihr Spiegelbild zu betrachten. »Und erzähl mir mehr über die Show. Gibt es Hausfrauen? Orangefarbene Leute? Muss ich mich mit irgendjemandem streiten?«

»Du kannst da nicht rübergehen.«

»Oh! Soll ich versuchen, mir von irgendwo einen kleinen Hund zu besorgen? Weißt du, ich glaube, ich würde mich viel sicherer fühlen, wenn ich einen kleinen Hund hätte ...«

»Marilyn. Im Ernst. Du kannst nicht in der Show auftreten.«

»Aber Süße, du *weißt* doch, wie sehr ich mir wünsche, Reality-TV-Star zu werden.« Sie hört auf, sich vor der spiegelnden Oberfläche des Cocktailshakers die Haare zurechtzuzupfen, holt ein Fläschchen Chanel No. 5 aus der Tasche ihres Nerzes und besprüht sich damit. »Das hier könnte meine große Chance sein!«

»Ich schwöre dir, das hier ist nicht deine große Chance.«

»Behaupte nicht irgendwas, was du nicht weißt!«

»Aber ich *weiß* es.«

Sie ignoriert das und versucht, sich an mir vorbeizudrängen.

Ich habe ganz ehrlich keine Ahnung, was passieren würde, wenn sie diese Tür öffnet. Ich kenne mich mit metaphysischen Erscheinungen nicht annähernd gut genug aus, um das voraussehen zu können. Ich weiß nur, dass ich es, da auf der anderen Seite eine einsatzbereite Kameracrew wartet, nicht riskieren will.

»Marilyn«, zische ich, »ich meine das ernst. Ich *weiß* es. Ich weiß es hundertprozentig. Und wenn du tust, was ich sage, und die nächsten drei Minuten hierbleibst, werde ich dir auch genau erklären, warum ich es weiß.«

Das lässt sie, *Gott* sei Dank, innehalten.

Sie starrt mich an.

»Drei Minuten?«, fragt sie.

»Drei Minuten. Bis ich sie rausgeschmissen habe. Und dann erklär ich dir, woher ich weiß, dass das hier nicht dein großer Durchbruch ist. Und wenn dir meine Antwort nicht gefällt«, füge ich hinzu, »verspreche ich dir, dass ich meine Schwester und ihre vermaledeite Crew sofort zurückhole, und dann kannst du nach Herzenslust bei der Show mitmachen. Ich gehe sogar zur Tierhandlung an der übernächsten Ecke und schau mal, ob ich dir einen kleinen Hund ausleihen kann, in Ordnung?«

Marilyn denkt einen Augenblick darüber nach. Denkt richtig, richtig nach, sodass sich ihr hübsches Näschen leicht kraus zieht und auf ihrer glatten Stirn eine Falte erscheint.

»In Ordnung«, lenkt sie ein. »Ich schätze, drei Minuten sind nicht zu viel verlangt.«

»Gut. Ich bin gleich wieder da.«

Ich öffne die Tür wieder, husche hindurch und schließe sie blitzschnell hinter mir.

Cass sitzt auf meiner winzigen Küchenarbeitsplatte, die gebräunten Beine in Minirock und Stiefeln sexy übereinandergeschlagen, und jammert ernst in die Kamera.

»Ich Meine, Natürlich Habe Ich In Meinem Liebesleben Auch Ein Paar Fehler Begangen. Aber Es Ist Einfach Sehr, Sehr Schwer Für Mich Zuzusehen, Wie Meine Schwester Etwas So Dummes Macht, Wie Wieder Mit Dillon O'Hara Zu Vögeln ...«

»Okay. Das reicht«, sage ich streng. »Ihr müsst alle gehen.«

»Ich dachte, du hättest dich umgezogen«, sagt Ned und wirkt leicht bedröppelt, weil ich in denselben Shorts und demselben Top wie zuvor wieder rausgekommen bin, statt in dem glamourösen Outfit, das er sich vielleicht erhofft hat. »Können wir euch beide jetzt dabei filmen, wie ihr dieses Gespräch führt?«

»Nein. Ich hab's euch doch gesagt. Ich mache da nicht mit. Beziehungsweise«, fahre ich fort, da ich plötzlich eine geniale Möglichkeit erkenne, sie zum Gehen zu bewegen, »ich mache *vielleicht* ein anderes Mal mit, *wenn* ihr jetzt alle verschwindet und mich mit einer sehr wichtigen Arbeit vorankommen lasst. Oh, und solange ihr mich nie, nie wieder ohne mein Einverständnis filmt. Ob ich nun mit Dillon O'Hara zu Abend esse, oder ... oder mit George und Amal Clooney, okay?«

Ned starrt mich wieder so an, als hätte er den Papst gesehen. *»Kennst du George und Amal Clooney?«*

»Natürlich kennt sie die nicht, verdammt«, sagt Cass, rutscht von der Küchenarbeitsplatte herunter und geht in Richtung

Tür. »Lasst uns abhauen und Miss Langweilerin mit ihrer Arbeit allein lassen.«

»Glaubst du denn, George und Amal Clooney *könnten* sich bereit erklären, in der Show aufzutreten?«, fragt Ned, während die Klemmbrettfrau, die ihre Gehirnzellen glücklicherweise noch unter Kontrolle hat, ihn am Arm nimmt und hinter Cass herzieht. »Obwohl, er vielleicht doch nicht. Ich glaube, er entspricht nicht unbedingt unserer Zielgruppe. Aber *sie* ist großartig …«

Der Mikroständertyp und der Kameramann folgen ihnen wortlos wie immer, bis der Mikroständertyp, der als Letzter hinausgeht, noch einmal zu mir zurückschaut, bevor er hinter ihnen allen die Tür schließt.

»Wenn Sie mich fragen«, sagt er mit einer überraschend sanften Stimme für einen so riesigen und beängstigend tätowierten Mann, »ich hab über die Jahre bei einigen Shows mit Dillon O'Hara zusammengearbeitet. Der netteste Mensch der Welt.«

»Oh! Okay. Ähm …«

»Aber wenn er je hinter einer Tochter von mir her wäre, würde ich ihn erst kastrieren und später Fragen stellen.«

»Tja, das ist gut zu wissen. Ich meine, wir sind nicht zusammen, wie ich bereits versucht habe zu erklären. Aber … danke.«

»Gern geschehen«, sagt er und schließt die Tür ebenso sanft, wie er gesprochen hat.

Woraufhin nur noch Marilyn und ich übrig sind. Wieder allein, dem Himmel sei Dank.

Ich schnappe mir eine der Weinflaschen, die der schnöselige James hiergelassen hat – denn das brauch ich jetzt, weiß Gott, nach den letzten fünfzehn Minuten – und hole zwei Gläser aus dem Schrank. Dann öffne ich wieder die Tür nach nebenan.

Marilyn sitzt auf dem Chesterfield und starrt auf den Fernseher.

Der nicht mehr schreiende, orangefarbene Geordies zeigt, sondern vielmehr das genaue Gegenteil. Und dieses genaue Gegenteil ist Audrey Hepburn.

Es ist der Vorspann von *Frühstück bei Tiffany*, und in einer Szene, die ich nur zu gut kenne, schwebt Audrey als Holly Golightly die Fifth Avenue entlang, nippt an einem Kaffee und knabbert an einem Gebäckteilchen.

»Ich hatte all diese orangefarbenen Leute langsam satt, Süße«, sagt Marilyn verträumt, »also hab ich stattdessen geschaut, welche Filme du auf Sky Plus hast … Ach«, fährt sie fort, bevor ich mein erneutes Erstaunen darüber zum Ausdruck bringen kann, wie gut sie sich schon mit meinen Fernbedienungen auskennt, »das Mädchen in dem schwarzen Kleid ist aber hübsch, nicht wahr?«

»Ja. Das ist sie.« Ich setze mich neben Marilyn aufs Sofa, öffne den Wein und schenke uns je ein Glas ein. »Sie ist übrigens diejenige, von der ich dir schon ein paarmal erzählt habe. Audrey Hepburn.«

»Du *kennst* sie?« Sie dreht sich zu mir. »Dann lad sie doch mal zu einem unserer Mädelsabende ein. Ich würde sie wahnsinnig gern bitten, mir beim Augen-Make-up zu helfen.«

»Ja, sie ist schon eine Stilikone …«

»Und dann würde *ich ihr* den Tipp geben, sich ein paar Strümpfe in den BH zu stecken«, fährt Marilyn fort. »Ich meine, klar, sie ist so ziemlich das hübscheste Mädchen, das ich je gesehen habe, aber in Sachen Oberweite könnte ein bisschen Unterstützung nicht schaden.«

Ein Teil von mir wäre zu gern dabei, wenn es je zu diesem Gespräch kommen sollte; ein anderer Teil von mir würde schreiend Reißaus nehmen.

Doch darum geht es jetzt nicht.

»Die Sache ist die, Marilyn«, beginne ich, »meine Bekanntschaft mit Audrey Hepburn … na ja, die hat damit zu tun, worüber ich mit dir sprechen wollte. Du weißt schon: Warum ich so sicher weiß, dass für dich in deiner Zukunft alles gut laufen wird. Ich meine«, korrigiere ich mich etwas zu spät, »dass *deine Karriere* in deiner Zukunft gut laufen wird.«

Marilyn zieht die Knie an ihre Brust, kuschelt sich in ihren Nerzmantel und schenkt mir eins ihrer strahlenden Lächeln. »Ich glaube, ich ahne sogar schon, warum du das weißt.«

»Tatsächlich?«

»Klar! Du kannst hellsehen, stimmt's?«

Ich blinzle sie an.

»Ach, das ist schon okay, Süße. Das muss dir nicht peinlich sein oder so! Ich kenne auch noch andere Hellseher. Sogar eine meiner Pflegemütter war Hellseherin. Und sie hat auch mit Runen gearbeitet, und aus dem Kaffeesatz gelesen … Sag mal, du liest aber nicht aus dem Kaffeesatz, oder? Denn der war bei mir bisher nie sehr zuverlässig. Meine Pflegemutter hat daraus immer vorhergesagt, ich würde einen Mann heiraten, der das Land bearbeitet, und neun Kinder bekommen.« Sie verzieht das Gesicht. »Ich meine, ich könnte *theoretisch* immer noch einen Farmer kennenlernen, aber in Hollywood wohnen nicht sehr viele davon, und was die Vorstellung von neun Kindern anbelangt …«

»Nein. Nein, ich lese nicht aus dem Kaffeesatz. Und eigentlich, Marilyn, geht es auch nicht unbedingt um *hellseherische* Kräfte, sondern …« Ich hole tief Luft. »Glaubst du an Magie?«

»Na klar, Honey! Meinst du Prinzessinnen in Türmen und gute Feen und all so was?«

»Ähm, eigentlich nicht. Das sind eher, na ja, Märchen.«

»Oh. Denn daran glaube ich auf jeden Fall! Das muss man doch, wenn man so aufwächst wie wir, nicht wahr?«

»Wie *wir?*«

»Na ja, du hast mir ja schon gesagt, dass du eine schwierige Mutter hast, Süße. Und ich bin vielleicht nicht die Hellseherin hier, aber man braucht keine übersinnlichen Kräfte, um sich zusammenzureimen, dass dein Daddy dir vielleicht auch die eine oder andere Sorge bereitet. Ich meine, sich nie gut genug zu fühlen für einen Kerl ... sich mehr Aufmerksamkeit zu wünschen von diesem Mann, der dir gefällt ...« Sie zuckt die Achseln, begleitet von einem herzzerreißend liebenswürdigen Lächeln. »Wir erkennen einander, Süße. Außerdem ist auch nichts Schlimmes daran, Märchen zu mögen.«

Für einen Augenblick verschlägt es mir den Atem.

»Ich ... ähm ... verstehe nicht ganz«, krächze ich, als ich wieder sprechen kann, »warum wir jetzt plötzlich über Märchen reden?«

»Süße, du hast doch von Märchen angefangen! Ich warte immer noch darauf zu hören, was du mir über meine Zukunft zu sagen hast! Aus deinen Runen, deinem Kaffeesatz, deinen Visionen oder wie auch immer du deine Hellseherei betreibst.« Marilyn nimmt einen Schluck aus ihrem Weinglas und – eine Unverschämtheit angesichts der Cocktails, mit denen sie mich die letzten paar Abende gequält hat – verzieht das Gesicht. »Ich muss in meiner Zukunft nicht mehr viel von diesem Zeug hier trinken, oder? Denn ich muss schon sagen, das wäre ein hartes Los, und zwar noch härter als die neun Kinder!« Sie lacht und verstummt dann abrupt. »Du wirst mir jetzt aber nicht sagen, dass ich *wirklich* neun Kinder bekomme, oder?«

»Nein. Und wie gesagt, Marilyn, ich bin wirklich keine ...«

Ach, was soll's. Wenn sie glaubt, mein Wissen über ihre Zukunft käme daher, dass ich eine Hellseherin bin – bitte schön. Ich will ihr nur klarmachen, dass ihre Träume wahr werden:

Solange sie glaubt, was ich ihr sage, und aufhört, sich selbst so fertigzumachen, weil sie es noch nicht »geschafft« hat, was spielt es für eine Rolle?

»Du hast eine fantastische Zukunft vor dir«, sage ich mit einer Stimme, die – hoffentlich – getragen genug klingt, um auf der »Hellseherinnen«-Schiene weiterzufahren. »Du wirst sogar ein noch größerer Filmstar werden, als du dir überhaupt vorstellen kannst. Du wirst in Filmen mit Jane Russell mitspielen, und mit Betty Grable, und Tony Curtis, und, ja, auch Sir Laurence Olivier …«

»Oh!« Marilyn schnappt nach Luft und schlägt sich die Hände vor den Mund. »Und Tim Holt?«

»Ähm … Tim wer?«

»Tim Holt. Aus *Der Schatz der Sierra Madre.* Oh, Süße, ich bin ganz vernarrt in ihn! Wenn du mir sagen würdest, dass ich eines Tages in einem Film mit ihm mitspiele, wäre ich so ziemlich das glücklichste Mädchen in ganz Hollywood!«

»Oder Colliers Wood.«

»Hm?«

»Nicht so wichtig. Also, ich weiß nicht sicher, ob du in einem Film mit diesem Tim Holt mitspielst oder nicht, Marilyn … Aber reichen dir denn nicht auch die anderen, die ich gerade erwähnt habe?«

»Verzeih mir, Süße, natürlich reichen sie mir. Mehr als das! Und meinst du wirklich, dass ich der *Star* in diesen Filmen sein werde? Und dass die Leute mich überall erkennen werden, wo ich hingehe?«

»Das meine ich wirklich. Du wirst mehr als berühmt, Marilyn. Du wirst legendär.«

Sie lehnt sich auf dem Chesterfield zurück mit einem glücklichen … nein, einem *erleichterten* Seufzer.

»Es hilft einfach zu wissen«, sagt sie mit piepsiger Stimme, so leise, dass ich sie kaum verstehe, »dass ich einmal im Leben nicht den Zipfel von der Wurst erwischen werde.«

»Das freut mich.«

»Und weißt du sonst noch irgendwas über mich?«

»Wie bitte?«

»Meine Zukunft.« Sie lächelt sehnsüchtig. »Ich meine, selbstverständlich will ich nicht die neun Kinder haben, die meine Pflegemutter mir immer angedroht hat, aber ich dachte immer, drei oder vier wären schon ganz nett.«

Ich schlucke.

»Was ist mit einem Mann? Kriege ich einen guten Ehemann? Einen, der mich gut behandelt und mir treu bleibt und mich … glücklich macht?«

Ich finde immer noch keine Worte, um ihr zu antworten.

Denn, ganz ehrlich, was soll ich ihr sagen? Dass sie mit sechsunddreißig nackt und mutterseelenallein gestorben ist? Dass sie gar keine Kinder hatte? Dass es zwar einige Ehemänner gab, diese aber garantiert nicht dafür taugten, sie »gut zu behandeln und sie glücklich zu machen«, wie sie sich das so schön vorstellt?

»Süße?« Ihre blauen Augen blinzeln mich groß und vertrauensvoll an. »Du bist furchtbar still geworden.«

»Ja …« Meine Kehle ist trocken. »Ähm, sorry, ich hab nur …«

»Also, jetzt machst du mir aber ein bisschen Angst! Weißt du irgendwas über meine Zukunft, das … *schlecht* ist?« Sie greift nach meinem Arm. »Ach du meine Güte, Honey, werde ich *fett* oder so was?«

»Nein, nein! Darüber musst du dir keine Sorgen machen!« Ich bin erleichtert, dass es eine so alberne Frage ist – und umso mehr, als ich höre, dass es an der Tür klingelt. Ich stehe auf. »Ich schau mal besser, wer da ist«, sage ich. »Mach du's dir gemütlich und genieß deinen Wein …«

»Ausgeschlossen, Süße«, erwidert sie und verzieht das Gesicht.

»… und schau den Film – ich bin gleich wieder da«, beende ich den Satz, bevor ich die Tür hinter mir schließe.

Ich muss ein paar Tränen wegblinzeln, stelle ich fest, während ich zur Sprechanlage gehe und den Hörer abnehme. »Hallo?«, schniefe ich hinein und hoffe inständig, dass es nicht Cass und Ned sind, die erneut ihr Glück versuchen.

»Libby?«, ertönt Bogdans Stimme. »Meine Wenigkeit. Bogdan. Kann ich im Kommen sein?«

»Ja, Bogdan.« Ich glaube nicht, dass ich mich je im Leben schon mal so über einen seiner unangekündigten Besuche gefreut habe. »*Bitte.* Komm rauf.«

Er ist der einzige andere Mensch, der Marilyn gesehen hat. Und ich will unbedingt mit jemandem über diese ganze bizarre Situation sprechen.

»Ich musse«, erklärt er atemlos, als er kurz darauf meine Wohnungstür öffnet, »noch mehr Pfund verlieren. Diese Treppe werde mein Ruin sein.«

Natürlich wäre es schön, mit jemandem über die Situation zu sprechen, dessen Sprachkenntnisse *etwas* weniger beschränkt sind …

Und nun starrt er mich an.

»Josef, Maria und die Jesuskind«, sagt er – die Wendung hat er offensichtlich von Dillon aufgeschnappt. »Deine Haare sind Highlight.«

»Oh.« Meine Hand fliegt an meinen Kopf. In der ganzen Aufregung hatte ich völlig vergessen, dass ich ihm das noch beichten muss. »Ja … Das war nur so eine Laune, Bogdan.«

»Laune?«

»Ich meine, ich hab mich nur so Hals über Kopf dazu entschieden.«

»Hals über Kopf?«

»Ich habe es nicht geplant«, sage ich schließlich, um es so einfach wie möglich zu halten. »Es war eine ganz spontane Entscheidung.«

»Aber ich sage dir längste Zeit, das zu machen.«

»Ich weiß. Und es tut mir leid. Ich weiß auch nicht, was mich plötzlich dazu verleitet hat. Aber ich bin sehr froh, dass du jetzt hier bist, Bogdan, denn ich brauche deine professionelle Meinung. Hat die Friseurin gute Arbeit geleistet?«

Er streckt geringfügig besänftigt eine Hand aus, um mir durch die Haare zu wuscheln, und verzieht dann zickig das Gesicht.

»Ist nicht *ganz* Katastrophengebiet.«

»Gut! Das freut mich!«

»Wenn ich die Ehre habe, selber zu machen, ich wähle mehr Aschefarbe, weniger Karamell.«

»Klar. Aber ist es grundsätzlich okay? Ich meine, sieht es gut aus?«

»Ja, es sitzt dir, Libby«, schnieft er. »Aber das lässt mich nicht hinfallen vor die Uberraschung. Ich habe dich immer gesagt. Bin einsame Stimme in Wildnis. Ich nur uberrascht, dass du nicht traust Urteil und Kunst von *gute Freund* und stattdessen lege Haare in Hände von Fremde.«

»Ich weiß. Und es tut mir leid. Ich werde das nie wieder tun.« Ich nehme seine beiden riesigen, überraschend weichen Hände in meine. »Aber, Bogdan, hör zu. Ich muss mit dir über was anderes als über meine Haare reden. *Nicht über Dillon*«, sage ich schnell, denn sein Blick deutet an, dass er mit genau diesem Gesprächsthema gerechnet hat. »Über etwas viel Wichtigeres.«

»*Gibt* viel Wichtigeres?«

»Ich glaube schon, Bogdan, ja.« Ich hole tief Luft. »Okay, wir hatten bisher keine Gelegenheit, uns darüber zu unterhalten, aber … Na ja, du hast vorgestern in meiner Wohnung ein Mädchen getroffen, stimmt's?«

Er nickt. »Ich ihr helfe bewege hässliche orange Sofa.«

»Genau. Was sehr nett von dir war. Und wie du wahrscheinlich durch den Spalt dieser Tür erkennst«, ich deute mit einer Hand in Richtung der Trennwand, »ist sie immer noch hier und sitzt drauf.«

»Ich erkennen das, ja.« Er bewegt sich in Richtung der Tür. »Ist okay wenn ich sage Hallo?«

»Warte! Genau darüber müssen wir uns unterhalten! Also, pass auf, ich weiß nicht, was sie dir gesagt hat oder wie du die ganze Situation einschätzt, aber …«

»Sie ist Marilyn Monroe«, fragt Bogdan, »ja?«

Ich starre ihn an.

Ein seltsames Krächzen kommt aus meinem Mund.

»Libby?«

»Ja«, sage ich, versuche wieder zu sprechen und schaffe es diesmal mit Mühe. »Sie ist es.«

»Okay. Das ich schon denke.«

»Aber … findest du … fandest du das nicht *seltsam?* Ich meine, du hast doch sicher gedacht, sie ist eine Doppelgängerin, oder ein Kissagram, oder …«

»Kissagram? Was ist diese Kissagram?«

»Ach, nur so was Albernes«, sage ich matt, »wo Leute sich als jemand Berühmtes verkleiden und dann bei Partys auftauchen, um dem Geburtstagskind einen Kuss zu geben. Ziemlich oft als Marilyn Monroe, oder Tarzan, oder James Bond … so was eben.«

»Ich so was nie gehort.«

»Nein, sicher, aber wir sollten lieber beim Thema bleiben …«

»Tarzan, du sagst?« Er hat die Augenbrauen zusammengezogen. »Man mache gute Geld als diese Kissagram, Libby?«

»Ich habe echt keine Ahnung. Schau einfach mal bei Google oder so. Ich würde jetzt wirklich gern über die Tatsache sprechen, dass …«

»Du finde mich mehr uberzeugende Tarzan oder mehr uberzeugende Bond?«

»*Bogdan!*«, schimpfe ich. »Herrgott noch mal! Können wir *bitte* über die Tatsache sprechen, dass Marilyn Monroe in meiner Wohnung ist? Und dass dir das anscheinend gar nicht merkwürdig vorkommt? Gar nicht *magisch?*«

Es folgt einen Augenblick Stille.

»Aber naturlich«, sagt Bogdan ruhig, »ist magisch. Das stelle ich nicht fur einsame Minute infrage.«

»Aber … *solltest* du das nicht?«

»Was sind andere Erklärunge?«, fragt er achselzuckend. »Dass ich werde verruckt? Dass ich sehe die Geister? Das sind nicht uberzeugende Erklärunge, Libby.«

»Und die Tatsache, dass Marilyn magisch sein könnte, dass ich ein magisches Sofa aus den Pinewood Studios besitzen könnte: Ist *das* eine überzeugende Erklärung?«

Bogdan macht einen Schritt auf die Trennwand zu, dann bleibt er stehen und blickt zu mir.

»In Moldawien«, sagt er langsam und bedächtig, »wir habe Spruchwort.«

Er murmelt in halsbrecherischer Geschwindigkeit etwas in seiner eigenen Sprache und sieht mich dann fragend an.

»Ähm … wie du weißt, Bogdan, ist mein Moldawisch nicht gerade verhandlungssicher …«

»Ubersetzung ist wie …« Er überlegt einen Moment mit halb geschlossenen Augen. »Wenn du die Unmogliche ausgeschlossen hast, dann muss was ubrig bleibt Wahrheit sein, auch wenn ist unwahrscheinlich.«

Ich denke darüber nach.

»Moment mal«, sage ich kurz darauf, »ist das nicht von Sherlock Holmes?«

»Spielt keiner Rolle, von wo es herkomme!« Bogdan wirkt verärgert. »Was ich versuche zu sagen ist, dass in meine Heimatland, wir akzeptieren die Magie als Teil von die Alltag. Meine Großonkel Viktor hat die magische Brunnen auf seine Ackerland. Er produziert Wasser sogar in Mitte von große Durre von funfundfunfzig. Meine Großemutter hat magische Großevateruhr. Bleibt immer stehen genau die Sekunde von Tod von große Weltfuhrer: Josef Stalin, Präsident Kennedy, Mahatma Gandhi …«

»Das klingt sehr … integrativ von ihr«, sage ich matt.

»Und du habe magische Sofa.« Bogdan zuckt mit den Schultern. »Ist nicht die große Sache fur mich.«

»*Nicht?*«

Er schüttelt den Kopf. »Außerdem ich kenne schon. Ich habe gehort, wie du rede mit Audrey Hepburn, wenn sie ploppt da raus.«

Woraufhin ich starr vor Verwunderung in meiner Hälfte der Wohnung stehen bleibe, während Bogdan durch die Tür nach nebenan und auf das Chesterfield zugeht.

»Guten Abend«, höre ich ihn zu Marilyn sagen. »Ich sehr erfreut, dich zu sehe wieder.«

»Oh! Ebenfalls sehr erfreut«, haucht Marilyn und blickt mit ihren großen blauen Augen zu ihm auf, »dich wiederzusehen.«

»Lass mich dir gebe mehr von die Wein«, fährt er fort, während er sich neben sie aufs Chesterfield setzt, »und wir konnen ein bisschen reden.« Es folgt eine kurze Pause, in der man nur das Klirren von Flasche und Glas hört, bevor er weiterspricht: »Ich stelle mich nur Frage, Miss Monroe, ob du schon mal daruber nachdenke, wie du aussehe mit braune Haare …?«

13

Heute ist der Tag, an dem ich mit Tash und Nora Brautjungfernkleider shoppen soll.

Zumindest hoffe ich, dass Nora auch kommt. Gestern Vormittag hat sie mir eine Nachricht geschickt, in der sie sagte, ihr sei immer noch ein bisschen schlecht, aber ich habe noch keine Antwort auf meine Nachricht heute Morgen erhalten, in der ich sie gefragt habe, ob sie sich fit genug fühle, um heute mitzukommen. Denn so liebenswürdig Tash natürlich ist, glaube ich nicht, dass wir uns gut genug verstehen, um nur zu zweit ein ganzes Mittagessen mit anschließender Shoppingsession durchzustehen. Wir treffen uns – auf Tashs Vorschlag hin – im Restaurant im zweiten Stock von *Selfridges*, in der Nähe der Schuhabteilung, was ein viel formelleres Setting ist, als ich es gewählt hätte (ich dachte, wir holen uns einfach schnell was auf die Hand, bevor wir mit dem Shoppen beginnen), also plant sie womöglich ein ausgiebiges Mittagessen, bei dem der Alkohol in Strömen fließt, während wir uns unterhalten über …

Na ja, genau deshalb hoffe ich verzweifelt, dass Nora auch kommt.

Denn ich glaube nicht, dass Tash und ich, bis auf unsere Freundschaft mit Nora, wahnsinnig viel gemeinsam haben.

Jedenfalls bin ich die Erste, die im Restaurant im zweiten

Stock ankommt, also bitte ich den Oberkellner um einen Tisch für drei (da ich die Hoffnung nicht aufgebe) und setze mich, um meine müden Füße auszuruhen, gerade als mein Handy piept und eine neue Nachricht erscheint.

Mittagessen? D x

Also geht es wieder los.

Wobei *es geht los* bedeutet, dass mein Herz anfängt zu hämmern und meine Hände anfangen zu schwitzen, sobald ich von ihm höre.

Verplant L x, antworte ich. Denn es ist besser, diese Dinge kurz und schmerzlos zu halten. Sich nicht in irgendwas reinziehen zu lassen, woraus ein Flirt werden könnte.

Seine Antwort kommt einen Augenblick später: *Schade D x*

Ich tippe zurück: *Ja L x*

Abendessen? D x

Verplant L x

Es folgt eine kurze Pause bei unserem Ein-Wort-Tennis. Dann kommt eine weitere Nachricht an.

Date? D x

Bittet er mich um ein Date, oder *will er wissen,* ob ich ein Date habe?

Party L x, antworte ich.

Von? D x

Freund L x

Eine weitere kurze Pause.

Olly? D x

Jep L x

Ah D x

Worauf ich nicht weiß, was ich antworten soll. Ich meine, »ah« gibt mir ja nicht viel vor, oder? Aber mir macht dieses kleine Spiel so viel Spaß, dass ich es, so kindisch das auch klingt, nicht beenden will.

Mir ist jedoch noch keine witzige, freche Antwort eingefallen, die ich zurückschreiben kann, als ich sehe, dass der Oberkellner jemanden an diesen Tisch schickt …

Gott sei Dank ist es Nora.

»Wow«, sagt sie und bleibt mit offenem Mund neben dem Tisch stehen. »Wann ist das denn passiert?«

»Ach, du meinst meine Haare?« Ich betaste sie unsicher. »Nur vor ein paar Tagen. Gefällt es dir?«

»Es gefällt mir sehr … Ich meine, es ist ganz anders, Lib, versteh mich nicht falsch … Aber es gefällt mir. Und mir gefällt auch dein restliches Sex-Kitten-mäßiges Outfit.« Sie deutet mit einer Hand auf meinen Bleistiftrock mit einem – dem heutigen erneuten Vorstoß in die Welt von Marilyns Kleidervorstellungen – Twinset.

Na ja, es ist ein schwarzer, kurzärmeliger Pulli unter einer schwarzen Baumwoll-Cardigan. Kein *richtiges* Twinset, aber meine Version davon.

Ich hätte Marilyn auch heute Vormittag, bevor ich weggegangen bin, um ihre Meinung gefragt, aber sie schlief noch fest unter ihrem weißen Nerz auf dem Chesterfield, und ich wollte sie nicht stören. Sie ist gestern Abend sogar noch länger aufgeblieben als ich, hat Cocktails getrunken und sich mit Bogdan unterhalten, während ich versucht habe, mit meinem Businessplan für Benjamin Milne voranzukommen. Aber ich geb's zu, ich habe mich kurz vergewissert, dass sie Bogdan nicht erlaubt hat, ihr die Haare braun zu färben oder so, obwohl ich dafür eine Ecke des ekligen Nerzes anheben musste, da ihr Kopf fast ganz davon bedeckt war. Aber, nein: Sie war noch so platinblond wie eh und je. Und so nackt wie eh und je; wenn sie noch lange bleibt, werde ich sie überzeugen müssen, sich ein paar von meinen Klamotten zu leihen, oder ihr vielleicht sogar ein paar neue Sachen möglichst günstig bei ASOS bestellen oder so.

»Lib?«

»Hm?«

»Du bist meilenweit weg.«

»Sorry … Ich hab nur … Du siehst auch toll aus«, sage ich, als Nora sich mir gegenübersetzt. (Was ein kleines bisschen geschwindelt ist, denn sie ist ziemlich blass und hat Ringe unter den Augen, aber ich habe nicht vor, das zu erwähnen.) »Fühlst du dich besser?«

»Ja. Zumindest mehr oder weniger.« Sie blickt für einen Moment hinunter auf ihre Hände. »Ich war nicht sicher, ob du wusstest, dass es mir nicht gut gegangen ist. Ich meine, bis auf deine Nachricht heute Morgen, um zu fragen, ob ich heute mitkomme, hast du mich weder angerufen noch mir geschrieben, seit wir am Montag zum letzten Mal miteinander gesprochen haben …«

»Oh Gott, Nora, du hast recht. Das tut mir echt leid. Ich hatte einfach so viel zu tun.«

»Schon okay. Und ich wollte dir auf deine Nachricht heute Morgen auch antworten, aber ich war im Restaurant und hab Olly geholfen, Bilder aufzuhängen, und bin dann nicht mehr dazu gekommen.«

Mein Herz rutscht in meinen Bauch.

Denn ich habe nicht nur Nora vergessen, während sie hier unten in London war und sich schlecht gefühlt hat, sondern ich habe auch Olly vergessen.

»*Shit.* Ich sollte gestern ins Restaurant gehen und ihm dabei helfen!«

»Ah.« Nora greift nach dem Brotkorb und nimmt sich ein Stück Focaccia. »Vielleicht war Olly deshalb heute Morgen ein bisschen schlecht drauf.«

»Oh Gott.«

»Na ja, er ist schon die ganzen letzten Tage ein bisschen gestresst wegen der Eröffnung und allem, also vielleicht war es auch nur das.«

»Er ist gestresst?« Ich starre sie an. »Ich dachte, er nimmt das alles ganz locker.«

»Lib, komm schon. Du kennst Olly. Er würde nicht *zugeben,* dass er gestresst ist. Das muss man sich eben irgendwie … denken.«

»Aber ich hab ihm doch gesagt, er soll mich anrufen, wenn er moralische Unterstützung braucht …«

»Schon. Aber vielleicht«, sagt Nora leichthin, aber spitz, »dachte er, er soll dich nicht stören. Wenn du so was Wichtiges zu tun hast, dass du vergisst, dort vorbeizukommen, obwohl du es versprochen hast, meine ich.«

Glühende Schuldgefühle durchbohren mich.

»Ich hatte gar nichts Wichtiges zu tun«, murmele ich. »Ich meine, doch, in gewisser Weise schon – ich hab an einem Businessplan für einen möglichen Investor gearbeitet –, aber das hätte noch einen Tag warten können.«

»Oooh, das klingt aufregend! Aber das solltest du Olly wahrscheinlich sagen, nur damit er weiß, warum du ein bisschen … unzuverlässig warst …«

Das tut weh.

»Ich bin nicht unzuverlässig! Ich bin immer für alle da, die mich brauchen! Für meine Schwester … für dich … Okay, ich gebe zu, ich hab Olly in letzter Zeit ein bisschen vernachlässigt … Und natürlich hätte ich dich anrufen sollen, als ich erfahren habe, dass du dich nicht so toll fühlst …« Ich breche ab und blicke dann etwas verzweifelt über den Tisch zu Nora. »Geht's Olly gut? Ist im Restaurant alles bereit? Glaubst du«, füge ich besorgt hinzu, »er wird mir verzeihen?«

»Das wird er bestimmt. Du weißt ja, was du ihm bedeutest, Libby.« Nora beschäftigt sich wieder mit dem Brotkorb und nimmt sich ein weiteres Stück Focaccia. »Hey, da fällt mir ein, du hast mir gar nicht erzählt, wie es neulich Abend mit Adam gelaufen ist.«

Weshalb ihr bei einem Gespräch über meine und Ollys Freundschaft Adam einfällt, weiß ich nicht.

»War er ganz überwältigt, als er dich gesehen hat?«, fährt sie fort.

»Ähm … ja, in gewisser Weise …«

Das hier ist nicht ganz das Gleiche wie der kleine Schwindel, sie würde toll aussehen, obwohl sie eigentlich blass und müde wirkt. Ich meine, ich kann nicht mit meiner besten Freundin hier sitzen und, während ich sie über meinen Beziehungsstatus mit Adam auf den neusten Stand bringe, *nicht* erwähnen, dass ich möglicherweise aus Versehen wieder angefangen habe, etwas für Dillon O'Hara zu empfinden.

Dillon O'Hara, der zufälligerweise gerade eine weitere Ein-Wort-Nachricht an mein Handy geschickt hat.

Schön D

Diesmal ist da kein *x* für ein Küsschen.

Hat er das *x vergessen?* Oder es absichtlich weggelassen, weil … warum? Weil er sauer ist, dass ich *weder* zum Mittag- *noch* zum Abendessen Zeit habe?

Das wäre aber kindisch von ihm. Sogar noch kindischer als dieses alberne Ein-Wort-SMS-Spiel, das wir gespielt haben und das mir nun plötzlich auf die falsche Weise albern vorkommt.

»Libby?« Nora wirkt irritiert. »Du bist schon wieder meilenweit weg!«

»Sorry …«

Doch dann ist auch Noras Aufmerksamkeit plötzlich von unserem Gespräch abgelenkt, als sie anfängt, über meine Schulter zu winken. »Tash!«, ruft sie. »Tash, hier drüben!«

Denn Tash ist da. Sie sieht schick, aber sommerlich aus in ihren knielangen marineblauen Shorts, einer luftigen Bluse und hübschen Espadrilles mit Keilabsatz. Ihr schwingendes blondes Haar hat sie am Hinterkopf zusammengedreht.

»Na, ihr zwei!«, sagt sie und begrüßt uns mit Küsschen, als sie am Tisch ankommt. »Wie geht's uns an diesem schönen Tag?«

Wie, *wie* schafft sie es, die ganze Zeit so blendend gelaunt zu sein? Es ist fast, als hätte sie buchstäblich keine Probleme im Leben; keine nagenden Zweifel an Beziehungen, keine quälenden Sorgen um Freundschaften, keine Gewissensbisse, weil sie jemanden im Stich gelassen hat ... Was vermutlich daran liegt, dass sie eben *niemanden* im Stich lässt. Ich kann mir nicht vorstellen, dass Tash jemandem versprechen würde, etwas zu tun, und es dann nicht tut. Mal ehrlich, sie hat Olly diese Woche mehr geholfen als ich, und sie gehört nicht zu seinen ältesten Freunden.

»Nora?«, fügt sie hinzu. »Fühlst du dich gut?«

»Ja. Wie war die Konferenz heute Morgen?«

»Oh *Gott.*« Tash lässt sich auf den Stuhl neben meinem fallen. »Callum Sutherland wollte unbedingt neben mir sitzen.«

»*Nein.*« Nora stöhnt auf. »Du Ärmste. Hat er irgendwas Ekliges gesagt?«

»Nein, aber er hat sich unangenehm dicht neben mich gesetzt und ist absichtlich-versehentlich andauernd auf seinem Stuhl herumgerutscht, sodass sich unsere Knie berührt haben. Mir ist plötzlich klar geworden, wie du dich damals gefühlt haben musst, als er dich bei der Weihnachtsfeier bedrängt hat. Und ich konnte nicht mal beiläufig einen Verlobungsring blitzen lassen oder immer wieder ›mein Verlobter‹ ins Gespräch einflechten, nur um ihn zu ermahnen, sich ein bisschen zurückzuhalten.«

»Callum Sutherland ist einer der Chefärzte auf Tashs Station«, erklärt mir Nora, wohl für den Fall, dass ich mich bei dem Gespräch ausgeschlossen fühle. »Und ein totaler Perversling.«

»Mit einer Schwäche für Blondinen«, seufzt Tash, bevor sie hinzufügt: »Oh Gott! Mir ist gerade erst aufgefallen, dass du blond geworden bist, Lib!«

»Sieht es nicht genial aus?«, fragt Nora.

»Total! Wow! Was hat dich plötzlich dazu gebracht? Oh nein …« Tash blickt theatralisch über den Tisch zu Nora. »Es war aber nicht Brautzilla da drüben, oder? Die angeordnet hat, dass alle ihre Brautjungfern die gleiche Haarfarbe haben müssen?«

Nora lacht.

»Es ist aber schon ein anderer Ton als bei dir«, sage ich zu Tash.

»Ich finde eher, es sieht ziemlich ähnlich aus.« Tash mustert mich genauer. »Meinst du nicht, Nora?«

»Na ja, schon, jetzt, wo du's sagst, ist es sogar ziemlich identisch. Gut aufgepasst, Lib. Danke, dass du meinen heimlichen Brautzilla-Wunsch nach zueinander passenden Brautjungfern erfüllt hast.«

»Und apropos zueinander passende Brautjungfern«, sagt Tash, während sie sich bückt und in ihre Handtasche greift. »Ich hab in dieser Zeitschrift ein paar Kleider von Reiss gesehen, die mir echt gut gefallen, also ist es vielleicht schlau, wenn wir nach dem Essen direkt in die Abteilung gehen …«

Die zwei fangen an, die *Grazia* durchzublättern, die Tash gerade herausgeholt hat, was mir einen Augenblick Zeit gibt, um darüber nachzudenken, was sie gerade über meine Haarfarbe gesagt haben.

Ich meine, sie ist *nicht* identisch mit Tashs.

Und selbst wenn, dann ist das selbstverständlich Zufall. Ich will Tash nicht kopieren. Ja, sie ist sehr hübsch und, wie ich nur immer wieder sagen kann, natürlich auch sehr nett, also gäbe es deutlich Schlimmeres, als sie zu kopieren, wenn man das getan hätte ... Aber das hab ich nicht getan. Ich habe keinen Grund, Tash zu kopieren. Die Tatsache, dass ich jetzt sehr ähnliche Haare habe, ist nichts als eine Laune der Friseurin. Ich meine, im Ernst, wie viele verschiedene Blondtöne *gibt* es denn, alles in allem? Man ist im Prinzip entweder eine elegante dunkle Blondine wie Jennifer Aniston, eine sexy Platinblondine wie meine liebe Marilyn oder eine fröhliche, alltägliche Butter-und-Honig-Blondine wie Tash.

Und jetzt, na ja, ich.

»Dieses Blaue gefällt mir echt gut«, sagt Nora und deutet auf ein Bild in der Zeitschrift. »Das würde dir super stehen, Tash.«

»Wirklich? Bist du sicher, dass es nicht ein bisschen zu sexy ist, mit diesem Schlitz im Rock? Für ein Brautjungfernkleid, meine ich?«

»Wer sagt, dass ich keine sexy Brautjungfern will?«, fragt Nora grinsend. »Ich habe ja schon die kürzlich erblondete heiße Libby hier, für die Mark mich garantiert irgendwann im Lauf des Abends sitzen lassen wird. Dann kann ich dich auch überreden, in einem Schenkelschlitz-Fummel aufzukreuzen, damit du dir einen der Ehrengäste schnappen kannst. Ich geh nur kurz auf die Toilette«, fügt sie übergangslos hinzu und steht auf einmal so eilig auf, dass ich denke, sie ist doch noch nicht so ganz über ihre Magenverstimmung hinweg, wie sie behauptet hat. »Bestellt mir bitte ein Mineralwasser, ich bin gleich wieder da.«

Tash, in ihrer typisch organisierten Art, ruft eine Kellnerin, bestellt eine Flasche Mineralwasser »und je ein Glas Champagner für uns beide, ja, Libby?« und wendet sich dann an mich, sobald die Kellnerin wieder weg ist, um zu sagen: »Also, wenn wir schon die Ehrengäste untereinander aufteilen, musst du mir bei Noras großem Bruder den Vortritt lassen.«

»Olly?«

»Genau der!«

Ich blinzle sie an. »Sorry … du stehst auf … Olly?«

»*Gott*, ja. Er ist so attraktiv. Findest du ihn nicht attraktiv?«

»Ähm … ich schätze schon …«

»Ich fand ihn schon toll, als ich ihn zum ersten Mal gesehen habe, um ehrlich zu sein. Das ist teilweise der Grund, weshalb ich mir die Chance nicht entgehen lassen wollte, diese Woche bei ihm zu wohnen und ihm zu helfen, als ich erfahren habe, dass ich sowieso für die Konferenz hier bin.« Ihre Augen bekommen für einen Moment einen etwas verträumten Ausdruck. »Ich meine, er ist so groß, und er sieht so gut aus … und er kann kochen! Meine Mum hat mir immer gesagt: Such dir auf jeden Fall einen Mann, der kochen kann. Mein Dad kann nicht mal ein Ei kochen – ich meine, er kann *buchstäblich* kein Ei kochen; das einzige Mal, als er es versucht hat, hat er die Eier in den Wasserkocher gesteckt, und zwar in den leeren Wasserkocher … Da fällt mir ein«, fährt sie fort und greift nach dem Brotkorb, dessen Inhalt Nora ganz schön dezimiert hat, »apropos Essen – wir beide sollten uns überlegen, wo wir für das Dinner zu Noras Junggesellinnenabschied hingehen wollen.«

»Oh!« Ich bin immer noch ein bisschen zu benommen von der Tatsache, dass sie ein Auge auf Olly geworfen hat. »Ähm …« Ich versuche, mich zusammenzureißen. »Ich hab mir für den Junggesellinnenabschied schon ein paar Sachen überlegt …«

Und was ich mir zum Thema Junggesellinnenabschied vorgestellt habe – Sie steht auf *Olly? Ernsthaft?* –, geht ungefähr in diese Richtung: zu Mittag ein schönes Picknick in den Kensington Gardens, wo Nora und Mark bei ihrem ersten richtigen Date vor zehn Jahren spazieren waren; dann zum Haus von Noras Eltern in Chiswick für einen Nachmittagstee und Unmengen Champagner im Garten, wo Mark ihr den Heiratsantrag gemacht hat; danach schminken sich alle zusammen in Noras altem Kinderzimmer zu schmalzigem Pop aus ihrem geliebten alten CD-Player, fahren in einer Taxiflotte rüber nach Clapham für ein ausgiebiges, hochprozentiges, relaxtes Dinner an einem riesigen Tisch in Ollys Restaurant mit dem geheimen Namen und stürmen dann eine der Bars an der Clapham High Street. Eine Bar, in der uns – diesen Geistesblitz hatte ich vor ein paar Wochen –, wie mit dem Personal abgesprochen, Runde um Runde eines nagelneuen Cocktails namens »Die flammende Nora« serviert wird, in Erinnerung an die Abende, die Nora und ich einmal im Urlaub in Griechenland verbrachten, wo wir in einem sonst ruhigen Fischerdorf fragwürdige, funkensprühende Cocktails tranken und uns von den Einheimischen anquatschen ließen.

Olly?

»Super!« Tash strahlt mich an. »Denn ich dachte, ich stelle mal eine Shortlist mit ein paar Optionen zusammen und maile dir alles zu, damit du es dir überlegen kannst. Nora wollte den dritten Samstag im Juli nehmen, wenn du meinst, das ist nicht zu kurzfristig für alle? Die meisten ihrer Freundinnen sind natürlich oben in Glasgow, aber du musst einen Flug von London buchen, und dann sind da noch ihre Schwestern … Alles okay, Nora?«, fragt sie plötzlich, als Nora an unseren Tisch zurückkommt und auf ihren Stuhl sinkt.

»Ja. Alles gut. Sag nichts – ihr zwei habt euch über den Junggesellinnenabschied unterhalten.«

Ich würde es weniger eine Unterhaltung als vielmehr einen Monolog nennen, denke ich, sage aber nichts.

Und ich weiß, es ist gemein, das auch nur zu denken, geschweige denn, bei einem vorhochzeitlichen Mädelstreffen mit unserer gemeinsamen Freundin, der Braut, damit herauszuplatzen.

Aber ich muss gestehen: Ich fühle mich ganz schön vor den Kopf gestoßen. Denn okay, vielleicht ist es die praktischere (wenn auch weniger persönliche und romantische) Lösung, den Junggesellinnenabschied in Schottland zu feiern, statt hier in London. Aber wäre es nicht schön gewesen, wenn wir am Ende eines tatsächlichen Gesprächs zu diesem Schluss gekommen wären? Oder, genauer gesagt, wenn Nora mich irgendwann darüber informiert hätte, dass sie Tash gebeten hat, sich an meiner Planung des Junggesellinnenabschieds zu beteiligen?

Und es ist noch nicht mal so, als könnte sich Nora damit herausreden, sie würde mich für zu unorganisiert und verpeilt halten, um es anständig hinzubekommen. Die Überraschungsparty zu ihrem Einundzwanzigsten, die Olly und ich im Haus ihrer Eltern für sie geschmissen haben, war ein Bombenerfolg … Genau wie die Abschlussfeier, die Olly und ich noch am selben Tag in ihrer damaligen Lieblingsbar in Soho für sie auf die Beine gestellt haben, als Nora mit Auszeichnung bestanden hat … Ganz zu schweigen von dem supereleganten Verlobungsdinner, das (wieder) Olly und ich für sie und Mark in seiner Wohnung vorbereitet haben …

Olly, auf den (sorry, aber ich komme immer noch nicht ganz darüber hinweg) Tash *steht?*

Es ist alles einfach … na ja, es ist ein bisschen viel.

Was, wie mir plötzlich klar wird, das generelle Problem ist, das ich mit Tash habe: Sie ist einfach ein bisschen *viel.*

Denn ich geb's zu: Ich habe schon ein bisschen ein Problem mit ihr. Eins, das ich jetzt schon etwas leichter zugeben kann, nach diesen jüngsten Enthüllungen. Ja, Tash ist liebenswert und lustig und hübsch und clever und alle anderen verdammten Sachen, mit denen gute Feen Kinder in Märchen segnen. Aber dieses ganze Junggesellinnenabschied-an-sich-Reißen und Erste-Brautjungfern-Jobs-Wegschnappen und … und *Auf-Olly-Stehen* … das ist ein bisschen viel. Ein bisschen überwältigend.

Und ich fühle mich dabei wie das fünfte Rad. An einem normalen, vierrädrigen Wagen.

Ich bin es gewohnt, mich in meinem Liebesleben so zu fühlen. Aber bei Nora ist das für mich eine neue Erfahrung.

»Keine Sorge«, sagt Tash nun zu Nora. »Wir gehen es ganz ruhig und entspannt an.«

»Sicher, aber wir wollen es ja auch nicht *zu* ruhig haben«, sage ich. »Ich meine, deine Schwestern werden schwer enttäuscht sein, wenn wir nicht *irgendwann* im Lauf des Abends mit dem Kopf nach unten über einem Geländer hängen, oder?«

»Ach, ich weiß nicht, Lib. Ich würde lieber nichts zu Wildes machen. Nicht so kurz vor der Hochzeit.«

»Ja, klar. Ich meine, ich schlage ja nicht vor, dass wir alle nach Prag fliegen, unser Körpergewicht in Bier trinken und uns dann festnehmen lassen, weil wir eine Statue irgendeines großen Revolutionsführers vollgepinkelt haben.« (Das fällt mir ein wegen eines Junggesellenabschieds, an dem Dillon während unserer Beziehung teilnahm.) »Ich finde nur, es wäre schön, wenn wir es noch mal ein bisschen krachen lassen, bevor du unter die Haube kommst.«

»Haube!« Nora starrt plötzlich über den Tisch zu Tash. »Shit, da fällt mir ein, ich muss meinen Flug auf morgen Vormittag umbuchen!«

»Ich dachte, du bleibst noch bis Samstagnachmittag«, sage ich.

»Wollte ich auch, aber ich musste meinen Termin für die

Probefrisur auf morgen Abend statt nächsten Freitag verlegen. Weil die Friseurin jetzt ja auch den Schleier einarbeiten muss, brauch ich einen dreistündigen Termin statt eines zweistündigen, und morgen ist der einzige Tag, an dem sie so viel Zeit hat.«

»Schleier?« Ich bin verwirrt. »Ich dachte, du hättest dich schon ewig gegen einen Schleier entschieden, weil du der Meinung warst, er verdeckt das Kleid?«

»Ja. Aber ... na ja, ich hab jetzt ein anderes Kleid gekauft, Lib. Hab ich dir das nicht gesagt?«

»Was?«

»Ach, keine Sorge, ich konnte das erste wieder zurückgeben. Zum Glück hatte ich noch nicht den Saum hochnähen oder die Ärmel kürzen lassen ...«

»Aber das Kleid war traumhaft!« Ich starre sie an. »Warum hast du deine Meinung geändert?«

»Aber das neue Kleid ist auch traumhaft«, sagt Tash.

»Du hast es schon gesehen?«, frage ich spitzer als beabsichtigt.

»Na ja, ich meine, ich hab ihr geholfen, es auszusuchen.« Tash schweigt einen Augenblick, weil die Kellnerin gerade die Getränke bringt, die sie bestellt hat. »Es ist genauso schön wie das erste, das du mit ihr ausgesucht hast, ehrlich, Libby ... Elfenbeinfarbene Spitze und eine hübsche Empire-Taille ...«

»Empire-Taille? Aber du wolltest ein Fishtail-Kleid«, sage ich zu Nora. »Alle, die du beim ersten Mal anprobiert hast, waren Fishtail-Kleider! Ich hab sogar versucht, dich zu überreden, auch mal eins mit Empire-Taille anzuziehen, und du hast dich geweigert, weil du gesagt hast, die Leute könnten denken, du bist ...«

Ich verstumme.

Nora läuft rot an.

»Bist du *nicht*«, sage ich.

Nora wird noch röter. Sie räuspert sich.

»Neunte Woche«, sagt sie.

»Fast zehnte«, sagt Tash, »oder?«

Moment: *Tash wusste es?* Und ich nicht?

Nein, nein, nein, Libby. *Nein.* Das ist jetzt gerade nicht – nicht *im Entferntesten* – wichtig.

»Nora! Das ist *wundervoll!*«

Ich stehe auf, gehe zu ihr und ziehe sie für eine feste, ziemlich ungestüme Umarmung an mich.

»Wie geht's dir? Ich meine, wie fühlst du dich? Und, oh, mein Gott, deshalb trinkst du nur Mineralwasser, stimmt's? Und du hattest die ganze Woche auch keine Bauchschmerzen …«

»Ich bin vor allem ziemlich müde. Aber mir geht's gut. Zumindest, solange ich nicht wegen der ganzen Sache in Panik ausbreche.«

Ich weiche zurück und starre sie an. »Du freust dich nicht darüber?«

»Nein. Ich meine, doch, ich freue mich! Freue mich sehr. Es ist nur echt blödes Timing, das ist das Problem … Ich meine, auf der Arbeit geht es sogar noch schlimmer zu als sonst, und … Na ja, wir haben es unseren Eltern zwar noch nicht gesagt, aber du weißt ja, wie konservativ Marks Familie ist. Ich meine, am Tag der Hochzeit bin ich dann in der fünfzehnten Woche!«

»Das wird man kaum sehen«, sagt Tash. »Vor allem jetzt, nachdem du das enge Kleid los bist.«

»Und nachdem ich mich unter dem größten Schleier versteckt habe, den ich finden kann«, ergänzt Nora. »Weißt du was, Tash, wenn wir mit deinem Kleid fertig sind, könnten wir vielleicht noch in einige der Brautläden in der Chiltern Street gehen und schauen, ob wir irgendeinen Schleier zu einem vernünftigen Preis finden, den ich morgen mit nach Hause nehmen kann.«

»Du könntest Großmutters Schleier ausleihen«, sage ich spontan.

Nora blinzelt mich an. »Den von deiner Granny Judith?«

»Nein. Von Großmutter. Dads Mum. Sie hat mir ihren Brautschleier geschenkt, damit ich ihn eines Tages trage …« *Wenn ich Olly heirate,* füge ich fast hinzu, einfach weil ich inzwischen so gründlich die Nase voll habe von Tash, nach der Enthüllung dieser geheimen Schwangerschaft, die für sie nicht geheim war. Aber ich sage es nicht, weil es komisch klingen und womöglich Nora ärgern würde, und ich will sie nicht ärgern. »Er ist ein Traum«, fahre ich fort, »und absolut riesig, also perfekt, um alles zu verhüllen, was du verhüllen willst.«

»Oh, wow, Lib, das wäre wunderbar … aber wenn es ein Familienerbstück ist …«

»Du gehörst zu meiner Familie«, erwidere ich verlegener, als ich das normalerweise sagen würde. »Außerdem kann er dein ›etwas Geliehenes‹ sein. Es sei denn, natürlich« – dabei werfe ich einen Blick zu Tash – »du hast dein ›etwas Geliehenes‹ schon organisiert und bereitgelegt.«

»Natürlich hab ich das nicht. Libby, das klingt fantastisch!« Nora streckt die Arme aus, um mich nun ihrerseits an sich zu drücken.

»Ich kann ihn heute Abend zur Party mitbringen«, sage ich, »oder du könntest morgen vorbeikommen, um ihn abzuholen, je nachdem, um wie viel Uhr dein Rückflug ist.«

»Gott, nein, Lib, bring ihn nicht mit zur Party. Da wird es jede Menge Rotwein und Fruchtcocktails geben! Ich komme ihn morgen Vormittag abholen. Ich kann es nicht erwarten, ihn zu sehen! Er muss einfach schön sein, wenn er von deiner Großmutter ist. Libbys Großmutter ist *so* stylisch«, erklärt sie

Tash. »Wir haben kurz nach unseren GCSE-Prüfungen eine Woche bei ihr verbracht, und sie ist echt eine ganz unglaubliche Frau …«

Ich setze mich wieder, greife nach meiner Speisekarte und studiere sie aufmerksam, während Tash, das muss man ihr lassen, mit ihrem üblichen Enthusiasmus dasitzt und zuhört, wie Nora ausführlich jenen Sommer beschreibt, und Großmutters Fundus an filmstarwürdigen Outfits, die sie uns anprobieren ließ, und die Gläser Rosé-Champagner, die sie uns anbot, bevor wir »zum Dinner hinuntergingen«.

Aber selbstverständlich tut sie das, denn Tash ist die ideale Freundin, die echtes Interesse an allem bekundet, was man ihr zu erzählen hat.

Ob nun Schwangerschaften oder sonst was.

Und wenn für Tash alles nach Plan läuft, was ich nicht bezweifle, wird sie natürlich am Ende nicht nur die Freundin sein, die auserwählt wurde, um als Erste von Noras Baby zu erfahren. Sie wird auch seine Tante sein.

14

Es wird ein langer – sehr, sehr langer – Brautjungfernkleider-Shopping-Nachmittag.

Tash geht die Sache so gründlich an, dass sie erst zufrieden ist, als sie von jeder Designermarke bei *Selfridges* drei Kleider anprobiert hat, und Nora feuert sie auch noch an, indem sie behauptet, dass ihr die Ablenkung guttun und sie sich endlich wieder besser fühlen würde. Nachdem sich Tash dann irgendwann für ein dunkelblaues, knielanges Ballkleid von *LK Bennett* entschieden hat (in dem sie übrigens absolut umwerfend aussieht), müssen noch die passenden Schuhe gefunden werden …

Bis ich nach Hause komme, ist es sechs Uhr, und ich muss mich beeilen, wenn ich nicht zu spät kommen will zu Ollys Party im … na ja, in seinem Restaurant mit dem geheimen Namen.

»Marilyn?«, rufe ich, sobald ich die Wohnungstür hinter mir geschlossen habe. »Bist du da? Ich brauche …«

Die Worte *Hilfe, um mich fertig zu machen* bleiben mir im Hals stecken.

Das Chesterfield steht wieder in meiner eigenen Wohnung. Und Marilyn Monroe sitzt darauf.

Und auch wenn das jetzt nicht nach einer besonders großen

Überraschung klingt, ist es doch eine, so viel ist gewiss. Denn sie ist nicht mehr in ihren weißen Nerzmantel oder einen Bademantel mit Handtuchturban gehüllt.

Sie trägt ihr knallpink Satinkleid mitsamt den zugehörigen Handschuhen aus *Blondinen bevorzugt* und dazu einen engen, glitzernden Strass-Halsreif, Armbänder und – Fritz' Sicherheitsgitter lässt grüßen – Chandelier-Ohrringe. Ihre Haare sind, sofern das möglich ist, blonder denn je und wallen in einer Platinwolke um ihren Kopf, und ihr Make-up – glänzende rote Lippen, dichte Wimpern – wirkt professionell, als hätte sie eine ganze Weile vor dem Spiegel einer Visagistin gesessen.

Sie steht auf, sobald sie mich sieht, und lächelt mich strahlend an.

»*Süße*«, haucht sie. »Ach, wie ich mich freue, dich zu sehen!«

»Marilyn, du siehst …«

»Wie lange ist es jetzt schon *her?* Drei Jahre? Vier?«

»Ähm.« Ich blinzle sie an. »Bitte?«

»Nun ja, wie lange es auch ist, es fühlt sich genauso an wie gestern, nicht wahr?«

»Das liegt daran … dass es gestern *war.*«

»Ach, Süße. Du warst schon immer so lustig!« Sie setzt sich wieder auf das Chesterfield, wobei sie die riesige Schleife hinten an ihrem Kleid ordentlich unter sich faltet, und klopft auf eines der Polster, damit ich mich neben sie setze. »Ich weiß, dass ich mich nicht oft gemeldet habe, aber ich hab dich vermisst, weißt du. Und du musst mir unbedingt erzählen, wie es dir ergangen ist und wie es mit deiner Schmuckkarriere läuft … oooh, und vor allem, was mit diesem Mann passiert ist, in den du so verschossen warst! Der, der dachte, du wärst ein Ritz-Cracker.«

»Graham.«

»Oh, hieß er so? Das hab ich ganz vergessen!«

»Nein, ich meinte nur … Marilyn, hör mal, du weißt doch, dass wir uns wirklich erst gestern zum letzten Mal gesehen haben? Du hast auf meinem Sofa *Frühstück bei Tiffany* geschaut? Bogdan ist vorbeigekommen und hat sich mit dir über deine Haare unterhalten?«

»Bogdan! Den hatte ich ja auch ganz vergessen! Das war dein warmer Freund, nicht wahr? Du mochtest es nur nicht, wenn ich ihn warm genannt habe, stimmt's …? Ach, jetzt fällt mir alles wieder ein! Deine ulkige kanadische Art und all die famosen Stunden, die wir in diesem klitzekleinen Apartment verbracht haben … Weißt du, ich wohne jetzt natürlich in einem viel größeren Apartment, aber ich glaube nicht, dass es je eine Wohnung gab, die ich mehr mochte als diese.« Marilyn blickt sehnsüchtig zu den trüben Wänden, dem beengten Schlafbereich und der Ein-Schrank-und-zwei-Gaskochstellen-Zone, die als Küche durchgehen soll.

»Gut … gut«, murmele ich.

Ich meine, ich versuche immer noch zu begreifen, dass sie absolut überzeugt davon zu sein scheint, wir hätten uns vor Jahren kennengelernt, während ich ebenso überzeugt davon bin, dass sie heute Morgen auf genau diesem Sofa schlief, als ich weggegangen bin.

Aber wenn ich's mir recht überlege, weiß ich eigentlich nicht, weshalb mich das mehr verstören sollte, als dass sie überhaupt auf meinem Sofa aufgetaucht ist. Angesichts der Tatsache, dass sie in etwa so real ist wie ein Einhorn, auf dem eine Blumenfee reitet, meine ich Ich vermute, es gibt überhaupt keinen Grund, weshalb sie sich nicht in so ziemlich jeder beliebigen Lebensphase aus dem Chesterfield materialisieren könnte. (Wobei es mich jedoch ein kleines bisschen beunruhigt, dass ich es bei ihrem nächsten Besuch mit der mit Barbiturat vollgepumpten, chronisch neurotischen Marilyn ihrer späteren Jahre zu tun kriegen könnte. Wenn mir ihre Zerbrechlichkeit bisher schon Sorgen gemacht hat, weiß ich nicht genau, wie ich damit klarkommen würde.) Jedenfalls halte ich es jetzt gerade für das Beste, einfach mitzuspielen. Ich meine, ich *könnte* auch hier sitzen und darauf beharren, dass unsere letzte Unterhaltung kaum vierundzwanzig Stunden her ist, aber wenn ich von den bisherigen Gesprächen ausgehe, die ich mit Marilyn über die Eigentümlichkeit dieser Situation zu führen versucht habe, glaube ich nicht, dass ich damit sehr weit kommen würde.

»Also! Du hast … ähm … es geschafft?«, fahre ich fort und deute dabei mit einer Hand auf ihr knallpink Outfit. »In Hollywood, meine ich. Das ist ein Kostüm aus einem deiner Filme, oder? Mit Jane Russell?«

»Das stimmt, Süße!« Sie strahlt mich an. »*Blondinen bevorzugt!* Hast du ihn schon gesehen? Ich hatte ein paar ganz anständige Kritiken, und die Leute in Hollywood äußern sich sehr nett darüber und alles, aber ich hab mich immer noch nicht getraut, jemanden, der mich wirklich kennt, nach seiner Meinung zu fragen.« Sie schlägt ihre langen Wimpern nieder und wirkt plötzlich schüchtern. »Fandest du mich gut darin?«

»Du warst umwerfend, Marilyn.«

»Wirklich?«

»*Wirklich.*«

»Ach, Honey. Du kannst dir nicht vorstellen, wie viel mir das bedeutet.« Ihre blauen Augen füllen sich mit Tränen. »Es ist einfach schön, das von jemandem zu hören, der mich kannte, bevor dieser ganze Wahnsinn angefangen hat. Denn bei mir läuft es zurzeit wirklich *wahnsinnig*, weißt du. Ich meine, das ist teilweise auch der Grund, weshalb ich unbedingt wiederkommen und dich sehen wollte – um dir zu sagen, dass du recht hattest!«

»Recht?«

»Mit deinen Voraussagen, Süße! Dieser ganzen Hellseherei! Ich habe mit all den Leuten, die du genannt hast, Filme gedreht: Jane Russell natürlich, und gerade habe ich diese kleine Komödie mit Lauren Bacall und Betty Grable gemacht, ausgerechnet …! Es ist alles schon fast unheimlich!«

»Oh, ähm, na ja … Ich wusste immer, dass du das Zeug dazu hast, Marilyn.«

»Süße, kein Grund, da so kanadisch bescheiden zu sein! Du hast eine unglaubliche Gabe. Ehrlich gesagt, an deiner Stelle würde ich darüber nachdenken, mit dem Schmuck aufzuhören, und mich auf eine Vollzeitkarriere als Hellseherin konzentrieren. Ich meine, nichts für ungut, aber wenn du nun nach drei Jahren immer noch in dieser winzigen Wohnung wohnst, so niedlich sie auch ist, glaube ich nicht, dass es mit dem Schmuck allzu gut läuft.«

»Eigentlich …«

»Und du könntest so viel verlangen, wie du willst, als echte Hellseherin, Süße! Ich habe inzwischen eine Menge Freunde in Hollywood, die alles dafür geben würden zu wissen, was ihnen die Zukunft bringt … Na ja«, fügt sie hinzu, während ein kurzer Ausdruck der Traurigkeit über ihr Gesicht huscht, »ich weiß nicht, ob ich sie unbedingt *Freunde* nennen kann. Ich meine, sicher, zurzeit sind alle Leute unheimlich nett zu mir, aber manchmal ist es schwer zu sagen, ob sie meinetwegen nett zu mir sind, oder nur, weil sie mit, du weißt schon, *ihr* befreundet sein wollen. Marilyn Monroe.«

»Nein. Das verstehe ich.« Ich mache eine Bewegung, um ihre Hand zu tätscheln, aber plötzlich ist es mir unangenehm, eine so glanzvolle Bildschirm-Ikone zu berühren, also begnüge ich mich stattdessen damit, ein bisschen am Saum ihres Handschuhs zu reiben. »Aber ich bin mir sicher, dass sie dich deinetwegen mögen, Marilyn. Wenn du einfach du selbst bist, kann ich mir nicht vorstellen, wer das nicht tun würde.«

Für einen Augenblick antwortet sie nicht. Dann holt sie Luft, schüttelt ihre Schultern und lächelt wieder. »Nur an einem Aspekt deiner hellseherischen Fähigkeiten musst du aber wohl noch arbeiten, Süße, und zwar bei den romantischen Angelegenheiten. Hattest du nicht vorhergesagt, ich würde einen Farmer heiraten oder so?«

»Nein, ich glaube, das war deine Pflegemutter.«

Aber sie hört nicht zu. Ihre Augen haben angefangen zu leuchten. »Denn ich hab jemanden kennengelernt, Süße, und er ist ganz bestimmt kein Farmer! Also, ich gehe jetzt lieber nicht *zu* sehr ins Detail, denn er behält Dinge gern für sich und mag den ganzen Rummel nicht, der im Moment leider um mich und alle meine Freunde gemacht wird ... Aber er ist allerdings ein *sehr, sehr berühmter Sportler.*«

»Joe DiMaggio«, platze ich unwillkürlich heraus.

»Oh! Dann hast du also ein Foto von uns gesehen?«

»Genau. Ein Foto.«

»Diese verfluchten Zeitungsleute! Sie treiben den armen Joe völlig in den Wahnsinn. Mir macht es gar nicht so viel aus – wenn sie ein Foto von mir wollen, werd ich es ihnen nicht verweigern –, aber Joe sagt, so hat er nicht gewettet. Und man muss einen Mann bei Laune halten, nicht wahr? Sonst ist er schnell wieder weg.«

»Ähm ...«

»Und glaub mir, Süße, dieser Mann ist jedes Opfer wert! Wenn wir heiraten – ich meine, er hat mich natürlich noch nicht gefragt –, glaube ich, würde es mir gar nicht wehtun, die ganze Hollywood-Sache an den Nagel zu hängen. In ein paar Jahren, meine ich. Ich würde mit allem abschließen und mich dann einfach mit meinem Mann irgendwo niederlassen und die

Kinder bekommen, von denen ich immer gesprochen habe … erinnerst du dich?«

»Ja, ich erinnere mich. Aber, Marilyn, glaubst du nicht …«

»Ich würde ihn dir unheimlich gern bald einmal vorstellen«, fährt sie fort, »damit du verstehst, was ich meine. Ich hab ihm auch schon eine Menge von dir erzählt.«

Der Gedanke, dass Marilyn Monroe einen geisterhaften Joe DiMaggio über mich auf dem Laufenden hält, ist einfach zu bizarr, als dass ich ihn begreifen könnte, um ehrlich zu sein.

»Ich meine, du bist immer noch die beste Freundin, die ich je hatte«, fügt Marilyn fast schüchtern hinzu. »Ich hatte wirklich das Gefühl, ich wäre dir wichtig, während wir zusammen gewohnt haben.«

»Das warst du auch«, sage ich überrascht – denn jetzt gerade fühle ich mich wie eine ziemlich miese Freundin, und es wundert mich zu hören, dass Marilyn das anders sieht, auch wenn ihre Ansprüche an eine Frauenfreundschaft zugegebenermaßen ziemlich niedrig sind. »Ich bin sehr froh, dass du das so empfunden hast«, fahre ich fort. »Ich habe schon befürchtet, ich wäre zu abgelenkt gewesen, um dir eine anständige Freundin zu sein. Ich meine, ich hab dich vorges… ähm, ich meine, *an einem Abend* versetzt, um mit diesem Typen auszugehen, den ich toll fand. Und ich hab dich oft hier allein gelassen, während ich wegen anderer Dinge in der Stadt unterwegs war …«

»Süße, soll das ein Witz sein?«, haucht Marilyn. »Die Zeit, in der ich hier gewohnt habe, gehört zu den glücklichsten Tagen meines Lebens!«

Ich weise sie nicht darauf hin, dass es, aus meiner Sicht, buchstäblich *Tage* waren, denn sie fährt fort.

»Ich meine, ich hatte eine wirklich lausige Kindheit, weißt du? Ich bin andauernd umhergezogen wie ein Landstreicher, und es hat sich nie irgendwo wie ein Zuhause angefühlt. Aber diese kleine, ulkige Wohnung *hat* sich wie ein Zuhause angefühlt. Und das habe ich vor allem dir zu verdanken. Ich war froh, dass du mir zugehört hast. Ich war froh, dass du mich ernst genommen hast. Ich war froh, dass ich dir offenbar wichtig war.«

Ich sollte mich freuen, das zu hören. Aber das tue ich nicht. Es macht mir nur bewusst, wie unheimlich weit ich mich – seit meiner Bekanntschaft mit Dillon – von dem Menschen entfernt habe, der ich früher war.

Denn ich habe Olly nicht nur in der vergangenen Woche hängen lassen, seit Dillon wieder aufgetaucht ist: In den schwierigen letzten Monaten war ich so sehr damit beschäftigt, *mich zu beschäftigen,* dass ich am Restaurant nicht mal annähernd so viel Anteil genommen habe, wie ich es hätte tun sollen. Ich meine, sogar bei jenem ersten Mal, als ich vor zwei Monaten mit meinem Glückwunsch-Champagner dort war, bin ich am Ende mit Adam nach Hause gegangen und habe mich die nächsten paar Wochen in eine Beziehung mit ihm gestürzt. Ich war von Anfang an nicht für Olly da. Und Nora war ich auch nicht gerade die großartigste Freundin. Ich hätte schon vor Wochen die Planung ihres Junggesellinnenabschieds in die Hand nehmen sollen; ich hätte sie öfter anrufen sollen, einfach um zu hören, wie es ihr geht. Und während sie hier unten in London war, obwohl ich mir so farbenprächtig ausgemalt hatte, wie wir bei ein paar Flaschen Wein (oder auch Mineralwasser, in Anbetracht der gegenwärtigen Umstände) mal wieder ausgiebig quatschen könnten, bin ich nicht mal dazu gekommen, ihr eine SMS zu schreiben, außer, um zu fragen, ob sie mich mit Tash allein lässt oder nicht.

Ich war nicht nur eine schlechte Freundin. Ich war gar keine.

Nachdem ich all diese Jahre keine Familie hatte, habe ich es irgendwie geschafft, genau den gleichen Mist mit den Leuten abzuziehen, die stattdessen die ganze Zeit über meine Familie waren. Ausgerechnet mit den Leuten, deren Meinung mir wirklich wichtig ist.

»Süße? Hab ich was Falsches gesagt?«

»Nein … du hast nichts Falsches gesagt, Marilyn.« Ich stehe auf. »Ich bin sehr froh über das, was du gesagt hast. Und ich würde sehr gerne noch länger hier sitzen und mich mit dir unterhalten, aber ich kann auf keinen Fall riskieren, bei der Party zu spät zu kommen, zu der ich heute Abend gehe.«

»Oooh, eine Party!« Marilyn reagiert mit ihrem typischen leichten Schulterschütteln. »Wird Graham auch dort sein?«

»Graham …? Ach, du meinst Dillon! Gott, nein. Mein bester Freund Olly feiert die Eröffnung seines neuen Restaurants … Zumindest hoffe ich, dass er immer noch mein bester Freund ist«, murmele ich, während ich vor meinen Kleiderschrank trete, die Tür öffne und ein paar Kleiderbügel herausnehme. »Es würde mir recht geschehen, wenn er mich nicht reinlassen würde, um ehrlich zu sein.«

»Also, ich muss schon sagen, Süße, wenn du zu einer Party bei mir in einem dieser Outfits erscheinen würdest, würde *ich* dich auch nicht reinlassen.« Marilyn steht auf und tänzelt unter pinkem Satingeraschel zu mir herüber. »Ich meine, hey, es ist doch eine Restauranteröffnung und kein Leichenschmaus, oder?«

»Ja. Sein allererstes Restaurant. Sein Traum der letzten zwanzig Jahre.«

»Um Himmels willen, Süße, dann zieh bloß keine schwarze Hose an«, sagt Marilyn, schnappt sich den Kleiderbügel, auf dem in der Tat meine allereleganteste und allerschickste schwarze Hose hängt, und schleudert ihn hinter sich auf die Couch. »Und auch kein schwarzes *Kleid!*«, schimpft sie und reißt mir den zweiten Bügel aus der Hand, auf dem mein figurgünstiges Lieblings-Kleines-Schwarzes hängt. »Hast du denn kein hübsches *weißes* Kleid, das du anziehen kannst? Wenn man ein weißes Kleid trägt, bekommt man immer die ganze Aufmerksamkeit.«

»Das liegt daran, dass man sich in solchen Fällen meistens auf einer Hochzeit befindet und diejenige im weißen Kleid die Braut ist.«

»Also *besitzt* du kein weißes Kleid?«

»Nein, tue ich nicht.«

»Tja«, antwortet sie recht schnippisch, »du hättest nur was sagen müssen, Süße. Oh! Das da ist hübsch! Wie wär's damit?«

Sie hat in den Schrank gegriffen und das blaue Seidenkleid herausgezogen, das ich bei Noras Hochzeit als ihre erste Brautjungfer tragen werde.

»Ich meine, wenn du es mit einem hübschen Pelzjäckchen ein bisschen aufpeppst ... dir ein paar Strümpfe in den Büstenhalter steckst, damit der Ausschnitt nicht so leer aussieht ...«

»Marilyn, zum letzten Mal: Ich trage keinen Pelz! Und außerdem ist das ein Brautjungfernkleid.«

»Süße! Wer heiratet?«

»Meine beste Freundin Nora.«

Sie runzelt die Stirn. »Ich dachte, du hättest gesagt, dein bester Freund wäre dieser Olly mit dem Restaurant.«

»Ja. Ist er auch. Das sind sie beide. Sie sind ...« Ich setze mich auf die Couch, direkt auf meine schönste Hose und mein Lieblings-Kleines-Schwarzes, und starre unglücklich auf den Fußboden. »Sie sind eigentlich sozusagen meine Familie. Mehr, als meine richtige Familie es je für mich war. Aber in letzter Zeit hab ich es verbockt, das auch für sie zu sein. Vor allem für Olly. Er war immer wie ein ...«

Ich will schon sagen *großer Bruder*, aber ich stelle fest, dass ich es nicht kann. Ich meine, ich bekomme die Wörter nicht über die Lippen. Sie stecken quasi irgendwo in meiner Kehle fest wie eine besonders piksende Gräte.

Was seltsam ist, denn ich beschreibe Olly seit Jahren als eine Art großen Bruder, und die Wörter haben sich noch nie in meinem Mund in eine Gräte verwandelt.

»Ach Süße, du musst mir nicht sagen, wie es ist, wenn Freunde besser sind als die Familie. Und wenn dieser Olly ein so guter Freund ist, wie du sagst, wird er dir verzeihen. Ich meine, hast du *mir* nicht auch verziehen, dass ich mich die letzten drei Jahre nicht öfter bei dir gemeldet habe? Zwischen uns ist alles wieder genau wie immer, einfach so!« Marilyn schnippt mit zwei behandschuhten Fingern. »Es ist genau so, als hätten wir beide erst gestern miteinander gesprochen!«

»Genau so, Marilyn, ja.« Ich stehe auf und durchstöbere weiter meinen Schrank, nur um von Marilyns aufgeregtem Luftschnappen unterbrochen zu werden, als sie einen Bügel vom Ende der Stange nimmt.

»Das hier sieht perfekt aus!«

Sie hat ein hellgelbes Sommerkleid herausgeholt, das ich … Jep, nun fällt es mir wieder ein, genau das hatte ich in Miami an, als der Hurrikan heraufzog.

Ich bin nicht sicher, ob ich jetzt noch hineinpasse oder ob es überhaupt okay aussieht ohne gebräunte Haut: Es hat ein Neckholderband und endet knapp über dem Knie, und es könnte sich einfach zu nackt anfühlen im lauwarmen Clapham statt im brütend heißen Miami. Aber das scheint Marilyn nicht zu stören, die es hochhält und es bewundernd betrachtet.

»Das wird dir ganz famos stehen. Viel besser als dieses ganze schwermütige Schwarz!«

»Vermutlich …«

»Vermute es nicht, Honey! *Mach* es! Ich meine, ich will dich nicht kritisieren, aber du hast dich gar nicht verändert seit dem letzten Mal, als wir uns gesehen haben, und … na ja, sieh mich an!« Sie wirft sich in eine auf fast unheimliche Weise unverkennbare Pose mit herausgestreckter Hüfte und erhobenen Armen. »Ich hab mich ganz schön in Schale geschmissen, nicht?«

»Auf jeden Fall.«

»Übrigens, weißt du was …« Sie merkt, dass eins ihrer Strass-Armbänder an ihren Ellbogen rutscht, und senkt den Arm. »Nimm eins davon. Das gibt dem Kleid das gewisse Etwas für ein Abend-Outfit.«

»Oh, das ist lieb von dir, Marilyn, aber das kann ich unmöglich annehmen.« Ich schaue hinunter auf das schwere Armband, das sie mir gerade gereicht hat. »Die sind unglaublich wertvoll.«

»Das sind keine echten Diamanten, Süße! Nur Kunststeine.«

»Ich weiß, aber sie sind nicht deswegen wertvoll.«

Sie sieht verwirrt und ein bisschen verletzt aus. »Ich würde dir wirklich gern eins davon schenken. Es könnte … na ja, würde es komisch klingen, wenn ich es ein Freundschaftsarmband nenne?«

Es hat absolut nichts mit den geflochtenen Freundschaftsarmbändern gemeinsam, die ich früher für Cass, Nora und meine anderen Freundinnen gebastelt habe und die mein Interesse am Schmuckdesign geweckt haben.

Aber jetzt bin ich eine Retro-Hollywoodschmuck-Designerin, und das Teil, das ich da in der Hand halte, ist so ziemlich der heilige Gral aller Golden-Age-Hollywoodschmuckstücke.

Ich meine, ich habe den Eindruck, als würden meine Finger auch schon erstrahlen, als sie es berühren.

»Siehst du, Süße? Du willst es haben!«

»Na ja … wenn du ganz sicher bist.«

»Ich bin sicher. Damit kannst du dich an mich erinnern! Weißt du, wenn ich es eine Weile nicht mehr schaffe, dich zu besuchen.« Ein weiterer flüchtiger Ausdruck von Traurigkeit huscht über ihr Gesicht. »In den nächsten paar Monaten werde ich einfach furchtbar beschäftigt sein … Stell dir vor, ich drehe als Nächstes einen Film mit Robert Mitchum, und ich muss Reklame machen für diese kleine Komödie, von der ich dir erzählt habe, die mit Betty Grable. Und ich muss unbedingt mehr Zeit mit Joe verbringen, denn er wird schrecklich eifersüchtig, wenn ich mich die ganze Zeit herumtreibe …«

»Marilyn, das ist schon okay. Ich weiß, dass bei dir viel los ist.«

»Wirklich? Ich meine, kommst zu zurecht? Kann ich dir Geld leihen oder dir helfen, eine etwas größere Wohnung zu finden …? Oder du könntest dir ein Zimmer in der Nähe von meinem im Beverly Hills Hotel mieten? Um die Rechnung musst du dir keine Gedanken machen – die kann ich übernehmen.«

Mein Herz schmerzt ein bisschen.

»Danke, Marilyn. Und das Beverly Hills Hotel klingt wundervoll. Aber mir geht's hier wirklich sehr gut. Beziehungsweise, *das* wird es, sobald ich wieder ein bisschen Ordnung in mein Leben gebracht habe.«

»Das ist die richtige Einstellung, Süße! Ich kann dir gar nicht sagen, wie viel besser *ich* mich fühle, seit ich genau dort bin, wo ich immer sein wollte. Ich meine, sicher, ich bin manchmal immer noch über vieles traurig … Aber das geht allen so, nicht? Und sobald ich diesen nächsten Film abgedreht habe, werde ich mir ein Weilchen freinehmen, mit Joe in den Urlaub fahren, vielleicht ein bisschen was von der Welt sehen … Ach, Süße, hast du dir schon überlegt, welche Schuhe du zu dem Kleid tragen willst?«, fügt sie hinzu und entfernt sich vom Thema ihrer naheliegenden Zukunft. »Ein Paar niedliche Peep-Toes wäre perfekt, in Weiß oder Gelb, wenn du so was hast.«

»Nein, ich glaube nicht, dass ich weiße oder gelbe Peep-Toes besitze«, antworte ich taktvoll. »Aber irgendwo da hinten müsste ich vielleicht ein Paar hübsche Riemchensandalen haben …«

Ich grabe mich bis ganz an die Rückwand meines kleinen Kleiderschranks vor und durchforste meine (hauptsächlich schwarze) Schuhsammlung, bis ich schließlich die hellbraunen Sandalen herausziehe, die ich meine.

»Was hältst du von …?«

Aber sie hat sich wieder in Luft aufgelöst. Der Teil des Raums, den gerade noch die Marilyn-Gestalt, knallpink und nach Chanel duftend, eingenommen hatte, ist nun wieder leer.

Ich habe keine Ahnung, ob das bedeutet, dass sie eines Tages in ihrem Glitzerfummel aus *Manche mögen's heiß* oder ihrem weißen Neckholderkleid aus *Das verflixte 7. Jahr* zurückkommen wird oder ob ich sie überhaupt je wiedersehen werde.

Aber mir bleibt keine Zeit, darüber nachzugrübeln oder mich das zu fragen oder es zu hoffen. Denn ich werde nicht alles noch schlimmer machen, indem ich zu Ollys superwichtiger Eröffnungsparty schändlich zu spät komme.

15

Auf dem Schild über der Tür steht *Nibbles*.

»Häppchen« – *so* hat Olly es schließlich genannt?

Das ist … nicht toll.

Ich meine, ich weiß, dass es eine Tapasbar ist, also geht es ja genau darum, dass man zusammensitzt und Häppchen isst … aber trotzdem hatte ich irgendwie ein bisschen was Aufregenderes erwartet.

Aber ich werde nichts sagen; ich werde den ganzen Abend nichts als hundert Prozent positiv eingestellt sein.

Was wahrscheinlich keine allzu große Herausforderung wird. Es sieht nämlich alles absolut umwerfend aus. Die Glastüren sind zur Straße hin geöffnet, und Musik dringt heraus, und da steht eine (ziemlich hübsche) Kellnerin am Haupteingang mit einem Tablett köstlich aussehender *Arancini*-artiger Dinger, die sie interessierten Passanten anbietet. Und falls das nicht schon verlockend genug wäre, wehen auch noch alle möglichen wunderbaren Düfte heraus: nach frischen Kräutern und gegrilltem Fleisch und etwas Süßem, das über allem schwebt und wie mit Vanille gebackene Pfirsiche riecht …

»Willkommen bei *Libby's*!«, sagt die Kellnerin.

Ich muss mich verhört haben; sie muss *Willkommen Libby*

gesagt haben. Obwohl es ein bisschen rätselhaft ist, woher sie meinen Namen kennt.

»Sorry!«, fährt sie fort, verzieht das Gesicht und scheint sich über sich selbst zu ärgern. »Willkommen bei *Nibbles.* Der Name wurde in letzter Minute geändert, und ich sage andauernd den falschen!«

»Sie meinen … der Name *war Libby's*?«

Sie nickt. »Noch bis heute Nachmittag. Eine echte Last-Minute-Aktion, und er musste den Handwerker bitten, das halbe Schild zu ändern, und der Manager musste schnell in den Copyshop und alle Speisekarten neu drucken lassen …« Sie senkt die Stimme. »Und sagen Sie das nicht weiter, aber mir hat der erste Name gefallen.«

»*Libby's*?«, wiederhole ich. »So hieß es?«

»Ja. Das hat mir besser gefallen. Aber *Nibbles* ist auch okay. Apropos, möchten Sie eins?«

»Wie bitte?«

»Ein Häppchen! Das sind frittierte Reisbällchen, die sind echt toll. Manche sind mit Mozzarella gefüllt und manche mit frischen Erbsen … ähm … Ich hab vergessen, welche welche sind, um ehrlich zu sein …«

»Kein Problem. Ich esse später was.«

»Guter Plan. Holen Sie sich erst mal was zu trinken, würde ich sagen. An der Bar gibt es Aperol Spritz, und meine netten Kollegen schenken Ihnen auch gern einen leckeren Wein ein.«

»Wein«, stammele ich. »Gott, ja.«

»Ähm – okay. Also, viel Spaß!«

Es ist alles ein bisschen verschwommen, als ich an ihr vorbeigehe und das volle Restaurant betrete, und das nicht nur, weil es von Lärm und Menschen erfüllt ist.

Olly *hat das Restaurant nach mir benannt?*

Und es dann … wieder *umbenannt?*

Er muss noch wütender auf mich sein, als ich dachte.

Ich sehe ihn drüben in der Ecke in der Nähe der Bar, wie er sich angeregt mit seinem früheren Mitarbeiter Jesse unterhält, der nun Ollys mobiles Cateringunternehmen weiterführt.

Für einen Moment treffen sich unsere Blicke.

Er lächelt nicht.

Er winkt nur, sagt ein tonloses »Hallo« und macht eine schnelle Geste, die, glaube ich, bedeuten soll: *Hast du was zu trinken?*

Die Antwort wartet er gar nicht erst ab. Stattdessen setzt er sofort sein angeregtes Gespräch mit Jesse fort.

Ich muss zu ihm und mit ihm reden und mich ausführlich entschuldigen, weil ich gestern nicht gekommen bin, obwohl ich es versprochen hatte. Und mich dann noch ausführlicher entschuldigen, weil ich ihm in den letzten Monaten nicht so viel moralische Unterstützung geboten habe, wie ich es hätte tun sollen. Ja, ich werde mich sehr gründlich entschuldigen müssen. Denn im Ernst: Wie sauer muss er auf mich gewesen sein, um … meinen Namen von seinem Restaurant zu entfernen?

Und dann ist da natürlich noch die andere Tatsache, dass ich völlig verblüfft bin, dass er das Restaurant überhaupt erst nach mir benennen wollte …

Ich muss hier irgendwo in der Menge Nora finden und sie fragen, ob sie darüber irgendwas weiß. Sie wird schwer zu entdecken sein, bei ihrer kleinen Körpergröße, aber ich bin mir ziemlich sicher, wenn ich Tashs blonden Schopf erkenne, wird Nora nicht weit sein.

Ich stürze mich gerade mit suchendem Blick in das Meer von Leuten, als ich eine Hand auf meiner Schulter spüre.

Es ist Adam. Jep, mein heimlich schwuler Exfreund.

Ich hätte mir wohl denken können, dass er, als Ollys Hauptinvestor, wahrscheinlich heute Abend eingeladen ist.

»Adam«, sage ich.

»Libby!«, antwortet er mit deutlich mehr Begeisterung und beugt sich vor, um mich mit Küsschen auf beide Wangen zu begrüßen. »Wie schön, dich zu sehen … Wenn du's wirklich *bist* unter diesen blonden Haaren?«

»Ja. Ich bin's.«

»Also, es steht dir! Du siehst umwerfend aus. Dieses Kleid«, er deutet auf das hellgelbe Sommerkleid, das ich letztendlich gewagt habe anzuziehen, »ist fantastisch. Und hast du abgenommen?«

»Danke, Adam.«

»Nein, nein, ich meine nicht, du wärst vorher übergewichtig gewesen … Das warst du bei Weitem nicht. Jedenfalls ist es mir nie aufgefallen. Und bevor du mir vorwirfst, ich hätte nicht genau hingeschaut, lass mich nur sagen, Libby, dass ich dich immer sehr attraktiv fand, obwohl …«

»Obwohl du Männer bevorzugst?«

»Na ja, es geht nicht nur ums *Bevorzugen* … Ich meine, ich bin nicht *bi*, falls du dir die Frage gestellt hast. Ich stehe nicht im Geringsten auf Frauen.«

»Und doch«, bemerke ich, »hast du nicht die Notwendigkeit gesehen, das im Verlauf unserer zweimonatigen Beziehung auch nur einmal zu erwähnen.«

»Nein.« Er wirkt ein bisschen verlegen. »Ich verstehe, dass ich Mist gebaut habe. Aber ich versuche nur, nett zu sein, Libby. Ich wollte sagen, *obwohl* ich Frauen nicht attraktiv finde, fand ich *dich* immer attraktiv.«

Mir dreht sich der Kopf von alldem. »Willst du damit sagen, ich sehe aus wie ein Mann?«

»Nein! Gott, nein. Ich will nur sagen … Hör mal, du hast

eine tolle Persönlichkeit, Libby, okay? Ich fand es schön, mit dir Zeit zu verbringen. Und nur, dass du's weißt, ich konnte mir wirklich eine gemeinsame Zukunft für uns vorstellen!«

»Was für eine Zukunft?« Ich starre ihn an. »Eine, in der ich jedes Mal für einen Trip über den Atlantik zur Verfügung stehe, wenn in deiner Familie eine Hochzeit oder Bar Mitzwa ansteht und du dich lieber noch nicht outen willst?«

Adam läuft ziemlich rot an. »Also, ich würde es nicht *ganz* so ausdrücken, Libby ... Jedenfalls hätte ich dir noch die Wahrheit gesagt.«

»Das bezweifle ich. Aber vielleicht hätte Ben das getan.«

»Oh, ja, Ben.« Adam wirkt erleichtert, einen Ausweg aus diesem unangenehmen Gespräch zu sehen, und, um ganz ehrlich zu sein, habe ich nichts dagegen, ihm diesen Ausweg zu öffnen. »Er hat erzählt, dass er es endlich geschafft hat, dich zu erreichen. Ich kann dir sagen, Libby, er ist hin und weg von deinen Sachen. Wäre es nicht großartig, wenn er sich wirklich entschließt, in *Libby Goes To Hollywood* zu investieren? Ich meine, dann wäre ich sehr froh, dass ich euch beide zusammengebracht habe ...«

Dabei stelle ich fest: Ich kann ihm nicht länger böse sein.

Zum einen bin ich ihm wirklich *nicht* mehr böse. (Ich freue mich sogar irgendwie, ihn zu sehen, mit seinem abnormal gesunden Teint und seiner unbequem aussehenden Freizeitkleidung.) Aber zum anderen habe ich auch keine Zeit, das Gespräch fortzuführen, denn ich will jetzt wirklich, wirklich Nora suchen gehen.

»Ja«, beginne ich geistesabwesend, »und es war schön, mit dir zu reden, aber eigentlich muss ich los und ...«

»Na, *das* ist aber mal eine Sahneschnitte«, sagt Adam plötzlich, wobei sich seine Aufmerksamkeit bereits von mir abwendet und über meine Schulter wandert.

Ich drehe mich um und sehe nach, wen er meint.

Es ist Bogdan, der gerade zur Tür hereingekommen ist. Als er mich sieht, hebt er eine riesige Hand zum Gruß und kommt dann auf uns zu.

»Ist das nicht der Typ, der dich neulich aus dem Sicherheitsgitter rausgeschnitten hat?«, flüstert Adam mir ins Ohr. »Du musst ihn mir noch mal richtig vorstellen!«

»Im Ernst?« Ich starre ihn an. Dann starre ich Bogdan an, der heute Abend, nun ja, originell aussieht in (warum?) einer hellorangefarbenen Jeans-Latzhose, die mehr als nur ein bisschen an Guantanamo erinnert, und einem »*Keep Calm And Love Harry Styles*«-T-Shirt. »Adam, du hast einen Freund!«

»Ich hab dich ja nicht nach seiner Schrittlänge gefragt!«, protestiert Adam. »Ich will mich nur unterhalten … Adam Rosenfeld«, sagt er und streckt Bogdan eine Hand entgegen, noch bevor ich irgendwie reagieren kann. »Wir haben uns neulich Abend kurz gesehen. Ich weiß nicht, ob Sie sich erinnern …?«

»Naturlich ich erinnere. Ich nicht in die Lage zu vergessen.«

»Oh, na ja, das ist sehr freundlich von Ihnen …«

»Bild von Libby mit Kopf zwischen Eisenstangen und Hinterteil in Luft grillt sich in Gedächtnis fur ganze Ewigkeit.«

»Ich glaube, du meinst *einbrennen,* Bogdan«, sage ich. »Aber trotzdem danke, dass du uns alle daran erinnert hast.«

»Ist nicht Problem«, antwortet Bogdan hilfsbereit. »Ich auch freue, Sie wiedersehen«, sagt er zu Adam. »Ich denken viel an Sie seit erste Treffen.«

»Wie unheimlich liebenswürdig, das zu sagen«, haucht Adam. »Und das auch noch in einem so attraktiven Akzent … *Woher* denn? Russland? Ungarn?«

»Ich wurzele aus Moldawien.«

»Er meint *stammen*«, übersetze ich und fühle mich langsam

ein bisschen wie eine dieser Simultandolmetscherinnen bei der UNO. »Nicht wurzeln.«

»Ich bin Entschuldigung« – Bogdan senkt demütig den Kopf – »fur schlechte Englisch.«

»Seien Sie nicht albern!«, sagt Adam. »Ihr Englisch ist deutlich besser als mein Moldawisch!«

»Ist nette«, sagt Bogdan mit einem tadelnden Blick zu mir, »das von jemande zu horen.«

»Ich meine, ich spreche ein paar Worte Russisch; ich weiß nicht, ob es da irgendwelche Gemeinsamkeiten gibt …?« Und um das zu beweisen, wechselt Adam in ein recht flüssig klingendes Russisch und beendet dann, was auch immer er gesagt hat, mit einer hochgezogenen Augenbraue in Bogdans Richtung.

»Ich mich sehr freue, wenn Sie das tun fur mich«, sagt Bogdan.

Was ein bisschen beunruhigend ist (ich meine, was hat Adam denn *gesagt?*), bis Adam sich umdreht und in Richtung Bar verschwindet. Also nehme ich an, dass Adam auf Russisch angeboten hat, Bogdan etwas zu trinken zu holen.

»Diese ist sehr charmante Gentleman«, bemerkt Bogdan, sobald Adam außer Hörweite ist. »Ist schone Geschenk fur mich, zur Abwechslung wie Konig behandelt zu werden.«

»Das freut mich für dich, Bogdan, aber du weißt schon noch, dass er einen Freund hat, oder?«

»Ich nehmen nicht an, dass er mir gibt Länge von Schritt«, sagt Bogdan etwas pikiert. »Ich genießen nur Unterhaltung.«

»Na ja, und ich muss mich zufällig dringend mit dir unterhalten.« Ich hole tief Luft. »Hat Olly dich wirklich beauftragt, das Restaurantschild in letzter Minute zu ändern? In *Nibbles* statt *Libby's*?«

»Ah.« Er nickt. »Ja. Das Olly mich auftragen.«

Ich spüre, wie irgendwo in mir etwas nach unten rutscht.

»Wow«, bringe ich nach einer Weile heraus. »Er muss mich wirklich für die beschissenste Freundin der Welt halten.«

»Ich glaube, nicht hat zu tun mit deine Beschissenheit als Freundin, Libby. Hat mehr zu tun mit Knutschen von Dillon.«

Moment mal …

»*Mein* Knutschen von Dillon?«, frage ich mit viel zu lauter Stimme, bevor ich in etwas diskreterem Ton fortfahre: »Sorry, wieso *weiß* Olly denn überhaupt vom Knutschen von … von meinem Kuss mit Dillon?«

»Ich war hier vorher, als deine Schwester hat ihm angeruft …«

»Als Cass Olly angerufen hat?« Ich bin verwirrt. »Warum sollte sie das denn tun?«

»Sie ihm sage, dass sie nicht schaffen fur seine große Eroffnungsparty. Sie ist in Lautsprecher. Sie hat ein bisschen hohe Nase, dein Schwester. Ich nichts wisse, warum sie glaubt ist große Sache, wenn sie zu Party kommt oder nichts.«

»Sie ist manchmal ein bisschen hochnäsig, ja«, sage ich, »aber dass sie angerufen hat, um sich von der Party abzumelden, erklärt immer noch nicht …«

»Weil sie sagt zu Olly, wenn du zu Party kommst mit Dillon als Date, er muss sie anrufe und sage Bescheid. Das ist anscheinend gute Grund fur sie zu komme zu Party trotzdem.«

»Mit ihrer Fernsehcrew im Schlepptau«, murmele ich, wobei der Groschen nicht nur fällt, sondern im Sturzflug herunterkracht, »für eine hochdramatische Szene.«

»Und Olly sieht aus ein bisschen – wie ich sagen? – blau um die Backe?«

»Grün um die Nase?«

»So er sieht aus«, bestätigt Bogdan. »Und er frage Cass, warum du mit Dillon zu Party kommen wolle, wenn schon acht Monate Schluss. Und Cass sagt ihm …«

»Dass sie ein Video von vorgestern hat, auf dem ich Dillon küsse.«

»So ähnliche Sache. Dann Olly gehe raus, also ich kann nicht mehr Lauscher.«

Okay. Tja, jetzt ist mir alles klar.

Ich hätte mir keine Gedanken darüber machen müssen, Olly noch mehr zu verletzen, indem ich zu spät zu seiner Party komme: Ich habe ihn schon genug verletzt dadurch, dass ich anscheinend wieder mit dem Ex zusammengekommen bin, den Olly hasst.

Trotzdem … tatsächlich so weit zu gehen, meinen Namen vom Restaurant zu entfernen …

»Macht mich bisschen Sorge«, fährt Bogdan fort, »uber Dillon komme zu Party heute Abend.«

»Warum um alles in der Welt«, frage ich, »sollte Dillon heute Abend zur Party kommen?«

»Weil ich ihm diese Sache sage.«

»Weil du ihm *was* gesagt hast?« Ich starre Bogdan an, während sich eine böse Vorahnung in mir ausbreitet. »Und wann? Ich wusste nicht, dass du … mit Dillon in Kontakt bist.«

»Er komme heute Nachmittag in Salon wegen Schnitt«, sagt Bogdan stolz. »Er mag immer noch, wie ich mache seine Pony.«

»Okay, mit alldem ist jetzt sofort Schluss.« Wenn ich Ärmel hätte, würde ich sie aufrollen. »Mit dieser ganzen Flüsterpost und dass die Leute hinter meinem Rücken über mich reden … Ich gehe jetzt zu Olly und sage ihm, dass zwischen Dillon und mir nichts läuft und dass es ihn eigentlich auch nichts angeht, ob zwischen Dillon und mir etwas läuft …« Denn er kann so wütend auf mich sein, wie er will, weil ich eine miese Freundin bin: Das akzeptiere ich voll und ganz. Aber diesen Ärger auszuweiten auf die Entscheidungen, die ich in meinem Liebesleben treffe … Also das ist nicht ganz fair. Oder? »Und während ich das tue, *rufst du Dillon auf der Stelle an*« – ich drücke Bogdan mein Handy in die Hand – »und sagst ihm, dass er *unter keinen Umständen* heute Abend hier aufkreuzen darf.«

(Ich bin zwar ein bisschen genervt von Ollys Missbilligung, aber ich werde nicht zulassen, dass sein großer Abend dadurch ruiniert wird, dass Dillon hier reinspaziert. Ganz zu schweigen davon, dass wir nur wenige Schritte von einer professionellen Küche voll mit massenweise Fleischerbeilen und gusseisernen Kochgeräten entfernt sind. Ich kann Dillon nicht einer solchen Gefahr aussetzen.)

»Bitte«, sagt Bogdan leise, als ich mich schon wegdrehe, »nehme Zeit mit Olly. Ich brauche Gelegenheit für private Gespräch mit Adam … Und sage ihm ich bin Single«, zischt er, als er sieht, dass ich auf dem Weg zur Bar, wo Olly immer noch steht, direkt an Adam vorbeikommen werde. »Und bereit fur Vereinigung …«

Ich werde nichts dergleichen tun, weil ich ehrlich nicht glaube, dass Adam oder Bogdan heute Abend eine Kuppelhilfe nötig haben, und weil ich nicht das Geringste mit einem Vertrauensbruch zu tun haben will, den Adam meinem (möglichen) Investor antun könnte.

Als ich bei Olly ankomme, hat er gerade sein Gespräch mit Jesse beendet und geht hinter die Bar, um ein paar Weinflaschen zu holen, die der Barmann ihm öffnet.

Ich räuspere mich. »Olly.«

Er wirft einen Blick zu mir. »Oh, Libby. Hi.«

Sein seltsamer kühl-höflicher Tonfall ist nicht gerade der vielversprechendste Anfang.

»Es scheint ja alles super zu laufen!«, sage ich.

»Tut es, ja.«

»Toll! Ähm, eigentlich wollte ich kurz mit dir reden, Olly ...«

»Mhmm. Jetzt ist kein wirklich guter Zeitpunkt, Libby, um ehrlich zu sein.« Er hält die Weinflaschen hoch. »Ich muss dafür sorgen, dass alle genug davon haben.«

»Natürlich. Sorry. Ich will dich nicht stören, ich weiß, dass du arbeitest. Es ist nur ...«

Das Erste, Wichtigste, was ich vorhatte, war, ihm diese Riesenentschuldigung anzubieten.

Aber das ist nicht das, was aus meinem Mund kommt, wie ich es angenommen hatte.

»Warum bist du so wütend darüber«, höre ich mich fragen, »dass ich mit Dillon essen war?«

Er zuckt zusammen. Ganz leicht, aber sichtlich.

»Es klingt nicht so«, sagt er ruhig, »als wäre es nur ein Essen gewesen.«

»Okay, also nehmen wir an, es wäre nicht nur ein Essen gewesen.« (Wo zur Hölle ist meine geplante Entschuldigung verschwunden? Warum lasse ich mich von diesem ganzen, albernen Dillon-Kram ablenken, verdammt noch mal?) »Nehmen wir an, es wäre auch nicht nur ein Kuss gewesen. Nehmen wir an, ich wäre mit ihm nach Hause gegangen und hätte die ganze Nacht wilden Sex gehabt ... Was ich übrigens nicht hatte«, füge ich rasch hinzu. »Aber warum musst du deshalb so wütend auf mich werden, dass du ... meinen Namen von deinem Restaurant entfernst?«

Er sieht mich direkt an, zum ersten Mal in diesem Gespräch. »Woher weißt du ...? Oh. Bogdan.« Er seufzt. »Er hat mir geschworen, nichts zu sagen.«

»Olly, wir reden hier von Bogdan. Diskretion ist ein Fremdwort für ihn.«

»Er hat weiß Gott wie viele Jahre lang seine sexuelle Orientierung vor seinem Vater geheim gehalten, verdammt«, sagt Olly verärgert. »*Wie* genau er das geschafft hat«, fährt er fort, während er zu Bogdan hinüberschaut, der in seinem Harry-Styles-T-Shirt kokett an seinem Wein nippt und Adam (oh, um Himmels willen) seinen Bizeps fühlen lässt, »bleibt mir allerdings ein Rätsel.«

»Ganz meine Meinung. Aber ich wollte nicht darüber sprechen.«

»Schön. Aber *ich* will über gar nichts davon sprechen.« Olly stellt eine der Flaschen auf die Bar, greift nach einer sauberen weißen Serviette und beginnt sie fachmännisch um den Hals der Flasche zu schlingen, damit keine Weintropfen außen entlangrinnen. »Was du mit Dillon O'Hara machst, ist dein Problem, Libby.«

»Hör zu. Wenn du sauer bist, weil du findest, ich hätte dir sagen sollen, dass ich mich wieder mit ihm getroffen habe …«

»Ich bin nicht deswegen sauer.«

»… dann hast du recht. Ich hätte es dir sagen sollen. Der einzige Grund, weshalb ich es nicht getan habe, ist, weil du jetzt gerade so viel um die Ohren hast und ich weiß, wie sehr du dich schon aufregst, wenn du auch nur seinen Namen hörst. Und ich weiß, du hättest nicht hören wollen, wie sehr er sich verändert hat …«

»Schwachsinn.«

»Das hat er tatsächlich. Sehr.«

»Die Katze«, sagt Olly schneidend, »lässt das Mausen nicht.«

»Okay, na ja, ich fand schon immer, dass das ein blöder Spruch ist.« Inzwischen bin ich selbst ziemlich verärgert. »Ich meine, das ist doch völlig selbstverständlich. Man könnte genauso gut sagen, die Kuh lässt das Grasen nicht, oder die Biene lässt das Stechen nicht, oder der Elefant lässt das Trompeten nicht ...«

»Außer«, murmelt Olly, »die Nachbarn beschweren sich.«

Ich funkele ihn an. Jetzt ist nicht der richtige Zeitpunkt, um die Atmosphäre aufzulockern.

»Damit meine ich nur, einfach *willkürlich festzustellen*, dass Tiere ihre Urinstinkte nicht ändern, ist überhaupt kein Beweis dafür, dass Menschen sich nicht verändern können! Ich meine, wenn Menschen sich nicht verändern könnten, was wäre dann der Sinn von Organisationen wie den Anonymen Alkoholikern? Was wäre der Sinn dabei, dass Leute eine Therapie machen ...?«

»Libby, meine Liebe, dafür würde ich an deiner Stelle nicht die Hand ins Feuer legen«, sagt Dillon, der gerade zu uns an die Bar geschlendert ist.

Ach du lieber Gott.

Wenn wir hier alle lebend rauskommen, bringe ich Bogdan um.

»Ich hoffe, du hast nichts gegen spontane Gäste, Kumpel«, fährt Dillon fort und beugt sich dann herunter, um mir einen – recht langsamen, demonstrativen – Kuss auf die Wange zu geben, bevor er Olly eine Flasche Whisky entgegenstreckt. »Nur eine Kleinigkeit, um zum neuen Restaurant zu gratulieren.«

»Danke«, sagt Olly und nimmt den Whisky auf die gleiche Art an, wie ein genervter Fußballer einen Platzverweis durch den Schiedsrichter akzeptiert.

»Sieht gut aus«, fährt Dillon fort. »Nette Raumgestaltung.«

Olly brummt nur.

»Anständige Malerarbeit«, fügt Dillon betont positiv hinzu.

»Dann hast du also eine Ahnung von Malerarbeit?«

»Klar. Ich hab als Jugendlicher zwei Sommer als Azubi bei einem Maler und Tapezierer gearbeitet.«

»Tja, der Verlust der Handwerkswelt ist der Gewinn der Schauspielwelt …«

»Okay!«, unterbreche ich fröhlich und mache mich bereit, Dillon entschlossen von der Bar und aus dem Restaurant hinauszuführen (und idealerweise so weit weg von Clapham wie nur möglich), aber er bleibt wie angewurzelt stehen.

»Also, was hast du an diesen Wänden benutzt?«, fragt er. »Sieht aus wie dieser überteuerte Schlonz von *Farrow & Ball*. Wie heißt der Ton hier? Witwenhaube? Wieselfurz?«

»Das ist Dulux, wenn du's wissen willst«, sagt Olly. »Jasminweiß.«

»Das ist nie im Leben Jasminweiß«, spottet Dillon. »Ich hab damals in Clondalkin ein ganzes Haus in Jasminweiß gestrichen. Jasminweiß hat einen butterigeren Unterton. Das hier ist Natural Calico, ohne jeden Zweifel.«

»Es ist Jasminweiß.«

»Ich sag's dir, Kumpel, es ist Natural Calico. Weniger creme- und mehr pfirsichfarben.«

»Es ist nicht pfirsichfarben.«

»Dann aprikosenfarben.«

»*Oder* aprikosenfarben.«

»Gott, Kumpel, hast du noch nie die Farbe einer Aprikose gesehen?«

»Es gibt mehr als eine verdammte Sorte Aprikosen«, sagt Olly.

Oh Gott. Es geht wieder los.

»Hast *du* noch nie eine Moorpark-Aprikose gesehen?«, fährt Olly fort und starrt Dillon an, als hinge sein Leben davon ab. »Die sind *grün,* verdammt. Oder die Red-Velvet-Aprikose …«

»Okay, also jetzt denkst du dir einfach Aprikosen aus.«

»… die die Farbe einer beschissenen Pflaume hat.« Olly steckt eine Hand in seine Tasche und holt sein Handy heraus. »Ich google es für dich«, sagt er und pikst auf dem Display herum, »und dann kannst du deinen fachmännischen Maler-Tapezierer-Blick noch mal auf meine Wände werfen und mir sagen, ob sie aprikosenfarben sind.«

»Hey, mich juckt es nicht, welche Scheißfarbe deine Wände haben.« Dillons Lächeln ist verschwunden. »Du kannst sie in allen Farben des verdammten Gemüsehändlers streichen, und es wäre mir schnurz …«

»Dillon, hör zu«, sage ich und stelle mich vor ihn, bevor der Aprikosenkrieg in physische Gewalt übergeht. »Du solltest vielleicht lieber woanders was trinken gehen …«

»Er kann nichts *trinken* gehen«, bemerkt Olly schonungslos, »er ist ein *trockener Alkoholiker.*«

»Besser ein trockener Alkoholiker«, sagt Dillon, »als ein eingebildeter, selbstzufriedener, aprikosenbesessener …«

Und nun, ganz plötzlich, erscheint Tash wie eine gute Fee im Märchen, ganz blond und strahlend gesund und hübsch in (verdammt soll sie sein) genau der Art ganz schwarzem Outfit, in dem ich mich heute Abend wahrscheinlich auch wohler gefühlt hätte: einem schwarzen Baumwoll-Sommerkleid mit Lochstickerei, die Haare links und rechts zu zwei nervtötend niedlichen Zöpfen geflochten.

Sie legt eine Hand auf Ollys Schulter.

Das ist alles. Mehr tut sie nicht.

Aber ich sehe augenblicklich, was das mit Olly macht.

Er entspannt sich.

Und dann berührt er Tash ebenfalls kurz: Er legt nur eine Hand unten auf ihren Rücken.

Es fühlt sich an, als wäre die Temperatur in meiner direkten

Umgebung um etwa fünfzehn Grad gesunken. Während in der Tash-und-Olly-Ecke schönes Wetter herrscht – dort drüben ist es richtig idyllisch.

Ich weiß vielleicht nicht viel über Beziehungen. Ich weiß vielleicht nicht mal viel über Männer allgemein.

Aber ich kenne Olly.

Zwischen ihm und Tash hat etwas begonnen. Das ist sonnenklar.

»Alles in Ordnung?«, fragt sie ihn.

»Alles okay«, antwortet Olly.

»Ich bin Tash«, spricht sie weiter auf ihre freundliche, selbstbewusste Art, und streckt Dillon eine Hand entgegen. »Und keine Sorge, ich weiß, wer Sie sind, ich hab Sie schon ganz oft im Fernsehen gesehen!«

»Schmeichle seinem Ego nicht noch mehr, als er es selbst schon tut«, murmele ich, während ich Dillon fest am Ellbogen packe und es mir endlich – *endlich* – gelingt, ihn von der Bar weg, durch die Menge und hinaus auf die Straße zu zerren.

»Was zur *Hölle*«, sage ich, »suchst du hier?«

Dillon öffnet den Mund.

»Und jetzt erzähl mir nicht irgendwelchen Scheiß darüber«, spreche ich weiter, »dass Bogdan die Party erwähnt hat und du *einfach dachtest*, es wäre nett, vorbeizuschauen und deinem alten Freund Olly eine schöne Flasche Whisky zu schenken, die du sowieso nicht mehr trinken kannst.«

»Wer sagt, dass er nicht mein alter Freund ist?«

»*Jeder auf der ganzen Welt.* Vor allem jeder, der gerade gehört hat, wie ihr zwei euch wie Schuljungen über Aprikosenfarben gezankt habt, verdammt noch mal. Und *warst* du übrigens mal Maler und Tapezierer in Clondalkin, oder ist das auch nur eine deiner vielen Fantasien über die alte Heimat?«

»Hey.« Jetzt ist er wieder ernst, vom einen Augenblick zum anderen. »Ich lüge nicht, Libby. Ich lüge nie. Nicht bei wichtigen Dingen.«

»Oh, also ist es nicht *wichtig*, wenn du absichtlich hierherkommst, um Olly zu ärgern?«

»Ich bin nicht deshalb hergekommen. Ich bin gekommen, um dich zu sehen.«

»Du hättest mich anrufen und fragen können, ob wir uns nach der Party treffen.«

»Ich wollte nicht bis nach der Party warten.« Er berührt mein Gesicht, mit einer Hand, die sich federleicht anfühlt. »Ich wollte dich jetzt sehen.«

»Dillon …« Ich mache einen kleinen Schritt von ihm weg. Einen sehr, sehr kleinen Schritt. Okay: Einen so kleinen Schritt, dass seine Hand immer noch meine Wange berührt. Aber trotzdem. Es geht ums Prinzip. »Wir waren uns doch einig, dass es zwischen uns nicht funktioniert.«

»Das hast du gesagt. Ich hab dir nie zugestimmt.«

»Ja, okay. Aber trotzdem liege ich mit meiner Meinung ja wohl richtig.«

»Sehr gut. Dann muss ich dich nur noch überreden, das auch zu tun.«

Ich blinzle ihn an. »Was zu tun?«

»Richtig zu liegen – bei mir.«

Es fühlt sich an, als hätte sich gerade der Bürgersteig unter mir bewegt. Was bedeuten könnte, dass Clapham gerade das Epizentrum eines kleinen Erdbebens war. Was aber wahrscheinlicher bedeutet, dass Dillon (und mein verzehrendes, unaufhaltsames Verlangen nach ihm) meine Beine soeben wieder in Pudding verwandelt hat.

»Darf ich hoffen, dass dein Schweigen«, sagt Dillon mit einem seiner teuflischsten Grinsen, »heißt, dass du zumindest darüber nachdenkst?« Er senkt die Stimme. »Du bist knallrot geworden und wirkst auch sonst ein wenig … erhitzt.«

»Nein.« Arroganter Dreckskerl. Ich schlucke in der Tat sehr heftig. »Beziehungsweise, ja, okay? Ich denke darüber nach. Aber nachdenken muss nicht heißen, dass ich es auch tue. Jetzt«, fahre ich fort, »muss ich wieder reingehen und mich für dich bei Olly entschuldigen für diesen ganzen Aprikosenschwachsinn gerade eben.«

Und was sogar noch viel wichtiger ist: Ich muss reingehen und diese unendlich große Entschuldigung aussprechen, von der ich vorhin abgelenkt wurde. Wenn ich Olly dafür einen Augenblick allein erwische. Wenn ich ihn von Tash loseisen kann …

»Ich glaube nicht, dass es Olly gerade einen feuchten Dreck schert, ob du dich bei ihm entschuldigst oder nicht.« Dillon nimmt die Hand von meinem Gesicht. »Oder ist dir nicht aufgefallen, dass Blondie und er total verknallt sind?«

Also hat Dillon es auch bemerkt.

»Jedenfalls werde ich dich jetzt nicht mehr behelligen«, spricht er weiter. »Ich nehme ein Taxi nach Hause. Schade, dass ich dich nicht überzeugen kann, dass meine Absichten dir gegenüber … na ja, selbstverständlich nicht ehrbar sind. Das kann ich unmöglich behaupten. Aber sie sind aufrichtig. Und es tut mir leid, Libby, aber wenn es um dich geht, kann ich mich einfach nicht beherrschen. Da werde ich mich nie beherrschen können.«

Er dreht sich um und fängt an, in Richtung Clapham High Street zu gehen.

Und ich drehe mich in die andere Richtung und gehe – auf Beinen, die immer noch recht puddingartig sind – zurück ins Restaurant.

Olly und Tash stehen immer noch drüben bei der Bar.

Sie reden und lächeln. Ihre Köpfe sind sehr, sehr nah beieinander; Tashs Hände liegen auf seinen Armen; eine seiner Hände liegt auf ihrer Taille.

Es ist wohl das Beste, wenn ich sie nicht weiter störe.

Wohl das Beste, wenn ich die Party gleich ganz verlasse.

Aber welcher Teil von mir das ist, der glaubt, es wäre auch das Beste, loszurennen, hinaus auf die Straße und in solcher Geschwindigkeit hinter Dillon her …

Der dumme, primitive Teil, jede Wette.

Ich hole Dillon ein, als er gerade die Ecke der High Street erreicht und den Arm nach einem herankommenden Taxi ausstreckt. Als ich nach seiner anderen Hand greife, dreht er sich um.

»Fire Girl«, sagt er und sieht für einen Augenblick überrascht aus. »Ich dachte, du hast gesagt …«

Das Taxi hat noch nicht mal am Bürgersteig gehalten, bevor wir anfangen, uns zu küssen.

16

Also bin ich hier. Wieder da, wo alles angefangen hat.

In Dillons Wohnung.

In Dillons Bett, um genau zu sein.

Aber *ganz* so schnell ist es nun auch nicht gegangen, okay? Wir sind beide noch vollständig angezogen.

Na ja, *ich* bin vollständig angezogen. Dillon hat sich gerade diese Minute sein T-Shirt ausgezogen und lässt nun einen noch durchtrainierteren Oberkörper erkennen, als ich ihn in Erinnerung hatte.

»Reha«, sagt er, als er meinen Blick bemerkt.

»Sorry?«

»Dafür ist die Reha verantwortlich.« Er deutet nach unten auf seine Bauchmuskeln. »Wenn man mit dem Trinken aufhört und keinen Sex haben kann und den ganzen Tag nichts zu tun hat, als Nabelschau zu betreiben, hat man ziemlich viel Zeit – und Ansporn –, um dafür zu sorgen, dass es ein extrem attraktiver Nabel wird.«

»Oh, ja, natürlich.«

»Und apropos extrem attraktiver Nabel …«

Er legt sich wieder auf die Decke und zieht mich an sich.

Was ein eindeutiger Beweis dafür ist, dass Liebe – oder Lust, oder was auch immer er gerade für mich empfindet – *wirklich* blind macht und ein miserables Gedächtnis hat, denn mein Nabel ist nichts, was irgendjemand als extrem attraktiv bezeichnen könnte. Im besten Fall, an einem sehr, sehr guten Tag und bei schönem, schummrigem Kerzenlicht, könnte man ihn zweckdienlich nennen.

»Und ich bin ganz bezaubert von diesem Kleid«, murmelt er, schmiegt das Gesicht an meinen Hals und berührt mit den Fingern der einen Hand sanft das Neckholderband und die Haut darunter. »Zusammen mit den blonden Haaren lässt es dich ein bisschen aussehen wie Marilyn Monroe.«

»Oh, glaub mir, ich sehe ganz sicher nicht aus wie Marilyn Monroe.«

»Du hast recht«, sagt er. »Du bist sogar noch hübscher.«

Ich würde ihn darauf hinweisen, dass das sogar noch unzutreffender ist als seine Komplimente über meinen Bauchnabel, aber ich habe keine Gelegenheit, überhaupt irgendwas zu sagen. Er rollt sich auf die Seite und zieht mich mit, sodass ich auf ihm lande und er die Arme um mich legen kann, als er beginnt, mich wieder zu küssen. Seine Hände sind in meinen Haaren, und sein Körper ist warm an meinem, und es ist alles genauso unglaublich wundervoll wie bei unserem ersten Mal, beim letzten Mal und alle Male dazwischen.

Also ergibt es überhaupt keinen Sinn, dass ich plötzlich wegrolle, mich auf den Rücken lege, für einen Augenblick an die Decke starre und dann frage: »Also glaubst *du* auch, dass Tash und Olly ineinander verliebt sind?«

»Was?«

»Du hast vorhin so etwas erwähnt, vor dem Restaurant … Ich will nur wissen, ob du definitiv glaubst, dass Tash und Olly aufeinander stehen.«

»Ähm … ist es jetzt wirklich an der Zeit, über andere Paare zu sprechen, Libby?« Dillon rollt sich zu mir herüber und stützt sich auf einen Ellbogen. »Ich meine, es liegt mir fern, irgendwelche deiner Sehnsüchte unterdrücken zu wollen, wenn dich das anmacht … Ich kann morgen früh losgehen und ein schönes großes Goldfischglas besorgen, und dann werfen wir alle unsere Schlüssel rein und spielen nach, was möglicherweise in den Siebzigern in den Vororten passiert ist …«

»Glaubst du, sie sind tatsächlich ein *Paar?* Jetzt schon?«

»Denn das war das Schockierendste an dem, was ich gerade gesagt habe«, bemerkt Dillon. »Natürlich.«

»Na ja, das mit dem Partnertausch war offensichtlich ein Witz …«

»Ich mache nie Witze«, sagt er, »wenn es um Partnertausch geht.«

»… aber es klang nicht so, als wäre es ein Witz, als du sie ein Paar genannt hast.«

»Ja. Nein. Keine Ahnung … Pass auf, Libby, ganz im Ernst, können wir einfach da weitermachen, wo wir gerade aufgehört haben?« Er rutscht näher, legt einen Arm um meine Taille und sieht mir in die Augen. »Ich meine, du machst mich wahnsinnig, Fire Girl. Ich kann an nichts anderes denken als an dich. An deinen schönen, weichen Körper, und wie toll du im Bett bist, und dein breites Grinsen, wenn du am Morgen neben mir aufwachst … Ich hab die letzten paar Nächte kein Auge zugetan, weil ich daran gedacht habe und an alles, was ich mit dir machen will, horizontal und parallel und orthogonal …«

»Und perpendikular?«, frage ich mit einem Lächeln, denn ich spüre, dass wir beide versuchen, zu der scherzenden Flirtstimmung zurückzufinden, die zwischen uns herrschte, bevor ich das Thema Olly angeschnitten habe.

»Oh Gott, ja.« Er stößt ein theatralisches Stöhnen aus. »Perpendikular. Bitte, bitte, Libby, verwehre mir nicht die Wonne, etwas Perpendikulares zu machen.«

»Werde ich nicht«, sage ich.

Und wir fangen wieder an, uns zu küssen.

Bis ich mich einen Augenblick später zurückziehe.

»Wenn du sagst, du *kannst an nichts anderes denken* als an mich …?«

»Oh Gott.« Er dreht sich auf den Rücken. »Du machst es mir nicht leicht, was?«

»Ich finde nur, das ist etwas, worüber wir sprechen sollten.«

»Glaubst du, wenn ich an nichts anderes denken kann als an dich, hilft es mir, darüber zu *sprechen?*« Er sieht mich todernst an. »Es fühlt sich an, als wäre ich schon wieder in einer Therapiesitzung. Nur mit einer echt heißen Therapeutin. Von der ich nicht die Finger lassen kann.« Er denkt einen Augenblick darüber nach. »Also, wenn du Lust hast auf Rollenspiele …«

»Jetzt nicht.«

»… könnte ich der rückfällige Alkoholiker sein …«

»Weil das echt sexy ist.«

»… und du könntest die Leiterin des Instituts Echt Heißer Therapeutinnen sein … in dem alle wahnsinnig sexy Uniformen tragen, also so ganz knappe Doktorkittel, und hohe Absätze, und nichts darunter …«

»Das wäre aber nicht sehr praktisch für eine Therapiesitzung.«

»Ach, na ja, das würde davon abhängen, welche Art von Therapie das Institut Echt Heißer Therapeutinnen anbietet …«

»Dillon. Komm schon. Findest du es nicht ein *kleines* bisschen auffällig, dass du kurz nach deinem Entschluss, auf Alkohol und Drogen zu verzichten, plötzlich so … auf unsere Beziehung fixiert bist?«

»Wer sagt, dass ich darauf fixiert bin?«

»Du! Du hast doch gesagt, du kannst an nichts anderes denken!«

»Das ist eine Redewendung.« Aber er runzelt die Stirn und weicht meinem Blick aus. »Und von Laien-Psychoanalyse halte ich nicht viel.«

»Verständlich. Aber ich halte nicht viel davon, als eine Art Stütze benutzt zu werden. Falls du das tust.«

»Um eine Stütze geht es hier nicht, eher um einen Ständer …«

»Sehr witzig.«

»… und ich weiß nicht, wie oft ich dir das noch sagen muss, Libby. Ich will, dass wir es noch mal versuchen. Nicht, weil ich dich als Ersatz für den Alkohol oder die Drogen benutze. Sondern einfach, weil ich mein Leben lieber mag, wenn du dazugehörst. Ist das etwas so Seltsames?«

»Ja, schon. Ich meine, du bist so ziemlich der Einzige, der das tut.«

»Der Einzige, der was tut?«

»Der sein Leben lieber mag, wenn ich dazugehöre.« Ich lache, um abzuschwächen, was ich gerade gesagt habe, aber das ist ein Fehler, denn das Lachen kommt etwas verbittert heraus. »Ich kenne sonst niemanden, der so für mich empfindet, Dillon, okay? Also ist es einfach ein bisschen schwer zu glauben, dass du das tun könntest.«

»Das soll ein Witz sein, oder?«

»Nein.« Ich spüre, wie mich eine Welle von Selbstmitleid ergreift. Ein Gefühl, das ich immer und überall nervig finde. Aber ganz besonders nervt es mich jetzt und hier, wenn ich so vieles Besseres tun könnte. Deshalb bin ich richtig sauer auf mich selbst, als ich mich herausplatzen höre: »Ich meine, offensichtlich war ich für meine Familie immer nebensächlich, aber ich hätte nie gedacht, dass ich je so viel Mist bauen könnte, dass ich auch für meine ältesten Freunde nebensächlich werde.«

»Wovon, um alles in der Welt«, fragt Dillon, »redest du?«

»Na ja, da ist Nora«, erzähle ich ihm, »die mich langsam, aber sicher durch eine glänzendere, neuere, rundum bessere beste Freundin ersetzt ... Und dann ist da ...« Mir bleibt die Stimme im Hals stecken, und ich muss mich räuspern. »Olly.«

»Der sich schließlich, nachdem er die letzten anderthalb Jahrzehnte für dich geschwärmt hat, mit einem Ersatz zufriedengegeben hat.« Dillon schnaubt. »Komm schon, Libby. Du kannst doch nicht im Ernst behaupten, dass du für Olly je nebensächlich sein wirst.«

Ich starre ihn übers Bett hinweg an.

»Warum schaust du mich so an?«, fragt er. »Willst du etwa behaupten, du *wusstest* nicht, dass er bis über beide Ohren in dich verliebt ist?«

Ich mache den Mund auf. Kein Ton kommt heraus.

»Oh Gott.« Dillon setzt sich halb auf und wirkt bestürzt. »Du wusstest *nicht,* dass er bis über beide Ohren in dich verliebt ist.«

Ich kann mich nicht rühren.

Ich meine, es ist möglich, dass ich mich gerade in eins dieser iPhone-Emojis verwandelt habe, die immer nur einen Gesichtsausdruck auf einmal können.

»Shit«, sagt Dillon. »Ich dachte nur ... Na ja, ich dachte, du willst einfach nicht offen darüber reden. Ich dachte nicht ... Ich meine, ich dachte ehrlich nicht, dass du es nicht weißt.«

»Ich ... aber ... Tash.« Es gelingt mir, vier Silben zu äußern. »Er steht auf *sie.*«

»Also, ich bin bestimmt kein Experte, wenn es um Olly Walker geht ... Aber wenn er auf sie steht, bin ich mir ziemlich sicher, dass das nur daran liegt, dass er einfach die Schnauze voll hatte, auf dich zu warten.«

Apropos die Schnauze voll haben … Ich muss mich in eine Sitzposition an der Bettkante aufrichten und mich vornüberbeugen, nur für den Fall, dass die Übelkeit, die in mir aufsteigt, versehentlich aus mir herausläuft.

Passiert das hier gerade wirklich? Hat Dillon überhaupt *recht?* Dass Olly all die Jahre – fast schon zwei Jahrzehnte – diese … *Gefühle* für mich gehegt hat?

Meine Gedanken rasen in schwindelerregender Geschwindigkeit zu dem Großen Fehler zurück, der uns vor vielen Jahren in Paris passierte, als wir uns in einer Bar am linken Seine-Ufer plötzlich in einem betrunkenen Kuss wiederfanden. Olly hatte mir von einem Mädchen erzählt, in das er verliebt war, einem Mädchen, das ich einfach – und er korrigierte mich nicht – für eine alte College-Freundin von ihm hielt, und er sah so verletzlich aus, und es war ein so intimes Gespräch, dass es sich nur richtig und natürlich anfühlte, dass ich mich vorgebeugt habe, als er sich vorgebeugt hat …

»Hey …« Dillon springt auf und geht neben mir in die Hocke. »Bitte übergib dich nicht. Sosehr ich nachvollziehen kann, dass eine Person die Nachricht, dass Olly Walker in sie verliebt ist, zum Kotzen findet, muss ich doch auch an meine teure Bettwäsche denken.«

Er grinst mich an, wobei sein attraktives Gesicht Freundlichkeit und Frust gleichermaßen ausdrückt. »Ich wusste ehrlich nicht«, sagt er leise, »dass du es nicht weißt.«

»Und … andere Leute? Wissen die davon, meine ich?«

»Du meinst, ob jeder, der dich und Olly kennt, merkt, welche unerwiderte Leidenschaft er seit Jahren mit sich rumträgt? Na ja, ich kann nicht für alle sprechen, da ich ja nicht so viele davon *kenne* …«

»Nora«, sage ich. »Nora muss es wissen.«

»... aber ja, ich würde annehmen, dass Nora es weiß. Und Bogdan weiß es sicher. Ich meine, was glaubst du, warum ich überhaupt zu der Party gekommen bin? Bogdan hat mir erzählt, dass Olly vorhatte, heute Abend etwas zu dir zu sagen.«

»*Etwas zu sagen?*«

»Ja. Du solltest da ankommen und feststellen, dass das Restaurant deinen Namen trägt, und dann wollte er dich an einen ruhigen Ort bringen und dir sagen, dass er ohne dich nicht leben kann, oder ein verdammtes Streichquartett engagieren, das dir ein Ständchen bringt, während er »I Will Always Love You« trällert, oder William Fucking Shakespeare aus seinem Grab holen, damit er ein Sonett über deine Augen schreibt ... Keine Ahnung, was genau er vorhatte, der Trottel, aber heute Abend sollte es stattfinden.«

»Und was ist dann passiert?« Ich starre Dillon an, aber ohne ihn bewusst wahrzunehmen. Ich glaube, ich könnte sogar für einen oder zwei Augenblicke Ollys Gesicht auf seinem sehen. »All die Jahre, und dann wirft er einfach in letzter Minute das Handtuch?«

»So ist Olly Walker nun mal. Ein Schlappschwanz.« Dann mustert mich Dillon. »Das ... *macht dir nichts aus,* oder? Ich meine, die Tatsache, dass er das Handtuch geworfen hat – stört dich das?«

»Na ja, natürlich stört mich das, verdammt!«

»Weil du ihn magst.«

»Ja, ich mag ihn, Dillon, er ist mein ältester ...«

»Du magst ihn«, wiederholt Dillon. Es ist eine Feststellung, keine Frage. »Nicht wie einen ältesten Freund. Sondern so, wie er dich mag.«

»Woher soll ich das denn wissen?«, frage ich. »Ich hatte genau drei Minuten, um mich an die Information zu gewöhnen, dass er unsterblich in mich verliebt ist. Nicht siebzehn Jahre. Ich weiß nicht, ob ich ihn mag oder nicht! Ich meine, eigentlich mag ich ihn jetzt gerade *überhaupt nicht* besonders, um ganz ehrlich zu sein …«

»Hier«, sagt Dillon, greift hinter mich und schnappt sich das T-Shirt, das er fortgeschleudert hat, direkt nachdem wir herauf ins Schlafzimmer gekommen sind. Er wischt mir damit die Augen ab, wobei mir zum ersten Mal bewusst wird, dass ich weine – obwohl ich nicht sagen könnte, warum. »Und mach weiter, wo du stehen geblieben bist«, fährt er fort, »du weißt schon, da, wo du gesagt hast, dass du ihn nicht magst. Der Teil hat mir gefallen. Bitte mehr davon.«

Ich blinzle ihn an, wobei mir noch mehr Tränen über die Wangen laufen. »Hasst er dich deshalb so sehr?«, schniefe ich. »Nicht, weil er findet, dass du ein bisschen ein Großkotz bist, sondern … meinetwegen?«

»Ach, ich bin mir ziemlich sicher, dass er auch findet, ich bin ein Großkotz.« Dillon grinst mich an. »Und es ist auch ein kleines bisschen der Grund dafür, weshalb ich ihn nicht ausstehen kann. In gewisser Weise ist das gar nichts gegen ihn persönlich. Ich mag es nun mal einfach nicht, Konkurrenz zu haben.«

Trotz allem, was ich momentan durch meine verwirrten Synapsen zu verarbeiten versuche, dämmert mir plötzlich etwas.

»Dillon. Sei ganz ehrlich zu mir.« Ich tupfe mir die hoffentlich letzten Tränen ab. »Oder eher, sei ganz ehrlich zu dir selbst. Bist du nur deshalb momentan so besessen von mir, wie du es behauptest, weil du weißt, dass auch noch jemand anderes auf mich steht?«

»Hey! Vor fünf Minuten war es noch, weil ich ein hoffnungsloser Junkie bin.«

»Ich sage nicht, dass es nicht auch daran liegt.«

»Tja, du liegst falsch. Bei beidem.« Aber er wirkt ein bisschen verlegen. »Ich meine, ich kann nicht leugnen, dass ich der eifersüchtige Typ bin. Und natürlich motiviert es mich ein bisschen, wenn dir plötzlich alle diese Männer zu Füßen liegen, Libby … Niemand könnte das bemerken und *nicht* noch einen Gang zulegen wollen …«

»Oh, Dillon.«

»Aber ich würde dich trotzdem genauso mögen, auch ohne die Olly Walkers und die Jamie Cadwalladrs und die glupschäugigen Kellner. Die erhöhen nur ein bisschen den Druck, das ist alles. Denn ich will sichergehen, dass ich derjenige bin, der …« Er unterbricht sich.

»Gewinnt?«, frage ich.

»Okay«, sagt er. »Vielleicht.«

»Also bist du vielleicht gar nicht so sehr nach mir süchtig, sondern eher nach der Jagd.«

Eine Weile sagt er nichts.

Für Dillon, der sonst anscheinend für jede Gelegenheit eine Antwort parat hat, spricht ein solches Schweigen Bände.

Dann sagt er: »Weißt du, was ich jetzt gerade tun will? Mehr als alles andere?«

»Oh Gott, Dillon«, sage ich, »ich glaube nicht, dass wir das jetzt tun sollten.«

»Tja, ich weiß ja nicht, woran du gedacht hast, aber ich wollte gerade vorschlagen, dass ich Wasser aufsetze, damit wir eine schöne Tasse Tee trinken können.«

»Tee?« Seine Nettigkeit bringt mich wieder zum Weinen. »Aber … ich dachte, du wolltest Sex.«

»Libby. Ich hab vielleicht schon einige perverse Dinge gemacht. Aber ich hatte nie Sex mit einer weinenden Frau. Na ja«, – er überlegt einen Augenblick – »mit keiner, die geweint hat, weil sie *traurig* war. Ab und zu ist es mir schon passiert, dass Frauen einfach mittendrin zusammengebrochen sind und geschluchzt haben vor lauter Ehrfurcht. Ein bisschen, wie wenn man zum ersten Mal den Grand Canyon sieht, oder die Victoria Falls.«

Ich lache. Es ist zittrig, aber es ist ein Lachen.

Er steht auf und streckt mir eine Hand entgegen. »Also, komm schon, Darling. Lass uns Wasser aufsetzen. Wenn du Glück hast, könnte ich vielleicht sogar ein, zwei Soft Cakes ausgraben. Und wir können ein bisschen reden.«

»Darüber, was ich mit Olly machen soll?«, würge ich hervor.

»Na ja, wir wollen ja nicht gleich übertreiben. Aber ich erzähl dir gern die ganze Nacht lang irgendwelchen Blödsinn, damit du nicht daran denkst, was du mit Olly machen sollst …? Ich wüsste nicht, welches bessere Angebot du heute Nacht noch kriegen könntest, meine Liebe.«

17

Also verbrachte ich die Nacht schließlich bei Dillon.

Es war weit nach zwei Uhr morgens, bis wir unsere endlosen Teekannen ausgetrunken und mehr als eine Packung Soft Cakes verputzt hatten, also lohnte es sich nicht, um die Uhrzeit noch nach Hause zu fahren. Und während wir Tee tranken und Kekse aßen, lenkte er mich wunderbar ab mit amüsanten Anekdoten über die Entzugsklinik und seine Familie … Oh, und dann haben wir gut eine oder zwei Stunden damit verbracht, uns gemütlich Immobilien-Websites auf seinem iPad anzuschauen. Zuerst haben wir sie nach einer passenden neuen Wohnung für ihn durchkämmt (als sauberer Schnitt von seiner alten Umgebung, wie sein Therapeut geraten hatte), und dann berauschten wir uns an immer absurderen Traumhäusern, von Zwölf-Zimmer-Stadthäusern in Knightsbridge bis zu weitläufigen Landsitzen, wo Dillon sich als eine Art Gutsherr aufspielen kann. Am Ende der Nacht hatte er sich für ein Vierhundert-Hektar-Anwesen mitsamt einem palladianischen Herrenhaus im ländlichen Wiltshire »entschieden«, zum Schnäppchenpreis von sechzehn Millionen Tacken.

»Tja, wenn du meinen Avancen nicht nachgibst, Libby«, sagte er, »kann ich mich genauso gut dem Landleben widmen. Pferde züchten. Schafe scheren. Hühner halten. Oder falls sich das alles ein bisschen zu sehr als harte Arbeit herausstellt, könnte ich einfach in einem erdbespritzten Landrover auf meinem Grundstück herumfahren, den drallen Bauernmädchen schöne Augen machen und sie zu einem guten alten Techtelmechtel hinter den nächsten Heuhaufen einladen.«

Woraufhin ich ihn fragte, ob sein Bild des englischen Landlebens *ausschließlich* auf dem beruhe, was er in seinen prägenden Jahren heimlich in einer mütterlichen Groschenroman-Sammlung gelesen habe. Was zu einem Gespräch über unsere jeweiligen Jugendjahre führte, das wiederum – wie auch immer – dazu führte, dass er genau das Thema ansprach, das er hatte vermeiden wollen: Olly.

»Pass auf«, sagte Dillon, als er zum letzten Mal den Wasserkocher einschaltete und dann die zwei übrigen Soft Cakes aus der Packung fischte, »ich weiß, dass es dich ganz schön umgehauen hat zu erfahren, dass dein ältester Freund in dich verliebt ist, seit ihr beide noch Milchzähne hattet. Oder wann auch immer ihr euch kennengelernt habt. Aber ich kann zu dem Thema nur eins sagen, liebes Fire Girl: Wenn du es wirklich satthast, dich immer … Wie hast du vorhin gesagt? Dich *nebensächlich* zu fühlen? Na ja, wenn du das wirklich satthast, dann wäre es wahrscheinlich nicht die schlechteste Idee, darüber nachzudenken, ob du Olly Walker nicht geben solltest, was er immer wollte. Denn ich glaube nicht, dass du für ihn je nebensächlich warst. Dieser Flachwichser«, konnte er sich nicht verkneifen hinzuzufügen.

Und etwa eine halbe Stunde später sind wir schlafen gegangen. Ich in seinem großen Bett und er unten auf dem Sofa.

Er war ein Schatz.

Er *ist* ein Schatz. Verpeilt und unberechenbar und viel zufriedener mit sich, als es irgendjemand verdient, ja. Aber ein Schatz.

Wenn wieder eine Beziehung mit ihm anzufangen nicht so wäre, wie wenn ein Huhn (zum Beispiel eins von denen, die er halten will) eine Beziehung mit einem besonders gefährlichen Fuchs anfängt, würde ich es wahrscheinlich auf der Stelle tun.

Oh, und dann ist da natürlich noch die Sache mit Olly.

Die nun, an diesem ganz neuen Tag und nachdem der Schock nachgelassen hat, allmählich etwas …

Wem mache ich was vor? Das Ganze erscheint kein bisschen anders.

Wenn überhaupt, so lässt der ganz neue Tag alles nur noch überwältigender und aussichtloser erscheinen.

Denn jetzt, nachdem ich wieder in die Welt hinausgetreten bin, mit der U-Bahn nach Hause zockele und die giftigen Dämpfe der Colliers Wood High Street einatme, fühlt es sich wirklich *real* an.

Und seit ich heute Morgen aufgewacht bin (zu abscheulichem Kaffee und furchtbar verkohltem Toast; Dillon ist zwar ein Goldstück, aber auch ein miserabler Koch), kann ich nicht aufhören, in Gedanken alles durchzugehen.

Besser gesagt: Alles noch einmal durchzugehen – Moment um Moment in Ollys Gesellschaft in den letzten siebzehn Jahren. Unser Kennenlernen in der wenig verheißungsvollen Umgebung des obersten Rangs im New Wimbledon Theatre; das erste Mal, als wir mit Nora abends ausgegangen sind und sie beide ununterbrochen von ihren Zukunftsplänen redeten und ich dasaß und das mir neue Gefühl genoss, zwei Menschen gefunden zu haben, die mich wirklich zu mögen schienen; das erste Mal, als wir *ohne* Nora abends ausgegangen sind, um *Leoparden küsst man nicht* (meine Wahl) im Prince Charles Cinema am Leicester Square zu sehen, gefolgt von *Die Mumie kehrt zurück* (seine Wahl) im Odeon um die Ecke; das Mal, als ich ihn zum Abschluss des Catering Colleges mit einem selbst gebackenen Kuchen überraschte und dann die nächsten drei Tage mit ihm in seiner Studentenbude verbringen musste, weil ich aus Versehen längst abgelaufene Eier benutzt und ihm eine üble Lebensmittelvergiftung beigebracht hatte …

Und die ganze Zeit über, bei *all diesen Gelegenheiten,* hegte er diese glühende Leidenschaft für mich? Während ich ihn mit seinem Filmgeschmack aufzog und ihm giftige Backwaren darbrachte?

Und dann sind da noch die ganzen neueren Gelegenheiten, nachdem wir jene unbeschwerten Jugendjahre hinter uns gelassen und den Weg ins Erwachsenenleben eingeschlagen hatten. Die Abendessen, die er mir gekocht hat, bevor wir an seinem Küchentisch saßen und die Welt in Ordnung brachten. Die praktische Hilfe, die er mir immer bereitwillig leistete, ob er nun meine Möbel endlose Treppen hinaufschleppte, als ich in meine Wohnung einzog, oder stundenlang mit der britischen Botschaft in Washington telefonierte, um herauszufinden, ob man mich irgendwie (mit einem Ticket, das er bezahlen würde) aus dem hurrikangebeutelten Miami nach Hause fliegen könne. Dass er mich den ganzen Weg bis nach Schottland begleitet hat, zu einer Zeit, als er in seinem Leben beschäftigter war denn je, um mir bei Dads Hochzeit moralische Unterstützung zu bieten.

Ich meine, ich dachte, er hätte all das aus einer Art von brüderlichem Verantwortungsgefühl getan. Es ist ein völlig anderer Film, wenn er stattdessen ganz unbrüderliche Gedanken gehegt hat.

Ein so anderer Film, dass ich, im Lichte dieser brandneuen Erkenntnis, nicht mal ansatzweise begreifen kann, was ich für ihn empfinde.

Obwohl sich mir eine Sache immer wieder aufdrängt. Noch

eine Sache, die ich sogar noch fieberhafter betrachte als all die eben genannten Erinnerungen.

Jener Kuss in Paris. Jener wunderbare, so angenehme und natürliche und – noch überraschender – atemberaubend erotische Kuss. Unser Großer Fehler, den wir seither nie wieder angesprochen, nicht mal angedeutet haben.

Der vielleicht, wie es scheint, doch kein so Großer Fehler war.

Ich bleibe an dem kleinen Kaffeestand direkt neben meiner U-Bahn-Station stehen, um mithilfe eines halbwegs anständigen Kaffees den Kopf freizubekommen, und gehe schon auf mein Haus zu, als ich am Bürgersteig davor ein inzwischen vertrautes Motorrad halten sehe.

Es ist Tash, mit Nora auf dem Sozius.

Ich hatte vergessen, dass Nora gesagt hatte, sie würde auf dem Weg nach Gatwick vorbeikommen und Großmutters Schleier abholen.

Obwohl ich jetzt gerade eigentlich nichts lieber tun würde, als mich mit Nora hinzusetzen und das klärendste Gespräch zu führen, das ich je hatte, wird das in Tashs Anwesenheit nicht ganz einfach sein.

Erst recht nicht, wenn Tash wirklich kurz davor ist, etwas mit Olly anzufangen, wie es gestern Abend aussah.

»Nora!«, rufe ich und versuche normal zu klingen, als sie vom Motorrad steigt und den Helm abnimmt. »Sorry, ich war nur kurz … einen Kaffee holen.« Ich glaube, das reicht als Erklärung; ich muss nicht hinzufügen, dass ich mir hauptsächlich deshalb einen Kaffee geholt habe, weil ich aus der U-Bahn-Station komme, nachdem Dillon mir gerade in seiner Wohnung einen besonders ungenießbaren serviert hat.

»Also hast du bei Dillon übernachtet?«, fragt Nora.

Womit mein Versuch, die ganze Bei-Dillon-übernachten-

Geschichte nicht an die große Glocke zu hängen, recht gründlich gescheitert ist.

»Mmmm, Kaffee«, sagt Tash, die gerade ebenfalls ihren Helm abgenommen hat und aussieht, als wünschte sie, sie hätte ihn aufgelassen. Sie steigt vom Motorrad. »Ich glaube, ich hol mir auch schnell einen«, fügt sie mit ihrer netten, hilfsbereiten, unheimlich nervtötenden Friede-Freude-Eierkuchen-Art hinzu. »Das wird mich frisch machen für die Fahrt nach Gatwick. Kann ich dir was mitbringen, Nora?«

»Nein. Obwohl, doch. Einen schwarzen Kaffee.«

»Ohne Koffein?«

»Nein«, blafft Nora beinahe. »Normal.«

»Okay«, sagt Tash. »Es ist nur so, dass du genau genommen heute Morgen schon einen Kaffee hattest, und aus der Sicht einer Neonatologin …«

»Tash, bitte hol mir einfach einen verdammten Kaffee.« Nora wirkt ein bisschen verzweifelt. »Ich trinke seit Wochen nicht mehr als einen kleinen Kaffee pro Tag. Ich hab keinen Milliliter Alkohol über meine Lippen kommen lassen. Ich vermeide meinen üblichen Sushi-Mittagssnack, als wäre es radioaktiver Müll. Kann ich einfach an einem Tag einen einzigen zusätzlichen Kaffee trinken, ohne mich dabei zu fühlen, als würde ich meinem ungeborenen Kind nichts als McDonald's Chicken Nuggets und Crack einflößen?«

Tash wirkt leicht angefressen, aber sie überspielt es gut. »Schwarzer Kaffee ist notiert«, sagt sie, bevor sie vielsagend hinzufügt: »Es könnte aber ein paar Minuten dauern.«

»Ich glaube, sie will uns ein bisschen allein lassen«, sage ich, als Tash anfängt, mit ihren langen Beinen so zielstrebig die Colliers Wood High Street entlangzuschreiten, als würde sie vom Base Camp des K2 aufbrechen.

»Ja. Weil sie weiß, wie sauer ich auf dich bin.«

»Wie sauer *du* auf *mich* bist?«

»*Dillon,* Libby. *Dillon.* Und du hast nicht mal was *gesagt.*«

Also muss Olly ihr inzwischen von dem Video erzählt haben.

Ich spüre, wie sich mir defensiv die Nackenhaare aufstellen.

»Tja, also, wenn wir schon mal von Leuten reden, die nichts über wirklich wichtige Dinge sagen …«

»Können wir das Baby da raushalten?«, fragt sie und legt eine Hand auf ihren Bauch. »Ich hab dir doch erklärt, warum ich es dir nicht am Telefon gesagt habe.«

»Ich meine nicht das Baby.« Ich hole tief Luft. »Ich meine deinen Bruder.«

Für einen Moment macht Nora große Augen.

Dann fragt sie ganz beiläufig: »Jack?«

»Ja, Nora. Jack ist der Bruder, den ich meine. Der Dreiundvierzigjährige mit einer Frau und drei Kindern in Andover, von dem ich keine Spur mehr gesehen habe seit der Rubinhochzeitsfeier deiner Eltern vor acht Jahren.«

»Dann also Olly?«

»Ja, dann Olly.«

Wir stehen uns einen Augenblick schweigend gegenüber bei diesem Showdown auf der Colliers Wood High Street.

Denn Nora weiß, was ich meine; ihr Gesichtsausdruck sagt mir, dass sie den Grund für *meinen* Gesichtsausdruck erkannt hat. Man kann nicht siebzehn Jahre lang beste Freundinnen sein, ohne dabei irgendwann diese Art emotionale Kurzschrift zu lernen.

»Diese ganze Zeit über«, sage ich und eröffne damit das Duell, »hast du nie den richtigen Moment gefunden, um irgendwas zu sagen?«

»Libby …«

»An all den Partyabenden und verkaterten Sonntagen, und

in den Urlauben in Griechenland und auf Ibiza und in St. Tropez, und bei der Rucksacktour durch Vietnam, und in der Woche, die du dir freigenommen hast, um mich zu pflegen, als ich Windpocken hatte …« Ich zwinge mich aufzuhören, beliebig irgendwelche großen und kleinen Gelegenheiten aufzuzählen, bei denen wir in den letzten zwei Jahrzehnten zusammen Zeit verbracht haben, denn sonst werden wir noch lange, nachdem Tash mit dem Kaffee zurückkommt, hier stehen. »Und dann musste ich ausgerechnet von *Dillon O'Hara* erfahren, dass Olly in mich verliebt ist?«

»Dillon hat es dir gesagt?« Nora wirkt erstaunt. »Als du letzte Nacht mit ihm geschlafen hast?«

»Also, nur zur Info, ich habe letzte Nacht nicht *mit,* sondern bei Dillon geschlafen. Und ich bin auch nur mit ihm nach Hause gegangen, weil …«

»Er hätte gar nicht da auftauchen dürfen«, sagt Nora streng. »Nicht an Ollys großem Abend.«

»Ja. Das weiß ich. Dafür kannst du dich bei Bogdan bedanken.«

»Okay, aber Bogdan ist nicht mit ihm nach Hause gegangen, oder? Und Bogdan hat meinem Bruder nicht das Herz gebrochen, indem er wieder was mit Dillon angefangen hat, was Olly dann ausgerechnet von deiner Schwester erfahren musste.«

»Woher hätte ich denn wissen sollen, dass ich ihm das Herz breche?«, frage ich und hebe zum ersten Mal in diesem Gespräch meine Stimme. »Wenn sogar meine beste Freundin es nicht für nötig gehalten hat zu erwähnen, dass ihr Bruder solche Gefühle für mich hegt?«

»Okay. Vielleicht hätte ich was sagen sollen. Aber du hättest es merken müssen, Libby. Es war nicht zu übersehen! Du hast einfach nicht hingeschaut.«

Okay, jetzt will ich, dass das aufhört. Denn die Gefahr besteht, dass alles aus dem Ruder läuft und Dinge gesagt werden, die nicht mehr zurückgenommen werden können.

Aber Nora sieht das eindeutig anders. Vielleicht sind das die Hormone; vielleicht ist es einfach das Ergebnis der Frustration, die sich jahrelang in ihr aufgestaut hat. Was auch immer der Grund ist, sie hört nicht auf.

»Ich meine, du hast die Tatsache immer ignoriert, dass er dir zu Füßen lag. Die ganze Zeit warst du auf der Suche nach irgendetwas Glänzenderem, Neuem, Besserem. Als wäre Olly nicht gut genug für dich oder so …«

»Soll das ein Witz sein?« Ich starre sie an. »Ich habe nie gedacht, Olly wäre nicht gut genug für mich! Dass ich es nicht gemerkt habe, liegt höchstens daran, dass ich immer angenommen habe, er wäre *viel zu* gut für mich!«

»Er ist nicht viel zu gut für dich: Ihr seid *perfekt* füreinander, verdammt noch mal. Und gerade, als er endlich beschlossen hatte, dass es so nicht weitergeht und er endlich etwas unternehmen muss, hast du dich entschieden, auf seinen Gefühlen herumzutrampeln, indem du mit Dillon O'Hara aufkreuzt!«

»Jetzt halt mal die Luft an! Es ist ja nicht so, als hätte ich Olly *betrogen* oder so! Und dass er endlich beschlossen hatte, was zu sagen, na ja, wenn es wirklich ein so großer Moment für ihn war, warum zur Hölle hat er dann so einfach in letzter Sekunde gekniffen? Meinen Namen vom Restaurant entfernt? Angefangen, mit Tash zu herumzuturteln?«

»Weil er es endlich kapiert hat, als er gehört hat, dass du wieder mit Dillon zusammen bist.«

»Endlich *was* kapiert hat?«

»Dass es immer einen Dillon geben wird. Dass du nach dem Gesülze süchtig bist. Dass du ohne deine Märchenwelt nicht leben kannst.«

Das Wort *Märchen* lässt mich ganz plötzlich an Marilyn denken.

Aber ich bin nicht so verloren wie sie, oder? Nicht ganz so besessen davon, der Realität zu entfliehen?

»Dass alles, was er dir zu bieten hat«, fährt Nora fort, »das niemals aufwiegen kann.«

»Aber das ist … lächerlich. Woher will er das denn wissen, wenn er es nie versucht hat?«

Nora antwortet nicht darauf. Sie sieht traurig aus, als sie sagt: »Du hast ihn nicht gesehen direkt vor der Party, Libby. Als er mir gesagt hat, dass du wieder angefangen hast, dich mit Dillon zu treffen. Er war völlig fertig. Und es braucht schon einiges, um Olly fertigzumachen.«

Das tut mir so weh, dass ich bissig erwidere: »Er hat gar nicht so fertig ausgesehen, als er ein paar Stunden später mit Tash herumgeschmust hat.«

»Ach, Libby. Komm schon. Ein Ertrinkender klammert sich an alles, um sich irgendwie über Wasser zu halten. Außerdem ist Tash erfrischend. Sie wäre gut für ihn nach der ganzen Zeit. Er muss aufhören, sein Leben für dich auf Pause zu schalten, und nach vorne schauen. Er braucht eine Freundin … obwohl, nein, nicht mein Bruder: Er braucht eine *Frau.* Und Kinder, und ein Leben … Ein Leben, das nicht nur aus Warten besteht. Warten und warten und warten darauf, dass du aufhörst, mit dem neuesten Traumtypen rumzumachen, den du dir mal wieder ausgeguckt hast, und stattdessen den Mann bemerkst, der immer – *immer* – für dich da war.«

Ich sehe, wie Tash mit zwei Bechern Kaffee wieder die Straße entlang auf uns zukommt.

Was sowohl schlechtes Timing ist (denn ich will nicht, dass sie einen sehr privaten Streit mitbekommt) und großartiges Timing (denn ich will, dass dieser sehr private Streit endet).

»Ich geh den Schleier holen«, murmele ich, während ich mich auf dem Absatz umdrehe und zur Tür laufe, »wenn du ihn überhaupt noch willst, meine ich.«

»Natürlich will ich ihn«, sagt Nora mit brüchiger Stimme, die sich nach Tränen anhört. »Du gehörst für mich immer noch zur *Familie,* Herrgott noch mal, Libby.«

Darauf sage ich nichts, weil ich ebenfalls einen Kloß im Hals bekomme. Schweigend laufe ich die Treppen zu meiner Wohnung hinauf, während die beiden mit dem Kaffee unten auf der Straße warten.

Als ich meine Tür öffne, sehe ich sofort, dass Marilyn nicht da ist, weder nerzbekleidet noch knallpink oder sonst wie.

Nur der aller-, allerzarteste Hauch von Chanel No. 5 ist geblieben.

Dabei hätte es mir gerade jetzt wirklich geholfen, Marilyn hierzuhaben. Gerade jetzt hätte ich ihre Meinung hören wollen, wie schräg, präfeministisch oder ganz einfach absurd auch immer, zu der völlig neuen Situation mit Olly. Gerade jetzt hätte ich wirklich eine Freundin gebraucht.

Aber ich habe keine Zeit, hier herumzustehen und mich zu bemitleiden, denn ich muss Großmutters Schleier zu Nora hinunterbringen, damit sie und Tash zusammen auf diesem Motorrad wegfahren und rechtzeitig ihren Flug erreichen können.

Ich gehe zu den Schubladen unter meinem Schrank, wo ich den Schleier eingeräumt habe, nachdem ich ihn von Dads Hochzeit mitgebracht habe, und hole ihn heraus. Er ist noch in die flache Schachtel verpackt und sorgfältig in mehrere Schichten Seidenpapier eingeschlagen, also – damit Nora ihn in ihrem großen Rucksack besser transportieren kann – nehme ich ihn im Seidenpapier aus der Schachtel und laufe dann wieder die Treppe hinunter, um ihn ihr zu überreichen.

Als ich die Tür zur Straße öffne, wirkt Nora noch immer etwas weinerlich. Sie und Tash haben sich schon wieder aufs Motorrad gesetzt und nippen beide schweigend an ihrem Kaffee.

»Hier.« Ich gehe zu ihnen und strecke Nora den eingewickelten Schleier entgegen. »Schau mal rein, wenn du willst.«

Nora schiebt eine Ecke des Seidenpapiers zurück, sodass der elfenbeinfarbene Spitzentraum darin zum Vorschein kommt.

»Oh, Libby«, sagt sie mit brüchiger Stimme.

»Er ist sogar noch schöner, wenn du ihn ganz auffaltest.«

Sie reicht Tash ihren Kaffee – die ihn, und ihren eigenen, schon für die Fahrt in die ziemlich raffinierten Halter zu beiden Seiten des Lenkers stellt – und dreht sich dann mit ihrem Rucksack zu mir.

»Ich glaube, es ist am besten, wenn du ihn einpackst. Ich will ihn auf keinen Fall irgendwie beschädigen. Ich meine, er wird darin vielleicht ein bisschen verknittern …«

»Verknittern ist kein Problem. Du kannst die Falten mit sanftem Dampf rausbekommen, wenn du zu Hause bist.«

Dann öffne ich ihren Rucksack, falte den Schleier hinein und ziehe dann den Reißverschluss zu, so weit es geht: Zwei Zentimeter bleiben übrig, die nicht zugehen, weil der Rucksack randvoll ist, aber der Schleier ist trotzdem sicher darin verpackt.

»Er wird schön aussehen an dir, Nora«, sage ich und klinge dabei seltsam höflich. »Aber sag mir dann natürlich Bescheid, wenn ich dir noch irgendein besonderes Accessoire dazu machen soll … Ein schlichtes kleines Diadem oder ein paar spezielle Klammern mit Glitzersteinen oder so …«

»Mach ich. Danke, Libby.« Sie dreht sich kurz um und drückt meine Hand, die immer noch auf ihrem Rucksack liegt. »Ich … na ja, ich ruf dich an, wenn ich zu Hause bin, ja?«

»Nur, wenn du Zeit hast.«

»Natürlich.«

Und dann startet Tash den Motor, und sie und Nora setzen beide ihre Helme auf, und einen Augenblick später reiht sich das Motorrad langsam in den Verkehr ein.

Etwa zwei Sekunden darauf wird mir bewusst: Ich halte irgendwie immer noch Großmutters Schleier fest, der sich mit erschreckender Geschwindigkeit aus dem Rucksack entfaltet.

Nur dass ich ihn *nicht* festhalte – ich meine, er ist nicht in meiner Hand –, also verstehe ich nicht …

Oh Gott. Marilyns Armband.

Die Spitze hat sich an Marilyns Armband verfangen.

Gerade, als ich Zeit habe zu denken: *Schmuck, der mit Marilyn Monroe zu tun hat, sollte immer mit einer Art Gesundheitswarnung versehen werden,* wird mir klar, dass es noch ein zweites Problem gibt. Das andere Ende des Schleiers ist noch in Noras Rucksack.

Ich weiß nicht, ob die zarte, feinfädige Spitze sich am anderen Ende auch an etwas verfangen hat – vielleicht am Reißverschluss, oder an einer Haarbürste oder einem Kamm im Inneren des Rucksacks –, aber ich habe sowieso keine Zeit, das zu untersuchen, denn wenn ich nicht will, dass Großmutters kostbarer, unbezahlbarer Schleier in zwei Fetzen endet, muss ich anfangen zu laufen.

»Nora!«, rufe ich, während ich loslaufe und dann, ziemlich bald, in beträchtlicher Geschwindigkeit auf dem Bürgersteig hinter ihnen her *renne*. »Tash!«

Aber aufgrund ihrer Helme und des Verkehrslärms auf der Hauptstraße können sie mich offensichtlich nicht hören.

Gott sei Dank fährt das Motorrad gerade nur etwa sechs bis sieben Meilen pro Stunde, denn Tash schiebt sich relativ langsam – langsam für ein Motorrad, meine ich; *verdammt* schnell für mich – durch den stockenden Verkehr auf der Hauptstraße. Wenn ich sie nicht erreiche, bevor der Verkehr nachlässt und sie schneller wird, muss ich mich entweder in eine menschliche Version von Road Runner verwandeln (wild mit den Beinen strampelnd, bis ich einen Sprintrekord erreiche, über den meine alten Sportlehrer und auch sonst alle, die mich kennen, nur staunen könnten), um dafür zu sorgen, dass der Schleier sich nicht zu sehr spannt, oder ich werde furchtbare Verletzungen riskieren, wenn das Motorrad davonbraust und die Hälfte von Großmutters Schleier und – womöglich – meinen Arm mitreißt.

Was mir seltsamerweise mehr Sorgen macht als eine grässliche Verletzung durch einen ausgerissenen Arm ist der »Hälfte von Großmutters Schleier«-Aspekt.

Ich kann nicht zulassen, dass er entzweireißt, ob nun mit meinem Arm am einen Ende oder nicht. Nicht nur, weil es ein Familienerbstück ist. Nicht nur, weil er so wunderschön ist. Nicht nur, weil ich ein bisschen Angst habe vor Großmutters Reaktion. Sondern noch aus einem anderem Grund, aber jetzt gerade bin ich zu sehr in blinder Panik, um ihn zu erklären … Es hat etwas mit mir und Olly zu tun und damit, was Großmutter zu ihm gesagt hat darüber, dass ich den Schleier eines Tages tragen solle, wenn ich ihn heirate … Es hat etwas mit seinem Gesichtsausdruck zu tun, als er mich dabei überrascht hat, wie ich den Schleier in meinem Hotelzimmer anprobiert habe, und damit, wie er ihn zurückgeschoben und zu mir heruntergeschaut hat.

Es ist das Gefühl, dass diese Spitze unter keinen Umständen auseinandergerissen werden darf, weil wir es sonst auch werden.

Leider ist es ein sehr, sehr ungünstiger Moment für diese Erkenntnis: Dass ich genauso unsterblich in Olly verliebt bin, wie er es in mich ist – war.

Denn ich bin bereits ernsthaft außer Puste und – oh *Shit* – der Verkehr lässt allmählich nach, und Tash beginnt Gas zu geben …

»Nora«, schreie ich noch mal. »Tash! Stopp!«

Jetzt merke ich, wie mich Passanten auf dem Weg zur U-Bahn oder an der Bushaltestelle anstarren, da ich wohl aussehe wie eine Art bekloppte Brautjungfer einer Bikerbraut. Aber einige von ihnen kapieren überraschend schnell, was los ist, denn sie schreien dem Motorrad ebenfalls hinterher. »Hey, stehen bleiben!«, höre ich eine schicke Frau in Tashs Richtung kreischen. »Haltet die Braut!« Sogar ein paar Autofahrer, die auf ihre Umgebung achten, scheinen etwas mitbekommen zu haben und hupen.

Es nutzt nichts. Das Motorrad bewegt sich immer noch, und ich renne immer noch hinterher, so schnell mich meine Beine tragen können, in meinen Riemchensandalen und dem Neckholder-Sommerkleid …

… und dann verfängt sich einer meiner Absätze in einem kleinen Loch im Asphalt, und ich renne nicht mehr. Ich falle, falle nach vorne, und das Motorrad vor mir rast weiter … Glücklicherweise spüre ich, wie Marilyns Armband reißt und nicht mein Arm (hoffe ich zumindest), und ich sehe gerade noch, wie Großmutters Schleier, intakt, hinter dem Motorrad herweht, bevor mein Kopf direkt vor der U-Bahn-Station auf den Bürgersteig knallt.

18

Das Erste, was ich sage, als ich zu mir komme, ist: »Olly.«

Das weiß ich, denn eine Rettungskraft, die kein bisschen aussieht wie Olly (nämlich klein und blond und – vor allem – weiblich), sieht mir aufmerksam ins Gesicht und sagt: »Hallo. Nein, ich bin nicht Olly. Kannst du mir sagen, wie du heißt?«

»Libby …«

»Hi Libby. Also, du hattest einen Unfall … ungute Kombi von Motorrad und Brautschleier, wenn ich das richtig verstanden habe, was die Leute an der Unfallstelle gesagt haben … Weißt du, welcher Tag heute ist?«

»Montag«, sage ich, weil das der erste Wochentag ist, der mir einfällt, und weil die anderen Wochentage mir gerade entfallen sind.

»Ähm, okay …« Sie klingt nicht ganz so überzeugt. »Na ja, keine Sorge, Libby, wir bringen dich direkt ins St.-George's-Krankenhaus. Also, dieser Olly … Ist das dein Mann? Dein Freund?«

»Nein«, höre ich mich sagen. »Weder noch. Obwohl er das wahrscheinlich inzwischen hätte sein sollen. Und dass er es nicht ist, ist ganz allein meine Schuld.«

»Okay …« Sie leuchtet mir in die Augen und fragt dann:

»Also, ist dieser Olly die Person, die wir kontaktieren sollen? Gibt es sonst noch jemanden?«

Ich schüttle den Kopf. Oder eher, ich versuche es: Ich bin anscheinend auf einer Trage festgeschnallt, mit einer Art Stütze zu beiden Seiten meines Kopfes, damit er fest in einer unbeweglichen Position bleibt.

»Es gibt niemanden sonst«, sage ich. »Und nun wird es auch nie wieder jemanden geben. Wenn ich Olly nicht haben kann, will ich niemanden.«

»Okay!«, sagt sie fröhlich, mit der Stimme einer professionellen Lebensretterin, deren Sorge um mein körperliches Wohlergehen beträchtlich größer ist als ihr Interesse an meinem Liebesleben. »Es gibt also sonst niemanden, den wir benachrichtigen sollen? Damit jemand zum Krankenhaus kommt?«

»Nein.« Ich spüre, wie eine dicke, heiße Träne aus meinem einen Auge rinnt. »Es gibt nur Olly. Er ist der einzige Mensch, den ich bei mir haben will. Aber er ist weg. Für immer. Zusammen mit Marilyn.«

»Also waren Olly und Marilyn die beiden auf dem Motorrad?«

»Nein, das waren Tash und Nora. Olly wird im Restaurant sein. Und Marilyn Monroe ... Na ja, bis gestern Abend war sie in meiner Wohnung, aber da ist sie nicht mehr ...«

Die Augen der Sanitäterin werden für eine Sekunde größer. Dann sagt sie in einem sogar noch fröhlicheren und lebhafteren Ton: »So! Dann bringen wir dich mal ganz schnell ins Krankenhaus, ja? Wenn wir dort sind, kannst du den Ärzten alles über ... ähm ... Marilyn Monroe in deiner Wohnung erzählen.«

»Sie werden mir nicht glauben«, murmele ich. »Das mit Marilyn Monroe oder Audrey Hepburn ...«

Und dann werde ich wohl wieder bewusstlos, denn alles wackelt wie in einem Trickfilm, und der Lärm des Verkehrs auf der High Street wummert in meinem Kopf wie ein mächtiger Bass.

Das Erste, was ich sage, als ich zum zweiten Mal zu mir komme, ist: »Olly.«

Aber diesmal ist das schon deutlich zutreffender. Denn Olly ist in der Tat direkt hier vor mir.

Er hat den Blick fest auf mein Gesicht geheftet, und als er bemerkt, dass ich die Augen geöffnet habe und ihn ansehe, lächelt er.

»Hi«, sagt er.

»Hi«, sage ich und lächle zurück.

Hier sind wir also. Nur wir beide. Zusammen allein, endlich, in dieser schönen neuen Welt, in der wir nun leben, in der er mich liebt und ich ihn liebe und in der es keine Geheimnisse mehr zwischen uns gibt. Es ist eine *Wonderful World* wie in dem Lied. Okay, da sind vielleicht nicht wirklich irgendwelche *trees of green* oder *red roses* … Genauer gesagt befinden wir uns in einem Raum, der verdächtig nach Krankenhaus aussieht, mit Kunststoffvorhängen in der Farbe von Desinfektionsmittel um mein Bett herum und einer gruseligen Maschine an meinem Arm, die alle paar Sekunden piept … Aber ich glaube nicht, dass Louis Armstrong einen ganz so großen Hit gelandet hätte, wenn er darüber gesungen hätte …

»Willkommen zurück«, sagt Olly.

Er sieht, wie ich feststellen muss, völlig erschöpft aus.

»Danke«, antworte ich. »Aber weißt du, Olly, eigentlich war ich gar nicht weg. Ich meine, es hat sich bestimmt ab und zu so angefühlt, weil ich so unzuverlässig war und nie da, wenn du …«

»Libby.« Er beugt sich vor, sodass seine Arme auf seinen

Knien liegen und sein Gesicht meinem noch näher kommt. Sogar so nah, dass ich mich, wenn ich nicht diese schrecklichen Kopfschmerzen hätte, sobald ich den Kopf auch nur einen einzigen Millimeter bewege, auch ein Stückchen vorbeugen könnte und meine Lippen seinen nähern und ... »Erinnerst du dich nicht an den Unfall heute Morgen?«

Unfall ...?

Moment.

Das Motorrad ... der Rucksack ... Großmutters Schleier ...

»Oh Gott. Wie schlimm ist es?«

»Na ja, es hätte viel, viel schlimmer ausgehen können, das darfst du nicht vergessen.«

»Olly. Sag's mir. Ich komm damit klar.«

»Libby, mach dir keine Sorgen! Du wirst wieder fit, okay? Die Ärzte kümmern sich sehr gut um dich. Du hast nur eine heftige Gehirnerschütterung – du warst für ein paar Stunden weg – und einige Prellungen ...«

»Nicht ich! Großmutters Schleier!«

»Der *Schleier* deiner Großmutter?« Seine Augenbrauen über den müden Augen gehen blitzartig nach oben. »*Darüber* machst du dir Sorgen?«

»Ja ... Ich hatte ihn in der Hand, als ich hingefallen bin ... Er hing an meinem Armband ...« Wobei mir zum ersten Mal einfällt: Marilyns Armband. Ein weiteres unbezahlbares Erinnerungsstück, das durch diesen dummen Unfall für immer verloren sein wird.

»Ah. Das erklärt einiges. Nach dem, was die Zeugen dem Rettungsdienst gesagt haben, hat niemand verstanden, warum du den Schleier nicht einfach losgelassen hast ... Aber soweit ich weiß, ist der Schleier in Ordnung. Als Nora und Tash gemerkt haben, dass er hinter ihnen herflattert, hatten sie gerade die A3 erreicht.«

»Oh, Gott sei Dank.«

»Ehrlich, Libby, ich weiß ja, dass dir dieser Schleier viel bedeuten muss, aber du solltest dir wirklich mehr Gedanken um deine eigene Gesundheit machen als um die Gesundheit eines Stücks Spitze!« Er nimmt meine Hand. »Ich will dich nicht durch einen so dummen Unfall verlieren, okay?«

Ich liebe es, wie meine Hand sich in seiner anfühlt. Ich meine, ich *liebe* es. Wenn ich an all die Male denke, die unsere Hände sich schon berührt haben müssen, und doch hatte ich noch nie dieses wundervolle, warme, kribbelnde Gefühl ... Und Olly sieht so toll aus. Müde und triefäugig, aber unglaublich, faszinierend toll ...

»Oh, Olly«, beginne ich. »Du wirst mich nie verlieren. Ich wünschte nur, ich hätte nicht so lange gebraucht, um ...«

»Shit!«, sagt er plötzlich und zieht seine Hand weg.

Was nicht ... *ganz* die Reaktion war, auf die ich gehofft hatte.

»Ich hab Nora versprochen, ihr Bescheid zu sagen, sobald du aufwachst und anfängst zu sprechen«, fährt er fort und zieht sein Handy aus der hinteren Hosentasche. »Sie wird sofort herkommen wollen.«

»Aber ist sie jetzt nicht im Flugzeug?« Ich habe nicht wirklich eine Vorstellung davon, wie viel Zeit vergangen ist, aber Olly hat gesagt, ich wäre ein paar Stunden weg gewesen. »Oder schon wieder in Glasgow?«

»Spinnst du? Sie würde doch in kein Flugzeug steigen, wenn sie weiß, dass dir etwas passiert ist! Tash und Nora haben sofort umgedreht, als sie gemerkt haben, dass irgendetwas nicht stimmt. Sie waren wieder bei dir, kurz bevor der Krankenwagen weggefahren ist. Nora hat sich schrecklich aufgeregt, und Tash hat sich den ganzen Nachmittag im Restaurant um sie gekümmert. Die beiden können in fünfzehn Minuten hier sein.« Olly holt sein Handy heraus. »Ich ruf sie nur kurz an«, fügt er hinzu, tippt auf den Bildschirm und hält es sich ans Ohr, bevor ich noch irgendwas erwidern kann. »Hi«, sagt er einen Augenblick später. »Ja, ich bin's …«

Etwas in seiner Stimme, die gerade unglaublich weich geworden ist, und in seinem Gesicht, das noch weicher geworden ist, lässt mich ahnen, dass er nicht mit Nora spricht.

Das ist Tash am anderen Ende der Leitung, da bin ich mir sicher.

»Nein, du kannst ihr sagen, sie soll sich keine Sorgen mehr machen. Libby ist wach … Ja, und sie spricht … Ich weiß … Genau … Bin ich auch …«

Nun lächelt er, während er spricht: dieses knautschige Lächeln mit den kleinen Fältchen um die Augen; so wie immer, wenn er unglaublich entspannt und glücklich ist.

Dieses Lächeln habe ich bisher nur gesehen, wenn er mit mir gesprochen hat.

»… Ja, wenn sie möchte …« Er hört kurz auf, ins Telefon zu sprechen, schaut zu mir auf und fragt: »Das ist doch okay für dich, oder, Lib?«

»Was soll okay sein?«

»Wenn Tash und Nora ins Krankenhaus kommen? Ich meine, ich weiß nicht, wie viele Besucher du haben darfst, aber auch wenn sie nur mal den Kopf reinstrecken dürfen …«

»Ja, ja, natürlich. Ich würde mich freuen, sie … ähm … beide zu sehen.«

»Ja, Libby sagt, sie würde sich freuen«, spricht Olly wieder ins Handy. Er hört einen Augenblick zu, was am anderen Ende gesagt wird, und dann, mit noch ein bisschen leiserer Stimme, antwortet er: »Absolut … Sorry, dass es nicht ganz so stimmungsvoll wird, wie ich es geplant hatte … Aber es geht trotzdem auf mich … Hey, wer sagt, dass das kein richtiges erstes Date ist? Okay … Okay … Bis bald … Tschüss.«

Er steckt das Handy wieder in seine Tasche und weicht für einen Moment meinem Blick aus.

»Also«, sage ich mit einer Stimme, die vielleicht nicht ganz normal klingt (okay, die ein bisschen erstickt klingt), die sich aber, Gott sei Dank, vermutlich mit dieser ganzen Frisches-Schädel-Hirn-Trauma-Geschichte erklären lässt, »du und Tash …«

»Ja. Na ja, vielleicht.« Ollys Wangen röten sich leicht. »Ich meine, wir hatten gestern diesen tollen Abend, und wir haben ausgemacht, heute einen Kaffee trinken zu gehen, bevor … na ja …« – er deutet auf die desinfektionsmittelfarbenen Vorhänge und die piepende Maschine an meinem Arm – »… das alles passiert ist.«

»Tut mir wirklich leid«, murmele ich.

»Libby, sei nicht albern! Es ist ja nicht so, als hättest du mit Absicht einen krassen Unfall gehabt, nur um zu verhindern, dass ich mich mit Tash zu einem richtigen ersten Date treffe.«

»Nein. Gott. Das würde ich nie tun.« Ich räuspere mich. »Also … magst du sie wirklich.«

»Na ja, schon. Ich meine, es wäre natürlich eine ganz schöne Entfernung, und wir arbeiten beide zu den unmöglichsten Zeiten … Aber wenn man sich von so was abschrecken lässt, würde man für immer alleinbleiben, oder?«

»Ja, würde man.«

»Aber ja, ich mag sie wirklich. Sie ist super. Findest du nicht?«

Ich frage mich kurz, ob es wohl möglich ist, dass durch eine Kopfverletzung auch noch andere wichtige Körperteile beschädigt werden. Denn es fühlt sich ziemlich deutlich so an, als wäre mein Herz gerade in mehrere Stücke zersprungen.

Ich könnte einen Arzt fragen, wenn in ein paar Minuten einer auftaucht.

»Lib? Ist alles okay? Du siehst plötzlich ein bisschen schlechter aus. Soll ich eine Krankenschwester rufen? Es wird sicher gleich eine vorbeikommen, nachdem du jetzt aufgewacht bist …«

»Nein, mir geht's gut. Ich hab nur … ja.«

»Ja?«

»Ja«, ich schlucke schwer, »ich finde, Tash ist super.«

Denn das ist sie, seien wir ehrlich. Sie ist vielleicht ein bisschen viel, aber sie *ist* super. Sie wird Olly sehr glücklich machen. Und Ollys Glück ist für mich das Wichtigste.

Es ist nur unheimlich, außergewöhnlich schmerzhaft, dass ich nicht diejenige bin, die ihn glücklich machen wird.

»Das ist … Es freut mich sehr, das zu hören, Libby.« Er sieht, sofern das möglich ist, noch erleichterter aus als vor ein paar Minuten, als ich die Augen aufgeschlagen habe. »Ich meine, Tash und Nora sind natürlich schon befreundet, aber es ist schön zu hören, dass meine andere kleine Lieblingsschwester dieser ganzen Sache auch ihren Segen gibt … Weißt du was«, fügt er hinzu, wobei er ganz plötzlich mit erschrockenem Blick aufsteht, da ich jetzt wahrscheinlich noch schlimmer aussehe, »ich glaube, ich gehe *doch* schnell eine Krankenschwester holen, nur für den Fall, dass es irgendwas gibt …«

Er bricht ab, denn gerade wurde der desinfektionsmittelfarbene Vorhang dramatisch aufgezogen, und Cass und Mum erscheinen auf der anderen Seite davon.

»Oh, Gott sei Dank!«, ruft Mum aus, sobald sie sieht, dass ich die Augen offen habe und mit Olly spreche. »Sie ist zu uns zurückgekehrt!«

Was mehr so klingt, als wäre ich einer jener wundersamen Patienten, die sich nach fünfzehn Jahren im Koma plötzlich aufsetzen und fragen, was es zum Frühstück gibt, als jemand, der eine Gehirnerschütterung hatte und einen Vormittag in einem Krankenhausbett verbracht hat. Aber ich vermute, Mum *will,* dass es genau so klingt. Wobei die Dramatik für sie nun ein bisschen getrübt sein dürfte, da ich, nach nur ein paar Stunden, anscheinend undramatisch wach bin und mich unterhalte.

Oh Gott: und apropos Drama …

»Du hast aber nicht deine Kameracrew dabei, oder?«, frage ich Cass, die vor Mum durch den Vorhang kommt.

»Sei nicht albern«, sagt sie und beugt sich herunter, um mich kurz, aber ziemlich fest zu umarmen. »Für was für eine Schwester hältst du mich denn?«

Einen Sekundenbruchteil später fährt sie fort: »Ich meine, wir haben sie draußen auf dem Krankenhausgelände gelassen, um Außenaufnahmen zu machen. Ich würde sie niemals *hier reinbringen,* um dich zu filmen, Lib.«

Einen Sekundenbruchteil später fährt sie erneut fort: »Ich meine, außer, du *möchtest* vor die Kamera und darüber sprechen, was passiert ist …?«

»Möchte ich nicht«, antworte ich und tätschle ihre Hand, die sie auf meiner Schulter hat liegen lassen, als würde sie sie noch nicht ganz wegnehmen wollen. »Aber danke, dass du gefragt hast.«

»Oh Cass, wie *könnte* sie denn mit einem so furchtbar entstellten Gesicht gefilmt werden?«, sagt Mum.

»Mein Gesicht ist *furchtbar entstellt?*«, keuche ich.

»Mum, Herrgott noch mal!« Cass funkelt sie an. »Nein, Libby, es ist gar nicht furchtbar entstellt. Ich meine, klar, wenn du dein Gesicht tatsächlich für irgendwas *brauchen* würdest – wenn genau diese Verletzungen zum Beispiel mir passiert wären –, wäre es eine Katastrophe, denn du könntest wochenlang nicht arbeiten, bis die ganzen Schwellungen und Schürfwunden geheilt sind …«

»Ehrlich«, bemerkt Olly und wirft mir über Cass' Kopf hinweg einen beruhigenden Blick zu, »es ist nicht so schlimm. Du siehst einfach ein bisschen wund aus.«

»Genau«, sagt Cass. »Ich meine, es ist auch nicht viel schlimmer als damals, als du dir aus Versehen einen Cocktail ins Gesicht geschleudert hast.«

»*Du* hast mir einen Cocktail ins Gesicht geschleudert«, korrigiere ich sie.

»Oh, ja.« Cass grinst mich an und sieht dabei – und das ist definitiv eine Seltenheit im Leben von Cassidy Kennedy – ein kleines bisschen verlegen aus. »Das hab ich wohl. Ach, na ja, wenigstens bin ich diesmal von aller Schuld verbunden. Also«, spricht sie weiter, bevor jemand sie darauf hinweisen kann, dass es *entbunden* und nicht *verbunden* heißt, »haben sie dir schon gesagt, wann du hier rauskommst? Denn wenn du nicht über Nacht bleibst, muss ich meine Putzfrau anrufen und sehen, ob sie in meine Wohnung gehen und das Gästebett frisch beziehen kann …«

»Cassidy, sei nicht albern«, sagt Mum. »Libby übernachtet nicht bei dir. Sie wird bei mir schlafen.«

Was wirklich erstaunlich nett von Mum ist.

Bis sie hinzufügt: »Du bist *viel* zu beschäftigt mit den Dreharbeiten, Cass, als dass du dich von einer Invalidin stören lassen könntest. Außerdem«, fährt sie mit einem ihrer geliebten dramatischen Seufzer fort, »bin ich schließlich ›die Mutter‹. Die Leute würden mich beschuldigen, meine Pflicht zu vernachlässigen, wenn ich sie nicht zu mir bringe.«

»Okay«, sage ich, »ich bin kein Haufen Wäsche. Ich muss nicht irgendwo *hingebracht* werden.«

»Musst du vielleicht doch«, sagt Olly. »Wenn sie dich heute rauslassen, muss in den nächsten vierundzwanzig Stunden die ganze Zeit jemand bei dir sein. Wegen der Sache mit der Gehirnerschütterung.«

»Oh, na dann bist du definitiv raus«, sagt Mum zu Cass. »Du hast gesagt, du hast morgen um zehn ein Brazilian Waxing gebucht.«

»Mum«, sagt Cass. »Dann sage ich das verdammte Waxing eben ab.«

Ich starre Cass an.

»Du bist meine verdammte *Schwester*«, fügt sie zu mir gewandt hinzu und wirft ihre Haare nach hinten. »Du bist wichtiger als ein *Waxing*.«

Was schwesterliche Liebeserklärungen anbelangt, ist das so ziemlich der Gipfel.

Okay, es sind vielleicht keine Herzchen und Blümchen dabei, und im Hintergrund schluchzen vielleicht auch keine Disney-Geigen. Aber trotzdem. Cass wäre bereit, einen ihrer Körperpflegetermine für mich abzusagen. Das ist unglaublich rührend.

»Ehrlich, niemand von euch muss sich darüber irgendwelche Gedanken machen«, sagt Olly entschieden. »Libby kann bei mir übernachten. Ich bestehe sogar darauf.«

Mein Herz flattert, nur für einen Augenblick, bei diesem ziemlich aufregenden Beweis von Männlichkeit. Ganz zu schweigen von der Vorstellung, wie Olly mich die Treppe in seine Wohnung hochträgt und mich zärtlich ins Bett bringt … bis es mir wieder einfällt: Tash übernachtet auch dort.

Und der Gedanke, zu versuchen, mich in einem Zimmer zu erholen, während Olly und Tash nebenan weiß Gott was treiben …

»Ich meine, Nora muss vielleicht trotzdem morgen nach Hause wegen der Arbeit, aber Tash bleibt mindestens bis Montag«, fährt er fort. »Also glaube ich nicht, dass es einen besseren Ort für dich gibt. Selbst wenn ich ins Restaurant muss, könnte Tash bei mir zu Hause nach dir schauen …«

»Nein!«, schreie ich fast. »Ich meine, ich bin euch allen sehr dankbar für eure Angebote, dass ich bei euch übernachten darf«, fahre ich fort. Und das meine ich ernst. Sogar für Mums Angebot, das – auch wenn sie es trotzdem geschafft hat, es so klingen zu lassen, als würde sie damit eher Cass helfen wollen als mir – im Grunde genauso aufrichtig und warmherzig ist wie Cass' und Ollys. (Es ist nur so, dass Mum, beim allerbesten Willen, kein ganz so warmes Herz hat.) »Aber können wir wenigstens fragen, ob ich heute Nacht überhaupt hier rausdarf, bevor …«

»Sehr richtig, Sie müssen erst mal abwarten, ob Sie rausdürfen«, unterbricht mich eine Frau in einer Krankenschwesternuniform, die durch den Vorhang kommt und missbilligend auf all die Leute schaut, die um mein Bett herumstehen. »Hi«, fügt sie zu mir hinzu und winkt kurz, bevor sie sich umdreht, um auf die gruselige Maschine zu schauen, an der ich hänge. »Ich bin Esther. Schön, dass Sie jetzt richtig wach sind. Wie fühlen Sie sich?«

»Ganz gut«, sage ich. »Ein bisschen Kopfschmerzen, das ist alles.«

Denn ich glaube nicht, dass es sie ganz so sehr interessieren wird zu hören, dass ich außer diesen Kopfschmerzen eigentlich noch einen viel größeren Schmerz habe: einen, der aus der schrecklichen Erkenntnis entspringt, dass ich meine einzige Chance auf »und sie lebten glücklich und zufrieden bis ans Ende ihrer Tage« vermasselt habe.

»Umso mehr ein Grund, sich ein bisschen auszuruhen, bevor Dr. Regan vorbeikommt.« Esther wirft Mum, Cass und Olly einen Blick zu, der andeutet, dass sie Ungehorsam nicht gewohnt ist. »Vorne beim Grosvenor Wing ist ein ganz anständiges Café«, sagt sie. »Nur fünf Minuten Fußweg entfernt. Ich kann den Zitronenkuchen wärmstens empfehlen.«

Was sie als das Signal erkennen, als das es ganz eindeutig gemeint ist: eine unmissverständliche Aufforderung, sich aus dem Staub zu machen. Mum und Cass, da sie Mum und Cass sind, tun das begleitet von ein bisschen Schnauben beziehungsweise empörtem Haare-nach-hinten-Werfen, aber Olly scheint sich zu fügen und bleibt nur kurz an meiner Bettkante stehen, um ruhig zu sagen: »Im Ernst, Lib. Komm und übernachte bei mir. Wozu hast du schließlich einen besten Freund, wenn er nicht nach dir schaut nach einer weltweit einmaligen Schleier-gegen-Motorrad-Battle?«

Ich weiß, was er da tut, mit seinem liebenswürdigen Lächeln und dieser beiläufigen Erwähnung, dass wir beste Freunde sind. Er signalisiert mir, dass unser Streit gestern Abend vergessen ist. Dass nicht mal Dillon uns trennen kann.

Ich gebe ihm ein viel weniger liebenswürdiges, tränenschniefiges Lächeln zurück und sehe ihm nach, als er Mum und Cass durch den Vorhang folgt.

»Ich wünschte«, bemerkt Esther einen Augenblick später, »*alle* besten Freunde würden so aussehen.«

»Wie bitte?«

»Ihr Freund da. Der schnuckelige.« Sie zupft an meinem Laken, sodass es augenblicklich perfekt glatt ist. »Ist der zufällig Single?«

Ich muss schon sagen, ich habe langsam gründlich die Nase voll davon, dass diese ganzen Frauen plötzlich aus der Versenkung auftauchen, um zu bemerken, wie attraktiv sie Olly finden: Dads neue Stieftochter bei der Hochzeit; diese Krankenschwester; Tash, natürlich … Wo zur Hölle *waren* sie alle in den letzten siebzehn Jahren? Ich meine, wenn auch nur ein Mensch mich darauf hingewiesen hätte, dass Olly echt ganz knackig aussieht, hätte ich vielleicht aufgehört, ihn als »nur Olly« zu sehen und stattdessen angefangen, ihn so wie jetzt zu sehen:

als den »heißen Olly«. Den »perfekten Olly«. Den »die-Liebe-meines-Lebens-Olly«.

»Nicht wirklich«, schaffe ich es zu antworten. »Er … hat gerade was mit jemandem angefangen.«

»Ach, na ja. Die Guten sind immer schon vergeben, nicht?« Esther wendet sich nun ebenfalls zum Gehen. »Ich bitte eine Hilfsschwester, Ihnen Wasser zu bringen. Drücken Sie auf den Knopf, wenn Sie noch was brauchen, und ansonsten sollten Sie jetzt erst mal die Augen schließen und versuchen, sich auszuruhen, bevor der Neurologe kommt. Sie haben natürlich Glück, dass all diese schnuckeligen Freunde und Familienmitglieder so besorgt um Sie sind, aber trotzdem brauchen Sie jetzt vor allem Ruhe und Frieden.«

»So viel Glück hab ich nun auch wieder nicht.«

Sie schnaubt. »Hier werden Patienten mit schwersten Verletzungen eingeliefert, die dann traumatische Not-OPs durchmachen und eine Woche später wieder gehen, ohne dass sie einen einzigen Besucher hatten. Zu Ihnen sind schon Leute gekommen, als Sie gerade mal fünfzehn Minuten hier waren. Glauben Sie mir«, beendet sie ihre Rede, bevor sie hinter sich die Vorhänge schließt, »Sie haben Glück.«

Das lässt die Dinge allerdings anders aussehen.

Und es *ist* schön – und vor allem überraschend –, dass ich in der Lage bin, aus drei verschiedenen Hilfsangeboten wählen zu können.

Es ist nur so, dass sich gerade nichts davon so anfühlt, als würde es eine Rolle spielen.

Ich schließe die Augen, ignoriere das dumpfe Poch-poch-poch in meinen Schläfen und versuche, mich darauf zu konzentrieren, Schwester Esthers Rat zu befolgen – mich auszuruhen –, ohne dass Olly jede zweite Sekunde in meinen Gedanken auftaucht. Olly, wie er auf mich heruntergeschaut hat, als ich die

Augen geöffnet habe; Olly am Telefon mit Tash; Olly, der mich ganz deutlich seine kleine Schwester genannt hat …

»Schläft sie?«

Das fragt eine flüsternde Stimme unten am Ende meines Bettes.

»Keine Ahnung … sie *sieht* so aus … ach, dieses Krankenhaushemd steht der Ärmsten aber gar nicht.«

»Um ehrlich zu sein, Schätzchen, glaube ich nicht, dass dieses Krankenhaushemd irgendjemandem stehen würde. Dieses fürchterliche Grün, und dieser *Stoff* …!«

»Sollen wir ihr etwas ein bisschen Schmeichelhafteres anziehen, was meinst du? Ich würde ihr ja gern diese Nerzstola leihen, aber sie ist furchtbar komisch, wenn es um Pelz geht, ist dir das schon mal aufgefallen?«

»Ich kann nicht sagen, dass mir das aufgefallen wäre, Schätzchen, aber ich fürchte, ich bin auch nicht so scharf auf Pelz.«

»Ach, *Süße*. Sag mal, du bist aber nicht auch Kanadierin, oder?«

Ich muss nicht mal die Augen öffnen, um zu wissen, dass sich da Audrey Hepburn und Marilyn Monroe unterhalten.

Aber ich öffne sie trotzdem.

Und ich habe recht: Sie stehen beide am Fußende meines Bettes. Audrey hat ihr klassisches schwarzes Tiffany-Cocktailkleid an, ein Diadem in ihrem hochgesteckten Haar und eine Zigarettenspitze in ihrer behandschuhten Hand, und Marilyn trägt dieses faszinierende (durchsichtig wirkende) Glitzerkleid aus *Manche mögen's heiß* und hat sich dazu ein weiteres totes Pelztier um ihre paillettenbesetzten Schultern geschlungen.

Es ist ein ziemlicher Schock, sie so draußen in der realen Welt zu sehen. Wie sie *beide* nebeneinanderstehen und auf mich herabschauen wie zwei besonders glamouröse Schutzengel.

»Süße!«, haucht Marilyn.

»Schätzchen!«, sagt Audrey.

Aber das ergibt keinen Sinn. Wie machen sie das? Hier zu erscheinen, im St.-George's-Krankenhaus, meilenweit entfernt vom …

»Sofa«, murmele ich.

Die beiden blinzeln erst mich und dann – aus den Augenwinkeln – einander an.

»Nennt sie *mich* ein Sofa?«, flüstert Audrey Marilyn zu.

»Oh nein, Süße, das glaube ich ganz sicher nicht! Wenn sie eine von uns beiden ein Sofa nennt, dann viel eher mich.«

»Schätzchen, mach dich nicht schlecht – deine Figur ist einfach umwerfend!«

»Das ist wirklich lieb von dir, das zu sagen, Süße!« Marilyn strahlt Audrey an. »Obwohl ich mich immer gefragt habe, wie es wohl wäre, so ein zierliches kleines Ding zu sein wie du.«

»Da verpasst du nicht viel, Schätzchen, glaub mir! Es kann die entsetzlichste Qual sein, passende Sachen zu finden, in denen ich nicht wie ein fürchterliches altes Bügelbrett aussehe …«

»Ach, Süße, wenn du dir Sorgen darüber machst, ein bisschen flachbrüstig zu sein, mach es einfach wie ich und …«

»Jetzt sag ihr nicht, sie soll ihren BH mit Strümpfen ausstopfen!«, flehe ich. »Bitte!«

Sie sehen mich beide recht verwundert an.

»Ich meine nur«, fahre ich fort, »dass du hier *Audrey Hepburn* vor dir hast.«

»Na ja, Honey, *das* weiß ich.« Marilyn wirkt leicht pikiert. »Wir haben uns bei ein paar Cocktails kennengelernt.«

»Weißt du, Schätzchen«, teilt Audrey mir mit, wobei sie sich vorbeugt, »Marilyn macht den göttlichsten Manhattan, den ich je getrunken habe.«

Was sie vermutlich nur sagt, weil sie, na ja, Audrey ist und wie immer furchtbar liebenswürdig … aber einen Augenblick später bin ich mir da nicht mehr so sicher, als Marilyn einen Cocktailshaker unter ihrer Nerzstola hervorholt und Audreys schöne Katzenaugen aufleuchten.

»Schätzchen!«, sagt sie aufgeregt. »Du musst meine Gedanken gelesen haben! Ich verdurste!«

»Na dann hoch die Tassen!«, entgegnet Marilyn, öffnet den Cocktailshaker, schüttet etwas daraus in den Deckel und reicht ihn Audrey. »Du zuerst, Süße«, sagt sie. »Bei mir wird er gleich voller Lippenstift.«

»Ach, also da sag ich nicht Nein«, erwidert Audrey und setzt sich auf die Kante meines Bettes, um einen Schluck zu trinken. »Himmlisch! Aber, Schätzchen, du hast nicht zufällig ein Feuerzeug? Es fällt mir furchtbar schwer, einen Manhattan zu trinken und dazu *keine* Zigarette zu rauchen.«

»Du kannst hier nicht *rauchen!*«, zische ich ihr zu. »Das hier ist ein Krankenhaus!«

»Schätzchen, wenn es ein Krankenhaus ist, müssen hier drin bestimmt alle rauchen! Krankenhäuser sind grässliche Orte, und rauchen ist so ziemlich das Einzige, was sie irgendwie erträglich machen könnte.«

»Na ja, das und ein leckerer Manhattan«, ergänzt Marilyn und zwinkert uns beiden zu.

»Ja, hör mal, du solltest eigentlich auch nicht trinken … Um genau zu sein, solltet ihr überhaupt gar nicht hier sein«, sage ich. »Ganz zu schweigen davon, dass ich nicht mal weiß, *wie* ihr hier sein könnt. Ich meine, ich dachte, es hätte alles etwas damit zu tun, dass das Sofa verzaubert ist, aber …«

»Süße, sie redet schon wieder von diesem Sofa«, flüstert Marilyn Audrey zu. »Glaubst du, sie hat irgendwelche Komplexe deswegen?«

»Ich habe keine Komplexe wegen des Sofas!«

»Ich meine«, fährt Marilyn fort, »ich war schon bei einer Menge Seelenklempnern, und sie haben mir gesagt, dass ich wegen aller möglicher Sachen Komplexe habe, aber ich hätte nie gedacht, dass man wegen eines Sofas Komplexe haben kann.«

»Hmm, ich weiß nicht … Sie hat in der Tat einen ziemlich scheußlichen Kopfstoß abbekommen, das arme Schätzchen«, sagt Audrey, »also redet sie vielleicht deshalb andauernd über weiche Polstermöbel … Kopfverletzungen können einen schließlich dazu bringen, die merkwürdigsten Dinge zu sagen und zu tun.«

Und dann fällt der Groschen. Meine Kopfverletzung. Das muss der Grund sein, weshalb ich sie hier sehe, ausnahmsweise außerhalb der Grenzen meiner Wohnung. Und *zusammen.* Diesmal ist es weniger Magie als vielmehr die Gehirnerschütterung.

Das ist eine unheimliche Erleichterung und gleichzeitig eine kleine Enttäuschung.

»Oooh, vielleicht können wir den hübschen Doktor suchen und ihn fragen!« Marilyns Augen glänzen vor Begeisterung. »Den, der gerade vor ein paar Minuten von hier weggegangen ist!«

»Das war kein Doktor«, sage ich. »Das war Olly.«

»Olly … Olly …« Marilyn runzelt die Stirn und versucht sich zu erinnern, ob sie den Namen schon mal von mir gehört hat. »Sag mal, das war nicht der Typ, von dem du immer gesprochen hast, als wir zusammengewohnt haben, oder? Der, der dich immer mit einer Art Cookie verwechselt hat? Und für den du blond geworden bist?«

»Nein, hör zu, ich bin für niemanden blond geworden«, beginne ich. (Obwohl ich ehrlich gesagt anfange, das zu bezweifeln. Denn je mehr ich darüber nachdenke, desto mehr habe ich den Verdacht, dass ich unbewusst versucht habe, mehr wie Tash auszusehen, als ich merkte, dass Olly anfing, sie zu mögen.)

»Olly?«, unterbricht mich Audrey. »Ich dachte, der Name des Mannes, der dir so gefällt, ist Dillon?«

»Nein. Ich meine, ja. Aber das war nur, weil ich nicht gemerkt habe, dass …« Meine Stimme bleibt mir im Hals stecken. »… dass Olly die ganze Zeit der Richtige war.«

Es folgt ein kurzes Schweigen.

Dann beugt sich Marilyn über das Fußende des Bettes, wobei ihre volle Oberweite praktisch aus ihrem Paillettenoberteil quillt, und sagt mit ihrer gehauchten Kleinmädchenstimme zu Audrey: »Ich erinnere mich an keinen Olly.«

»Ich auch nicht«, antwortet Audrey. »Ich glaube nicht, dass sie ihn in meiner Gegenwart je erwähnt hat. Er muss neu auf der Bildfläche erschienen sein …«

»Nein! Genau das meine ich ja. Er ist nicht neu auf der Bildfläche erschienen. Er ist schon *ewig* auf der Bildfläche. Und der einzige Grund, weshalb ich ihn nie erwähnt habe«, füge ich verzweifelt hinzu, »ist, dass er immer *da* war. Immer in meiner Nähe. Also ist er mir nie richtig aufgefallen bis … na ja, bis er sich in eine andere verliebt hat. Und jetzt ist es zu spät.«

»Ach, Süße!« Marilyn setzt sich auf die andere Seite des Bettes und streckt großzügig ihren Nerz aus, um die Tränen wegzuwischen, die mir nun über die Wangen laufen. Ich bin so dankbar für die freundliche Geste, dass ich das schreckliche Ding nicht mal wegstoße. »Nicht weinen! Das ist er nicht wert.«

»Aber genau das ist es ja«, gluckse ich. »Olly *ist* es wert. Er ist der beste Mann, den ich kenne. Er ist lieb, und lustig, und attraktiv – mir hat nie jemand gesagt, dass er attraktiv ist! –, und er ist mit mir durch dick und dünn gegangen, seit ich dreizehn war. Er ist mein Seelenverwandter. Oder eher, er *war* mein Seelenverwandter.«

»Also, wenn er wirklich dein Seelenverwandter ist, Schätzchen, dann musst du dir absolut keine Sorgen machen.« Audrey wirft Marilyn einen Blick zu. »Nicht wahr, Schätzchen?«

»Selbstverständlich! Du musst nur Geduld haben, Süße«, rät mir Marilyn. »Warte, bis ihm klar wird, dass er ohne dich einfach nicht leben kann!«

»Und dann«, fügt Audrey mit schwärmerischer Stimme hinzu, »wird er dich in die Arme schließen und dir einen Kuss auf die Lippen drücken und …«

»Können wir bitte«, unterbreche ich sie, »mit den verdammten Märchen aufhören? Ich wäre gar nicht erst in diesem Schlamassel gelandet, wenn ich mich nicht so in diese völlig unrealistischen Geschichten hineingesteigert hätte! Die verbreitet werden«, füge ich unfairerweise hinzu, während ich mir wieder mit Marilyns Nerz die Tränen abwische, »von Leuten wie euch!«

»Oh, das ist jetzt aber ziemlich ungerecht, Schätzchen.« Audrey runzelt enttäuscht die Stirn.

»Außerdem«, sagt Marilyn, »*können* Märchen wahr werden!«

»Nein, können sie nicht, verdammt! Nicht im echten Leben. In Filmen natürlich – du triffst den gut aussehenden Helden, und er verliebt sich in dich, und dann treibt ihr zusammen in den Sonnenuntergang …«

»Süße! Das ist genau die Handlung von diesem neuen Film, den ich drehe!«, erzählt Marilyn Audrey und mir. »Mit Tony Curtis! Also *das* ist mal ein gut aussehender Mann, keine Frage. Oooh, und er ist sogar Single …«

»Aber außerhalb der Kinoleinwand läuft es nicht so«, fahre ich fort, bevor Marilyn anbieten kann, mich mit Tony Curtis zu verkuppeln oder so was. »In der echten Welt siehst du den Wald vor lauter Bäumen nicht. In der echten Welt verbringst du die nächsten dreißig Jahre deines Leben allein, während du zusiehst, wie eine andere Frau das Leben führt, das du hättest haben sollen, mit dem Mann, über den du nicht hinwegkommst. Aber das würde keinen sehr unterhaltsamen Film abgeben.«

»Was würde keinen sehr unterhaltsamen Film abgeben?«, fragt eine vertraute Stimme, als ein Rosenbusch auf Beinen durch den Vorhang kommt.

Für einen Sekundenbruchteil halte ich das für eine weitere gehirnerschütterungsbedingte Halluzination, bis mir klar wird, dass es Dillon ist, der da hinter dem gigantischsten Rosenstrauß der Welt zu mir hereintritt.

Marilyn und Audrey sind beide augenblicklich verschwunden – beziehungsweise vermutlich in mein angeschlagenes Gehirn zurückgekehrt, das sie überhaupt erst hierher projiziert hat.

»Denn wenn du von dem Film sprichst, den ich letzten Sommer mit Martin Scorsese gedreht habe«, fährt Dillon fort, »dann liegst du falsch, völlig falsch, das kann ich dir sagen. Na gut, ich habe die finale Version noch nicht gesehen, und da ich Mr Scorseses Ansprüche kenne, besteht durchaus die Möglichkeit, dass meine Szenen auf dem Fußboden des Schneideraums enden …«

»Das werde nichts passieren«, sagt Bogdan, der hinter Dillon hereinschlüpft – beziehungsweise so sehr schlüpft, wie man das bei Bogdans Größe eben tun kann. »Keine Regisseur, der seine Portemonnaie wert ist, werde dich aus Film ausschneiden.«

»Sein Geld«, erkläre ich Dillon, der gerade hinter den Rosen den Kopf hervorgestreckt hat, um Bogdan verwirrt anzusehen. »Und was macht ihr hier? Ich darf keine Besucher haben.«

»Ach ja, die befehlshabende Krankenschwester hat das sehr deutlich gemacht … Aber ich hab nun mal ein Händchen für Krankenschwestern«, sagt Dillon grinsend, »und außerdem ist das ganze Schwesternzimmer in höchstes Entzücken geraten, weil dies wohl der größte Rosenstrauß ist, den sie je gesehen hatten …«

»Ist wahr«, fügt Bogdan hinzu und späht selbst um den Strauß herum, um mich recht streng anzusehen. »Ist das nicht eindruckendste Strauß von die Rosen, die du gesehen hast in dein Leben, Libby? Ist nicht freundlich von Dillon diese holen fur dich?«

»Ähm … sehr freundlich, ja, aber …«

»Und um sie zu bekommen«, unterbricht mich Dillon, »musstest du nichts weiter tun, als in einen schrecklichen Verkehrsunfall geraten, bei dem du hättest sterben können.« Er legt den Strauß vorsichtig neben meinem Bett auf den Fußboden und setzt sich dann selbst aufs Bett, genau dorthin, wo gerade noch Marilyn Monroe saß. (Sorry: Genau dorthin, wo in meiner *Vorstellung* gerade noch Marilyn Monroe saß.) »Verdammt noch mal«, fährt er fort und sieht mir ohne die leiseste Spur seiner üblichen durchtriebenen Ironie und Neckerei tief in die Augen. »Was um alles in der Welt sollte das werden, Libby?«

»Ich bin nicht *ganz* sicher, wie du auf die Idee kommst, ich hätte mich absichtlich bemüht, eine fiese Gehirnerschütterung und ein Gesicht zu bekommen, das meine eigene Mutter gerade als *furchtbar entstellt* beschrieben hat …«

»Es ist nicht furchtbar entstellt. Nur ein bisschen ramponiert. Und für mich bist du immer noch wunderschön.« Dillon greift nach meiner Hand. »Aber im Ernst, Lib, kannst du bitte ein bisschen vorsichtiger sein? Als Bogdan mich angerufen hat, um mir zu sagen, dass du einen Unfall hattest, ist mir das Blut in den Adern gefroren, das kann ich dir sagen.«

»Tja, es war nett von Bogdan, dich anzurufen«, sage ich und werfe Bogdan über Dillons Schulter einen Blick zu, der ihm klarmachen soll, dass ich haargenau weiß, warum er das getan hat: Weil er ganz einfach *jeden* Grund benutzen würde, um Dillon zu kontaktieren. »Und es tut mir leid, dass ich dir einen Schrecken eingejagt habe.«

»Tja, das sollte es auch, verdammt. Also, von tiefem persönlichem Bedauern einmal abgesehen« – er hebt meine Hand hoch und drückt einen leichten, recht zärtlichen Kuss darauf – »wie fühlst du dich?«

»Mir geht's ganz gut. Mein Kopf tut weh. Und natürlich hab ich noch mit dieser ganzen Ramponiertes-Gesicht-Sache zu kämpfen …«

»Aber nichts Ernsteres, oder? Ich meine, du siehst nicht immer noch Sterne?«

»Ähm, na ja, das könnte davon abhängen, was für *Sterne* du meinst«, murmele ich und füge dann hinzu: »Nein. Nachher kommt ein Neurologe vorbei, aber es klingt, als dürfte ich vielleicht sogar heute schon wieder aus dem Krankenhaus raus.«

»Wunderbar. Dann kannst du zu mir kommen und bei mir bleiben, bis du wieder ganz fit bist.«

»Oh, Dillon.« Davon bin ich sogar noch gerührter als von Cass' Angebot. Schwester Esthers Kommentar darüber, wie viel Glück ich hätte, klingt wahrer denn je. »Das ist wirklich lieb von dir.«

»Ist nicht nur lieb.« Bogdan beugt sich über meinen Kopf. »Ist Geste von echte Gentleman.«

»Ja, danke, Bogdan, das weiß ich.«

»Ist jenseits von jede Pflicht.«

»Richtig«, sage ich bestimmt zu Bogdan, bevor ich wieder zu Dillon blicke. »Aber das kann ich nicht annehmen, Dillon. Du kannst es bestimmt nicht brauchen, dass ich in deiner Wohnung rumhänge und dich störe.«

»Im Gegenteil. Genau das brauche ich. Außerdem«, fügt er grinsend hinzu, »wenn es alles ein bisschen zu viel wird, rufe ich einfach einen Pflegedienst an und lasse mir ein paar Krankenschwestern schicken. Eine, die sich um dich kümmert, und eine heiße, die sich um mich kümmert.«

»Hat Bogdan nicht gerade gesagt, du wärst ein echter Gentleman?«, frage ich.

Bevor Dillon antworten kann, geht der Vorhang wieder auf, und Schwester Esther schaut herein, wobei sie jedoch deutlich weniger barsch und reizbar wirkt, als sie es war, bevor sie Mum, Cass und Olly ins Café verdonnert hat.

»Tut mir furchtbar leid, Sie zu stören, Mr O'Hara«, sagt sie sonnig, »aber vor ein paar Stunden wurden einige junge Mädchen mit unschönen Verbrennungen von einer missglückten Séance eingeliefert … Es würde sie wirklich aufheitern, wenn Sie bei ihnen vorbeischauen und Hallo sagen könnten, und ein paar Fotos machen …?«

»Also, ich weiß nicht … Da müsste ich erst meine Agentin anrufen, und meinen Manager …«

»Oh! In dem Fall machen Sie sich bitte keine Umstände, Mr O'Hara, es tut mir furchtbar leid, dass ich …«

»Ich will Sie nur ärgern«, sagt Dillon, während er aufsteht und Schwester Esther sein unverschämt charmantes Lächeln zuwirft. »Ich gehe sehr gerne kurz hin. Du kommst ja klar«, fügt er an mich gewandt hinzu, »wenn ich ein paar Minuten weg bin?«

»Auf einer vollständig ausgestatteten Station eines großen Krankenhauses? Ich glaube, ich werd's überleben, danke, Dillon.«

Er drückt meine Hand, folgt dann der begeisterten Schwester Esther hinaus und lässt mich mit Bogdan allein.

Nun ist Bogdan an der Reihe, sich schwer auf die Kante meines Bettes zu setzen. Er blickt mich betrübt an.

»Ich ernsthaft Sorge um deine wohle Befinden, Libby.«

»Also, das ist nett von dir, Bogdan, aber ganz ehrlich, mir geht's gut.«

»Ich nicht rede von Kopfverletzung. Obwohl du naturlich meine beste Freundin, Libby, also ich wunsche dir nicht quälende Schmerz oder drohende Gefahr von Tod oder solche Sache.«

»Oh, Bogdan.« Es ist das erste Mal, dass er mich seine beste Freundin genannt hat. »Das ist …«

»Ich rede von warum in Name von Gott du gebe Abfuhr zu Dillon O'Hara! Und sage mir nicht, ist wegen andere geistliche Zustand nach Umfall, Libby. Er hat mir erzählt, du ihm gebe Abfuhr letzte Nacht.«

»Ja. In Ordnung. Das habe ich.« Ich sehe ihm in die Augen. »Hat er dir gesagt, warum?«

»Es gibt keine mogliche Grund, den ich moglicherweise akzeptieren kann fur …«

»Ich habe erfahren, dass Olly in mich verliebt ist.«

Bogdan sagt einen Moment nichts.

»Sogar das«, sagt er sorgenvoll, als er doch wieder spricht, »ist nicht gut genuge Grund fur abserviere Dillon O'Hara.«

Ich geb's auf.

»Ist klar, ja«, fährt er fort, »Olly ist in dich Verliebter. Ich entschuldige fur nicht geben dieser Information, aber ich nehme an du schon wisse.«

»Ich wusste es noch nicht. Anscheinend bin ich wirklich so blöd.«

»Aber er mache weiter mit Leben, Libby. Du ihm nicht sehe mit diese Tash letzte Abend? Er ist ganz hin und weg mit ihr.«

»Ganz hin und weg *von* ihr«, korrigiere ich ihn. (Zumindest hoffe ich, dass es eine Korrektur ist.) »Ich weiß. Ich weiß, dass er mit seinem Leben weitermacht.«

»Dann ist keine Problem, wenn du auch weiter mache Leben. Mit Dillon.«

»Ich bin nicht in Dillon verliebt.«

Bogdan zuckt die Achseln. »Ich nicht verliebt in deine Exfreund Adam Rosenfeld. Das heiße nicht, ich nicht gehe zu Date mit ihm morgen Abend.«

»Bogdan, Herrgott noch mal! Er hat einen Freund!«

»Ist offene Beziehung.«

»Sagt Adam, vermutlich? Der Großmeister der Wahrheit und Aufrichtigkeit? Denn ich sag's dir gleich, Bogdan, wenn Benjamin Milne mich am Ende in irgendeiner Form für diese Affäre zwischen dir und Adam verantwortlich macht und beschließt, nicht in mich zu investieren …«

»Ist unmoglich, dass das passiert. Er schon vorhabe Investierung. Das sage mir Adam letzte Abend. Bettegefluster, wenn du wisse, was das ist.«

»Ja, Bogdan, ich weiß, was Bettgeflüster ist … Aber hat Adam wirklich gesagt, dass Ben vorhat, in mich zu investieren? Ich meine, ich hab ihm noch nicht mal meinen Businessplan geschickt oder so.« Ganz zu schweigen von der Tatsache – wie mir gerade einfällt –, dass ich die Deadline verpasst habe, denn nun ist schon Samstagnachmittag, und ich liege mit einer Gehirnerschütterung im Krankenhaus.

»Anscheinend er mag deine Sache wirklich. Und er ist eine Mensch, der folgt seine Magengefuhl.«

»Seinem Bauchgefühl?«

»Ja. Er sage Adam, er legt beiseite vierzig Millione Pfund fur erste Investierung …«

»*Vierzig Millionen?*«, keuche ich, wobei das Blut plötzlich so hart durch meinen schmerzenden Kopf pumpt, dass ich fürchte, ich könnte einen Anfall bekommen.

»Oh. Vielleicht nicht Millione. Ich immer wechsle englische

Nummern. Jetzt ich denke, war vierzig*tausend* Pfund. Ist das mehr wahrscheinlicher?«

»Ja, das ist schon viel wahrscheinlicher, Bogdan.«

Wenn auch immer noch verblüffend, um ehrlich zu sein. Ich meine, ein Vierzigtausend-Pfund-Investment in *Libby Goes To Hollywood* ist so ziemlich jenseits meiner wildesten Träume. Damit kann ich einen richtigen Webdesigner für meine Homepage beauftragen; vielleicht sogar ein kleines Atelier mieten, in dem ich mehr Platz und bessere Arbeitsgeräte hätte …

»Also ich wurde nicht sorgen, Libby. Ben wird seine Meinung nichts ändern. Du kannste entspannen. Du hast geschafft. Ist gut«, fügt er hinzu, »zu erreiche große Erfolg in berufliche Leben, wenn du lege in die Sand private Leben.«

Und er hat recht: nicht nur damit, dass ich mein Privatleben in den Sand gesetzt habe, sondern auch, dass es schön ist, wenigstens beruflich etwas Großes zu erreichen, worüber man sich freuen kann. Denn wenn es wirklich stimmt, dass Benjamin Milne beschlossen hat, vierzig Riesen in mich zu investieren, ist das *unfassbar.*

»Ist genau«, fährt er fort, »was ich sage zu Miss Marilyn Monroe, wenn ich mache die Gespräch mit ihr.«

»Bogdan!« Ich starre ihn an. »Du hast ihr aber nicht gesagt, dass sie ihr Privatleben in den Sand gesetzt hat, oder?«

»Naturlich ich das nicht mache, Libby. Du glaube, ich bin unsensible Idiot? Oh, mir fällt ein …« Er greift in die kleine Tragetasche, die er in der Hand hält. »Ich schaue in deine Wohnung auf Weg zu Krankenhaus, um alle wichtige Sache zu hole, die du brauche fur uber Nacht – Glätteisen, Anti-Frizz-Spray, tiefe Intensivkur, die ich dich letzte Mal empfehle, wenn wir sind bei Aveda Salon …«

Anscheinend hat Bogdan, was notwendige Habseligkeiten im Krankenhaus angeht, ähnliche Ansichten wie meine Schwester.

»Denn im Ernste, Libby, gibt keine Grund zu habe schreckliche Haare nur wegen Einwicklung in ernste Verkehrsunfall …«

»Ich glaube eher, wenn es überhaupt *je* verzeihlich ist, schreckliche Haare zu haben, dann …«

»Und außerdem, wenn ich in deine Wohnung bin, ich sehe dies auf Fernseher.«

Er holt das Glasfläschchen Chanel No. 5 aus der Tasche, mit dem Marilyn mich an dem Abend eingesprüht hat, als sie mir die ganzen Tipps für meine Marilynisierung gegeben hat.

»Ich denke, ist nicht etwas, was du selber besitze. Ich denke, ist etwas, was ist dagelassen fur dich.«

Ich nehme das Fläschchen und betrachte es. Die grellen Krankenhaus-Neonröhren werden glitzernd und funkelnd von seinen facettierten Kanten reflektiert, und für einen Augenblick – nur einen Augenblick – stelle ich mir vor, ich sehe auch Marilyns Gesicht vor mir glitzern und funkeln.

Und dann habe ich keine Zeit mehr, mir irgendwas vorzustellen, denn plötzlich höre ich Noras besorgte Stimme draußen auf der Station, hinter den Vorhängen.

»Tut mir leid, ich weiß, dass Sie normalerweise keine Freunde reinlassen, aber ich muss wirklich unbedingt wissen, ob es ihr gut geht … Außerdem ist sie eigentlich auch nicht meine Freundin, sondern eher meine Schwester …«

Ich fühle, wie eine so tonnenschwere Last von meinen geprellten Schultern fällt, dass ich mich wirklich zusammenreißen muss, nicht aus dem Bett aufzuspringen und hinauszurennen, um sie zu begrüßen.

Aber natürlich hänge ich erstens immer noch an der gruseligen Maschine und würde es zweitens auch nicht wagen, den Zorn einer der Krankenschwestern auf mich zu ziehen.

Also pike ich Bogdan in die Rippen.

»Kannst du gehen und ihr sagen, dass ich hier bin?«, frage ich. »Und dass ich sie ganz unbedingt sehen will?«

Denn es stimmt, was Schwester Esther gesagt hat: Ich *habe* Glück. Ich habe, trotz meiner Fehler, die besten Freunde auf der ganzen Welt.

Und, mal ehrlich, die werde ich auch brauchen, wenn ich über Olly hinwegkommen soll.

Als Bogdan aufsteht und den Kopf durch den Vorhang streckt, öffne ich den Deckel des gläsernen Parfümfläschchens und gebe ein paar Tropfen daraus auf mein Handgelenk. Ich hebe mein Handgelenk an meine Nase und atme ein.

Es ist, als wäre jemand von diesen Freunden, nämlich Marilyn Monroe, wieder hier bei mir. Was ein sehr schönes Gefühl ist, denn ich habe den Verdacht, dass das hier ihr Abschiedsgeschenk war und dass ich sie – außer in Visionen infolge von Kopfverletzungen und Gehirnerschütterungen – nie wiedersehen werde.

Dann schließe ich meine Hand ganz fest um das Fläschchen und schiebe es unter die Bettdecke, als Nora durch die desinfektionsmittelfarbenen Vorhänge auf mich zustürmt.

Sie hält Großmutters Schleier in der Hand, an dem noch Marilyns Strass-Armband baumelt.

Ich sehe einen kleinen Riss, nur an dem Saum, wo das Armband hängt.

Aber abgesehen davon ist er immer noch, auf wundersame Weise, unbeschädigt.

Danksagung

Mit riesigem Dankeschön an Kate Bradley, die beiden Charlottes (Brabbin und Ledger), Kate Elton und alle bei HarperFiction; und an Clare Alexander. Außerdem ein ebenso riesiges Dankeschön an meine Eltern und an Josh, ohne die dieses Buch einfach nie geschrieben worden wäre.

Eine hinreißende Komödie für alle Fans von Sophie Kinsella

Lucy Holliday
A GIRLS' NIGHT IN
- AUDREY & ICH
Aus dem Englischen
von Marion Herbert
352 Seiten
ISBN 978-3-7363-0533-5

Einen schlimmeren Tag hat Libby Lomax noch nie erlebt: ihre erste Sprechrolle vergeigt und fast den angesagten Filmstar Dillon O'Hara in Brand gesetzt. Hier hilft nur eins: *Frühstück bei Tiffany*! Doch da sitzt auf einmal Audrey Hepburn - *die* Audrey Hepburn - neben Libby auf der Couch. Hat Libby den Verstand verloren, oder kann die Stil-Ikone ihr helfen, ihr Leben doch noch in einen Blockbuster zu verwandeln?

»Frisch, witzig und absolut unterhaltsam!« THE SUN

HÖR AUF DEIN HERZ UND TANZ UNTER DEN STERNEN!

Jo Watson
KOPF AUS, HERZ AN
Aus dem amerikanischen
Englisch von
Barbara Först und
Hannah Brosch
320 Seiten
ISBN 978-3-7363-0421-5

Als Lillys Verlobter sie vor dem Traualtar stehen lässt, beschließt sie kurzerhand, die Hochzeitsreise nach Thailand trotzdem anzutreten – und zwar allein! Noch im Flugzeug lernt sie den attraktiven Damien kennen, der mit seinen Tattoos und der spontanen Art eigentlich so gar nicht ihr Typ ist. Doch jetzt, wo es nichts gibt, was sie zurückhält, lässt sie es zu, dass er sie auf eine Reise entführt – eine Reise, die ihr zeigt, was es bedeutet, auf sein Herz und nicht auf seinen Kopf zu hören …

»Voller romantischer, lustiger und herzzerreißender Momente – *Kopf aus, Herz an* hat alles!« ROMANTIC TIMES

LYX

Sie ist die sündigste Versuchung, die ich je gekostet habe

Sarina Bowen
TRUE NORTH - WO AUCH IMMER DU BIST
Aus dem amerikanischen Englisch von Wiebke Pilz und Nina Restemeier
384 Seiten
ISBN 978-3-7363-0560-1

Wenn Audrey Kidder ihren Job bei einem Lebensmittelkonzern behalten will, muss sie Griffin Shipley seine Ernte zum halben Preis abschwatzen. Eine harte Nuss, denn der Bio-Farmer aus Vermont ist nicht nur ausgesprochen stur – und attraktiv –, sondern seit ihrer heißen Affäre am College auch alles andere als gut auf Audrey zu sprechen ...

»Fantastisch!« USA TODAY